MW01714630

ROMANTİK HAREKET*

ALAIN DE BOTTON 1969 yılında İsviçre'de doğdu.
Eğitimini Cambridge'de tamamladı.
Yapıtları on altı dile çevrildi.
Halen Londra'da yaşıyor.

Türk okurunun, yayınevimizden çıkan
Proust Yaşamınızı Nasıl Değiştirebilir,
Öp ve Anlat, *Aşk Üzerine* ve
Seyahat Sanatı adlı kitaplarıyla büyük ilgisini kazanan
Alain de Botton'un *Felsefenin Tesellisi* ile *Status Anxiety*
adlı kitapları da yayıma hazırlanmaktadır.

***SEL** YAYINCILIK / ROMAN

* **SEL** YAYINCILIK
Babıali Caddesi, 20/1 Cağaloğlu - İstanbul
Tel./Faks: 0212 511 10 05

Şube: İstiklal Caddesi, Elhamra Pasajı
No: 258 / 10-11 Beyoğlu - İstanbul
Tel.: 244 15 06

http://www.selyayincilik.com
E-mail: posta@selyayincilik.com

ISBN 975-570-124-9

SELYAYINCILIK: 132

ROMANTİK HAREKET
Seks, Alışveriş ve Roman
Alain de Botton

Türkçesi:
A. Sıla Bayer

Kitabın özgün adı:
The Romantic Movement
Sex, Shopping and the Novel

© Intercontinental Litarery Agency
Akçalı Telif Hakları, 2000

www.alaindebotton.com

Birinci Baskı: Haziran 2001
İkinci Baskı: Ağustos 2001
Üçüncü Baskı: Eylül 2001
Dördüncü Baskı: Kasım 2001
Beşinci Baskı: Temmuz 2003

Kapak: Faruk Ulay

Baskı - cilt: Yaylacık Matbaası

Alain de Botton

ROMANTİK HAREKET

Seks, Alışveriş ve Roman

Türkçesi:
A. Sıla Bayer

Roman

Miel' e...

GİRİŞ

Alice'i tanımlamaları istendiğinde insanların en çok kullandıkları sözcük, "hayalci"ydi. Medeniyetten ve onun tamamlayıcısı şüphecilikten oluşan o katmanın altından, derinlerde bir yerlerde, hep başka, hep daha az somut bir dünyaya kayıp giden düşünceleri, istekli ve bir yere odaklanmayan bakışlarına yansıyordu. Açık yeşil gözlerinde belli belirsiz bir melankolinin ve gizli özlemin izleri vardı. Onu karmakarışık bir kafayla, hatta biraz da utanarak, bu dünya kargaşasının içinden kendi vasat varlığını anlamlandıracak bir şey ararken bulabilirdiniz. Ve belki de içinde yaşadığı çağ nedeniyle (dinbilimsel terimlerle konuşacak olursak) bu kendini aşmak tutkusu Aşk düşüncesinin ta kendisiydi.

Adına 'ilişki' denilen aslında iletişimsizlik üzerine kurulu sahnelere de tanık olmuştu olmasına ya, yine de tarif edilemez ölçülerde büyük, marazi hatta bayağılığa varan bir tutkunun yaşanabileceği inancını hâlâ içinde taşıyordu. Yerli yersiz anlarda, süpermarkette değişik ürünler arasında tereddüt ederken, sabah treninde ölüm ilanlarına bir göz atarken ya da faturalarının üzerine yapıştıracağı pulların o acımsı tadını dilinin üzerinde hissederken düşüncelerinin çocukça ve inatla bir başka yöne, kurtarıcısı olan öteki'yle kuracağı bir beraberliğin tatlı hayaline kayıp gittiğini fark ederdi.

İnsanları kötü yanlarıyla kabul etmekten, başkalarında ve kendinde hep kötü yanlar bulup çıkarmaktan o denli yorgundu ki onu şaşkına çevirecek, sarsacak bir ilişki istiyordu artık. Seçme şansının olmadığı, bir iç geçirip de "Acaba biz gerçekten birbirimize göre miyiz?" diye sormaya zaman bulamayacağı, çözümlemenin ve yorumlamanın önemini yitireceği, ötekinin "öteki" olmasının tartışmasız ve doğal olduğu bir durum yaşamak istiyordu.

İnsanın bir başkasıyla, bakışlarının zenginliği ya da zekasının derinliği için değil, yalnızca ve yalnızca tek başına geçirilmiş akşamların anlatıldığı bir günceyi dayanılmaz bulduğu için ilişkiye girebilmesi romantik aşk kavramıyla hiç uyuşmayacak bir düşüncedir. Kendi ruhumuzun derinliklerinde kaybolmaktan korkup, bir başkasının ruhuna hapsolmayı seçmekten daha berbat ne olabilir? Yine de kimi zaman vardığımız nokta şudur: Yıpratıcı bir arayışın sonunda, imgelemimizi harekete geçirecek hiçbir özelliği bulunmayan ancak her şeye rağmen bizimle kesintisiz bir şekilde ilgilenen; kambur sırtını, garip politik düşüncelerini ya da kulağımızı tırmalayan kahkahasına katlanabilme enerjisini bulduğumuz ve eğer karşımıza daha iyi bir aday çıkarse terfi edebileceğimiz umudunu da aklımızın bir köşesinde bulundurduğumuz bir "öteki"ne varırız; onunla aynı yastıkta yaşlanma kararımızdan ötürü affediliriz (ya da en azından anlayışla karşılanırız).

Alice, aşkın buna benzer gündelik terimlerle ağza alınmasından nefret ediyordu; ona göre aşk, biyolojik ve psikolojik ihtiyaçları karşılamak adına, yüzme havuzunda çarpıştığı biçimsiz bir tiple idare ederek, kusurlarına boyun eğmek ve yetinmek demek değildi. Varsın günlük yaşam bundan farklı olsundu, varsın yetişkinler kategorisinde kendini aşmanın hiçbir yeri olmasındı, o yine de şairlerin ve film yönetmenlerinin, estetiğin o büyülü dünyasında ballandıra ballandıra anlattıkları gibi aynı duygularla dolup taşan ruhların, o güzel ortak yaşamlarından bir dirhem bile azına razı olmayacağını biliyordu.

Başka arzuları da vardı: en sonunda yaşamaya başladığını duyumsamak; insanı yiyip bitiren içe dönüklüğün ve huzursuzluğun son bulması; karamsarlıkla ve kendinden nefret etme duygusuyla mühtiş acılar içinde boğulmayacağı bir duygu halinin artık gelip çatması...

Maddi arzuları da vardı: ille de loş bir ışıkta aynaya bakmasını ve hayal kırıklığıyla iç çekmesini gerektirmeyecek bir yüz. Aylık moda dergilerinin sayfalarında anlatılanlara benzeyen, güneş dolu, ışıl ışıl bir yaşam; büyükçe bir ev, özel dikilmiş giysiler, şık mağazalardan alınmış ipek gömlekler ve tropik bölgelerin muhteşem sahillerinde geçirilen tatiller.

D.H. Lawrence'ın tanımını kullanacak olursak Alice, "uzaklardaki bir yer için hasret çektiği" daima bir başka bedeni, bir başka ülkeyi, bir başka sevgiliyi özlediği için tam bir Romantik'ti, gencecik Rimbaud'nun o meşhur *"la vie est ailleurs"* (yaşam başka yerlerdir) sözündeki yaşamın peşindeydi. Ancak bu hasret ("başkası" için duyulan böyle bir arzuya hasret diyebilirsek eğer) nereden kaynaklanıyordu? Alice aptal değildi, az kuramsal kitap okumamış, az mürekkep yalamamıştı; Tanrı'nın öldüğünü, İnsan'ın (bir başka tarihsel hata olan insanın) ise artık yaşamın tek açıklaması olarak kabul edilmediğini iyice öğrenmişti; mutlu sonla ve muradına ermiş bir kadın kahramanla biten öyküleri edebiyat değil de ucuz fanteziler diye adlandırmak gerektiğinin ayırdına varmıştı. Buna karşın, belki de, müziğin uçuşa geçtiği nakaratlarda,

> Sarmak, ah evet, sarmak güzelim,
> Seni sevmek, sarmak ve sevmek, bebeğim,

gibi sözlerin inim inim inlediği şarkılara ve pembe dizilere karşı hâlâ bir ilgi duyduğu için (telefonun başında ya da başka yerlerde) yepyeni bir yaşama adım atacağı günü bekliyordu.

Maddi bir dünya içinde yaşayan ama işin maddi tarafının ona ille de gerçek sıfatını kazandırmayacağına inanan Alice, Londra'da, Soho Square'de büyük bir reklam ajansının muhasebesinde çalışıyordu. Taşradaki bir üniversiteden birkaç yıl önce mezun olmuş, ürün tüketmenin verdiği hazla bu tüketimin yaygınlaşmasını sağlamanın verdiği (ilkine oranla daha az olan) haz arasında naif bir ikilem yaşamış, sonunda kendini bu işi yaparken bulmuştu.

Alice, floresan ışığının aydınlattığı ferah ofisini, finans departmanından bir arkadaşıyla paylaşıyordu; havalandırma sisteminin o hafif ürpertici esintisi altında çalışıyorlardı bütün gün. Her iş gününün bitiminde, metro onu Earl's Court'taki dairesine, ev arkadaşı Suzy'nin yanına taşıyordu. İki kadın, ev yaşamının zorluklarına kavga etmeden birlikte göğüs germeyi hep başarmışlardı; ancak Alice son günlerde eve biraz endişeli döner olmuştu. Çünkü, becerikli ve neşeli bir kız olan, stajyer hemşirelik yapan ve uzun bir süredir sevgilisi olmayan ev arkadaşı Suzy, en sonunda aşık olmuştu. Yeni sevgili genç bir doktordu ve ziyadesiyle duyarlı bir erkekti; zekiydi, karşısındakini hor görmeyecek kadar nazikti; anatomiyle ilgili dehşetli öyküler anlatmayı seven, matrak ve eğlenceli bir aşıktı.

Kadınlar arasındaki o hiç ağza alınmayan, ama bilinçaltında hep varolan güzellik hiyerarşisine göre Alice, her zaman kendisinin Suzy'den daha güzel olduğunu düşünmüştü. Sayıları az da olsa, eli yüzü düzgün bir adamın eninde sonunda karşısına çıkacağını söyleyip Suzy'yi teselli eder dururdu; ayak bileklerinin kalın oluşunun önemsizliğinden, asıl önemli olanın insanın kişiliği olduğundan söz ederdi hep. Bunu bu rahatlıkla söylemesinde, Suzy'ye göre daha bir albenili oluşunun ve erkeklerin telesekreterine bıraktığı mesajların bir payı vardı tabii.

Ancak şimdi işler değişmişti. Ayak bileklerinin ölçüsü ne olursa olsun, bu kez yüzünde zoraki bir gülümsemeyle bir köşede oturan, Suzy ile Matt'in birbirlerine Babar ve Mimi diye hitap etmelerini, her lafın sonunda hiç anlamadığı bir nedenle kikirdemelerini seyretmek zorunda kalan Alice'in ta kendisiydi.

Suzy bir gece Alice'in elini sıkı sıkı tutmuş, "Birini bulsam bile seninle olan yakınlığımızın hiç bozulmayacağını ta başından beri biliyordum," demişti. "Benim şu koca dünyada bulabileceğim en iyi dostsun sen, bunu hayatım boyunca unutmayacağım."

Böylece Suzy, romantik dostluğu yeniden canlandıracak cesur bir adım atmış oluyor, ev arkadaşını her fırsatta restoranlara, sinemalara ve nehir kıyısında yürüyüşlere davet ederek de arkadaşlığını geliştiriyordu. Ancak bu davetler ne kadar içten olursa olsun, Alice Suzy'nin bu cömertliğini kabul etmeye pek yanaşmıyordu. Arkadaşıyla aynı duyguları paylaşamıyor olmanın verdiği üzüntü içini kemirirken mutluymuş gibi görünmek katlanılmaz geliyordu ona. Akşam olunca evde yalnız kalmayı tercih ediyor, salondaki koltuğa oturuyor, gece haberlerini açıyor, dizlerinin üstünde dengesiz bir biçimde duran bir tabak, içinde fırında ısıtılmış bir parça balık ya da tavuk, savaşın tahrip ettiği toprakların kötü talihini yapmacık bir ilgiyle seyretmeye koyuluyordu.

Artık hiç kimseyle görüşmek gelmiyordu içinden, aradığı insanı bulamadıktan sonra, zaten tanıdığı insanları görmek gereksiz geliyordu ona. Çevresinde kendilerini arkadaş olarak tanımlayacak yığınla insan vardı, adres defteri şişkin mi şişkindi; çünkü Alice insanlara yaşamlarıyla ilgili sorular sormayı, onların yaşamlarıyla ilgilenmeyi çok severdi; onlarla her görüştüğünde öykülerini ayrıntısıyla anımsar, böylece anımsanma arzularını sonuna kadar tatmin etmeyi becerirdi. Şimdi onları yeniden görmek için bir adım atmak bu kadar zor geliyorsa, bunun nedeni belki de bu arkadaşlarının, yalnızlığını yatıştıracak bir beraberliği sunamıyor olmalarıydı. Neşeli yüzlerin çevrelediği bir masada oturmak onu yalnızlığın elinden kurtaramıyordu; yalnızlığın yakasını bırakabilmesi için birinin çıkıp, her gün karşılaştığı türden sıradan bir ilgiden daha farklı daha fazla bir ilgi göstermesi gerekiyordu. Eğer bir yerlerden işitmiş olsaydı, Proust'un (hiç de Aristocu olmayan) şu değerlendirmesine hak vereceği kesindi: Arkadaşlık korkaklıktan başka bir şey değildir, aşkın getireceği daha büyük sorumluluklardan ve zorluklardan kaçıştır yalnızca.

İnsan kendisine nesnel bir gözle bakmaya ve gördüğü şeye acımaya başlamışsa, kendine acıma duygusu başgöstermiş demektir. Kendine acıyan insan, adeta "Eğer bu insanı bu kadar iyi tanımıyor olsaydım, onun için çok üzülürdüm" demektedir. Kendine acıma, kişinin yaşadığı sıkıntıyla kendini daha da sıkması, yaşadığı kederden güç alarak kendini daha büyük bir kedere sürüklemesi durumudur. Bu sözcüğün kimi yerde küçümseyici anlamda kullanılıyor olması, insanın ortada elle tutulur bir neden yokken kederlenmesi, sorunlarını fazla büyütmesine karşı duyulan tarihsel önyargının bir göstergesidir. Kendine acıyan insanlar sıradan bir aşk ilişkisinde terk edilen taraf olma talihsizliğine uğrarlarsa kendilerini bir trajedinin başkişisi olarak görürler; birden boğazları ağrımaya başlar, battaniyelere sarınır, ilaçlara gömülürler, zatürreye yakalanmışlar gibi bütün gün sümkürür dururlar.

Mizacı gereği Alice'in, yataklara düşüp ağlayıp sızlanmaya ayıracak zamanı yoktu. Fakat son birkaç haftadır sık sık hüngür hüngür ağlama isteğiyle mücadele ederken buluyordu kendini. Bu ağlama isteği onu en olmadık zamanlarda yakalıyordu; iş arkadaşlarıyla yemeğe çıktığında ya da cuma öğleden sonraları satış toplantılarda aniden böyle bir hisse kapılabiliyordu. Gözlerinin şiştiğini hissediyor, gözyaşlarını önlemek için gözlerini sıkıca kapatıyordu; ama bu baskıyla tuzlu yaşlar gözlerinden taşarak yanağına iniyor, oradan da çenesine akıveriyordu.

"İyi misin tatlım?" diye sormuştu eczacı, Alice öğle arasında ilaç almak için eczaneye uğradığında.

"Elbette, elbette, çok iyiyim" diye yanıtlamıştı Alice, cüzdanını kapatırken üzüntüsünün göze çarpacak derecede arttığını düşünerek telâşa kapılmıştı.

"Üzülme böyle, tamam mı?" dedi kadın, Alice kasadan ayrılırken, yüzünde onu yatıştırmak isteyen bir gülümseme vardı.

Alice, içine düştüğü bu kedere bir anlam veremiyordu. Bugüne kadar hep, mutluluğu bir hazzın varlığından çok herhangi bir acının yokluğu olarak tanımlamıştı. Öyleyse neden, işinin, sağlığının iyi ve yerinde olmasına, başını sokacak güzel de bir evi olmasına karşın çocukça davranıyordu? Ne derdi vardı ki böyle sık sık sessiz ağlamalarla boğuluyordu?

Şikayet edebileceği tek şey; kendini başkaları için tesadüfi, bu gezegen için gereksiz, bu gezegende yaşayanların yaşamları için anlamsız buluyor olmasıydı.

Bu sessiz gözyaşlarının ardında yatan şey, içini kemiren üzüntü verici bir düşünce, bir gün ayağı kayıp, bu gezegenin kenarından aşağı düşecek olsa, hiçkimsenin onun yokluğunu bir an bile hissetmeyeceği düşüncesiydi belki de.

GERÇEKLİK

Mart ayının başlarında Alice'i ablası Jane, haftasonu için evine davet etmişti. Jane, şehrin iç kesimlerinde fakir bir semtin görece daha temiz bir bölgesinde kocasıyla birlikte oturuyordu. Hukuk eğitimi görmüştü, şimdi ise ev içi şiddete maruz kalan kadınlara yönelik bir sığınma evinin yöneticisiydi; şampuan ya da deterjan pazarlamaktan çok daha haysiyetli bir iş yapıyordu ona göre.

İnsan ilişkilerini düzenleyen toplumsal yapı, Alice'e uçarı ve başına buyruk küçük kızkardeş, Jane'e ise asil ve gözünü budaktan sakınmayan abla rolünü biçmişti; öyle bir abla ki fakir halka yardım elini uzatabilmek adına rahat bir yaşam sürme şansını elinin tersiyle itmişti.

Cumartesi sabahı erken saatte Jane ve Alice sitenin parkına yürüyüşe gittiler. Çiselemeye başlayan yağmur, zaten hafif hüzünlü bir havası olan sahneye kasvetli bir dekor oluşturmuştu.

"İyi görünüyorsun" dedi Jane, parkın kapısını açarlarken.

"Geçekten mi?" diye sordu Alice. "Bunu duymak hoşuma gitti, pek iyi göründüğümü düşünmüyordum."

"Neden, ne oldu?"

"Bilmem, yok aslında bir şey" demekle yetindi Alice, karmakarışık duygularını anlatırsa ablasının tepkisinden çekiniyordu.

"Haydi, anlat bakalım. Seni dinliyorum."

"İnan bana, saçma sapan bir şey. Anlatmaya değmez. Sadece şu an pek iyi hissetmiyorum kendimi."

"Bir doktora göründün mü?"

"Bu öyle bir şey değil."

"Nedir öyleyse?"

"Her zamanki gibi sorun kafamın içinde."

"Dinliyorum."

"Bir yorgunluk duyuyorum, bedensel yorgunluk değil bu, sanıyorum duygusal. Görüştüğüm, sohbet ettiğim onlarca insan, hoşlanarak yaptığım yığınla iş var, ama bunların hiçbirine uzanmıyor elim."

"Ne demek bu?"

"Dünyayla arama bir kumaş gerilmiş, dokunduklarımı hissetmemi engelleyen bir çeşit battaniye dünyayla arama girmiş sanki. Örneğin geçen gün çiçekçide çiçeklere, daha doğrusu nergislere bakıyordum. En sevdiğim çiçektir nergis, ama bu kez sanki uzaydan gelmiş nesnelermiş gibi göründüler gözüme. Of, iyice saçmaladım galiba. İyi bir örnek veremedim ama anlamışsındır, hiçbir şey *gerçekmiş* gibi gelmiyor."

Kısa bir sessizlik oldu, sonra Jane girdi söze: "Keşke benim yaşadıklarım da gerçekmiş gibi görünmese. Devlet, borçlarımızı ödeyelim diye yakamıza yapıştı yine. Bıraksak, derneğimizi kapatıverir adi herifler. Yapacak bunca işimiz varken derneği kapatmayı düşünmeleri tam bir alçaklık. Örneğin benim ilgilendiğim bir kadın var sığınma evinde. Kocası testereyle dört parmağını kesmiş. Dün sosyal hizmetler Bangladeş'ten gelen ve hiç İngilizce bilmeyen bir kadın yolladı, kocası daha yeni ölmüş, kucağında üç çocuk. Sonra bir de on üç yaşındaki Susan var, babasını bir süre önce tecavüzden içeri attılar."

"Ne kötü."

"Bazen sana imreniyorum" diye iç geçirdi Jane. Bu hafta katlanabileceğimden çok fazla gerçek yaşandı gözlerimin önünde.

Düşünce tarihine baktığımızda dünyayı gerçek dünya, daha az gerçek dünya diye ikiye bölmenin hep en ateşli isteklerden biri olduğunu görürüz.

Duruma mantık çerçevesinden bakacak olursak, bu konuda yapılan savaşların ne kadar absürd olduğu ortadadır. Varolan her şey gerçektir zaten; ancak bu, felsefenin epistemik alanında değil de etik savaş alanında sürdürülen bir tartışmadır. Gerçek olduğu düşünülen şey, değerli olduğuna kanaat getirilmiş şeydir.

Dünyanın sunduğu olgular kalabalığına paralel olarak (bebekler doğar, ağaçlar yapraklarını döker, yanardağlar patlar, kurbağalar yumurtlar, politikacılar da yumurtlar vb.), filozoflar da sonsuz sayıda ve binbir türlü gerçek töz ya da düşünce seçeneği getirirler karşımıza. Thales'e göre gerçeklik suyun, yani elementlerin en başta geleninin ve en indirgenemez olanının ta kendisidir. Ancak Heraklitus'a göre gerçeklik ateşte bulunur. Platon'a göre gerçekliğin özü rasyonel ruh, Augustine'e göre Tanrı, Hobbes'a göre devinim, Hegel'e göre Tinin Gelişimi, Schopenhauer'a göre İstenç, Madam Bovary'ye göre Aşk, Marx'a göre ise proletaryanın özgürlük yolunda verdiği mücadeledir...

Bu düşünürlerin hepsi dünyada başka gerçekliklerin de var olduğunu fark etmişlerdir; fakat kendi düşüncelerini bütün bu gerçekliklerin en temel taşı, insanlık tarihinin girift mekanizmasının en vazgeçilmez parçası olarak görmüşlerdir.

Yalnız Madam Bovary bu listede biraz ayrıksı değil mi acaba? Filozofların sıralandığı bir listede onun ismine rastlamak garip gelebilir; ancak dünyayı ikiye bölenlerin savaşında o da söz sahibidir. Kendisinden önce gelen Saint Augustine gibi o da dünyayı ve gerçekliği Aşk'la anlamlandırmıştır; ancak Saint Augustine'den farkı, bu Aşk'ın Tanrı'ya Duyulan Aşk değil de Erkeğe Duyulan Aşk olmasıdır.

Madam Bovary'nin dünyası da ikiye ayrılmıştı: Bir yanda gösterişli balolar, krem rengi mektup kağıtları ve anlamlı bakışlar; öbür yanda ise köylülerin sıradan ve bayağı varlığı, günlük yaşamın sıkıcılığı ve yatakta yanında horuldayarak uyuyan bir koca.

Alice'in gerçeklik anlayışı Madam Bovary'nin gerçekliği tanımlayışıyla birebir aynıydı. O da tıpkı Madam Bovary gibi insan varlığının doruk noktasının içten bir ilişki olduğuna inanıyor, medeniyetin kazandığı diğer bütün zaferleri (saatli yumurta ısıtıcıları, gökdelenler, hamilelik testleri gibi) hor görüyor, kendini yaşıyormuş gibi hissettiği tek durumun Aşk olduğuna inanıyordu. "Yaşıyormuş gibi hissetmek" deyimi, sözcüğün tıbbi anlamından oldukça uzaktı; "yaşamak" derken soluk alıp vermek ya da beyin etkinliğinin sürekliliği değildi kastedilen. Yaşamak birlikte banyoya girebileceği, seviştikten sonra yatakta sohbet edebileceği, çocukça ve sevgi dolu bir dille konuşabileceği birinin varlığıydı.

Filozof	*Dönem*	*Gerçekliğin Özü*
Thales	M.Ö. 636 - 546	Su
Heraklitus	M.Ö. 535 - 475	Ateş
Platon	M.Ö. 427 - 347	Rasyonel Ruh
Saint Agustine	M.S. 354 - 430	Tanrı Aşkı
Hobbes	1588 - 1679	Devinim
Hegel	1770 - 1831	Tinin Gelişimi
Schopenhauer	1788 - 1860	İstenç
Madam Bovary	1840'lar - 1850'ler	Erkek Aşkı
Marx	1818 - 1883	Proletaryann Mücadelesi

Gerçeklik Tablosu

Bu düşüncelerin ne zaman oluştuğunu anlamak zor. Ergenliğinden bu yana arkadaşlarının ya da ailesinin dolduramadığı, ancak filmler ve şarkı sözleri sayesinde biraz katlanılabilir duruma gelen büyük bir boşluk hissi yakasını bırakmamıştı.

Şimdiye kadar, yatak odasına girmelerine izin verdiği o vasat erkeklerden hiçbiri değer yargılarını kökünden değiştirmemişti. Ablası asıl gerçekliğin, erkeklerin kadınların parmaklarını kestiği bir dünya olduğunu söylemişti. Parmaklarını yitirmek gerçekten çok ciddi bir sorundu; Yunanlıları bir kenara koyarsak bir trajediydi hatta. Ama ne olursa olsun bu parmaklar, taşıdıkları öneme karşın, gerçekliğin temsilcileri değildiler, bunun gerçekliğin ta kendisi olduğunu söylemeye dili varmıyordu Alice'in.

Jane'in bunlara dudak bükeceği kesindi. Ona göre mesele, kişiyle bir vazo çiçek arasına giren bir kumaş parçası değildi, aşık olmak ya da olmamak meselesi hiç değildi; asıl sorun, yaşamak ya da ölmek, ev sahibi olmak ya da evsizlik, sağlıklı yaşamak ya da sağlıksızca sürünmekti. Bunları sorun olmaktan çıkaran tek şey para olduğu için, yaşam Londra'nın Doğu ucunda Batı ucuna kıyasla çok daha gerçekti; korkunç sokak çetelerinin, bıyığı yeni terlemiş gençlerin garaj önlerinde gezindiği bir cadde, gözlüklü adamların şirket arabalarının krom çamurluklarını parlattığı bir caddeye kıyasla daha fazla gerçeklik taşıyordu.

İki kızkardeş akşam yemeği için birşeyler almak üzere markete uğradılar. Jane girişte tekerlekli bir sepet aldı, sonra da onu marketteki cumartesi kalabalığında güçlükle sürmeye koyuldu.

"Patatesli et güvecinin yanında biraz da lapa yapmayı düşündüm" dedi, "hoşuna gider mi?"

"Ne dedin?" diye sordu Alice.

"Boşver, sen bekle. Şarküteri bölümüne gidip geliyorum."

Alice'in gözleri, büyük cam kapının ardında gördüğü bir çifte kaymıştı. Belli ki otobüs bekliyorlardı. Uzun boylu erkek, kalın, yünlü bir palto giymişti; paltosunun önünü açmış, sevgilisini de içine almıştı. Verdikleri solukların havada oluşturduğu buhar birbirine karışmış, High Street'i baştan sona esip geçen soğuk rüzgara karşı kendilerince sıcak bir kuytu yaratmışlardı böylece. Erkek, hafifçe eğilerek sevgilisini boynundan öptü, kadın da kısacık siyah saçlarında sevgiyle parmaklarını dolaştırarak karşılık verdi ona. Alice ise rüzgarlı otobüs duraklarında onu paltosuyla saracak ve boynunu hafifçe ısıracak birini nasıl da istediğini anımsayarak sessizce iç geçirdi.

O akşam, patatesli güveçle lapa, silip süpürüldükten ve bolca kırmızı şarap içildikten sonra, gerçeklik tartışması bu kez daha güçlü bir şekilde karşılıklı alevlendi.

"Seni anlamıyorum gerçekten anlamıyorum" dedi Jane. "Kime saklıyorsun kendini? Hep bir kusur buluyorsun. Bulduğun adam ya çok zekidir ya da salaktır, ya çok yakışıklıdır ya da yeterince yakışıklı değildir, ya çok tutkulu ya da pısırıktır. İnsanları iyisiyle kötüsüyle, oldukları gibi kabul etmeyi, yaşamda daha önemli şeylerle ilgilenmeyi ne zaman öğreneceksin sen?"

"Yaşamda neyin önemli olduğunu bilmen ne hoş, sevgilim" diye atıldı kocası, sırtını iyice geriye verip sigarasını yakarken.

"Aman John, bal gibi anladın işte. Örneğin biz seninle iyi anlaşıyoruz, birbirimizi seviyoruz, ama bu Alice'in istediği türden bir aşk değil, onun istediği başındaki A'nın büyük yazıldığı, kemanlı, çikolatalı bir Aşk."

"Seninle iki dakika konuşmaya gelmiyor Jane. Bulduğu her fırsatta bir yerlere bıçak saplamayı seven biriyle ne diye konuşmaya kalkıştım sanki ben."

"Ya, ya, evet, ailenin Otello'suyum ben. Zavallı masumları bıçaklayıp duruyorum..."

"Zeytinyağı gibi üste çıkma şimdi."

"Sen de biraz sakinleşsen iyi olur."

"Ben yeterince sakinim, teşekkür ederim. Her şeyi yargılamandan bıktım. Söylediğim sadece bu."

"Yine sesini yükseltiyorsun."

"Yükseltiyorsam ne olmuş."

"Buna hiç gerek yok" dedi Jane, "Çünkü seni kıracak bir şey söylediğimi hiç mi hiç düşünmüyorum. Söylemek istediğim gayet açık: Senin de iyi bildiğin gibi her ilişki yürümeyebilir, hayal ettiğin şekilde yürümeyebiliyor. Birbirine katlanabilmek, ilişkiyi bir ucundan tutup sürdürebilmek çok zor, her iki taraf da yorulup hassaslaştıktan sonra bıkıp usanmamak elde değil. Bu işin bir büyüsü yok. Hollywood filmlerinde gördüğün öpüşme sahnelerine benzer bir şey yaşayacağını hayal ediyorsan sonsuza kadar yalnız kalırsın."

SANAT ve YAŞAM

Ertesi gün trenle eve dönerken, Alice öpüşmek üzerine biraz daha düşündü: daha doğrusu ablası ve eniştesi John için öpüşmenin ne anlama geldiği sorusuna yanıt aradı kısa bir süre için.

Bildiği kadarıyla bu, çok sık yaptıkları bir şey değildi. Birbirlerine fiziksel şefkat gösterdiklerine pek az tanık olmuştu; Jane'in doğum yaptığı gün, hatta evlendikleri gün bile böyle anlar pek seyrekti. Birkaç yıl önce, ablasıyla bir aylığına Amerika'ya tatile çıkacakları gün kocası Jane'i Heathrow Havaalanının girişinde dudaklarından öpmüştü. Ancak bu, bir aşığın bir ay boyunca hasretle bekleyeceği aşk'ına vereceği türden bir veda öpücüğü değil de, daha çok, ilk gençlik çağındaki bir erkeğin yeni tanıştığı kız arkadaşını tatile uğurlarken birden cesaretlenip öpmesine benziyordu. Hal böyleyken ablasının Hollywood filmlerindeki öpüşmeleri küçümsemesine, sanatta tasvir edilen öpüşmelerin fanteziden başka bir şey olmadığını düşünmesine şaşmamak gerekirdi. Ne de olsa yaşamındaki öpüşme deneyimlerinden hiçbirinin, derin duygularla uzaktan yakından ilgisi yoktu.

Alice'e göre becerikli bir partnerin kollarında (ya da dudaklarında) yaşanan iyi bir öpüşme, bütün bir sevişmeye rakip olamazdı belki ama eşdeğerdi. Karşısındaki erkeğin öpüşmeye zaman ayırması ve özen göstermesi çok hoşuna giderdi, ağzın erotik ve teknik açıdan hassas noktalarını keşfetmeye çalışması çok önemliydi onun için. İyi öpüşen birinin, bir kemancının ya da piyanistin yeteneğine sahip olması gerekirdi; ağızdaki her bir kasın kontrolünü ve akordunu iyi ayarlamalı, klavyeyi iyi tanımalı, ritim ve tempodan yoksun olmamalı, ne zaman sertçe bastıracağını ya da hafif ısırışlarla yalayacağını, ne zaman ağzını açacağını ya da uzaklaşacağını çok iyi bilmeliydi. Öpüşmeyi iyi bilen birinin salya üretimini ve soluk alıp verme hızını kontrol edebilmesi; başın pozisyonlarını şehvetle ayarlayabilmesi; öpüşmeye bütün bir yüzü katabilmesi; dudaklarla kalmayıp parmaklarıyla sevgilisinin kulaklarını, ensesini, şakaklarını ve kaşlarını keşfedebilmesi gerekiyordu.

Alice'in geçmişinde iyi öpüşlerin sayısı ne kadar da azdı. İlk öpüşmeler zaten birer felaketti, ya fazlasıyla ıslak ya da erginlik heyecanıyla susuzluktan çıkmış gibi yakıp kavuran cinstendi; ama sonraki dönemlerde de bu işe adam akıllı özen gösteren erkeğe pek az rastlamıştı Alice. Erkekler için öpüşmek, soyunmadan önce yazılan bir önsözdü, çok daha geniş çaplı ve tutkulu bir tasarımın öncesinde yer alan nazik ve zorunlu bir ritüeldi yalnızca. Bir kez yatağa girdikten sonra bütün akıl ve beden gücü tartışmasız başka noktalara kayıyordu.

Buradan yola çıkarak, Jane'in neden Hollywood'daki kucaklaşmalara tepeden baktığını bir anda anladı. Jane'in bu tavrı, iki çeşit öpüşme arasındaki farkı tanımlamaya götürdü onu:

[i] *Gerçek yaşamdaki öpüşmeler,* bunlara Jane ile John'un Heathrow Havaalanı girişindeki öpüşmeleri bir örnekti.
[ii] *Yapay, sanatsal öpüşmeler*, Hollywood filmlerinden, romanlardan ve resimlerden bildiğimiz, şehvet ve tutku yüklü deneyimler.

Eve dönüş treninde bu mesele üzerine iyice düşünen Alice şu sonuca vardı: John ve Jane'in yaşadığı öpüşmeyle beyazperdede gördüğü öpüşmeler arasında bir seçim yapacak olsa, örneklerine daha az rastlansa da daha doğru ve gerçek diye tanımlanmayı hak eden ikinci seçeneğin tarafında olurdu.

Estetik, bu meseleyi yorumlayacak olsa, bunun Yaşam ve Sanat arasındaki alışılmış tartışmanın bir parçası olduğu kanısına varırdı. Yaşam öpücüklerinin mi, sanat öpücüklerinin mi daha iyi olduğu, tamamıyla meseleye hangi açıdan baktığımızla ilgiliydi. Eğer meseleye Jane gibi Platon'un baktığı yerden bakıyorsanız hiç şüphesiz Yaşam galip gelirdi.

Platon'a göre sanat, tanımı gereği, yaşamın hakkını verebilme yolunda mücadele edebilirdi yalnızca, bu mücadelesinde de çoğunlukla yenilirdi. Rodin ve Klimt ne kadar güzel olursa olsun, ideal bir toplumda sanatçıların varlığına ihtiyaç yoktu; çünkü sanatın, zaten varolan, dolayısıyla yeniden üretilmesi gerekmeyen şeyleri taklit etmekten başka bir işlevi yoktu. Etrafta gerçek yataklar varken bir yatak resmi çizmenin ne anlamı vardı? Öpüşme bu kadar uluorta yaşanabiliyorken bir öpüşme sahnesi çekmenin ne anlamı vardı sanki?

Bu konuyu Oscar Wilde'a soracak olsak, bize dönüp "İzninizle ben bu fikirde değilim" derdi. Şimdilerde iyice klişeleşmiş, o efsanevi sözüyle Wilde, "sanatın yaşamı taklit etmediğini, tam tersine, yaşamın sanatı taklit ettiğini" söylerdi. Böylesine kafa karıştırıcı bir aforizmayla ne demek istiyordu Wilde? Demek istediği şuydu: Sanat yaşamdan üstündü; üç boyutlu aşıkların dudaklarından çıkan öpüşmeler, beyazperdede tanık olunan öpüşmelerin zayıf birer kopyalarıydı yalnızca. Wilde'ın Romantik estetiği, Alice'in ofisteki yılbaşı partisinde öptüğü, soluğu soğan çorbası kokan ve uzun süredir görmediği sahibini karşılama heyecanıyla dolu bir köpeği andıran Tony gibi adamları yargılar nitelikteydi.

Alice, pazar günü ablasından eve döndüğünde akşam olmuştu ve saat altıyı biraz geçiyordu. Evin içindeki bütün ışıklar kapalıydı, Suzy'nin açık kapısından yatağının boş olduğu görülüyordu. Odasına yürüdü, çantasını sandalyeye bıraktı, yatağına uzandı, pencereden dışarıyı izlemeye koyuldu. Karşı apartmanın pencerelerinden birinde, turuncu bulaşık eldivenlerini giymiş, elindeki tavayı kazımaya çalışan bir kadın görünüyordu; üst katta bir adam, titrek bir ışıkta gazetesini okuyordu; çatıda ise baca külahlarının ve antenlerin arasında bir hilal, hızla akıp giden bir bulut kümesinin altından bir görünüp bir kayboluyordu.

Koridorda çalan telefonla birdenbire hayallerinden sıyrıldı, ama telefona ulaştığında karşı taraf kapatmıştı. Sırtını ve ayağının tekini dar koridorun duvarına dayadı, gözlerini kapının girişindeki çıplak lambaya dikti, bir an için düşünceye daldı. Aç mı yorgun mu olduğunu, insanları görmeyi mi yoksa yalnız kalmayı mı tercih ettiğini, kitap okumayı mı televizyon seyretmeyi mi istediğini kestiremiyordu. Bütün dikkatiyle işaret parmağının köşesindeki ölü deri parçasını koparmaya çalışarak yavaş yavaş merdivenleri tırmanmaya başladı. Mutfakta Suzy'nin bıraktığı nota iliști gözü: Pazartesi'ye kadar dönmeyecekti, buzlukta biraz lazanya ve salata vardı, hafta sonu iyi geçmiş miydi?

Lazanya miyadını doldurmuştu, salatanın rengi birkaç gün önce atmıştı zaten. Belki biraz çorba içebilirdi. Lavabonun altındaki çekmeceden bir konserve açacağı, buzluğun yanındaki dolaptan da bir kutu konserve çıkardı. Çorbayı hafifçe kaynayana kadar ısıttı, sonra, üzerindeki çiçek resimlerinde yeşilin ağır bastığı ve kırmızıların zar zor seçilebildiği kalın seramik bir tabağın içine boşalttı. Çorbayı içerken bir yandan da masanın bir köşesine bırakılmış haftasonu gazetelerine göz gezdirdi.

Hiç kimse seni izlemediği, bu rezil ve önemsiz gündelik olayı yumuşatmadığı ve bu işe bir anlam ve önem yüklemediği halde mutfağın bir köşesinde oturup konserve çorba içmek ne büyük bir yalnızlıktı. Yalnız başına yenen akşam yemeği ve ılık çorba: Alice'in geçen günkü sergide pop-art ressamlarının işlerini neden bu kadar beğendiğine, özellikle Andy Warhol'un tablolarını neden bu kadar çekici bulduğuna dair bir ipucuydu belki de. Sanat'ın yaşamı yüceltebilme yetisini gözler önüne seren bir durum daha yaşanmıştı işte.

Andy Warhol, mütevazı bir çorba konservesini alıp onu mucizevi bir esere dönüştürmüştü; böylece sanat, hem Platoncu anlamda nesneyi taklit ediyor, hem de Wilde'ın estetiğine uygun bir biçimde yüceltmiş oluyordu. Campbell's konservelerinin iç karartıcı bir yönü olmuştu hep; ama şimdi, bir başkasının da bu konserveleri gördüğü, onları değerli bir nesneye dönüştürmeye karar verdiği, galerinin duvarına astığı ve böylece onlara resim kimliği kazandırdığı düşünüldüğünde bu iç karartıcı yön nasıl da azalıyordu.

Ciddi sanat eleştirmenleri, onlarca yıldır sanattan uzak "sıradan nesneler" diyerek küçümsedikleri konservelere, hamburgerlere, saç kurutma makinelerine, rujlara, musluk başlarına ve elektrik düğmelerine daha farklı bir gözle bakmaya başlamışlardı artık, çünkü sanatçılar bu nesnelere yöneltmişti ilgilerini. Sanat eleştirmenleri önceden sanata yakıştıramadıkları bu nesneleri önemsemeye başladılar, çünkü onların da estetik dünyada, Meryem Ana tasvirlerinin, Venüs heykellerinin ve İsa İkonalarının arasında yer almasına karar verilmişti bir kez.

Sıradan'ı çevreleyen yeni bir çerçeve, şekillerin, renklerin ve titreşimlerin eskiden olduğu gibi hor görülmesini engelliyordu; bu çerçeve yaklaşanların kulaklarına şunu fısıldıyordu:

Burada olup bitenler, çok özel şeylerdir.

Cyril Connolly gazeteciliği yalnızca bir kez bakıp algılanacak, edebiyatı ise tekrar tekrar bakılacak bir şey olarak tanımlıyordu, bu tanıma göre Campbell's konserveleri *gazeteciliğe özgüydü* (ne de olsa bir kez kullanılıp atılmak üzere üretilmiş kaplardı bunlar), ta ki Warhol onları alıp, az evvel bahsettiğimiz çerçeveyle donatıp onlara *edebi* bir kimlik kazandırana kadar (tekrar tekrar görülebilmeleri için duvarlara asılacaklardı artık).

Warhol'un resim yoluyla yaptığı yüceltmeyle, bir aşığın aşkının elindeki ya da burnundaki (uzun süredir hiç kimsenin ilgisini çekmeyen) benleri överek yüceltmesi arasında bir benzerlik yok mudur? Bir aşığın "Biliyor musun sevgilim, seninki kadar güzel bilekleri/benleri/kirpikleri/tırnakları olan birini daha tanımıyorum" diye fısıldamasıyla, bir ressamın çorba konservesinin ya da Brillo kutusunun estetik yönünü ortaya çıkarması, yapısal olarak aynı kefeye konamaz mı?

Bu gibi ayrıntılara övgüler düzmek ilk bakışta insana gülünç gelebilir, tıpkı duvarda bir çorba konservesi görmenin gülünç gelebileceği gibi. Ancak, bu önemsiz gibi görünen ayrıntıların; aslında daha büyük ve daha önemli bir bütünün, örneğin bir insana duyulan duygu bütünlüğünün ufak bir parçasını oluşturduğu ve bu yüzden onlara hayranlık duyulduğu anlaşılırsa, bu övgülere hak vermeye başlayabilir insan. Bir özellik, daha büyük bir şeyin *ayrıntısı* olarak görülmeye başlandığında önemsiz olma halinden, yani başka bir şeyle bağlantısızmış gibi görünme halinden sıyrılır.

Edebi Çorba

Yalnız başına oturmuş yemeğini yerken Alice, birinin onunla ilgileneceği, böylece kendisiyle ilgili ufak ayrıntıların takdir edildiğini hissedeceği güne özlem duydu. O gün gelip çattığında, yaşamının öğeleri değer kazanacak, bunun için aya gitmesi ya da Cumhurbaşkanı olması gerekmeyecek, yalnızca biri orada durup "Bunu böyle yapışın ne kadar tatlı" diyerek yalnızlığını kıracak, Alice de ona aynı biçimde yanıt verecekti. İşte o zaman pazar akşamı gazetelere göz atılarak içilen bir tas çorba böylesine derin bir hüzün taşımayacaktı, çünkü yanıbaşında bu deneyimi onunla birlikte sindirebilecek biri (belki Warhol değil ama, biri) olacaktı.

"Orospunun tekiyim ben" diyerek kafasının içinde dönüp duran bu düşüncelerin önünü kesti Alice. "Kendime gelmeliyim."

Gazeteyi bir kenara attı, boş tabağı lavaboya götürdü, soğuk suyun altında çalkaladı.

"Ya tam bir özseverim ya da tümüyle kafayı yedim."

İçindeki daralma hissinin evde kapalı kalmaktan kaynaklandığına karar verdi en sonunda. Dışarı çıkıp bir film seyretmeliydi. Gazetenin sinema sayfasını açtı, Renoir sinemasında Jean-Luc Godard'ın *Serseri Aşıklar*'ı gösteriliyordu. Alt kattaki yatak odasına indi, kazağını değiştirdi ve Brunswick Square'e gitmek üzere dışarı çıktı.

Sinema birbirinden şık çiftlerle doluydu, biletini alırken yalnız başına sinemaya gitmenin verdiği o içgüdüsel korku nüksetti yine.

"Başka insanların ne düşündüğünün ne önemi var sanki?" diye geçirdi içinden. Bu paranoyakça düşüncelerin ardında yatan benmerkezcilik canını sıkmıştı.

Bir dilim havuçlu kek satın aldı, sonra da orta sıralardan bir koltuk seçti. Işıkların sönmesiyle yavaş yavaş unuttu kendini, başkalarının bakışlarından korkan bedeni özgürce yayıldı koltukta. O artık, Champs-Elysées'de *Herald Tribune* satan Jean Seberg'di; Amerikan Ekspres bürosundaki Belmondo'ydu; arabasıyla Saint-Germain'den aşağı süzülüyordu geceyarısı; öleceğini bilerek Mozart'ın klarnet konçertosunu dinliyordu.

Filmin sonu gelip de yazılar çıktığında, kendisine ait olan bir dünyadan koparılmış gibi hissetti. Bu karakterlere ve duygulara bir daha tanık olamayacaktı. Gülmüş, ağlamış, Jean Seberg'e hayran kalmış, Belmondo onu büyülemişti.

Önündeki koltukta oturan gözlüklü, siyahlara bürünmüş bir çift, ayağa kalktı ve konuşa konuşa yağmurluklarını giydi.

"İtalyan yeni gerçekçiliğinden güzel bir pastiş örneği" diye fısıldadı adam.

"Öyle mi dersin? Bence biraz John Ford, biraz da Sartre" dedi arkadaşı.

Alice, en son yazılar çıkana kadar, filmden gerçek yaşama geçişteki o acılı anı biraz daha ertelemek için oturduğu yerde kaldı.

Taksiye verecek parası kalmamıştı, bu yüzden otobüs durağına doğru yürüdü. Hafif nemli ve karanlık caddeler, reklam ışıklarının rengiyle boyanmış, yağlı yemek kokusuna bulanmıştı. Paris'i özlemek işten bile değildi.

Üniversiteye gitmeden önce Paris'te bir yıl kalmıştı. İlk kez evinden uzak bir yerde yaşıyordu; bu deneyim, orada yaşamak zorunda olmayanlarda rastlanabilecek bir romantizm duygusu salmıştı içine. Gününü yaşama ve güvenle yaşama duygusu sarmıştı benliğini; sürüyle arkadaş edinmişti, demet demet çiçek gönderen ve ilan-ı aşklar eden hayranlarının gözbebeği olmuştu.

Montparnasse'da bir turizm şirketinde asistan olarak çalışmış; hafta içi iki gün izinli olduğu için, modern Fransız sinemasıyla ilgili bilgi edinme fırsatı bulmuştu. İşte bu yüzden Paris onun gözünde sinemayla özdeşleşmişti; çünkü bu şehrin sinema salonlarında gördüğü film sayısı bir yana, şehrin caddelerini ve bulvarlarını mekan edinen sürüyle film seyretmişti Alice.

Tottenham Court Road'dan aşağı yürürken, Londra'nın ne kadar az filme alınmış bir şehir olduğunu düşündü ve birden içinde bir nefret uyandı. Eğer Paris'i Londra'ya tercih ediyorsa bu, bu kente gündelik yaşamdan yola çıkarak yaklaşmasından değildi (ne de olsa mutsuz insan her iki şehirde de mutsuz olabilirdi); bu tercihinin asıl nedeni, yaşadığı şehre orada ondan önce bulunmuş film yapımcılarının ve ressamların gözünden bakıyor olmasıydı. Paris sokaklarına baktığında gördüğü tek şey tuğlalar ve damlar değil, Manet ve Degas'nın, Toulouse-Lautrec ve Pissaro'nun, Truffaut ve Godard'ın bu tuğlaları ve damları ne şekilde gördüğüydü aynı zamanda.

Kısacası Paris caddelerinin bir estetiği vardı; Londra'nın, eline su bile dökemediği bu estetik, sanatsal üretimin hammaddesini oluşturan bir ruh olarak tanımlanabilirdi. Londra'nın estetik yönü deyince Alice'in zihninde uyanan tek şey, BBC'deki kasvetli Dickens uyarlamalarının sesleri ya da eski James Bond filmlerinden kesik kesik kareler oluyordu (Whistler ve Monet aklına gelmedi herhalde).

Londra'ya bakan gözlerin sayısı az olmuştu hep, dolayısıyla sanatçıların fırçalarında, kalemlerinde ve kameralarında yeniden üretilen şehirler gibi parlamamıştı bu şehir. Alice'in yaşadığı şehir, Roma'nın, Prag'ın ya da NewYork'un ruhundan, gördüklerini daha önce bir başkasının da gördüğü duygusundan, kişinin algılarını bir başkasının filtresinden geçirmesini sağlayan o güzellikten yoksundu. Alice, film yapımcılarının, metropollerde yaşayan sayısız ve isimsiz kalabalıkların parçalanmış algılarını nasıl tek bir imgede bütünleştirdiklerini, yarattıkları bu ortak imge sayesinde modern metropollerin büyük yalnızlığını nasıl kırdıklarını düşündü.

Foyles'in karşısındaki durağa tam zamanında yetişti, otobüs kalkmak üzereydi. Biletçinin yanındaki koltuğa oturdu hemen.

"Bu gece hava çok keskin, değil mi?" diye laf attı biletçi.

"Ya, öyle" diye kısa ve küt bir yanıt verdi Alice.

Birkaç dakika önce film yapımcılarının şehirdeki yalnızlık duygusunu nasıl kırdıklarını düşünmesine karşın, şimdi bir biletçiyle iki çift laf etme fırsatı çekilmez gelmişti ona. Toplumsal değil, estetik açıdan ukalalık yapıyordu. Beyazperdede gördüğü biletçilere bir diyeceği yoktu; ancak eve dönüş yolunda hayal kurarken onu rahatsız ettikleri zaman ne yapacağını şaşırıyor, onların o elle tutulur gözle görülür varlıklarına katlanamıyordu.

Bu durum, Alice'e estetikten yoksun olmanın karmaşık sıkıntısını yaşattı. Jean Seberg, filmde, Paris'te yaşayan sıradan bir Amerikalı kızı canlandırmıştı. Seberg'in yaşamı çok şiirsel görünmüştü gözüne, oysa şu an kendi yaşamının sıradanlığıyla yüzleşmişti. Yaşamı sıradandı, arkadaşları sıradandı, ailesi, işi, yaşadığı ev, yaşadığı şehir, bindiği otobüs, otobüsteki biletçi sıradandı. Bu sözcükle Alice'in kastettiği neydi? Yaşamında hiçbir şeyin, değerli bir şeye, daha büyük bir davaya ya da öyküye hizmet etmemesiydi.

Belki başka bir çağda Tanrı bu sorunlara çözüm bulmuştu. Belki bir zamanlar göğün yüzünde onun gözleri vardı; gözünün üzerimizde olduğu, sıradan yaşamlarımızın iyinin ve kötünün ışıltılı tarihiyle ilişkili olduğu duygusu dünyanın bu pespayeliğini yumuşatıyordu belki de. İnananlar, Dünyasal Şehir'de yaşasalar da eylemleri Göksel'de olup bitenle bağlantılıydı. Tanrı her şeyi görüyordu; yağmurlu, sisli bir gecede Londra'nın bir ucundan ötekine yapılan bir yolculuk, onun tanıklığı sayesinde katlanılabilir hale geliyordu.

Ancak Alice hiçbir zaman inanmamıştı. Ona göre bu işlevleri kısmen de olsa yerine getirmesi beklenen şeyler, sanat ve aşk olmuştu. Tıpkı izlediği filmin "Bu duyguyu bilen, bu caddeyi gören, bu kafede oturan bir tek ben değilim" dedirterek onu yalnızlığından kurtarması gibi, aşk da, kulağına "Hissettiğin bu mu gerçekten? Ne harika... ben de şu anda tıpkı senin gibi hissetmiştim" diye fısıldayabileceği birini bulma umudunu sunuyordu. İki ruhun birbirinde tatlı benzerlikler keşfedip mutlu olabileceği umudunu.

GIPTA EDİLEN ÖYKÜ

Alice, haftasonları erken kalkabilirse vosvosuyla en yakın fırına gidip taze ekmek almayı alışkanlık haline getirmişti. Bir hafta sonra cumartesi sabahı, ancak sekiz buçuğa kadar uyuyabildi, bu yüzden Suzy ile Matt'e kahvaltı hazırlayarak sürpriz yapmaya karar verdi.

Arabasını High Street'e park etti; sıcacık ekmeklerden birkaç somun aldı; sonra da birkaç kilometre ötedeki kuru temizleyiciye uğrayıp bir yığın giysi bıraktı. Arabasına döndüğünde silecek-lerden birinin altına bir zarf sıkıştırılmış olduğunu fark etti. Yeni bir otopark bileti olmadığını görünce rahatladı, zarfı ekmek torbasına attı ve arabasına bindi.

Eve döndüğünde, aşıklar hâlâ uykudaydılar; o da radyodan bir haber programı buldu, sonra da bir fincan kahve hazırladı kendine. O sırada zarf geldi aklına; bu bir mektuptu, okumaya koyuldu:

Sevgili Yabancı,

Bu yazdıklarımı bağışla. Ama haftalardır sana yazmak için önlenemez bir istek vardı içimde. Buraya her ekmek almaya geldiğinde dilim tutuluyor. Gülümseyişin beni fena halde cezbediyor, ne zaman seninle konuşma cesaretini bulacağımı sorup duruyorum kendime. Seninle ilgili hiçbir şey bilmiyorum. Tek bildiğim, güzel kırmızı bir araban ve sevimli bir gülümseyişin olduğu. Basit bir tezgahtar olduğumu düşünme, n'olur. Aslında ben bir müzikseverim, dahası bir besteciyim. İstersen bir akşam sana çok güzel yemekler pişirebilirim, yalnız tek şartla: Pişireceklerim (büyük olasılıkla) mikrodalgada yapılmış ve (kesinlikle) vejetaryen olur. Seni bir müşteri olarak bile olsa yeniden görmek ümidiyle. Sabahlarımı katlanılır kılan, buraya gelişin ve o güzel gülümseyişin. (Aslına bakarsan bu son kafiye tesadüfen oldu.)

Alice, Aman Tanrım! diye geçirdi içinden; söz konusu tezgahtarın tipini gözlerinin önüne getirmeye çalıştı. Sivilcelerin zalimce yüzünü kapladığı, tedirgin ve heyecanlı bir görünüm çizen genç bir çocuktu bu.

"Sabah sabah mektup alan bu şanslı kız da kimmiş böyle?"

"Merhaba Suzy. N'aber?"

"İyilik şekerim. Senden?" dedi Suzy, Alice'in yanağına bir öpücük kondurdu.

"Garip bir mektup aldım."

"Garip bir mektup mu?" diye seslendi Matt. Gözlerini ovuştura ovuştura yatak odasından salona girdi. "Sabahın köründe mektup mu okunurmuş. Öyle değil mi Suzy?"

"Sen onu boş ver. Kimden bu mektup?"

"Ayyy! Sıcak ekmek getirmiş bize!" dedi Matt, fırından alınmış torbanın görüntüsü iştahını kabartmıştı. "Alice, sen bir harikasın. Baksana, herkese birer tane. Oooo, reçel de almış."

"Şişt, Matt. Sus biraz. Şu mektup da neymiş onu dinlemek istiyorum."

"Keşke anlatacağım şey biraz heyecanlı olsaydı," dedi Alice. "Yalnızca bir aşk mektubu işte...."

"Yalnızca bir aşk mektubu mu?! Bu kadar miskin olanını da hiç görmemiştim.", dedi Matt.

".....fırındaki tezgahtardan."

"Fırındaki tezgahtar mı?"dedi Suzy. Kafası karışmıştı.

"Ya, evet. Ekmek satan o genç çocuk. Bana bir aşk mektubu yazmış. Gülümseyişimi beğendiğini, kabul edersem bana bir akşam vejetaryen yemekleri pişirebileceğini söylüyor."

"Ayy, ne hoş bir teklif..." dedi Suzy, her şeyi olumlu tarafından görmek gibi bir huyu vardı.

"Vejetaryen yemeği sevmem" dedi Matt. "Bir ara şu fındık pirzolalarından bayağı yiyordum, ama dengeli beslenmek gerekir. Yine de gülüşüne hayran vejetaryen bir fırıncı: İlginç tabii."

"Budalanın biri" dedi Alice. "Yani, hangi cüretle bu mektubu yazmış?"

"Aaa, öyle deme" diye atıldı Suzy, sesini bir hayli incelterek. "Fırıncılık çok ilginç bir iştir. Ben bir zamanlar bir fırıncı tanırdım. Çok güzel çörek yapardı."

"Çörek mi??" diye sordu Matt.

"Her neyse, benim ilgimi çekmiyor işte. Bu konu burada kapanmıştır, haydi kahvaltımızı edelim" dedi Alice. "Mektubu da çöpe atıyorum."

İnsan, biraz iyimserliğini biraz da hayalgücünü işin içine katarsa, mektupla başlayan bu öykünün çok daha farklı sonlanabileceğini umut edebilir; en azından havaalanında satılan romanlar kadar varyeteli bir son uydurabilir. Genç fırıncı, kendisinden yaşça büyük ve olgun bir kadına aşık olur. Mutluluğa giden yol, engeller ve çelişkilerle doludur; sınıf ve yaş farkı bu engellerin başında gelir; kadının arkadaşları ve yakınları fırıncıya dudak bükmektedir; babası fırıncıyı vurmaya kalkışır; fırıncının annesi Ödipal açıdan kendini tehdit altında hisseder ve Batı Yakası'ndaki şık bir restoranda yiyecekleri akşam yemeğinden önce oğlunun gömleğini ütülemeyi reddeder; adam vejetaryendir, kadın et sevmektedir; adam garip garip Hintli telli çalgılar dinlemeyi sever, kadınsa Mozart dinlemeyi tercih eder. Ancak bütün bunlara karşın, (ateşli ve bol unlu sevişmelerle sonuçlanan) güçlü ihtirasları bu engelleri ortadan kaldırır ve 350. sayfada mutlu bir final, öyküyü zafere götürür.

Oysa mektup bir anda kendini çöp kovasının dibinde buldu ve öykünün bütün olasılıkları da o anda son buldu (Ancak Suzy, ayrı dünyaların insanlarının bazen iyi anlaşabileceklerini iddia etmeyi sürdürdü; örnek olarak da Matt'i ilk Üniversite Hastanesi'nde gördüğünde çok da fazla etkilenmediğini ileri sürdü; ama Matt, Suzy'nin o anda nasıl da kızardığını ve cam kapıya çarptığını anımsatarak bu tezin altını oyunca tartışma kapanmış oldu).

Alice'in kendi geçmişine dair tek anımsadığı şey uyumsuzluktu. Daima dilinin ucunda bir tutku olurdu; ve her zaman kime neyi vermek istediği konusunda bir çelişki baş gösterirdi.

Ocak ayında Tony, yani yılbaşı partisindeki öpücükten sorumlu olan adam, Alice'e bir akşam yemeği ve Torquay'de bir hafta sonu teklif etmişti. Alice nezaketi için teşekkür etmiş, arkadaşlığından hoşlandığını belirtmiş; ancak işin daha ileri gitmesini engellemek için dürüstçe, biz sadece arkadaşız demişti. Aslında, departmanlarının fotokopi makinesini ve yazıcısını tamir etmekten sorumlu olan bu genç çocuktan hoşlanıyordu. Bu yüzden fotokopi makinesinin tonerinde sorun var bahanesiyle sık sık alt kattaki tamir bölümüne telefon edip duruyordu. Birkaç hafta ya geçti ya geçmedi, yakışıklı tamirci Simon, o gece erkek arkadaşı Tom'la birlikteliklerinin ikinci yıldönümlerini kutlamak üzere yemeğe çıkacaklarını ağzından kaçırıverdi. Tamir bölümü o günden sonra bir daha hiç üçüncü kattan toner sorunu işitmedi.

Hiç şüphesiz Alice, gıpta edilecek bir kaçınılmazlık duygusu içeren büyük aşk öykülerine hayranlık duyuyordu. Bu öyküleri çekici bulmasının nedeni, onların hep mutlulukla yüklü olduklarına duyulan safça bir inanış değildi, daha çok bu öykülerin kendi içlerinde bir anlam taşıyor olmalarıydı. Her sahnenin dikkat çektiği bir nokta vardı, sıkıcı bir sahne bile sıkıcılık üzerine bir şeyler söylemek için vardı. Aristo, dehşetle trajedi arasındaki ayrımın, olay örgüsü olduğunu söylemişti. Güçlü bir kurgunun olduğu öykülerde acı olaylar anlatılsa da okur, en azından bu öykünün bir *aptal* tarafından anlatılan, hiçbir anlam taşımayan, ses ve öfke dolu bir anlatı olmadığını bilirdi.*

Romantik kurmacalardaki kahramanlar; kıskanç kocalar, karanlık aşıklar, başa çıkılması gereken zor durumlar ve yaşamı

* Yazar burada William Faulkner'ın *Ses ve Öfke* adlı romanına gönderme yapıyor. (ç.n.)

umutsuz kılma noktasına getirmeyecek ölçüde ilginç kılan engellerle karşı karşıyadır. İlk perdede adı geçen silah, bedeli ne olursa olsun, beklendiği gibi dördüncü perdede ateş alacaktır.

Alice yirmi beş yaşına doğru bir ay daha ilerlerken, onun için iki türlü zaman olduğu söylenebilirdi:

◷ **Anlamlı zaman:** Öykülerde bolca bulunan, karakteri ortaya çıkaran, birbiri ardına *öyleyse, bunun için* ve *bu nedenle* gibi sözcüklerle bağlanan zaman.

◷ **Saat zamanı:** Akrep ve yelkovanın bir daire içinde hareket edişi; öykünün o sıkı klasik yapısından öte, aşağıdaki kaçınılmaz akışa dayalı kronolojik gelişim:

Tutku / İhtiyaç → Çelişki → Çözüm

Alice'in tutku ve ihtiyaçlarının en iyi olasılıkla vardığı yer, şekilsiz ve ipsiz sapsız bir destan oluveriyordu, bu destanda olan biten hiçbir şeyin görünür bir nedeni yoktu, tutkular hiçbir zaman çelişkilere yol açmıyor, çelişkiler de tutkular olmadan ortaya çıkıveriyordu. Varılan çözümler, her an kanamaya hazır yaraların üzerine yapıştırılmış geçici yara bantları gibiydi, bütün bir öykü ise bir reklam arasının yarattığı erteleme hissiyle birlikte yıllarca sürüyordu.

Bireysel tarihinde hiçbir zaman boğazındaki düğümlere ifade özgürlüğü tanınmamıştı. Babasını sevmişti ama onunla hiçbir zaman iyi bir ilişki tutturamamıştı, babası uluslararası bir mağazalar zincirinin işlerine koşturmaktan çocuklarıyla ilgilenemezdi çünkü. Annesi, salındığı sosyal çevrelerde olgun ve çekici bir kadın olarak bilinirdi. Alice'in annesine dair anımsadığı ise onun şımarık, çocuksu ve (kindar bir duyguyla) biraz acınacak bir karakter olduğuydu. Anne babasının saplantılı bir biçimde kendi yaşamlarına bağlı olmaları, Alice'de sorunlarını ifade etmeye hakkı olmadığı duygusunu yaratmıştı. Tarih, onu çığlık atanlar değil de tırnak yiyenler kampına yollamıştı, yaşamı dışsal değil de içsel bir dramdı.

Belki de Ariadne'nin öyküsünden çok etkilenmiş olması tesadüf değildi. Bu eski Yunan söylencesi, Theseus'un, zalim Minotauros'un bin bir labirentli sarayında hapsedilmek ve ölümü beklemek üzere Girit'e gelişini anlatır. Ancak Theseus hapsedilmeden önce Kral Minos'un kızlarından biri olan sıcakkanlı Ariadne'nin gözüne çarpar. Ariadne, yakışıklı gence aşık olur ve onu zalim kaderinin elinden kurtarmaya karar verir. Kendini tehlikeye atarak, genç adama labirentten çıkış yolunu bulabilmesi için bir yumak iplik verir. Aşkın verdiği güçle Theseus devi öldürmeyi ve bu ipliği izleyerek labirentten çıkmayı başarır; prensesin duygularını karşılıksız bırakmaz ve sevgili Ariadne'sini de aldığı gibi Girit'ten uzaklaşır.

Bu öyküde Alice'i etkileyen, öyküde varolduğunu düşündüğü simgecilik olmuştu: Yolculuğumuzu sürdürebilmemiz için bir yumak ipliğe ihtiyaç duymamız, bu yumakla aşk arasındaki bağ ve yön bulmamızı sağlayacak olanın aşığın verdiği armağan oluşu.

Ancak Alice'in unuttuğu bir nokta (Yunan mitolojisini çok iyi bildiği söylenemezdi), öykünün talihsiz bir sonla bitiyor oluşuydu. Bu mutsuz sonlar öykünün farklı uyarlamalarına göre değişiyordu: Girit'ten ayrıldıktan kısa bir süre sonra Theseus'un Ariadne'yi terk etmesi, iki aşığın kaza sonucu ayrı düşmeleri, Ariadne'nin kıskanç Dionisos tarafından Tanrılar ülkesine kaçırılması gibi.

ŞÜPHECİLİK

Bir hafta sonra Suzy, arkadaşı Joanna'yı akşam yemeğine davet etti. Joanna, tırnaklarını leylak rengine boyamakla, ikiyüzlülükle mücadele etmekle ve daima içten bir tavır sergilemekle övünen uzun boylu bir güzellik uzmanıydı. Bu içtenlik çabası, sohbetlerin sonunda insanları kırmasına, sonra da "Aman canım, bunları ben söylemezsem, kim söyleyecek onlara?" sorusuyla kendini savunmasına yol açıyordu her seferinde.

Üç kadın mutfak masasının etrafında oturmuşlar, şarap içip salata yiyorlardı.

"Eee, söyle bakalım, aşk hayatın nasıl gidiyor?" diye sordu Joanna, Alice'e dönerek.

"İyi."

"Çok seviyorum bu kızı, her zaman pek nazik! 'İyi' demez mi! Sanki havalar nasıl diye soruyorum."

"Affedersin, ne demem gerekirdi?"

"Bilmem, kiminle düzüştüğünü anlatabilirsin, sana istediğini veren o erkekten bahsedebilirsin örneğin, sen daha iyi bilirsin. Hâlâ o çocukla mı berabersin, şey, adı neydi..?"

"Tony. O mesele bir süre önce kapandı, değil mi?" diye lafa girdi Suzy. Sohbetin tonu onu telaşlandırmıştı.

"Şişt! Kızın kendi ağzı var herhalde, bırak da o konuşsun" diye itiraz etti Joanna.

"Yani, evet, gerçekten bitti, Suzy doğru söylüyor. Anlarsın ya, birbirimize göre değildik, ben de en iyisinin bu olacağına karar verdim..."

"Ne derler bilirsin, aşkta ve savaşta her şey caizdir" diye karşılık verdi Joanna, sonra da pek mühim bir şey söylemiş havasıyla sustu. Bu sessizlik içinde bir sigara yaktı, derin bir soluk aldı ve yeniden konuşmaya başladı: "Şimdi dinle beni. Sana müthiş bir kıyağım olacak. Seni çok özel birine ayarlayacağım. Adam erkek kardeşimin arkadaşı. Onu çok seveceksin. Zayıflama merkezinde çalışıyor, aynı zamanda bilgisayar mühendisi, çok seksi ve çekici bir erkek. Bence senin bütün sorunlarını şıp diye çözecek."

"Çok hoş" diye yanıtladı Alice.

"Hoş mu? Bu fırsatı havada kapacağını düşünmüştüm."

"Ya, tabii."

"Nedenmiş o?"

"Çünkü ben tek başıma gayet iyiyim."

"İyi olabilirsin, ama ben diyorum ki bu adamla bir yatağa gir, kendini çok daha iyi hissedersin."

"Bu sana düşmez."

"Aman, özür dilerim. Yatak odası departmanınızda personele ihtiyaç olduğunu düşünmüştüm de."

"Bu durum umurumda değil. Yani eğer biriyle birlikteysem ne âla, ama değilsem de sorun değil."

"Öyleyse dünyanın sonu gelmiş gibi ortalarda dolanan kim?"

"Bilmiyorum."

"Dinle bebeğim, hayatın gerçekten güzeldir, falandır filandır, ama herkes bazen bir dekor değişimine ihtiyaç duyar. Tüylü mü seversin tüysüz mü?"

"Ne dedin?"

"Kılsız göğüslülerden mi hoşlanırsın kıllı olanlardan mı?"

"Bilmem, fark etmez. Karşımdakinin nasıl biri olduğuna göre değişir bu."

"Ah, bu ne duyarlılık! Dinle canım, ben sana onun telefon numarasını vereyim, siz ikiniz aranızdaki elektriğe bir bakın, sonra karar sizin. Oldu mu?"

"Olmadı."

"Nedenmiş o?"

"Çünkü Joanna, inan bana hiç kimseye *ihtiyacım yok.*"

"Tamam canım, sinirlenme. Tanrım, insanlar ne kadar da hassas oluveriyorlar!"

"Belki asıl senin bir parça daha hassas olman gerekiyordur."

"Ben yalnızca çok ilginç bir adam tanıdığımı ve senin de uzun zamandır...."

"Ne'n var Alice? Canım benim, ne oldu sana?" diye sordu Suzy, Alice'in gözlerinden süzülen yaşları fark ederek.

"Yok bir şey, özür dilerim", diye yanıt verdi, masadan aniden kalkmıştı. "Biraz yorgunum galiba. Yatıp dinlenmek istiyorum."

Alice'in masadan kalkışıyla gergin bir sessizlik kapladı ortalığı. Suzy, Alice'in yarım kalan tabağına ve öfkeyle bir kenara atılmış peçetesine bakakaldı.

"Sakın beni suçlama" diye atıldı Joanna. "Ben yalnızca yardımcı olmaya çalışıyordum. Dudaklarını sarkıtarak dolanıyor ortalarda, mutsuz olduğu çok açık. Ben de birileriyle tanışması gerek diye düşündüm. Sana söylüyorum, şu benim tanıdığım çocuk bir harika. Her neyse canım, eğer ben söylemezsem, bunu kim söyleyecek ona?"

Böylesi bir dürüstlüğün (kabalıktan çok ince bir çizgiyle ayrılan bu dürüstlüğün) iyi ve kötü tarafları ne olursa olsun, Joanna'nın da haklı olduğu bir nokta vardı. Alice aşk için yanıp tutuşuyordu; ama bunu ne kendine ne de başkalarına itiraf etmeye yanaşıyordu. Tek başınalığı, ilk başlarda ona takılmalarına ve dalga geçmelerine neden olmuştu; ama zaman ilerledikçe bu yalnızlığının bu kadar uzun sürmesi, üzerinde konuşmaktan kaçınılan bir yüke dönüştü onun için.

Romantik sorun derinlerde bir yerlerde yaşanıyordu, ancak yansımaları her yerde hissediliyordu. Alice'in geçmişte iyimser bir mizacı vardı, şimdi ise arkadaşları onu sık sık hayatın her alanında bir şeylerin düşüşe geçtiğini savunurken buluyorlardı: Kümesel ekonomiyle ve getirileriyle, kadın erkek ilişkileriyle ve ailenin geleceğiyle, medeni değerlerle ve eğitim standartlarıyla, şehirlerin temizliğiyle ve ayakkabı fiyatlarıyla, havalarla ve vahşi yaşamın yok edilmesiyle ilgili bütün görüşleri, solgun ve soğuk renklere bürünmüştü. Yaptığı mühim saptamaların kol gezdiği satırlar şunlardı: "Ne olursa olsun yaşam çok anlamsız. Erkekler ve kadınlar hiçbir zaman birbirlerini anlayamayacaklar. Bütün hepsi baştan sona kötü bir şaka."

"Ne kadar da mutsuzum" düşüncesinden, daha geniş bir düşünce olan "Bu dünyada varolmak beyhude bir edim" saptamasına geçişin bu kadar basit olabilmesi şaşırtıcıydı; "Kimse beni sevmiyor" gibi sıradan bir şikayetin "Aşk bir yanılsamadan ibarettir" gibi şık bir aforizmaya yükseltilebilmesi hayret vericiydi. Mesele, varoluşun ya da aşkın beyhude bir edim olup olmamasında yatmıyordu (kim bunu bildiğini iddia edebilirdi?); asıl mesele insanın, çok genel, söyleyene hiçbir şekilde gönderme yapmayan bir özlü söze sığınarak, derinlerdeki sorunu gizleyiş biçimiydi.

Bu olgu etrafında çok bilinen örneklere rastlamak mümkün. Örneğin annesine beslediği nefreti efsaneleşen ve oldukça karanlık ve Hamletvari bir mizacı olan Schopenhauer'de olduğu gibi. On yedi yaşındayken babası ölünce, annesi aileyi memleketleri Hamburg'dan Weimar'a taşımış. Anne, orada pek sosyal bir hayatın içine girmiş; partiler vermeye, aşk ilişkileri yaşamaya, pahalı elbiseler almaya, sanki çok zenginmiş gibi para harcamaya, kısacası bir şen dul olarak yaşamaya başlamış. Tam bir kültürel snob haline gelmiş, Goethe'nin de ziyaret ettiği bilinen bir salona ev sahipliği etmiş. Büyük bir başarı kazanan romanlar bile yayımlamış, oğlununkini aşan bir edebi şöhrete ulaşmış (oğlunun en temel kitabı olan *İstenç ve Düşünce Olarak Dünya,* üç yayıncı tarafından reddedilmiş ve ona beş kuruş kazandıramamış). Herkesin annesiyle ilişkisinde şansı yaver gitmemiş olabilir; ancak bu deneyimi evrenselleştirerek kendi yaşam felsefesini "Kadınlar çocuksu, aptal ve dar görüşlü yaratıklardır, ömürleri boyunca büyük birer çocuk olarak yaşarlar" ya da "Bir erkeğin, kendinden daha bodur, dar omuzlu, koca popolu ve kısa bacaklı bir cinsi latif bulabilmesi için cinsel güdülerinin esiri olması gerekir" ve hatta "Kadınların müzikte, şiirde, plastik sanatlarda bir kavrayışları ve duyguları yoktur" gibi düşüncelerle donatmaya başlaması her babayiğidin harcı değildir.

Meselenin can alıcı tarafı, Schopenhauer'in yazdığı binlerce sayfa boyunca, kendisini rahatsız eden asıl kadından söz etmekten kaçınması, bunun yerine kadınlara ve kadın soyuna sövüp saymasıdır. Parti üstüne parti veren, sanki çok zenginmişçesine para harcayan annesine hiç değinmemektedir.

Ya da talihsiz duc de La Rochefoucauld örneğini ele alalım. "Her şey kötü görünüyor olabilir, ama aslında göründüğünden bin kat kötüdür" gibi karamsar özlü sözler onun kaleminden çıkmıştır. Ancak bu özlü sözler, yazarının yaşamına, neredeyse kesintisiz bir felaketler zinciri yaşamış olduğuna bakıldığında evrensel yetkisinden bir şeyler yitirir. Bu adam, mahkemede Avusturyalı Anne'in tarafında yer almak gibi talihsiz bir politik karar vermiş, üstelik bunu kraliçenin nedimesine aşık olduğu için yapmış, bunun bedelini Richelieu tarafından iki yıl sürgün edilerek ödemiş, daha sonra Anne naip olduğunda ne Mazarin ne de Anne kendisine sadakatinden ötürü teşekkür etmiş, her Fronde ayaklanmasında yanlış tarafta yer almış, kalesi yerle bir edilmiş, bir patlama yüzünden kör olmuş, askeri ve politik bir kariyer edinme ümitlerinin hepsi suya düşmüş ve son olarak, aradığı aşkı hiçbir zaman bulamamış bir yazardır.

* * *

Joanna'nın ziyaretinden birkaç hafta sonra, kapının önünde büyük ve kalınca bir zarf buldular.

"Sana gelmiş, açsana" dedi Suzy, kahvaltı sofrasında zarfı Alice'e doğru iterek.

"Daha önce de söylemiştim. Faturadan başka mektup almam ben. Gece bakarım."

Ancak bu sefer bir fatura değil, bir davetiyeydi, Alice'in okuldan tanıdığı ama yıllardan beri hiç haber almadığı bir kadın göndermişti.

"Nedir o?" diye sordu Suzy.

"Hiçbir şey. Gidemem."

"Bir bakayım, neymiş. Tanrım, harika! Akşam yemeği ve sonra dans. Mükemmel."

"Öyle mi dersin?"

"Tabii öyle derim. Ne giyeceksin?"

"Biraz büyü artık, Suzy."

"Bak, ne giyeceğin çok önemli."

"Ben gitmiyorum. Yapacak yığınla işim var. Dahası, kimseyle konuşmak gelmiyor içimden. Niye insanlar sosyalleşmeye çalışırlar anlamıyorum. Yemeğe çıkmak da ne sanki. İçi boş ve gülünç bir tören. Biri "Eee, nasılsın?" diye sorunca öteki on dakika boyunca çene çalar. Sen de yanlarında oturup nazikçe dinlemek zorundasındır. Sonra sıra sana gelir: "Eee, sen nasılsın?" Böylece sen de bir süre çene çalabilirsin. Sonra işte bu kadar."

"Her zaman böyle olmaz, bazen çok koyu sohbetlere girildiği olur."

"Ya, tabii. Seni yatağa atmak isteyen ve bir daha aramayacak olan bir melekle sohbet ettiğin olur, haklısın."

Deneyimleri sonucu Alice, zevk aldığı yegane şeylerin beklenmeyen şeyler olduğunu iyice öğrenmişti; bu yüzden hiçbir şeyi dört gözle beklememek için sürekli bir mücadele halindeydi. Kötümser düşünmek ve böylece, karşılaşılan yenilgiyi yumuşatmayı ümit etmek arasındaki o ünlü bağlantıydı burada söz konusu olan. Eğer en kötüsünü düşünürse en kötüsü olmazdı. İyi giden her şey için ödediği bedel, her şeyin kötü gideceğine dair duyulan kesintisiz ve insanı yoran bir saplantıydı.

Bir başka deyişle partinin verileceği akşam Suzy'nin odasına girip elbisesinin bir elektrikli süpürge torbasına benzediğini ve akşam on haberlerine yetişeceğini söylemesi, elbisesine ya da dönüş saatine dair bir değerlendirme yapmak amacını taşımıyordu. Aslında aklındaki tek şey, eğer elbisesine bir elektrikli süpürge torbası, akşamına da kısa sürecek bir akşam derse, her ikisinin de tam tersi sıfatları taşıyacakları beklentisiydi.

PARTİLER

Parti, Thames kıyısındaki Rotherhithe'de depodan bozma bir salonda veriliyordu. Salonun dekorasyonunda endüstriyel ve barok eşyalar uyumlu bir birliktelik içinde kullanılmıştı. Eski büyük balolara eşit değerdeki bu akşamın biricikliği, yalnızca parada ya da sınıfta değil, aynı zamanda kullanılan stilin gösterişliliğinde yatıyordu. Tavandan inen büyük avizeler, İtalyan başyapıtlarının reprodüksiyonlarıyla bezenmişti; dans pistinin tavanına Sistine Kilisesi'nin bir bölümü çizilmiş, başdöndürücü renklerle boyanmıştı. Yemek salonunun duvarları kadife perdelerle kaplanmış, küçük loş nişlerle aydınlatılan asma katta insanlar dumanlı mavi bardaklarından içkilerini yudumlamaya, birbirlerini abartılı ve gülücük saçan mimiklerle karşılamaya başlamışlardı.

Alice girişte paltosunu bıraktı ve salonun geniş merdivenlerini tırmanmaya yöneldi; bir yandan da elindeki bileti defalarca katlayıp açıyordu. Kendisine ayrılmış masayı buldu ve yanlarında oturacağı konukların (hiçbirini tanımıyordu) henüz gelmediklerini gördü; bu yüzden sandalyesinin arkasında dikildi, masanın ortasına yerleştirilmiş kocaman ve renk renk plastik çiçek demetine hayran, öylece kalakaldı.

"Şu anda, 'Allah kahretsin, niye evimde oturmadım sanki, kimseyi de tanımıyorum, korkunç görünüyorum, nasıl atlatacağım bunu' diye düşünüyorsunuz, yanılıyor muyum?" diye sordu masanın öteki ucunda ayakta duran genç bir adam.

"Aslına bakarsanız, neden üçer çatal ve bıçak koymuşlar, onu düşünüyordum" diye kesip attı Alice.

"Ay, affedersiniz. Yanılmışım. Belki de 'Allah kahretsin, niye evimde oturmadım sanki, korkunç görünüyorum, nasıl atlatacağım bunu' diye düşünen benim."

"Böyle mi düşünüyorsunuz?"

"Aslında bilmiyorum. Biraz önce öyle düşünüyordum, ama neyin ne olacağını önceden bilemezsiniz. Bir şey soracağım, size kravat takmalı mıydım?" diye sordu adam. Siyah takım elbisesinin altından külrengi gömleğinin yakası görünüyordu.

"Bilmem."

"Zaten bu gibi durumlarda ne giyeceğimi hiç kestiremem. Size de olur mu bu? Yani, ne giyeceğini kestirememekten çok, bir başkasının da benzer bir şey giyeceğinden emin olamadığınız, bu yüzden sonunda başkalarının giyeceğini düşündüğünüz gibi giydiğiniz, ama yine de yanlış seçim yapıp, istediğinizi giyememekle kaldığınız olur mu hiç?"

"Galiba bana da birkaç kez olmuştu bu" diye yanıtladı Alice. Yüzünde ister istemez, belli belirsiz bir gülümseme vardı artık.

"Daha vakit varken oturma planında ufak bir değişiklik yapıp yan yana oturmaya ne dersin? Bence kimse fark etmez, sence?" diye sordu adam, muzır, hınzır ama sevimli bir ifadeyle.

"Neden böyle bir şey yapmak istiyorsun?" diye sordu Alice.

"Çünkü bir yanımda Melanie oturuyor, diğer yanımdaysa Jennifer. Galiba ikisinden de nefret ediyorum."

"Ne kadar da önyargılısın. Ne biliyorsun, belki ikisini de seveceksin."

"Bilmem, bu isimlere karşı alerjim var. Büyük teyzemin adı Melanie'ydi, romatizmalı çatlak bir kadındı. Jennifer ise diş doktorumun adı, kendisi hayatımı bir karabasana dönüştürmek için elinden geleni ardına koymuyor."

"Peki ya ben bir yanımda Robert ve diğer yanımda Jeff'le oturmaktan hoşnutsam?"

"Tabii, istersen şeytanına uy" dedi adam, yüzünde şeytanca bir ifadeyle, sonra da kartları yeniden düzenlemeye başladı; oturma planını kaşla göz arasında değiştiriverdi. Artık Alice'in yanında Eric adında bir adam (kartta yazılı isim buydu) oturuyordu.

Yavaş yavaş diğer konuklar teşrif ettiler ve olan bitenden habersiz, yeni yerlerine oturdular. Yemek başladı. Eric'de, Alice'i savunma durumuna geçiren bir enerji ve sabırsızlık vardı; Alice soru sormaktan çok soruları yanıtlıyor, konuyu açmaktansa tepki veriyordu. Kendini bir soru bombardımanında gibi hissetti: Ne işle uğraşıyordu? Kaç yaşındaydı? Nerede oturuyordu? Hiç aşık olmuş muydu?

"Pardon, ne dedin?"

"Hiç aşık oldun mu diye sordum."

"Bunu sana neden söyleyeyim?"

"Aaa, anladım. Havaya suya geri dönelim istiyorsun. Affedersin. Buzlanmayı ne zaman konuşuruz, çok merak ediyorum. Duyduğuma göre Scotland'da yollarda buzlanma, vadilerde de sis varmış. Ay, bir de yüksek kesimlerde kar olasılığı."

"Seni sıkıyor muyum?"

"Hiç değil."

"Peki, aşka inandığımı nereden biliyorsun?"

"Yanımda bir şüpheciyle oturmanın şerefini yaşıyorum."

"Hayır, bir gerçekçi."

"Bir de hep, kadınların tek amacının hayatlarının erkeğini bulmak olduğunu düşünmüşümdür."

"Bu söylediğin var ya, şovenistçe bir saçmalık. Bazı kadınlar böyle olabilir; ama hepsi değil. Benim amacım bu değil, hem de hiç değil. Benim tek ilgilendiğim şey, özgürlük. Kimseyi görmeden, bundan da etkilenmeden zaman geçirmeyi öğrenmek istiyorum. Şu anda kafam çok rahat. Aslında tek başıma gayet iyiyim. Hiçbir şekilde yalnız kalamayan insanlar tanıyorum. Örneğin ev arkadaşım Suzy. Kendiyle olmaktansa herkesle olmayı tercih eder, tek bir akşamı bile yalnız geçirmemek için her gördüğüyle çıkabilir. Yani şey, Suzy tatlı bir kızdır, erkek arkadaşı da fena değil, ama benim varacağım nokta bu olamaz, hiçbir şeyi sorgulamadığın, sıradan ve küçük bir hayat yaşamak bana göre değil."

"Kolyen çok güzelmiş" diye sözünü kesti Eric. Uzandı, kolyeyi baş parmağıyla işaret parmağının arasına alıp hafifçe dokundu.

"Anneannemindi bu kolye" dedi Alice. Sesi hafifçe titredi.

"Ne kadar zarif bir kolye."

"Teşekkür ederim."

Alice, Eric gibi tezcanlı adamlara hep içgüdüsel bir şüpheyle yaklaşmıştı, Alice'i savunmaya geçiren bir cazibesi vardı bu adamın. Bütün akşamı koca bir şakaymış gibi yaşıyor olabilirdi. İçtenliğinden şüphe ediyordu etmesine ya, cazibesine de diyecek yoktu. En basit hareketlerinde, bir dilim kızarmış ekmeği bölüşünde, sebzeleri ustaca çatalına geçirişinde bile müthiş bir çekicilik vardı.

Eric, vadeli mal piyasasında çalışan bir bankerdi, ama anlattığı kadarıyla alışılmışın dışında bir meslek yaşamı olmuştu. Başta tıp eğitimi almış, bir süre Kenya'da çocuk doktoru olarak çalışmış, fakat sonra daha çok para getiren işlere yönelmişti. Bir arkadaşıyla ses kaydı işine girmiş, bir mağazalar zincirinde çalışmış, yakın zamanda da bankacılığa adım atmıştı.

"Vadeli mal piyasasında ilginç olan, paranın çok büyük miktarlarda olması" diye anlatıyordu Eric. "O kadar büyük miktarda para var ki elinde, bir süre sonra bunun gerçek para olduğunu unutuyorsun, soyut bir şeymiş gibi geliyor sana. Borsada birkaç dakika içinde on milyon kaybedebilir ya da kazanabilirsin, bunun farkında bile olmazsın, oysa bir mağazada, çatlak bir müşteri gelip sana yarım saat bağırabilir, çünkü zavallı on pound'luk tişörtü bir yıkamada çekmiştir. Mağazada elle tutulur bir şeylerle uğraştığını hissedersin. Sen beni dinliyor musun?"

"Evet, evet, elbette dinliyorum" dedi Alice, söylediği tek bir sözcüğü bile algılamadan onu öylece seyrettiğini fark etmişti.

"Kızarıyorsun" dedi Eric.

"Hayır, kızarmıyorum."

"Kızarıyorsun."

"Gerçekten mi? Burası iyice sıcak oldu."

Tatlı geldi, üzerine ahududulu sos dökülmüş bir dilim çikolatalı pasta.

"Nasıl oluyor da sende neredeyse on çilek varken bende hiç olmuyor?" diye homurdandı Eric, Alice'in pastasına bakarak. "Bir tane alabilir miyim?" dedi ama Alice'in yanıtlamasına fırsat vermeden bir dilimi çatalına geçirmişti bile.

Eric'in ayakları yere basan bir çekiciliği vardı. Oyununu, Latin baştan çıkarıcılık modelinin kurallarına göre oynuyordu; tutkuları uluortaydı, bu da reddi ilk başta daha olası ama daha az yüz kızartıcı kılıyordu. Bu parlaklık, Kuzeyli ve soluk benizli baştan çıkarıcıların yaklaşımına zıt düşüyordu; onlar, bütün hayatlarını aşklarını fısıldayarak geçirmeyi, sonunda da karşılık bulamazlarsa sessizce intihar etmeyi seçerlerdi.

Oysa Eric eğer niyetini belli etmeye bu kadar hazırsa, sonuçlarını önceden kestirmek olasıydı.

"Tamam, ne düşündüğünü biliyorum" diye atıldı Eric. "İyi vakit geçiriyorsun, gülüp eğleniyorsun, ama rahatsızsın, bana güvenip güvenemeyeceğinden emin değilsin. Aklından: 'Bu adam samimi mi, yoksa yılanın teki mi? Bütün bunlar koca bir şaka mı yoksa ardında ciddi bir şeyler var mı?' gibi düşünceler geçiyor. Nasıl davranman gerektiğini pek bilmiyorsun. Eğer hepsi bir şakaysa, o zaman yapacağın bir şey yok; ama bir yanın bu bir şaka olmayabilir, bu yüzden sıkı tutunmalısın diyor. Bütün kadınlara has bir sorun bu. Birisi baştan çıkarıyorken ona güvenip güvenmeme meselesi. Güvenmeden de ondan hoşlanabilirsin, ama canının yanmasından korkuyorsun."

Alice'in kendini bu sözlere tümüyle kaptırdığını söyleyemeyiz. Ancak ona ne hissettiğini söyleyen, üstelik üç aşağı beş yukarı doğru şeyler söyleyen bir adamın inanılmaz heyecan verici bir tarafı vardı. Gözlerinin ta içine bakıp, onu uzun süredir tanımamasına karşın alışılmışın dışında duyarlılıkta bir kadın olduğunu dile getiren bir adamdı karşısındaki. Onu yok saymak, her zamankinden çok *şüphecilik* gerektirirdi.

"Benim gibi adamlara inanılmaz büyük bir şüpheyle yaklaştığın su götürmez" dedi Eric.

"Neden?"

"Çünkü acı çekmiş birisin sen."

"Herkes kadar."

"Hayır, daha fazla. Yalnızca sorunlarını hafife alıyorsun çünkü büyük olasılıkla kimse senin onları ciddiye almana izin vermemiş. Hiçkimsenin hissetmediği şeyleri hissediyorsun, hem de bunları derinden hissediyorsun, işte bu yüzden koruyucu bir kabuk ardına saklanmışsın. Enerjinin çoğunu saklı tutuyor bu kabuk, omuzlarının duruşuna bakıp nasıl büyük bir gerilim taşıdığını görebilirsin."

"Ne varmış omuzlarımda?"

"Hiç, yalnızca vücut duruşuna bakıp senin hakkında çok şey öğreniyor insan. Daha önce bunu sana kimse söylemedi mi?"

"Hayır."

"İnsanlar pek de gözlemci değiller, öyle değil mi?"

Kendimizi bildik bileli burçlara ve kişisel fallara merak duymamızın nedeni, anlaşılma tutkumuzu uyandırıyor olmalarıdır. Bu anlayışın ne ölçüde doğru olacağına duyulan şüphe, anlaşılma tutkumuza yenik düşer. Eric, insanlara onları anladığını söyleyiverince nasıl da çabucak kendilerine güven duymaya başladıklarını biliyordu. Çünkü insanlar, aslında bilinebilir olduklarına inanmaya hevesliydiler; kendilerine yöneltilen ilk değerlendirmede, ister birkaç laf ya da İkizler burcu üzerine yazılmış bir paragraf olsun, eriyip gitmeye hazır ve nazırdılar.

"Burası çok kalabalık. Dans etmeyelim, boş ver" dedi Eric. "Buradan çıkıp daha sakin bir yerde bir şeyler içelim mi?"

"O dediğin yer bu saatte çoktan kapanmıştır."

"O zaman bana gidip biraz sohbet etsek?"

"Ne?"

"Dedim ki bana gidebiliriz."

"Bilmem. Gelebileceğimi sanmıyorum" diye yanıtladı Alice, kabul etmeyi çok istiyordu ama bu gibi tekliflere hemen evet diyen kadınlardan biri gibi görünmekten çekiniyordu.

"Anahtarla ilgili bir sorun var" diye açıkladı durumu. "Açarken zorluk çıkaran matrak bir kilidimiz var. Ev arkadaşıma eğer benden önce eve giderse ikinci kilidi açmasını söyledim; ben önce gidersem koridordaki ışığı açık bırakacağım, yani önce kilidi açıp sonra zile basmayacağım. Her neyse, demek istediğim, sanıyorum biraz zor bir iş."

Baştan çıkarılmaya nasıl karşı koymak gerektiği, insana eziyet veren bir konudur: Kişi çok hızlı davranırsa değersizmiş gibi görünebilir, çok yavaştan alınca da partnerin ilgisini yitirebilir. Alice, kendine saygısının olmadığı gibi kötü bir izlenim bırakma pahasına da olsa Eric'in evinde sohbet etmeyi kabul etmeli midir? Yoksa bir daha onu görmeme riskini göze alıp nazikçe hoşçakal mı demelidir?

Kendini ağırdan satma ve tezcanlılık, ortak bir kaygıyı paylaşır. İnsan eğer bunu ertelerse karşı tarafın ilgisini yitireceğinden korkarak ilk seferde sevişmeyi kabul edebilir; ya da eğer bunu hemen yaşarsa en yakın zamanda terk edileceğinden korkarak hiç sevişmeyebilir de.

Alice doğal olarak ilk korkuya göre tepki göstermeye eğilimliydi; romantik enflasyon, yani baştan çıkarılan tarafın karşısındakine göz kırpan bir tavırla kıt bir gelir sunduğu, bu yolla sürekli bir talep sağladığı süreç tahammül sınırlarını zorluyordu.

Birçok hükümetin ve aşığın bundan nefret ettiklerini açıkça söylemelerine karşın, doğru işleyen bir aşk ekonomisi için, enflasyon kimi zaman çok faydalı olabilir. Bazen bir aşığın (buna hiç şüphesiz çok az da rastlansa) "Hayır, affedersin, bu akşam başağrısından/bir arkadaşımdan/sindirim sorunumdan ötürü gelemiyorum; ne yapalım, başka akşam olsun" demesi ve ötekinin de doğru aşkın her zaman dosdoğru bir aşk olmadığını düşünmesi bazen çok işe yarar. Karşımızdakini bir an için terk edip, onun "Ben yetersizim, ötekinin fiyatı çok yüksek" diye düşünmesini sağlamak, durumu iyileştirebilir. Bu kez çikolatalar alan, iç geçiren ve "Dünyamız ve zamanımız az / Yoksa günah olmazdı bu yaptığın naz" diye son bulan şiirler döktüren, baştan çıkarıcının ta kendisidir.

"Bak, seni çok iyi anlıyorum" dedi Eric, "Sana baskı yapmak istemem. Öylesine ortaya attım bunu. Daha sessiz bir ortamda sohbet etmenin güzel olacağını düşündüm, ama boş ver. Yani, saat geç oldu, beni de yeterince tanımıyorsun. Sana kararından ötürü saygı duyuyorum. Umarım başka bir zaman görüşürüz, belki bahsettiğin o İtalyan filmini görmeye gideriz."

"Elbette, harika olur."

Alice, partiden ayrıldığında saat geceyarısını biraz geçiyordu; Eric onu eve bırakmayı önerdi, hem böylece taksiye binmesi gerekmeyecekti.

Eve yaklaştıklarında, birdenbire şu düşünce belirdi Alice'in aklında: Eric, teklifini kabul etmenin Alice için ne kadar zor olduğunu anladığına ve red kararını büyük bir nezaketle ve saygıyla karşıladığına göre, belki de en iyisi yol yakınken karar değiştirmeli ve ona bu geceyi bol metaforlu bir sohbetle noktalamak istediğini söylemeliydi.

BAKİRE DOĞUMLAR

Eric çok becerikli bir aşık çıktı. Nazikti, düşünceliydi ve hayal dünyası genişti. Alice'i nasıl rahatlatacağını, aynı zamanda tutkularını nasıl en olmadık şekilde su yüzüne çıkaracağını çok iyi biliyordu. Sevişmelerinde, ya tatlı bir oyun ya da yasaksız ve aşırı bir yoğunluk yaşanıyordu. İlk öpüşme anına kadar Alice'in kafasını işgal eden sorular şimdi yerini düşüncesiz bir hazza bırakmıştı.

Birisiyle sevişmek, bir yönüyle, seviştiğimiz insanın bundan önce yatağa girdiği bütün insanların anıları ve alışkanlıklarıyla birleşmek anlamına gelir. Sevişme biçimimiz, cinsel tarihimizdeki bütün anıların vücut bulduğu yerdir; bir öpüşme, geçmişteki öpüşmelerin zenginleştirilmiş modelidir, yatak odasındaki davranışlarımız, geçmişteki yatak odalarından izler taşır.

Eric ve Alice'in sevişmeleri, iki ayrı cinsel tarihin yeniden canlanması ve birleşmesi demekti. Eric şimdi Alice'in kulaklarını yalıyorsa bunu Christina'dan öğrenmişti, Alice dilini yavaşça dudakların etrafında dans ettirmeyi Robert'ten kapmıştı, Eric'e partnerinin dişlerini diliyle okşamayı, dili dişlerin iç tarafından ilerleterek ağzın derinlerine ulaşmayı öğreten Rebecca'ydı. Hans burun öpme alanında hevesli bir profesördü, ama Alice'in deneme yalayışı Eric'in bundan pek hoşlanmayacağını ortaya koydu. Alice, Chris'in boynunda daireler çizmesinden çok hoşlanırdı ve birinin nelerden hoşlanıyorsa ötekine onu uyguladığı garip süreçte olduğu gibi, harıl harıl Eric'in boynunda daireler çiziyordu.

Cinsel tarih, mekanik bir açıdan bakarsak tutkularımızı uyandırıyor olabilir; ancak psikolojik bir karmaşıklığı da içinde barındırır. Cinsel bir tarihimizin olması, yalnızca bir dizi insanla sevişmiş olmamız anlamına gelmez, aynı zamanda bu seks partnerlerini reddettiğimiz ya da onlar tarafından reddedildiğimiz anlamını da içerir. Sevişme teknikleri tarihimize daha melankolik bir gözle bakarsak, bu tarihi bir hayal kırıklıkları tarihi olarak okumamız da olasıdır.

Öyleyse şu süreçler arasında garip bir gerilim yaşanmaktaydı: Aşıklar bir yandan tutkuları yoluyla dünyayı yeniden keşfediyor gibi görünüyorlar, öte yandan bütün hareketleri, yolculuk etmek zorunda oldukları bir geçmişin izlerini taşıyordu.

Alice'in şu anki sevişme enerjisi, kendi cinsel tarihine karşı bir başkaldırı niteliği taşıyordu. Şimdiki gibi enerjik ve yoğun başlayan ama sonra sızlanmalarla biten, bütün öpüşmeleri ve geceleri, adamın yapamayacağını söylediği, kadının da gazetenin ardından görünen o boş surata iğrenerek baktığı içi boşalmış ilişkileri hafızasından silmek istiyordu.

"Ben buraya gelmeden önce burada hiçbir şey ve hiç kimse yoktu herhalde" diyebilmek özlemi ne kadar da büyüktür. Berkeleyci (bakire) bir fantezinin, "belki de ben bir dünya yarattım, belki dünya benimle birlikte doğdu ve ben onun yaratıcısıyım" diyen bir fantezinin kalıntısıdır bu özlem. Nietzche, filozofların ortak eksiklerinin, öznelerin tarihsel boyutunu yok saymak olduğunu söylemiş, hatta akademi dışında bile dünyaya sıfır yılından başlamak isteyen sayısız acımasız devrimci örneği olduğundan dert yanmıştı. Tarihe yaklaşımda derin bir ikilik süregelmiştir: Bir yanda her şeyi koruma tutkusu (ansiklopedizm), öte yanda her şeye yeniden başlama tutkusu (devrim) bulunmaktadır.

Alice'in aşka yaklaşımında hangi uçta yer aldığını tahmin etmek zor değil. Hayali defalarca kırılmış olmasına karşın, tarihsel yaklaşımın antitezini oluşturan bir idealizmi daima korumuştu: Romantik bir devrimciydi Alice, seviştiği adamın şu ya da bu şekilde cinsel tarihinin sonu olduğuna, yaşamının yanıtı olduğuna inanmak istemişti daima.

Yorgunluktan bitap düştüler, yatağa uzandılar, Eric mutfaktan bir içki alıp geldikten sonra yorganın altına Alice'in yanına kıvrıldı, minnet dolu, 'teşekkürler'e benzer bir sesle hafifçe mırıldandı, sonra hemencecik rüyalar alemine daldı.

Alice bu gibi durumlarda bilinç çapasını atmakta bir hayli zorlanırdı, yabancı bir odada, yanı başında soluk alıp veren yabancı birinin yatağındaydı şimdi. Yaşadığı akşamı kafasının içinde canlandırdı, sonra geriye sarıp tekrar canlandırdı. Buraya nasıl vardığını, bu kadar kontrollü görünüp de nasıl böyle kontrolden çıktığını anlamaya çalıştı. Belki de yanlış bir şey yaptım diye sorgulayan mutaassıp bir düşünce sardı içini, yaşadığı keyfin korkunç bir cezayla karşılık bulacağından korktu. Güven meselesi geldi vurdu zihnini yeniden, ama bir anda kucağına düşen bir elle kesintiye uğradı.

Eric'in kolu, uykusunda onu aramak için bir yolculuğa çıkmıştı. Uyuyan bedenden ayrılmış bu kolun varlığı, Alice'in bir anda yatağını paylaştığı bu adama karşı beklenmedik bir şefkat duymasına neden oldu.

Elini, eline aldı, uykudaki çocuksu yüzüne baktı "Karşılaştığım bu adam da kim?" diye sordu kendine. Yüz ifadesinden yola çıkarak bir gelecek hayal etmeye çalıştı. Onu seven bir kadına nasıl davranırdı? Neyi gülünç bulurdu? Kimlerden hoşlanmazdı? Politik düşünceleri neydi? Ağlayan bir çocuk görürse nasıl davranırdı? Peki ya ihanetle karşılaşırsa tavrı ne olurdu? Ya da bir alçaklıkla?

İzlenimler, her zaman olduğu gibi yetersizdi. Bir partiden ayrılırız ve arkadaşımız, partide tanıştığımız birini nasıl bulduğumuzu sorar. Dürüst davranmak için şöyle dememiz uygun düşer: "Nereden bileyim? Onunla yalnızca iki saat sohbet edebildik." Biriyle yüz yirmi yıl bir arada yaşasak, bize ne düşündüğümüzü sorsalar, onun karmaşık kişiliğinin hakkını vermemiz ve "Onu henüz tanımaya başladım" diye yanıtlamamız gerekir. Ancak bunun yerine, biriyle tanıştıktan iki dakika sonra bir izlenim oluşur zihnimizde: *Ondan hoşlandım/Ondan hoşlanmadım.* Biyolojik bir ihtiyacın ilkel kalıntısıdır bu tepki; mağara adamı, birisiyle karşı karşıya geldiğinde onun dost mu düşman mı olduğunu bir bakışta anlamak zorundadır.

Belki çok uzun zamandır beklediği için, belki o, yanıbaşındaki, uykusunda bu kadar güzel göründüğü, öncesinde bu kadar nazik ve içten davrandığı için, ya da belki yalnızca gecenin bir yarısı kalkıp bu gibi konulara kafa yormak keyifli olduğu için, Alice yatağını paylaştığı bu adamla mutlu olacağını, varlığını çoktandır unuttuğu tutkuları yeniden yaşayacağını düşlemeye bıraktı kendini.

AŞKA AŞIK OLMAK

Alice, Eric'in dudaklarını boynundan omuzlarına kadar kaydırışını hissederek uyandı. Pazar sabahına nerede ve kiminle başladığını anlayınca sevinç doldu içi. Mutluluk kaynağına yönelirken yüzünün ortasında kocaman bir gülümseme belirdi.

"Merhaba" dedi.

"Merhaba."

"İyi uyudun mu?"

"Bebekler gibi" dedi Eric, uzanıp Alice'in alnına bir öpücük kondurdu. "Ya sen?"

"İyi uyudum."

"Alışmak biraz zor oluyor, değil mi?"

"Olabilir."

Bu sözleri bir sessizlik izledi; aşıklar ondan kurtulmak için bir kucaklaşmaya sığındılar.

"Burada senin yanında olmak çok güzel" diye mırıldandı.

"Hımmmm" diye yanıtladı Eric, teninin kokusunu derin derin içine çekti. "Bugün ne yapalım dersin?"

"Benim bir planım yok."

"Şanslıyım o zaman. Her şeyi yapabiliriz."

"Ne?"

"İstediğin her şeyi yapabiliriz. Bugün her şeye boş verelim. Her yere gidebilir, her şeyi yapabilir, herkes olabiliriz."

"Delisin sen."

"Haydi şimdi ne yapmak istediğini söyle bakalım. Gidip bir yerde kahvaltı eder, sonra nehir boyunca botla dolaşır, Greenwich'de dondurma yiyebiliriz. Saint Paul's yolunu yürüyebilir ya da Kew Gardens'ı gezebiliriz. Öğle yemeği için Soho'ya Çin lokantasına gidebilir ya da Hyde Park'ta piknik yapabiliriz. Sinemaya gider, altı film birden seyreder, on iki karton patlamış mısır yeriz. Bir balon kiralayıp Brighton'a uçabiliriz. Bir Concorde'a atlar, New York'ta öğle yemeği yer ve akşam yemeğinde yine Londra'da oluruz. Sen ne istiyorsan onu yaparız."

"Bence önce bir duş alalım" dedi Alice, hiç de şiirsel olmayan bir tavırla. "İşe buradan başlayalım."

Daha sonra temiz giysiler alabilmek için Alice'in evine uğradılar ve Hammersmith yakınlarında ufak bir Fransız bistrosuna brunch'a gittiler. Yumurta, tost, kahve ve portakal suyu ısmarlayıp, kadife kaplı bir koltukta yan yana oturup, kimi zaman el ele tutuşarak, kimi zaman birbirlerinin dizini okşamak için duraksayarak pazar gazetelerini okumaya koyuldular. Masallarda anlatılanlara benzeyen, romanların bize aşıklar için yaratıldığını söylediği o tatlı bahar sabahlarından biriydi, onlar da bu güzel pazarın ve iyi havanın tadını çıkardılar.

İyi de dizinin dibinde oturan bu insanla ilgili ne biliyordu Alice? Bilgisi aşağıdaki gibi rastlantısal ayrıntılardan oluşuyordu yalnızca:

- ertesi gün iş konferansı için Frankfurt'a uçacaktı
- Belçikalı çift ve paraşüt konulu çok komik bir fıkra anlatmıştı
- "dürüstlüğe her şeyden çok değer veririm" demişti
- elinin her kıvrımının okşanmasından hoşlanıyordu
- ifade ve enerji yüklü derin mavi gözleri vardı
- tıbbi deneyimi ona her günün son günmüş gibi yaşanması gerektiğini öğretmişti.

Bu bilgi parçacıkları ilk bakışta sıradanmış gibi görünebilir, ama bunlardan yola çıkılarak büyük değer yargılarına varılabilirdi. Yeterli derecede tutku varsa ve eğer yorumcu sevgi vermeye dünden razıysa bu bilgiler muhteşem aysberglerin ucu gibi görünebilir. Eric'in şu özelliklere sahip olduğuna kanıt oluşturabilirdi örneğin:

- işinde başarılı
- komik
- kendinden emin ve dürüst
- nazik ve erotik
- yakışıklı ve akıllı

Alice'in ona aşık olduğunu söylemek, dereyi görmeden paçayı sıvamak olur. Ne de olsa onunla daha dün akşam tanışmış ve yalnızca bir geceyi paylaşmıştı, şu an ilk sabahlarında ilk brunch'larının ikinci yumurtasını yemekteydiler. Buna karşın, hisleri şu gerçeği gözler önüne seriyordu: Aşktan önce bir başka olgudan, Alice'in bundan önce hep meyilli olduğu ve belki de Eric'le geçirdiği ilk günlerin temelini oluşturan farklı bir olgudan bahsetmemiz gerekiyordu.

Brunch'dan sonra White-chapel'de bir sergiye sürdüler arabalarını, oradan Bricklane'de bir çarşının son saatlerini yakaladılar, sonra tekneyle Westminster'a çıkıp Battersea Park'ına yürüdüler. Eric, Alice'e Çin Pagodası'nı gösterdi ve Çinli bilge filozof Konfüçyüs'ten bahsederek ve Konfüçyüs'e Konfaustus diyerek hava attı, Alice ise ne anlattığından habersiz, güneşli bir bahar günü Thames Nehri boyunca akıllı ve yakışıklı bir erkekle kol kola yürüyor olmanın keyfini çıkarıyordu.

Eğer Alice, Eric'e aşık olmuyorsa, belki de bu durumda aşka aşık oluyordu.

Bu garip ve sözdizimsel olarak kendi kendini tekrar eden duygu neydi?

Bu duygu, aşka düşmüş olma durumunun bir dönüşlülük içerdiğini ifade eder. İnsanın kendi duygusal heyecanından aldığı hazzın, bu heyecanı uyandıran şefkat nesnesinden aldığı hazdan daha fazla olması anlamına gelir.

Aşka aşık olmuş kişi basitçe X'in ne harika olduğunu düşünmez, ilk düşündüğü şey, X kadar harika birini bulmak ne harika, değil mi? olur. Eric, Battersea Köprüsü'nün ortasında ayakkabısının bağını bağlamak için durduğunda, Alice'in düşündüğü yalnızca 'Ayakkabısını bağlarken ne kadar hayranlık uyandırıcı görünüyor, değil mi?' değil, 'Sonunda ayakkabısını bağlarken hayranlık uyandırıcı görünen birini bulmak bir rüya gibi, değil mi?'dir.

Şekillerle gösterecek olursak, tutku nesnesi (C nesnesi) bu aşamada tutkunun kendisi olan (B)nin bir alt birimi niteliğindedir.

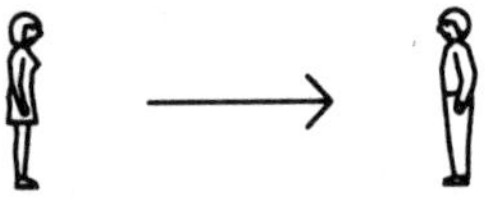

A *B* *C*

C nesnesi ayakkabısının bağını bağladı, kalktı, karanlık çökmeye başladığı için Alice'e onu eve bırakmayı teklif etti.

"Ne güzel gündü" dedi Alice, Eric'in koyu yeşil arabasının kapısını açarken.

"Memnun kalmana sevindim. Concorde için kusura bakma."

"Tamam canım, o da bir dahaki hafta sonuna."

"Hafta sonunu iple çekeceğim."

Eve döner dönmez Alice çantasını yatağının üzerine fırlattı, birbiri ardına ellerini iki kez çırparak insanın (on iki yaşından sonra) şartlar ne olursa olsun bir başkasının görmesini istemeyeceği bir mutluluk ifadesi sergiledi.

Alice çok neşeliydi çünkü yalnız geçen o uzun aylar boyu içini kemiren şüphe, artık tutkudan yoksun olduğuna dair duyduğu o yıkıcı şüphe, bir sis bulutu gibi dağılıvermişti. Bu aylar boyunca Alice, 'Erkeklerin zoru ne?' sorusunu sormayı bir yana bırakmış, bunun yerine 'Erkeklerin ne zoru var diye sorup duruyorum, asıl benim zorum ne?' diye sormaya başlamıştı. Magazin dergilerindeki yazılar abuk sabuk açıklamalar yapıyordu: 'Kendini bırakmaktan' acizdi, belki çocukken tacize uğramıştı, belki bilinçaltında kadınlara daha çok ilgi duyuyordu. Tony gibi adamlar yılbaşı partisinde ona yakınlaşmaya çalıştıklarında onları kesinlikle istemediğini düşünüyordu, ama sonra 'Karşıma çıkanların doğru insan olmadıklarını düşünüp durmak doğru değil' düşüncesi aklına saplanıyor, onları harcamaması gerektiğine karar veriyordu. 'Onu öpmek istemiyorum, benim zorum ne?' sorusunun yarattığı korkudan kaçabilmek için onu öpmek zorunda hissetmişti kendini.

Alice şimdi ellerini çırpabilirdi çünkü Eric sayesinde bu sezgisel-karşıtı yaklaşım gereksiz görünüyordu gözüne. Sonunda 'Biliyor musun, senin gibi biriyle beraber olabileceğimi düşünüyorum gerçekten' diye düşünebilmenin (düşünceyi dile dökmek için erken de olsa) şaşırtıcı rahatlığını yaşıyordu.

Dolayısıyla o akşam Suzy eve geldiğinde, tahmin edilebileceği gibi evin içinde aşırı abartma riskleri kol geziyordu.

"Harika biri, onu çok seveceksin. Çok yakışıklı, çok akıllı, çok da nazik. Onun yanında kendimi çok rahat hissettim. Çok konuşmadık, ama bunun hiçbir önemi yoktu. Adeta birbirimizi sezgisel bir şekilde anlayabiliyorduk. Onun yanında uyanmak, onun o küçük, eşsiz, melek yüzüyle gülümsediğini görmek heyecan vericiydi. Tanrım, her şey harikaydı!"

Alice sözcüklerin büyüsüne kapılıp kendini kaybetmişti: 'O küçük, eşsiz, melek yüzüyle' gibi sözler birbiri ardına dökülüverdi ağzından; eskisi çok yıprandığı için yenisi alınan zengin bir aşk lügatının keyfini çıkarıyordu şimdi.

BELİRSİZLİK

O gece Suzy'ye eskizi çizildiği şekliyle Eric'in portresinin büyüleyici bir yönü, iki aşığın 'birbirlerini sezgisel bir şekilde anlayabildikleri' iddiasıydı. Bu bilgiyi vermekle Alice, sözsel iletişimin gereksizliğini kabul etmiş oluyordu.

Septikler ya da diyalog tutkunları için sezgisel iletişim iddiası şüphe kaynağıdır, kahkaha kaynağı olmazsa tabii. Onlara göre sezgisel iletişim, işitsel kanıt eksikliği sonucu icat edilmiş ve sonradan sözlü iletişimden üstün bir konuma yerleştirilmiştir ki, bu da büyük bir hatadır. Sessizliğin yüceltilmesi, yalnızca bir bahane olarak, kendini ifade edememenin ya da daha da beterinin bir mazereti olarak değerlendirilebilir.

Alice'in iletişimsel fakirliği, Eric'le birçok ortak yönü olduğu duygusunu engellememiş, aksine bunu güçlendirmişti. Bu ortak yönlerin, doğal olarak, dilin hantallığı yoluyla paylaşılamayacağını da ortaya koymuştu.

Eric, boynunu ve omuzlarını öptüğünde Alice'in yaşadığı duygu 'içinin mutlulukla dolması' diye tasvir edilmişti. Bilincinin bir ucundan öteki ucuna yolculuk eden şeyin kabataslak tasviriydi bu, ancak yazarın kifayetsizliğini yansıtıyordu. Kifayetsizlik, aşka dair duygulanımlarla karşılaşıldığında sözcüklerin dönüp dolaşıp vardıkları yer oluyordu. Aşk, dilin sınırlarını aşıyor, dil aşkın yalnızca kaba hatlarını çizebiliyordu; dil, arazi parçasının özelliklerini gösteren harita misali bir göstergeydi yalnızca; aşka dair duygulanımlara azıcık yaklaşmanın ötesine geçemiyordu.

Bütün bunlara karşın, Alice o sabah yatakta Eric'e 'Burada senin yanında olmak çok güzel' demişti.

Hiç şüphesiz Alice sözcüklerden nefret ediyordu. Bütün bu duygulanımlar, *'Burada senin yanında olmak çok güzel'* gibi hantal ve biçimsiz bir cümleye dönüşüyordu. Tanrı aşkına! Neydi dilin eksiği? Sözcükler koskocaman bir eleğe benziyordu; Alice ilk sevişmenin sabahında yaşadığı mutluluğun bütün zenginliğini bu eleğin üstüne döküyor, sonunda Eric'e dair geriye kalan tek bilgi orada onunla olmanın güzelliği olup çıkıyordu.

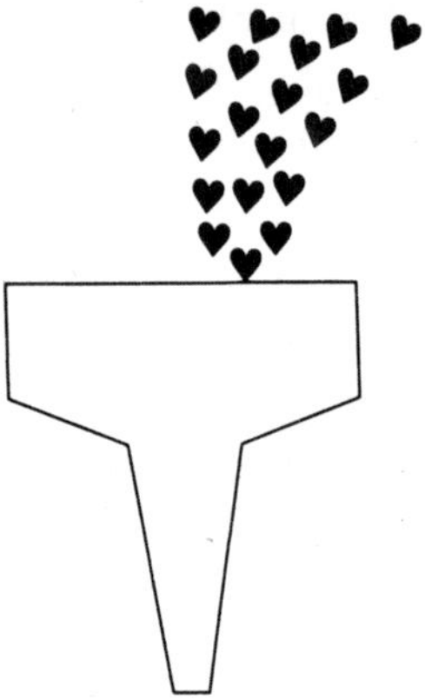

Burada senin yanında olmak çok güzel

Ancak belirsizlik, yalnızca sözcüklerle sınırlı değildi.

Romantik beklentilerin ağırlığı altında ezilmemek için, Eric ve Alice tam olarak söze dökülmeyen bir anlaşmaya varmışlardı. Birbirlerini yalnızca uygun olduklarında, bunun doğal olduğunu hissettiklerinde ve dışsal bir zorlama olmadığından emin olduklarında görüyorlardı.

Birlikte geçirdikleri ilk hafta sonundan sonraki salı günü bu konuda yaptıkları telefon konuşması, bu sözsüz anlaşmanın varlığını kanıtlar nitelikteydi.

"Hemen bir şeylere bağlanmaya başlamak bence çok doğru değil, bilmem anlatabiliyor muyum?" dedi Eric.

"Bağlanmak mı? Evet, tabii, anladım. Bence haklısın, bu çok

kötü bir şey olur. Her şeyi oluruna bırakmalıyız, ne olacağını zaman içinde görmeliyiz."

"İnsanın kendine ait bir alanının olması çok önemli bir şey."

"Tabii. İnsan, ilişkisi dışında da bir hayatı olmasını ister."

"Bence de."

"Ha, bu arada, bu gece sinemaya gitmeye ne dersin?" diye bir teklifte bulundu Alice. "National'da bir Wenders gösterimi var."

"Şey, aslına bakarsan, gelebileceğimi sanmıyorum. Şu anda çok işim var."

"Eh, tamam canım, ben yalnızca sordum. O zaman belki hafta sonuna doğru görüşürüz?"

"Galiba en iyisi ben seni hafta sonunda arayayım. Şu anda başım çok kalabalık."

"Haklısın, haklısın."

"Seni ararım."

"Tamam, en yakın zamanda konuşuruz öyleyse."

"Peki. Hoşçakal."

Alice kendisine ve arkadaşlarına 'olgun bir ilişkiye' girmekte olduğunu söyledi. Bununla tam olarak neyi kastettiği anlaşılmıyordu; ancak bu tanımlama, sinema teklifini reddeden ve alan yaratmaktan bahseden bir adamın, sevgilisinden ayrı bir dakika geçirmeyi bile zulüm olarak gören bir aşığa oranla daha olgun olduğu önyargısını yansıtıyordu.

İlişkileri bir düzenlilik içermiyordu belki ama bir yandan da romantik bir senaryonun albenili ve gösterişli kostümleriyle kuşanmıştı. Mektuplar alınıp veriliyor, geceyarısı telefonlar ediliyor, Alice akşam eve döndüğünde üzerine iliştirilmiş kartta *'Sen benim çiçeğimsin. Sevgilerimle, Eric'* yazan çiçek buketleri buluyordu.

'Aşk'ın, çözümlemenin kötü taraflarına maruz kalması için erkendi henüz. Yemeğe çıktıklarında, aralarındaki sohbet günlük gazetelerde yer alan konuların dışına nadiren çıkıyordu. Geçmişe dönme ihtiyacı yokmuş gibi görünüyordu; Alice geçmişteki hayalkırıklıklarını bir bir sıralamayı ya da Eric'e onu kıskandıran bir olayı anlattırmayı gereksiz buluyordu. Aşıkların uyum içinde olma isteklerinin ve gerçekte ortak yönlerinin olup olmadığı sorusunun bir şekilde projeyle ilgisi kalmamıştı artık.

Bir anlamda, birbirlerini dinlemeyi bırakmışlardı. Eric, Alice'e (cümlenin nereye varacağından habersiz) 'Senin gibi zeki ve duyarlı biri, benim gibi boş, beş para etmez bir bankacıda ne buluyor anlamıyorum' dediğinde, Alice bu cümleden onun ne kadar boş ve beş para etmez biri olduğu değil, kesinlikle tam tersi özelliklere sahip biri olduğu sonucunu çıkarmıştı.

Alice, ofisteki masasının üzerine Eric'in bir fotoğrafını koymuştu; artık gün boyunca arada bir ona bakmanın tadını çıkarıyordu. Teninin yüzeyini bütün ayrıntılarıyla aklına getiriyor, gece keşfettiği bütün küçük pürüzleri, ağzının kenarındaki beni, sol kulağının köşesindeki yara izini anımsıyordu tek tek. Afacan ifadesine ve çocuksu gülümseyişine şefkatle bakarken içinin hasretle sıkıştığını hissediyordu.

Aşkın yalnızca ilk safhalarında değil, bütün safhalarında gözlemlenebilecek bir olgu vardı karşımızda: Tutku, ayrıntıların minimal düzeyde olduğu bir durumda patlak veriyor; hayalgücü boşlukları uygun bir şekilde doldurmakta kullanılıyordu.

Film şirketleri cesaretlerini ve film için gereken parayı toplayıp *Anna Karenina, Emma* ya da *Uğultulu Tepeler*'in bir uyarlamasını çekmeye kalkıştıklarında, kadın oyuncu seçimleriyle okurun imgelemine ihanet ettiklerinin bilmelidirler. Edebi karakterlerin çekiciliği, tahminle belirsizlik arasında gidip gelen karmaşık bir iç oyuna dayanmaktadır. Eleştirmenler, Tolstoy'un *Anna Karenina*'yı yazma süreci boyunca baş kahramanının neye benzediğini hiçbir zaman ifade etmediğini söylemişlerdir; ancak bunun, büyük ustanın bir hatası olduğu söylenemez. Bu, kitapların sunduğu bir ayrıcalıktır; kitaplar, imgenin tiranlığına tutsak olmadıkları için, bir gerçeklik düzeyi kurgular ve olanı biteni okurun hayalgücüne bırakırlar. Anna'nın tam olarak nasıl göründüğünü söylemeye Tolstoy'un ihtiyacı yoktur! Eğer yazar baş kahramanının güzel olduğunu, okurun da böyle düşünmesini istiyorsa, en iyisi güzel olduğunu söylemek ve gerisini okurun tamamlamasına izin vermektir. Neyin ağızlarını sulandıracağını düşünmek okurlara kalmıştır.

İyi seçilmiş ayrıntıların biraraya geldiği şiirsel bir çağrışım biçimi vardır. Rimbaud ünlü dizesi "*Heureux, comme avec une femme*"ı (Bir kadınlaymışçasına mutlu'yu) yazarak, aşık olma durumunu minimal tasvirle yakalamayı başarmıştır. Bu cümle sıradan olma uçurumunun eşiğinde durmaktadır, ancak son anda evrenselliği sayesinde düşmekten kurtulur. Çünkü, '*heureux, comme avec une femme*' ya da '*avec un homme*' (Bir kadınlaymışçasına ya da bir erkekleymişçesine mutlu) olan kişi, bu dizeyi kendi siyah beyaz anılar yığınını düşünerek okur. Bu dize kimisine yatakta yapılan kahvaltıları, kimisine bir pazar sabahı Marais'de yapılan yürüyüşü, Bahnhofstrasse'den aşağı el ele süzülüşü ya da Nihonbashi'de yaşanan sıcak bir öpüşü anımsatır.

Ama eğer Rimbaud "*heureux comme avec une femme portant un tailleur Saint-Laurent, avec une cappuccino, une edition du Figaro et une table au Café Flore donnant sur le boulevard Saint-Germain*" (Saint-Germain bulvarına bakan Café Flore'daki bir masada oturan, önünde bir Figaro bir de cappuccino, üzerinde de Saint-Laurent'dan bir tayyör olan bir kadınlaymışçasına mutlu) diye yazmış olsaydı, dünya nüfusunun büyük bir çoğunluğu daha okur okumaz dizeye yabancılaşırdı. Yalnızca Paris'te yaşamış olanlar, tayyör giyen kadınlara ilgi duyanlar, Sartre'ın en sevdiği kafenin müdavimi olanlar, pek ciddi ve sağ kanattaki Fransız gazetesini okuyanlar ve damak zevkinde kahveye yer verenler bu dizeyi okuduklarında nostaljik bir iç çekip 'Ah, ah, nerede o günler' deme fırsatını bulacaklardır.

Eric'le tanıştığı dönemde Alice'in, çalıştığı reklam ajansı, Break-away Hotels adındaki bir tatil köyleri zincirinin hesaplarını tutuyordu. Müşteriyle yaptıkları uzunca bir toplantıda, müşteri, kafasındaki imgenin, lüksü, gençliği ve romantizmi bir araya getiren bir şey olduğunu söylemişti. Yaratıcı ekip böyle bir imge bulabilmek için yüzlerce sigara içmiş, sonunda, bir otel odasında öpüşen bir çiftin siyah beyaz bir fotoğrafını koymayı ve altına da *Yeryüzündeki Cennet* yazmayı önermişti.

Oda servisi, mönüsü, televizyonu, mini barı ve sıcak banyosuyla bir otel odasının cennetle ne ilgisi olabileceği özellikle belirsiz bırakılmıştı. Herkesin belleğinde benzer bir otel odasıyla ilgili bir imge vardı. Çoğu zaman fotoğrafta öpüşen çifte yakın bir şey olmasına karşın, hiç şüphesiz bunun gibi tutkuyla birbirine sarılmış ve ziyaretlerinden ölçüsüz keyif almış (hatta belki de bu yaşadıklarına şakayla karışık 'cennetteki gibi' demiş) konuklar olmasına karşın, bu imge, cennet tanımını İngiltere'nin kuzeybatısındaki oteller zincirine hapsediyordu.

Ancak kendilerini tam olarak açıklama ihtiyacında olmadıkları için, reklamı yapılan otel de arzulanan aşık da üretken hayalgücünü ateşleyen birer kıvılcım gibiydiler. Reklama bakan bir kişi yatak örtüsünün rengi ya da musluğun biçimi gibi kısıtlama potansiyeli taşıyan ayrıntıları bilmek yükümlülüğünü taşımıyordu; aynı şekilde Alice'in de Eric'e dair bildikleri, belirsiz davranış değişimlerinden ve ufak tefek zaman parçacıklarından oluşuyordu; bunlarla Eric'in resmi değil silueti çizilebilirdi ancak. Alice'in, Eric'e dair sahip olduğu imge, hayal kırıklıkları yaşamadan arzu duyabileceği kadar belirsizdi.

ARACILIK

Mayıs'ın ilk haftasında Chelsea sahilinde bir restoran açıldı ve büyük sansasyon yarattı. Melteme adındaki bu restoran, bir anda bütün şehrin; daha doğrusu şehrin küçük ve ayrıcalıklı bir kesiminin düşüncelerine şekil veren ve onları herkes adına konuştuklarına ve herkesi temsil ettiklerine inandıran bu kesimin gündem konusu oldu. Modanın dev tekerlekleri geldi bu restoranın kapılarına dayandı; bir fetva vermenin bütün yetkilerini kullanarak, yeni mutfaksal inançlar çıkana, inananlar yollarından dönene ve Kudüs kutsal mevkiini kaybedene kadar bu restoranın şehrin en gözde yemek mekanı olacağını ilan etti.

Alice birkaç kez bu restorandan söz açıldığında, orada yemek yemek istemeyen, dolayısıyla yiyenleri de kınayan küçümseyici bir tavır takınmıştı. Eric'in bir cuma sabahı telesekreterine mesaj bırakıp saat sekiz buçuğa orada masa ayırttığını söyleyeceğini, bu sürprizle orası hakkındaki eski görüşünün nasıl da birdenbire değişeceğini önceden kestiremezdi tabii.

Melteme'in felsefesi, yiyecekleri müşterilerinin göz zevkine sunmaktı. Mutfak, içinde çalışan aşçılarıyla birlikte büyük bir cam panonun ardından görülebiliyordu; böylece mutfağı saklayan geleneksel restoran anlayışı tepetaklak edilmişti. Dekorasyon da bu şeffaflık anlayışını destekler nitelikteydi; havalandırma, elektrik kabloları ve su boruları duvarların ve tavanın dış tarafından geçiyordu. Halojen lambalar uzun ve birbirine dolanmış kabloların ucundan masaların üzerine sarkıyor, bu görüntüler insana çok başlı bir yılanın binbir uzvunu çağrıştırıyordu.

Mimaride kornişlerden ve pervazlardan büyük ölçüde kaçınılmıştı, yemekler de en temel lezzetlere indirgenmişti. Yapay tavanlar olmadığı gibi yapay sosları da yoktu; yemeğin içerdiklerini birbirine karıştıran, tat aşamalarını ve parçacıklarını gizleyen soslar kullanılmamıştı. Özel istek olmadıkça sostan kaçınılıyor, yemeğin içindekiler kendi ayaklarının üzerinde duruyorlardı. Yemekler asıl yapılarını olduğu gibi sergiliyor, temel renklerden oluşan bir paletin sadeliğini yansıtıyorlardı.

Başlangıç yemeği, büyük bir toprak kapta sunulan Parma peynirinden oluşuyordu; peynir, koyu yeşil marul yapraklarının ortasına dilimlenmiş, üzerine bolca altın sarısı zeytinyağı dökülmüştü. Ara yemek olarak, mangalda kızartılmış sebzelerin yanına kalın kalın dilimlenmiş ton balığı geldi; sebzeler ağırlıklı olarak kırmızı bibere bulanmış ve iyice kızartılarak esmerleşmiş patlıcan dilimlerinden oluşuyordu. Restoranın özelliği, geleneksel yemeklere bağlı kalması ama onları neredeyse yeniden yaratılmış gibi gösterecek yetenekten de yoksun olmamasıydı: Büyük altın Fransız balığı, platonik bir forma bürünerek muhteşem bir tat kazanmış ve yiyenlerin damak zevkine bu yeni formla sunulmuştu. Tatlılar da bu iddialı anlayıştan nasibini almıştı; taze mango ve papaya ince ince dilimlenmiş, çikolata sosunun üzerine bir yığın halinde yerleştirilmişti.

Restoranlar hayalgücünüzü öyle bir harekete geçirirler ki diğer ticari girişimler bu konuda ellerine su dökemez. Yarattıkları çağrışımlar erotik denebilecek düzeydedir. Melteme de neredeyse bir histeri salgınına yol açmıştı. Masalar günler öncesinden ayırtılıyor; ünlüler içeri girebilmek için birbirini yiyor ve bolca rüşvet yediriyor, restoran, pop yıldızlarının, işadamlarının, politikacıların ve sanatçıların akınına uğruyordu. Ünlü magazinler ve gazeteler Melteme'i tanıtmak ve son on yılın en büyük sansasyonu olduğu fetvasını vermek için birbirleriyle yarışıyorlardı.

Kısa bir süre öncesine kadar tek başına konserve çorba içen ve böyle kutsal yemek kurumlarına adım atmaya alışkın olmayan Alice için bir cuma akşamı Eric'le birlikte Melteme'in gıpta edilen masalarından birinde yemek yiyor olmak tahmin edileceği gibi müthiş heyecan vericiydi.

"Ne harika, değil mi?" diye bağırdı Alice.

"Ya fena değil" diye yanıtladı Eric; son on yılın en büyük değişikliğini ilan eden bir restoranda bir kadınla yemek yemenin ilk kez yaşadığı bir şey olmadığını ima eden bir ses tonu vardı.

"Eee, ne yemeyi düşünüyorsun?"

"Hımm, galiba önce yengeç, sonra da ördek alacağım."

"Ben bir türlü karar veremiyorum, ne kadar da çok şey var bu mönüde. Hepsini yiyebilmeyi isterdim."

Sonunda yaptığı rejime ters düşmeyen bir seçimde karar kıldı ve yemek eleştirmenlerinin modern yemek klasikleri arasında saydığı som balıklı carpaccio ve levrek sipariş etti.

Eğer Eric'le Alice'in birlikte çıktıkları akşam yemekleri arasında bu akşamın özel bir yeri varsa, belki de bu Alice'in bu yemekten aldığı keyiften kaynaklanıyordu. Böyle bir yemeğin onu bu kadar çok mutlu edebilmesi, tutkularının kaynağı ve doğası konusunda da bir çok ipucu veriyordu.

Başlangıç yemeği geldiğinde, Alice yemeğin ne kadar lezzetli göründüğünü söyledi, sonra da uzanıp Eric'i yanağından öptü.

"Ne yaptım ben şimdi?" dedi Eric, ironik bir ses tonuyla.

"Ne yapmadın ki?" diye yanıtladı Alice, koca bir lokmayı çatalına geçirip ağzına atarken.

"Hımmm, gerçekten lezzetliymiş" diye rapor verdi hemen.

Alice Eric'e som balıklı carpaccio'sunu çok lezzetli ve restoranı da çok şık bulduğunu söylediği için, "Böylesine keyifli olmasının nedeni yediği yemek ve bulunduğu ortam" diye düşünebilirsiniz. Ancak onun başlangıç yemeğini yiyişini daha yakından izlerseniz, onun böylesine hevesli oluşunun; daha geçen hafta film, moda ve müzik dünyasından bir düzine ünlüyü ağırlamış olan, bütün şehirde konuşulan ve yemekleri üzerine yazılar yazılan bir restoranda yemek yeme düşüncesiyle (ancak gerçeğiyle değil) bağlantılı olduğunu anlarsınız.

Bu ayrımdan yola çıkarak iki ayrı karar modeli olduğunu söyleyebiliriz: Bir yanda 'Bu restoranı seviyorum çünkü *bana göre* yemekleri lezzetli' diyen otonom karar modeli, diğer yanda 'Bu restoran iyi olmalı çünkü *tanıdığım herkes iyi olduğunu söylüyor*' diyen taklitçi düşünce.

İlk modele göre, arzu, nesneye doğrudan bir bağ ile bağlanır.

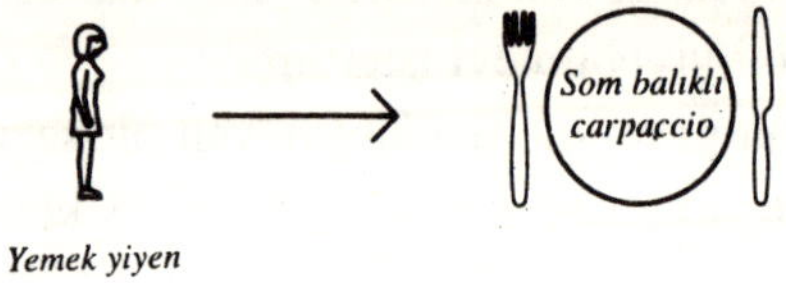

İkinci örnekte, arzu ilk önce aracı kanallardan geçer; gazetelerdeki yemek eleştirileri ya da ünlülerin damak zevki gibi.

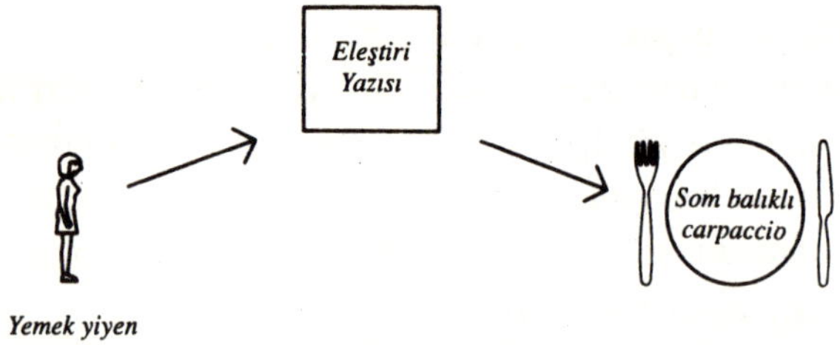

İşte şıklığı ve zarifliğiyle sizi evinizde hissettirecek yepyeni bir restoran. Melteme Restora'nın dekorasyonu, Croque Monsieur'ün yaratıcısı ünlü dekoratör José de la Fuenta'ya ait. Melteme'de lezzetli deniz mahsüllerinin tadını çıkaracak, yirminin üzerinde balık ve istakoz çeşidi tatma şansını yakalayacaksınız. Fransız şefin mutfağından çıkan yemekler eşliğinde romantik ve sofistike bir atmosfer sizi bekliyor. Fiyatlar ise oldukça uygun; geniş ve çekici şarap çeşitlerinden tatmayı tercih etmezseniz kişi başına yalnızca £25. Carpaccio (£ 6.95), moda ve müzik dünyasının Melteme müdavimleri arasında şimdiden bir klasik haline geldi. Bir başka tavsiyemiz ise kırmızı biberli patlıcanla sunulan hafifçe kızartılmış ton balığı. Bize göre son günlerin vazgeçilmez tercihi. Başka söze gerek yok. Melteme, son on yılın gözdesi.

Alice'in karar modeli, hep ikincisi, otonom değil de taklitçi model olmuştu. Bir elbiseye, bir çift ayakkabıya, restorana ya da gerçek bir aşığa duyduğu arzu, başkalarının sözcüklerinin ya da imgelerinin basmakalıp birer kopyaları gibiydi.

Bir hafta önce, National Theatre'a Samuel Beckett'in *Godot'yu Beklerken*'ini görmeye gitmişti. Eleştirmenlerin oyuna bir secde etmedikleri kalmıştı; herkes oyundan pek ciddi ama bir o kadar da coşkulu terimlerle söz ediyordu; bu yüzden Eric'e oyuna bilet almayı teklif etti. Ancak perdeler açıldığında işler değişti; Alice esnemelerini zar zor gizleyebiliyordu. Oyunda kullanılan dil, yapay ve toplumdan kopuk bir dildi, her bir replik arasındaki uzun mu uzun esler akıcılığın önünü kesiyordu. Alice, sahnedeki iki berduşun gerçek dünyayla hiçbir ilgileri olamayacağını düşündü. Sahnede gördüğü yoksul, absürd ve hüzünlü dünyadan bir an önce kaçıp kurtulmak istedi.

İlk perdenin sonuna doğru Eric program dergisini yere düşürdü, Alice dergiyi yerden alırken Eric'e 'Ne berbat, değil mi' gibisinden gülümsedi ancak alternatiflere izin veren ve tereddütlü bir gülümseyişti bu. Perde arasında Alice, Eric'le ve onunla birlikte gelmiş olan üç bankacı arkadaşıyla farklı görüşte olmaktan korktuğu için ilk önce konuşmamaya özen gösterdi.

"Yirminci yüzyılın ürettiği en ayrıksı ve en önemli tiyatro oyunu" diye bir beyanatta bulundu Eric, kalabalık barın bir köşesinde cinine tonik katarken ve *The Times*'ın sanat sayfasındaki eleştiri yazılarının keskin tonuyla, "Hiç şüphesiz son on beş yıldır Londra'nın tanık olduğu en önemli sanat olayı."

Eric'in bu koyu harflerle yazılmış düşüncesi, üç bankacı arkadaşınınkiyle tam tamına örtüşüyordu. Oradaki herkes bu düşünceye kafa sallayıp, hele hele esneyerek izledikleri oyunun en iyi oyun olduğunu hep bir ağızdan beyan edince, Alice'den günah gitmişti, onun fikri de sorulduğunda o ana kadar sergilenmiş bütün coşkunluklara canı gönülden katıldığını açıkladı.

Üstüne üstlük, ikinci perde gelip çattığında Alice daha az esnemeye ve oyundan gerçekten hoşlanmaya başladı. Oyun bittiğinde ise (hiç de inanmadığı halde) Beckett'in gerçekten çok etkileyici ve heyecan verici bir oyun yazarı olduğunu ve onun yapıtlarını incelemeye can attığını beyan etti.

Eğer Alice'in tepkileri bizi hayrete düşürüyorsa, bunun nedeni felsefenin, politikanın ve sanatın son dört yüz yıldır otonomiyi yere göğe koyamamış olmalarıdır: Özgür insan, anlık itkilerle tutkularının peşinden gidebilen, yüreğinin sesini dinleyen, kalabalığın yargısından, toplumun görüşlerinden ya da neyin "in" neyin "out" olduğuna karar veren modadan etkilenmeyen insan demektir. Bu anlamda bela okunan bir başka alan da teatral dünyadır, "bütün adamların ve kadınların yalnızca oyuncu oldukları" *teatrum mundi*'dir. Dünya sahnesindeki "oyuncuların" tutkuları (genellikle ün, para ve politik güç sahibi olmak için duyulan derin tutkular) sosyal içeriklidir, bu yüzden de aldatıcıdır. Güzel sözler söyleyen bir aktör, aslında sahne dışındaki bir insanın ürettiği duyguları taklit etmekten başka bir şey yapmamaktadır: Alice'in bir restoranda oturup som balıklı carpaccio'yu göklere çıkarması da aslında bir başkasının damak zevkinin ve kaleminin ürünüdür.

En azından Alice, Melteme'de yediği ilk ana yemeğin sonunda gerekli mesafeyi koyabilmiş ve kesinlikle "*öyle olduğu düşünülen*" bir yerde yemek yiyor olmanın onu nasıl da mutlu ettiğini itiraf etmişti.

"*Öyle olduğu düşünülen*" yer derken ne kastediliyordu?

Burada kastedilen, *başkalarının öyle* olduğuna karar verdiği *yerde* olmayı istemekti.

Herkesin arzusu merkezde yer almaktı. Bütün gözlerin çevrildiği, bu yüzden de önemli olduğu su götürmez bir değerler merkezinde olmaktı. Geçmiş çağlarda, insanlar öyle olduğu düşünülen yere gitmek istediklerinde gözlerini Roma'ya, Mekke'ye ya da Kudüs'e çeviriyorlardı. Bunlar ortak değer merkezleriydi, insanlar bu merkezlerin değerli olduğuna karar vermişler ve buna uygun olarak bu mekanları zengin bir dekorasyonla ve hazinelerle donatmışlardı. Büyük ideolojilerin çöküşüyle her şeyin merkezi birbirine karıştı: Bir başkentte yemek yiyebileceğiniz tek bir gözde mekan yoktu artık, bunun yerine değer merkezini elinde tutmaya çalışan yüzlerce restoran ve birey bulunmaktaydı.

Restoran, kısa bir süre için, evrenin kalbi olduğu iddiasını sürdürmeyi başardı; ancak insanlar masa ayırtabilmek için verdikleri savaşta galip geldiklerinde ve kutsal merkezde bir yer edindiklerinde bile arayışın kısırdöngüsü varlığını sürdürüyordu.

Konuklar, kalabalık ve karışık yemek salonunun bütün o karmaşası içinden delişmen gözlerle sosyal açıdan gözde olanları arıyorlardı. 14 numaralı masada oturanlar, 15 numaralı masada oturanların daha nükteli olduklarını, o masada onların kaçırdığı bir şeyler olduğunu, o masanın daha ilginç insanlarla çevrelenmiş olduğunu düşünüyorlardı. 15 numaralı masada oturanlarsa yan gözle 16 numaralı masaya bakıp 14 numaralı masadakilerle aynı endişeleri yaşıyorlardı; 16, 17'yi kesiyor, 17, 18'e gözünü dikiyor, bu böylece sürüp gidiyordu.

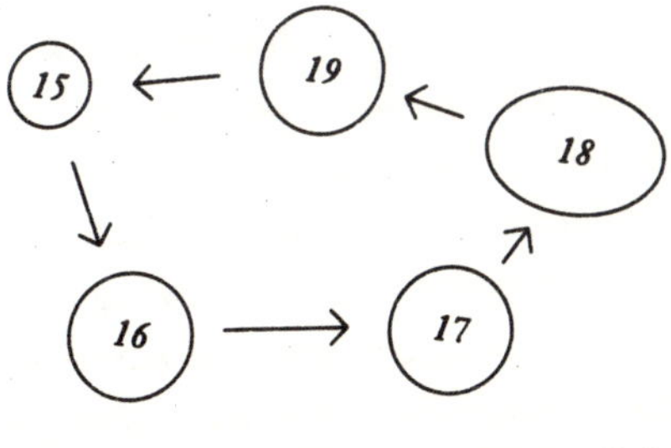

Kısacası restoranın bir "merkezi" yoktu: "Merkez" ne salonun ortasındaki büyük istakoz akvaryumuydu ne de (Eric'in bütün uğraşlarına karşın elde edemediği) pencere kenarındaki iştah kabartan masalardı. Melteme'in başarısı, yapmacık bir merkez izlenimi yaratmasında, sonu gelmeyen bir döngü oluşturarak büyülü bir atmosfer kurgulamasında yatıyordu.

"Herkes ne kadar da zarif giyinmiş, öyle değil mi?" dedi Alice. Ara yemeğine başlamıştı, bir yandan da etrafı süzüyordu.

"Ya, öyle" diye yanıtladı Eric. Önündeki ördek o anda daha çok ilgisini çekiyordu.

"Şurada oturan çifte bir baksana. Yüzü hiç yabancı gelmiyor. Televizyon dünyasındandı galiba."

"Bilmiyorum."

"Evet, evet, şimdi hatırladım. Şovunda insanlarla duşta röportaj yapıyor. Yanındaki sarışın da amma havalı ha. O kadar güzel ki insanda yaşama isteği bırakmıyor. Manken mi acaba? Onu daha önce hiç görmemiştim. Bana kalırsa önündeki salatayı yiyebilmek için bütün hafta hiçbir şey yememiştir. Yalnız yanındaki adam çok sıkılmış görünüyor."

Alice restoranlarda insanları gözlemlemeye bayılırdı. Yüzleri inceler, onların yaşamlarını hayal etmeye (ya da tahmin etmeye) çalışırdı. Eğer biriyle birlikteyse, oynadığı bu oyun bambaşka bir boyut kazanırdı, çünkü sevgilisine hangi kadınları çekici bulduğunu sorar, kendisi de hangi erkekleri hoş bulduğunu gösterirdi. Çiftlerin, aşık olduklarını iddia etmelerine karşın, bir başkasının ilgisini çekebilme ya da en azından bir başkasıyla ilgilenebilme yetilerini tatlı bir şekilde ima eden bir oyundu bu.

Ancak Alice'in içinden bir ses bu oyunu Eric'le oynayamayacağını söylüyordu. Çünkü bu cezbedilme veya cezbetme oyunlarının önemli bir şartı, ciddi olmaması, dolayısıyla üzerinde tartışılabilir nitelikte olmalarıydı. *Çekici bulduğun insanlardan bahsetmene izin verebilirim çünkü kendimi bu çekiciliğin tehdit edici olmadığını düşünecek kadar güvende hissediyorum.*

Eric'in aşikar cazibesi ve ilişkiler konusundaki rahat yaklaşımı, Alice'in sadakatsizlik konusunda espri yapmasına engel oluyordu. Fakat bu noktada Alice'e acımamız pek de uygun düşmez çünkü onu Eric'e çeken şey, bir yönüyle, başka kadınlara da çekici göründüğü gerçeğidir. Alice'in Eric'e karşı hissettikleriyle restorana karşı hissettiği heyecan, yapısal olarak aynıdır; çünkü her iki durumda da Alice'in tutkusunu belirleyen şey, Eric'in ve restoranın başkaları tarafından el üstünde tutulduğu gerçeğidir.

O akşam hazırlanırlarken Eric kravat seçiminde zorlanmış, yardım etmesi için Alice'i giyinme odasına çağırmıştı.

"Ne kadar da çok kravatım var" demişti, "Hepsi hediye."

"Aman, aman, otur da ağla bari. Yüzlerce kadın alınlarının teri olan paralarla sana kravat üstüne kravat almışlar! Bir de utanmadan şikayet ediyorsun."

Alice'in yüzlerce kadına gönderme yapmış olması rastlantı değildi. Gerçekten de onun sayısını bilemeyeceği kadar çok kadınla beraber olduğuna inanıyordu. Bu düşünce kıskanç bir ton içeriyordu içermesine ya, Alice'e garip bir zevk de veriyordu.

Hayranlık, Alice için aşk'ın olmazsa olmaz koşuluydu. "Hayranlık duymadığım bir adama aşık olamam" derdi. Bu, içten içe sevdiği adama yalnızca kendisinin değil, başkalarının da hayran olması gerektiği anlamına geliyordu. Kendi yoksulluğuna yama olacak tek şey, sevgilisinin İtalyan marka ayakkabılar giymesi, takım elbiselerini Savile Row'dan alması ve bütün bunlara karşın bir hayran ordusunun içinden kendisini seçmiş olmasıydı. Başkalarının O'nu darzuladığını, ama O'nun kendisini seçtiğini düşündükçe, kendini değerli buluyor, kendine güveni artıyordu.

Kısacası, yüzlerce aşk-kravatı olan bir adam, yalnızca bir kravatı olan birine göre çok daha değerliydi. Bu arada Eric, bile isteye, ona madalyonun öteki yüzünü göstermekten kaçınıyordu: Dolabındaki bu yüzlerce kravat, sevenlerinin verdiği armağanlardan çok, çalıştığı bankanın verdiği ödüllerden oluşuyordu.

Alice o gece eve döndüğünde Suzy'ye, Eric'in ne kadar yakışıklı bir erkek olduğundan bahsetti. Konu yine döndü dolaştı, erkeklere ve onların dış görünümleri sorununa dayandı.

Suzy, uzun süredir Quasimodo Kompleksi olduğundan dert yanıyordu. "Nerede kambur, çolak, kel, kör, topal adam varsa ben gider onu seksi bulurum" diye açıkladı bu kompleksi.

"Bana soracak olursan, bu tür adamlara acırım ve öldürseler onlarla çıkmam."

"Nedenmiş o? İlk bakışta çekici görünmeyen insanlarla çıkmak bence çok daha ilginç."

"Öyle mi? Neden?"

"Çünkü o zaman, onlarda neyi seksi ve neyi harika bulduğunu bilen yalnızca sen oluyorsun. Hem zaten, birini seviyorsan, başka insanların ne düşündüğünün önemi var mı?" dedi Suzy. Suzy'nin erkek arkadaşı Matt çolak ya da sakat değildi ama biraz boydan, biraz da enden kaybediyordu.

"Seni hiç anlamıyorum. Eli yüzü düzgün olmayan biriyle çıkamam. Chris'i hatırlıyor musun? Hani peşimden az koşturmamıştı. Çok tatlı bir çocuktu, ama pek biçimsizdi, kendine güveni çok azdı. Böyle birine katlanamazdım. Hep diken üstünde olup, daima onun içini rahatlatacak şeyler söylemem gerekirdi."

Suzy, başkalarından destek almadan bir şeyin iyi ya da kötü olduğunu ifade etme yetisine güvenirdi. Hiçbir eleştirmen ağzına almadığı halde bir Polonya lokantasındaki yemeklere, London'ın en iyi yemekleri yakıştırması yapabilir, dünyada hiç kimsenin ilgi ve saygı göstermediği birini yürekten sevebilirdi.

Genel anlayışı kabul etmeye daha eğilimli olan Alice ise, herkesin hayranlık duyduğu bir adamla beraber olmanın bedelinin, o adamın yanında şık restoran köşelerinde canı sıkkın oturan sarışın bombalar hakkında haset dolu ama güvenli yargılar dile getirmemek olduğunu anlamıştı.

SEKS, ALIŞVERİŞ ve ROMAN

Bir başka günahı ise alışverişi çok seviyor olmasıydı.

"Sana Camden'de bir yerden bahsetmiştim, hatırlıyor musun?" diye sordu Alice. Restorana gittikleri akşamın ertesi sabahıydı.

"Nasıl unutabilirim?" diye yanıtladı Eric, hafta sonu gazetesinin ekonomi sayfasında boğulmuş gitmişti.

"Bu dergide, oranın bütün bir ay boyunca indirimde olduğu yazıyor."

"Tanrı çocuklarını seviyor, desene."

"Uzun zamandır bir yün ceket almayı planlıyordum, tam aradığım gibi bir şey var orada."

"Hangisi?"

"İşte bak, şu kızın giydiği" dedi Alice, bir mankenin üzerindeki ceketi göstererek. "Ne dersin?"

"Hım."

"Bir 'hım'dan fazlasını hak ediyor, bütün maaşımı yatıracağım ben ona."

"Affedersin. Ne demem gerekirdi? Bu ceket, Batı Medeniyeti'nin yün ceket üretiminde ulaşacağı en yüksek nokta. Bu ceket, bir tasarım başyapıtı, moda endüstrisinin gülü, yün ceketlerin *Mona Lisa*'sı...."

"Tamam, tamam. Beni arabayla oraya bırakır mısın?"

Eric kabul etti, ancak Camden'e uğramakla iş bitmedi tabii. Söz konusu mağazada Alice'in bedenine uygun yün ceket yoktu, onun yerine şirin mi şirin bir çift ayakkabı vardı, ancak bu, şehrin fazlasıyla kuzeyine gelmiş oldukları gerçeğini değiştirmiyordu. Sonra, eve dönüş yolu üzerinde olduğu için Notting Hill'e uğradılar, bulunmaz Hint kumaşları gördüler orada da. Eh, Notting Hill'e uğramışken High Street Kensington'dan aşağı inmemek olmazdı; bu yol da onları Güney Kensington'a, oradan da birkaç adım ötedeki King's Road'a, oradan da devamındaki West End'e, oradan Bond Street'e ve Covent Garden'a götürüyordu.

Bu kısa günün kârı, söz konusu arzu nesnesi yün ceket değildi sadece; bunun yanı sıra bir çift ayakkabı, bir çift küpe, üç tane tayt, çeşitli makyaj malzemeleri ve bir şişe de parfüm edinmişti Alice. Bir başka kârı da Eric'in çok iyi bir alışveriş partneri olduğunu öğrenmiş olmasıydı: Eric bütün bu ritüel boyunca alışılmış erkek sabırsızlığından bir dirhem bile sergilememiş, aksine, Alice'in banka hesabında çok büyük bir delik açacak olan yün ceketin parasını ödemeyi teklif etmişti. Kredi kartları işletilmiş, tezgahtarların gözleri parlamış, başkentin bir ucundan öteki ucuna taksiler tutulmuştu. Hanover Square'de öğle yemeği yemişler; Onslow Gardens'a Eric'in evine dönmüşler; koltukta, son moda mağazalardan alınmış torbaların ortasında ateşle sevişmeye başlamışlardı.

Madam Bovary'nin 1856 yılında *Revue de Paris*'te tefrika roman olarak yayımlanmasıyla, Flaubert, ilk seks ve alışveriş romanı yazarı olarak dünya sahnesine çıkar. Daha doğrusu Flaubert, bu iki eylem arasındaki psikolojik bağlantıyı gözler önüne seren ilk yazardır. O zamanın okurunu hayrete düşüren şey, Emma'nın işlediği zina suçu olmuştur; ancak Emma'yı çöküşe götüren bir başka etken, son modayı takip edebilmek için dur durak bilmeden alışverişe çıkması, bu yüzden de bir borç yığını altında kalmasıdır. Para harcamak Bovary için libidonun kışkırttığı bir edimdir; hoplaya hoplaya ilerleyen bir atlı arabanın bütün risklerini, aynı zamanda da bütün hazlarını içermektedir.

Peki, acaba Flaubert seksi ve alışverişi onaylıyor muydu? Onun "*Bovary, c'est moi*" (Ben Bovary'nin ta kendisiyim) deyişi, romantik şehveti onaylamasından mı, yoksa aynı zamanda tüketimin büyüsünü derinden anlamış olmasından mı kaynaklanıyordu?

Belki şunu söylemekte yarar var: Cinsel ve tüketimsel orgazmın Bovary'yi felaketin eşiğine sürüklediği dönem, tam da endüstriyel kapitalizmin, şimdiki tarihçilerin deyimiyle tüketim devriminden geçtiği, on dokuzuncu yüzyıl Püritanistlerinin de kadınların özgürleşmesi kisvesi altında birtakım sahte girişimlerde bulunduğu dönemdir. Öyleyse romanı yasaklamaya kalkışanların temel ahlaki güdüsü yalnızca seksin değil, aynı zamanda alışverişin de önünü kesmektir, diyebiliriz. Üreme amaçlı olmayan cinsel birleşmeye karşı çıkan görüş, dinî yasaklamaya dayanan gücünü yitirince, ihtiyaç temelli olmayan tüketimi kınayan görüşler daha da büyük bir hız kazandı (Madam Bovary'nin yayımlanmasıyla Marx'ın *Kapital*'inin 1867'de yayımlanması arasında yalnızca on bir yıl vardı). İhtiyaç temelli olmayan alışverişe yöneltilen ahlakî saldırıyla, üreme amaçlı olmayan cinsel birleşmeye yöneltilen ahlaki saldırı arasında gözle görülür bir bağlantı vardır: Her iki durumda da sansüre uğrayan şey hazdır, daha doğrusu kadınların duyduğu hazdır; sansürcüler ise genellikle silindir şapkalı ve koca sakallı adamlardır.

Alice'in tutkusunu artıranların başında her ay okuduğu yüzlerce magazin geliyordu. Parlaklıkları açısından kitaplar, magazinlerin tırnağı bile olamazdı. Magazinler, tertemiz ve gıcır gıcır sayfalarıyla iyice yıkanmış bir elmayı andırıyordu. Alice, yarı şaka yarı ciddi "bir magazinin içinde kaybolup gerçek dünyadan silinmek" isteğinden bahseder, "keşke dünyamız magazinlerdeki gibi olsa" gibisinden, karmaşık bir etik bakış açısı taşıyan sözler sarfederdi.

Bütün bu magazinlerin ortak yönü, günlük yaşamda var olmayan bir berraklık taşımalarıydı. Magazinler dünyası, kusursuz yaratıkların taş duvarlara dayanıp sonbahar koleksiyonunu sundukları ya da pamuklu ilkbahar tasarımlarını giyip Milan kafelerinde boy gösterdikleri kusursuz dünyalardı. Güzel adamlar büzük dudaklarla ve tahrik edici pozlarla güzel kadınları sarıyor, mankenler en hafif giysilerle dalgın dalgın denize bakıyor, kocaman sürülmüş rujlara ve parlak kırmızı elbiselere spor arabalar ve tropik meyveler eşlik ediyordu.

Magazinler, birer hasret duyma aracıydı ancak insanlık çıkmazlarına çözümler üretmekte yetersiz kalıyordu. Okurunu tatmin etmek iddiasında olmasına karşın, satın alınmayı bekleyen yüzlerce ürün sunarak okuru sersefil ediyor, bu yüzden de edebi bir amaçtan çok ticari bir amaca hizmet ediyordu.

Magazinler, Alice'i mutsuz etmek *zorundaydı.* Ona bu yıl giydiği yün ceketi bir sonraki yıl da giyebileceğini söyleyemezdi. Nasıl göründüğünün, kimlerle çıktığının ya da yatak odasını ne renge boyadığının bir önem taşımadığını anlatamazdı. Moda sayfaları gardırobunda olmayan yüzlerce giysiyle onu başbaşa bırakmak zorundaydı, gezi sayfaları kendi dünyasından daha güneşli yeryüzü cennetlerini ona hatırlatmak zorundaydı, 'lifestyle' (yaşam tarzı) başlıklı sayfalar büyük olasılıkla bir yaşamı olmadığı, dolayısıyla yaşamının bir tarzı da olamayacağı gerçeğini derinden derine ima ederek onu küçük düşürmek zorundaydı.

Madam Bovary romantik romanlar okurken, modern bir hayalci olan Alice magazinler okurdu ancak bu iki etkinlik arasında çok önemli yapısal benzerlikler vardı. Her iki durumda da roman ya da magazin, başka bir dünyaya, gerçek dünyadan çok daha renkli bir dünyaya açılan pencere (vitrin) işlevini görüyordu. Roman da magazin de daha olgun ve daha adatıcı bir "gerçeklik"i gözler önüne seriyor, böylece tutkuları harekete geçiriyorlardı.

Tümüyle fanteziye dayanıyor olmalarına karşın, on dokuzuncu yüzyılın romantik romanları, gerçeklerden kaçış üzerine kurulu geleneksel romanlardan bir özellikleriyle ayrılıyorlardı: Bu romanlarda olayın geçtiği mekanı bütün ayrıntılarıyla betimleme böylece gerçekçi bir atmosfer oluşturma çabası vardı. Roman, evleri, manzarayı, toplumsal alışkanlıkları ve yüz hatlarını betimlemeye büyük önem veriyordu. Arzular ve çekilen hasretler çok keskin ifadelerle anlatılıyor, böylece okurun gözünde gerçekçi kılınıyordu. Roman genel hatlarıyla alışılmışın dışında seyretmesine karşın (ayışığı altında kendinden geçmeler ya da birdenbire haladan kalan yüklü miraslar gibi), anlatı teknikleri okurlara bu olayların gerçek yaşamda rastlanabilir olaylar oldukları izlenimini veriyordu. Romandaki olayları gerçek yaşamdaki olaylardan farklı kılan, bu olayların okurların hiç gitmedikleri büyük şehirlerde ya da ayrıksı köylerde meydana gelmesiydi yalnızca.

Atın rengi, elin üzerindeki benlerin sayısı ya da paslı revolver üzerine düşen günışığı okura ayrıntılarıyla betimlendiği için, okur da baş kahramanın atına atlayıp bir İskoç kalesine kaçışını, zengin ama iyi huylu bir lordun eli benli bakireye evlenme teklif edişini ve paslı revolverden çıkan kurşunun, aşk adına kıskanç bir rakibi yaralayışını mazur görebiliyordu.

Magazin de tıpkı romantik romanlar gibi kirli bir gerçeklik karikatürü oluşturarak 'olası'yla flört ediyordu: Magazin yazıları Alice'e Mauritius'a dalmaya gittiğinde ne renk oje sürmesi gerektiğini, güney Londra'da bir arka bahçede Giverny yetiştirmenin püf noktalarını ya da iştah açıcı yemekler pişirmenin 99 yolunu sunuyordu ancak bütün bu yazılar kullanışlı olamayacak kadar karmaşıktı.

Alice'in ruhuna yaptığı makyaj gözönünde bulundurulduğunda böylesi bir edebiyata ilgi duyması hiç de rastlantısal değildi. Alice'in magazinlere merak sarması, daha derin bir kimlik sorununun basit bir yansımasıydı: Ne olduğu ya da ne olmak istediği konusu kafasında kocaman bir soru işareti oluşturduğu için dışarıdan gelebilecek her türlü tavsiyeye hazır ve nazırdı Alice. Yün bir ceket edinme isteği, önceden tasarlanmış bir modele sığınarak kafasındaki karmaşayı dindirme arayışından kaynaklanıyordu; yün ceketi giydiği zaman kendi bedenini bir başkasının oluşturduğu imgeye oturtacak, bu yolla huzur bulacaktı. Yün ceket şık ve pahalı bir karikatürdü: Yün ceket sayesinde sonsuz sayıdaki kimlik seçeneği birkaç emin seçeneğe indirgeniyor, böylece Alice toplum tarafından kabul edilmiş bir kimliğe bürünmüş oluyordu.

Moda 'in' ve 'out' ikiliğini temel alarak bir doğruluk ve yanlışlık düzeni kurmuştu. Tammış gibi görünen ama sağı solu da belli olmayan, şizofrenik bir düzendi bu. 'In' ve 'out' metaforu, modanın bir çember olduğunu, bu çemberin ya içinde (In) ya da dışında (Out) yer alabileceğimizi ima ediyordu. O ay otantik olan, gömlek kollarını hafifçe kıvırmak, ilk iki düğmeyi açmak, hafif trikoları tercih etmekti. Düğmeleriniz yüksek otoritelerin tavsiyesi üzerine Hint düğmeleri olmalıydı, saçınızı büyük tokalarla at kuyruğu yapmalıydınız. Mücevher 'out'tu, erkek saatleri taşıyan kadınlar 'in'di, uzun elbiseler 'out'ken, mini elbiseler 'in'di, kaşmir 'out'tu ama ipek 'in'di, allık 'in', fondöten 'out'tu, mor 'in'di, yani yine sahnedeydi, turuncu ise 'out'tu, yani turuncu giymek suçtu. Tasarımcılar kat kat giyinmenin önemini anlatmak için bas bas bağırıyorlardı; insanlık türünün devamı ve gezegenimizin kurtuluşu, tam dizin üstüne gelecek şekilde bol ve uzun tunikler giyilmesine bağlıydı.

Neyin 'in' neyin 'out' olduğunu önceden öğrenebileceğiniz bir merkez aramak nafileydi, bunun yerine dev bir *beğeni* organizmasına bağlıydınız: Sürekli şekil değiştiren ve neye benzeyeceği önceden kestirilemeyen bu canavar, gençliği, ünü, zenginliği, yaratıcılığı ve güzelliği içeren bir kokteylle besleniyordu. Canavarın neye benzeyeceği önceden kestirilemiyordu çünkü bir nesnenin 'in' mi 'out' mu olduğuna karar verirken o nesnenin özellikleri değil; o nesnenin, koca bir nesneler zincirinde nasıl bir halka olduğu gözönünde bulunduruluyordu. Yün ceketin kendisi hiç değişmediği halde, bir sonraki ay magazini elinize aldığınızda başka tasarımların o ceketi solladığını ve o ceketin de doğal olarak 'out' kategorisinde yer aldığını görebilirdiniz. Kafanız karışabilirdi: Bu yün ceket yirmilerin ışıltısını geri getirmemiş miydi? (Şimdi büyük bir günah gözüyle bakılan) bu ceket yirmili yılların zamanında zaten parlayıp sönmüş ışıltısını geri getirmeye çalışan ama bunda başarısız olan bir tasarımcının karalamasından mı ibaretti yani?

ÇAMAŞIR DÖNGÜLERİ

Ruh haline göre, Alice'in yaşama bakışı (böyle bir perspektiften söz edilebilirse eğer) iki ayrı düzlem arasında gidip geliyordu: *Merdiven düzlemi* ve *çamaşır makinesi düzlemi.*

Eğer ruh hali merdiven düzleminde seyrediyorsa, Alice başına gelen her şeyi şu bakış açısından seyrederdi: Yaşam, yavaş yavaş sonu mutluluk ve sonsuz dinlence olan metaforik bir tepeye doğru ilerleme halindeydi. Alice, bu merdivenin kimi zaman yatay çizgilerle duraksadığının farkındaydı elbette; ancak bu yatay çizgileri oluşturan bütün o öfkeye, kendinden nefrete ve can sıkıntısına karşın, temel düzlem dikey bir düzlem olarak kalıyordu. Şu anki benliğini çocukluktaki, bulanık ergenlikteki ve üniversitedeki benliğiyle karşılaştırdığında geçmişin önüne koymuş olduğu engelleri bir bir aştığını görüyordu. Artık kendine daha bir güveniyor, başkalarına daha bir anlayışla yaklaşıyordu.

Eric'in gelmesi elbette bu merdivenin en yüksek basamağı olmuştu.

İşte en sonunda, yanındayken kendini rahat hissedebileceği, onu mutlu edebilen ve televizyon önünde geçirilen yalnız gecelerin melankolisinden kurtaran biri vardı. Bu ilişkide geçmiş ilişkilerdeki gelgitlerden eser yoktu; Alice'i en çok etkileyen, onun yanındayken hissettiği dinginlikti. Eric ne istediğini ve ne hissettiğini bilen biriydi, kendisinden yaşça büyüktü, (Alice 20'li Eric 30'lu yaşlarındaydı) politikayla ve ekonomiyle ilgili çok şey biliyordu, dünyayı tanıyordu ve bulunduğu yerden emindi.

Alice'in merdiven düzlemi hiç şüphesiz bir savunma mekanizması içeriyordu; zengin olmak için yıllarca çabalayan ve sonunda on milyon pound kazanıp böbürlenmekten kendini alamayan bir sonradan görme gibi davranıyordu.

Alice şimdi bir *nouveau content*'dı* belki ama bir zamanlar

* Sonradan görme.

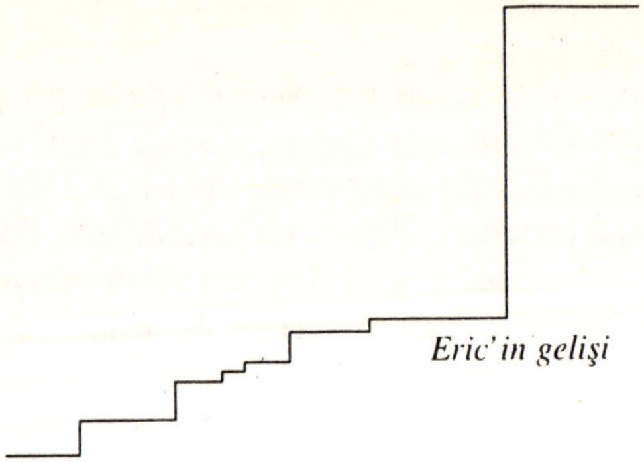

daha hüzünlü günler yaşamış ve bir grup arkadaşın sıcak sohbetine sığınmıştı. Sığındığı bu kadınların ortak noktası, erkeklerin elinden çok çekmiş olmalarıydı. Belinda ve Margaret Karanlık Çağlar'dan kalma yoldaşlardan ikisiydi yalnızca. Üç kadın Belinda'nın mutfağında az toplanmamışlar, kahve üstüne kahve içip, bisküviler yiyerek az kaynatmamış, az gülüşmemişlerdi.

Oysa şimdi bu arkadaşlarından uzaklaşmıştı. Onları görmemek için mazeret üstüne mazeret uyduruyor, onlarla sohbet etmektense telesekreterin devreye girmesine izin veriyordu. Bu arkadaşlar unutmak istediği geçmişin son kalıntılarıydı; utanç duyduğu mutsuz bir dönemi, şimdiye bağlayan son bağlardı. Alice merdivenden aşağı bakıyor ve gösterdiği özgürleşme çabasına acıyordu, bir zamanlar anne-babaya duygusal ve finansal bir göbek bağıyla bağlanmış olan ama özgürleştikten sonra anne-babasını küçümseyen ve onlarla arasındaki farkı abartarak dile getiren bir yeniyetme gibi davranıyordu.

Bir diğer felsefi olasılık *çamaşır makinesi düzlemiydi*. Çamaşır makinesinin temel özelliği döngüsel bir makine olması ve sürekli dönüp duran bir iç ritminin olmasıydı. Çamaşır makinasına koyulan çamaşırlar döngüsel bir düzlemde dönüp dururlar, bu döngü zaman zaman iç ritmin durmasıyla anlık bir kesintiye uğrardı. Bu kesintilerin her birinde makinenin camından görünen çamaşır farklı olurdu: Kimi zaman öne gelen çamaşır bir kot pantolon olur, kimi zaman çoraplar öne gelir, bazen de bir gömlek ya da bir mutfak önlüğü kendini gösterirdi. Makineye konan her bir çamaşırın her an görünmesi söz konusu değildi; ancak iç ritmin döngüsü, her birinin belli aralıklarla görünmelerini sağlıyordu. Kot pantolonun mutluluk olduğunu düşünelim, çoraplar coşkunluk olsun, gömlek can sıkıntısını, mutfak önlüğü de canhıraş sefaleti temsil etsin. İşte o zaman çamaşırın yıkanması süreci, yaşam sürecine benzetilebilirdi; her ikisinde de bir kez göz önüne gelenin bir kez daha geleceği kesindi. Çünkü her şeyden önce yaşam tekrarlara dayanıyor ve varoluş bitmez tükenmez döngülerden oluşuyordu.

Alice, Eric'le tam bir aydır birlikteydi ve mevsim ilkbahardı artık. Londra en parlak mevsimi yaşıyordu, çiçek açmış ağaçlarla ve eski eğri büğrü evlerle dolu küçük şirin köyler açık mavi gökyüzüyle buluşuyordu. Alice yaşam'ın en sonunda başladığını hissediyor, uzun zamandır hasretini çektiği dünyevi mutluluğu yakaladığını düşünüyordu. Duygusal yaşamı bir yana çalıştığı ofiste de işler tıkırındaydı, bir çamaşır firması için hazırladığı reklamdan dolayı terfi ettirileceğine dair söylentiler vardı.

Geçen hafta sonu Alice'in keyfine diyecek yoktu. Eric ve Alice cuma gecesini Melteme'de geçirmişler, cumartesi yün ceket almak için alışverişe çıkmışlar, akşam da Eric'in New York'tan gelen bir arkadaşıyla çıkıp bir yerde bir şeyler içmişler, sonra da Piccadilly'ye dansa gitmişlerdi. Pazar sabahı Alice, Tower Bridge yakınlarındaki bir müzeye gitmeyi önermiş, öneri kabul edilmiş sonra da müzeye yakın bir barın terasına öğle yemeğine gitmişler. Hava güzel olduğu için mümkün olduğunca nehrin kıyısından yürünerek Parliament Square'e geri dönmüşlerdi.

Eric'in evine henüz girmişlerdi ki gökyüzünde kulakları sağır edecek kadar şiddetli bir gümbürtü koptu. Kara bulutlar batıdan doğuya doğru hızla ilerledi, başkentin üzerine çöreklendi. Kara bulutların, son beş günü yağmursuz geçiren Londralılardan öç alma zamanı gelmişti artık.

"İnanılmaz!" diye haykırdı Alice. Salonun camından Onslow Square bol tazyikli bir duşakabin gibi görünüyordu. "Bir muson bu."

"Hafta başından beri söylüyorlardı bunu" dedi Eric.

"Öyle mi? Meteorolojik tahminlere inanmak hiç gelmez içimden. Sana da olur mu bu? Hava bir iyileşti mi sonsuza kadar iyi olacağını düşünürüm."

İklim bu düşüncede değildi. Çünkü Haziranın yirmi birinde 23°'lik bir eğiklik oluşuyor, güneş tam Yengeç dönencesinin (23°K) üzerine düşüyor ve böylece Londra'da yaz Eric'in akşamları tenis oynayabileceği ve küçük bahçesinde kahvaltı edebileceği kadar sıcak oluyordu. Ama Aralık'ın yirmi ikisinde güneş tam Oğlak Dönencesi'nin (23°G) üzerine düştüğü için kışın geceler karanlık, ağaçlar yapraksız ve tam trafik saatinde taksi bulmak imkansız oluyordu.

"Havanın hep sıcak olduğu bir yerde yaşamak ne güzel olurdu" dedi Alice. Gözleri bardaktan boşanırcasına yağan yağmura dalıp gitmişti. "Ne güzel, yalnızca yazlık giysilerim olurdu, sonra ısınmaya para harcamam gerekmezdi, hep iyi bir ruh halinde olurdum..."

"Sen mi hep iyi bir ruh halinde olurdun?"

"Neden olmasın?"

"Sen, sen olmaktan çıkardın ama."

"Yoo, ben, güneşli havalardaki ben olurdum."

"Havanın bir insanı bu kadar değiştirebileceğine inanamıyorum."

"Beni değiştiriyor."

"Biyolojik bir istisna olduğunu unutmuşum."

"Dalga geçmeyi bırak. Bilimadamları çoktan kanıtladı bunu."

Alice çocukluğunun bir yılını Meksika'da geçirdiği için dünyanın ekvatoral bölgelerine bağlı hissetmişti kendini. 15. ve 30. enlemler arasında, meteorologlar havanın yıl boyunca sıcak olacağını, yağmurun yağacağını ancak sıcaklığı çok fazla düşürmeyeceğini duyururlar. Sıcaklık değişimi minimal düzeydedir, hava sıcaklığı en az 20°'ye iner, en fazla 30°'ye çıkar, mevsimler arasındaki sıcaklık değişimiyse fark edilmeyecek derecede azdır.

Eric'imizle Alice'imizin öyküsünün geçtiği Kuzey Ilıman Kuşak'ta dönencealtı ve kutupaltı hava kütleleri şiddetli bir çarpışma halindeydi. Birbiri ardına gelen silklonlar, doğuya doğru ilerledi ve beraberinde nemli hava kütlelerini getirdi. Sonuç bitip tükenmeyen meteorolojik bir kavga oldu. Sıcak hava dalgası soğuk havayla çarpıştı, sıcak-soğuk hava akımlarının bir araya gelmesiyle geçici bir birleşme sağlandı. Bu çelişki, Alice'in bardaktan boşanan yağmuru seyrettiği gün şöyle bir seyir izledi:

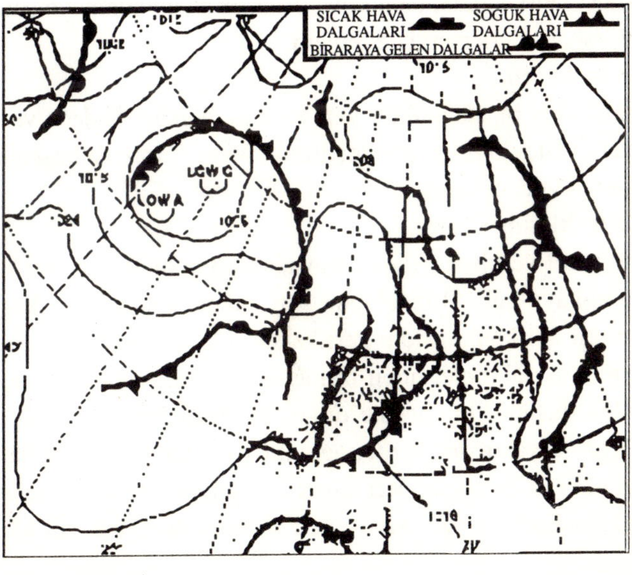

Eric yağmura olan ilgisini yitirdi, salonun uzak bir köşesine gidip televizyonu açtı. Kanallardan birinde ekonomiyle ilgili bir program buldu; program İngiltere'nin kuzeyindeki bir bilyeli yatak firmasının işleyişini anlatıyordu. Alice, bir dakika sonra koltuğun üzerinde Eric'in yanındaydı; kolunu Eric'in omzuna attı, ekrana ilgiyle ve merakla bakan yüzünü seyre daldı.

Eric yüzünü Alice'e dönmeden ve sert bir ifadeyle,

"Ne var?" diye sordu.

"Hiç..." diye yanıtladı Alice.

"Ne diye bakıyorsun öyleyse?"

"Bir sebep yok, televizyona öyle dalıp gitmişsin ki... Çok tatlı görünüyordun."

"Tamam, hadi, şişt. Bak bu adamlarla iş yapacağız biz. Şimdi sessiz ol bakalım."

"Peki ya sana sessiz ve derinden bir öpücük kondurursam ne olur?" diye sordu Alice, şımarık bir ses tonuyla, sonra da uzanıp Eric'in dudaklarını minicik öptü.

"Alice, tanrı aşkına, beni rahat bırak! Bir şey izlemeye çalışıyorum, rahatsız edersen izleyemem."

"Özür dilerim."

"Hayatında bir değişiklik yapmaya ne dersin? Sadece ve sadece kendi isteklerini gerçekleştirmek yerine biraz da başkalarını düşünmeyi denesen?"

"Özür dilerim, dedim."

Eric yanıt vermedi, Alice de ayağa kalkıp mutfaktan bir bardak su almaya gitti. Buzdolabını açtı, bardağa su koydu, küçük yudumlarla bir kısmını içip geri kalanını lavaboya döktü. Saate baktı, mutfak taburelerinden birine oturdu, elini alnına götürüp düşünceli düşünceli çenesine doğru kaydırmaya başladı. İşte o anda, ağzına yakın bir yerde, ağzının yaklaşık bir buçuk santimetre kuzey doğusunda, deri altında oluşan dermatolojik felaketin izine rastladı. Ne şekilde ve ne zaman başladığına dair hiçbir fikri yoktu, ama büyük olasılıkla gündüz saatlerinde (yoksa temelleri daha mı eskiye dayanıyordu?) ufak bir bez, deri altında sıkışmış kalmıştı ve şimdi bu zorla sıkıştırılmayı protesto etmek için kindar bir sivilceye dönüşmeyi planlıyordu. Sivilcenin merkezini çevreleyen alan şekil değiştirmiş; deri, sabah meydana gelecek olan yanardağ patlamasına hazırlanmak için sertleşmiş ve gerginleşmişti. Belki de daha kötüsü olurdu. Belki sivilce patlayamaz, içten içe daha da büyür, kaybolması günler alır, her gülümseyişte Alice'in canını acıtırdı.

Alice bir yönüyle yüzündeki felakete hayıflanadursun, bir başka yönü de Eric'in tavrına kafa yoruyor, bunun kendisine gösterilen ilk nezaketsizlik olduğunu düşünüyordu. Buradaki 'nezaket'ten kastedilen sözcüğün sıkı el tokalaşma anlamı değildi; 'nezaket' Alice'in yanında oluşabilecek ya da Alice'ten kaynaklanabilecek her türlü tatsızlığı gizleme çabasıydı. 'Beni rahat bırak' cümlesi, 'ben'in ilk kez dile getirilişini simgeliyordu. Önceleri bu 'ben' Alice'e paltosunu giydiren ya da döner kapıdan geçerken ona öncelik veren bir 'ben'di oysa.

Nedenini tam anlayamamıştı; ancak tek bildiği, mutfaktaki taburede öylece otururken birdenbire kocaman bir güven yitimine uğradığıydı. Daha birkaç dakika önce kendini yetişkinlerin dünyasında ayakta kalabilecek kadar güçlü hissediyordu; oyunu kurallarına göre oynayacaktı, tökezlemeyecekti. Oysa şimdi her şey, birdenbire, kendini suçlamanın ve kendinden nefretin dönüp durduğu bir döngüye dönüşmüştü. Alice'in kendine güveni, destekleyiciler olmadan ayakta kalamayacak kadar dayanıksız bir yapıydı: Eğer bir şeyi ister de onu elde ederse, birinden hoşlanır, adamın da ondan hoşlanmasını sağlayabilirse kendine güvenebilir, kendine ve başkalarına inanmaya başlayabilirdi. Ancak bu inanç sürekli şişirilmesi gereken sönük bir lastik gibiydi; olur da şişirilemezse, Alice önceki iyimserliğin gözüne abartılı bir yapmacıklıkmış gibi göründüğü bu yağmurlu ruh haline, Tanrı'nın ona verdiği ve değiştirmenin mümkün olmadığı bu gerçek ruh haline geri dönüyordu.

"Akşam yemeği için pizza ısmarlayalım mı?" diye seslendi Eric yan odadan. "Pişirmeye ya da dışarı çıkmaya üşeniyorum."

Koltuğa uzanmış yatıyordu, bir elini pantolonundan içeri sokmuş (harıl harıl) kaşınıyordu.

"Şunu yapmak zorunda mısın?" diye sordu Alice.

"Neyi?"

"Şunu."

"Kaşınıyorum, ne varmış bunda?"

"Çok hoş."

"Ya da Çin yemeği mi yesek? Aslında Hint yemeği de ısmarlayabiliriz. Ne dersin?"

Bunun yapılabilecek en uygunsuz şey olduğunu biliyordu; ancak o anda Alice'in tek istediği, Eric'e dönüp 'Bana sarıl' diyebilmekti. Canı ne pizza çekiyordu ne Hint yemeği ne de şehriye çorbası. (Daha az akılcı olduğunu bile bile) zırıl zırıl ağlayabilmeyi ve bu ağlayışını açıklayabilmek için 'Çünkü, işte, çünkü üzgünüm'den başka söze gerek duymamayı isterdi. Bedenini koskocaman bir kırılganlık hissi kapladı, tepkilerini dünyadan gelen taleplere uyduramaz oldu. Küçük, karanlık bir odada bin bir parçaya ayrılmayı, sonra da birinin ona sarılmasını, bin bir parçaya bölünen bedenini yeniden bir araya getirene kadar hiç bırakmamasını istedi.

"Eee, şey, dinle, yani yok, ben galiba aç değilim."

"Ne?"

Duygularını sözlere dökecek gücü yoktu. Keşke bir şey söylemesi gerekmeseydi; keşke Eric yüzüne bakıp 'Biliyorum, biliyorum' diye fısıldasaydı.

Ama O ne dedi? 'Niye suratını ekşitiyorsun? Bu halinle annesini kavgada yitirmiş Bambi'ye benzedin. Alt tarafı ne yemek istersin diye sordum.'

"Özür dilerim."

"Özür dileyecek bir şey yok ortada. Bu ekşi surat da sana pek yakıştı."

"Bak, ben en iyisi eve gideyim, yarına yetiştirilecek bir işim var. Tamam mı?"

"Benim için fark etmez, Bambi."

Bir saat sonra kendini yatakta buldu Alice, ruhunun nasıl da parçalara bölündüğünü düşünüyordu. Sanki ruhunda onlarca televizyon kanalı varmış da aksi şeytan sürekli kanalları değiştiriyormuş gibi.

Kanal 1'de bu akşam	Kendine güvenliydi, bedeniyle barışıktı, yaratıcıydı, meraklıydı, komikti ve herkesle iyi geçiniyordu.
Kanal 2'de bu akşam	Ne idüğü belirsiz bir takım korkular bedenini işgal ediyordu, tırnaklarını yiyen, enerji yoksunu, içe dönük biri olup çıkıyordu.
Kanal 3'de bu akşam	Bedeninin "bir lapa yığını" kadar ağır olduğu fiziksel durum.
Kanal 4'de bu akşam	Öte taraftaki çim daha yeşildi ve Alice'in yaşamı tanıdığı herkesin yaşamından daha aşağıdaydı.

"Kendini bulmak" derken Alice'in kastettiği, kendinden yalnızca *bir* tane bulmaktı. Tek istediği, durağan ve dingin bir kanal bulmak ve bu sonsuz çamaşır döngüsüne bir dur diyebilmekti.

DEĞER SİSTEMLERİ

Alice o gece fazlasıyla idealize ettiği sevgilisinin aslında romantik özlemlerine karşılık vermediği gerçeğiyle yüzleşti. Sevgilisinin uyandırdığı düş dünyası tümüyle değersiz değildi; yalnızca Alice'in düşlerinin karşılığı değildi hepsi bu.

Peki Alice ve Eric'in ilişkileri şimdi uyumsuzluğa dayalı gerilimlerin baş gösterdiği bir aşamaya geldiyse bu çelişkilerin kaynağı neydi?

İnsanları birbirinden ayıran özelliklere alışagelmiş çizgisel çerçeveden bakmayı reddedelim bir kez; işte o zaman, karakteri oluşturan ayrıntıların bizi hayrete düşürecek kadar tutarlı, bir o kadar da çelişkili değer sistemlerine dayandığını görürüz.

[i] Ev İçi Tasarımı

Eric, Alice'le tanışmadan bir ay önce evini tepeden tırnağa yeniden dekore ettirmişti, bu iş için Japon minimalist tarzını benimsemiş bir iç mimara başvurmuştu. On yıl önce Doğulu bir iç dekorasyon dergisinde beğendiği tarzda evini dekore ettirme fikri içini kemirmiş, son bir yıldır maddi refaha kavuştuğu için hayalini gerçeğe dönüştürmeye karar vermişti.

Dolaplar ve ışıklar gizlenmişti, yerlerdeki parkeler ağartılmış Japon meşesiydi, pencerelerin pervazları ve süpürgelikler perdahlanmıştı ve perde yerine pencerelerle bir hiza duran beyaz jaluziler kullanılmıştı. Aksesuarlar süssüz ve sadeydi, kapı kulpları krom Bauhaus tasarımıydı, mutfaktaki eşyalar kafelerde ve restoranlarda rastlayabileceğiniz ağır paslanmaz çeliktendi. Banyo beyaz mermerle kaplanmış, tam ortada sedir ağacından bir küvet, onun yanında da Carrara mermerinden oyulmuş lavabo duruyordu. Lavabonun kaidesi Yorkshire kumtaşından yapılmıştı. Yatak odası tatami paspasıyla kaplanmıştı, hasırın üzerine geceleri bir Japon döşeği yayılıyor, gündüzleri dolaba kaldırılıyordu. Duvarlar beyaza boyanmış ve çağdaş Amerikan sanatından gelişigüzel seçilmiş tablolarla, siyah çelik küpler ve okside edilmiş bakır borularla kaplanmıştı.

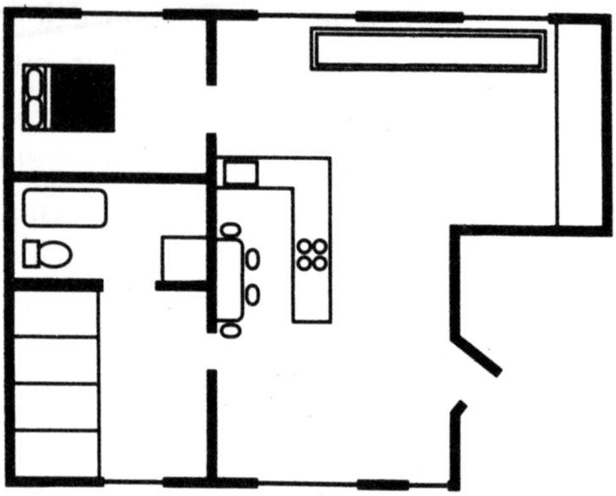

Eric, bankası aracılığıyla gittiği Japonya'da bir yıl kalmış, hafta içini döviz kurlarıyla ilgili bilgi toplamaya, hafta sonlarını da o ülkenin kültürünü keşfetmeye ayırmıştı. Derinlemesine bir incelemeye giriştiği söylenemezdi; okumaları taramalardan ibaretti: Ruth Benedict'in *Krizantem ve Kılıç* adlı kitabının sayfalarını karıştırmış, biraz Miskima'ya bulaşmış, ucundan azıcık Krishnamurti ve Alan Watts okumuştu. Eric'in Doğu'ya olan düşkünlüğü, akademik değil de sezgisel bir düşkünlüktü.

Mayısın ortalarına doğru Alice'i Finchley Road'daki bir Japon restoranına götürmüş, bir tabak sushi eşliğinde bu düşkünlüğünü açıklamaya çalışmıştı.

"Şu yemeğin düzenine ve uzamına bak, som balığı dilimlerinin düzenlenişi, içeriğin bir düzen içinde sunuluşu nasıl da hayranlık uyandırıcı. Japon estetiğinin en sevdiğim yanı, her şeyin mutlaka bir mantığının olması."

"Harika" dedi Alice, "Şu beyaz şey ne?"

"Uskumru."

"Peki ya şu ortadaki pembe?"

"O da sarımsak. Yemeğini bitirdiğin zaman neden bu yemeği bu kadar sevdiğimi anlayacaksın. Koca bir tabak yemeği bitirdiğin halde kendini arınmış ve hafif hissedeceksin; tabağın tam bir curcuna olduğu ve sonrasında büyük bir ağırlık hissettiğin Batı yemeklerine benzemez bu."

Eric, Doğu'dan bahsederken, sözleri birkaç anahtar sözcüğün etrafında dönüyordu: *Hafiflik, düzen, mantık, arınmışlık, uzam.* Eric'e göre tabağındaki sushi'de, yemeğin sunulduğu siyah lake kaselerde hep bu nitelikler gizliydi. Benzer nitelikleri Kyoto tapınaklarında Zen ustalarının kaligraflarında ve okumaya yeltendiği birkaç haiku şiirinde de gözlemlemişti.

Kimono giymiş garson kız çayları koyarken Eric de anlatmayı sürdürdü:

"Dünya çok kalabalık ve karmaşık. Doğu estetiğinin en sevdiğim yönü, uzam ve akılcılık yüklü oluşu. Evimi bu şekilde dekore ettirdim çünkü ofisteki kaostan kopup evime geldiğimde kendimi ıssız bir çöldeymiş gibi hissetmek istedim. Her şeyin açık plan oluşu toza, pasa ve kire yer kalmamasını sağlıyor, çünkü her şey her an düzenli olmak durumunda. Gereksiz tek bir şeyin bile barınamayacağı bir eve sahip olmak istedim. Küçükken sık sık yelkenle açılırdık; yelkenlilerle ilgili ilk öğrendiğim, her şeyin bir amaca hizmet etmek zorunda olduğuydu, yelkenlinin üzerinde gereksiz ve işe yaramaz bir şey barındıramazsın."

Eric'in ev içi tasarımına duyduğu aşırı merak, evdeki en küçük aksesuarlara bile yansımıştı. En iyi çalar saati, tirbüşonu ya da hesap makinesini bulana kadar uğraşır, banyosundaki, mutfağındaki ve yatak odasındaki her bir eşyayı, radyatörleri, elektrik düğmelerini, bıçakları ve havlu askılarını seçmek için kılı kırk yarardı.

Bu aksesuarcılık tutkusunu (modern terimlerle ifade edecek olursak) nasıl yorumlayabilirdi insan? Belki de bu tutku, bulunduğu çevredeki her şeyi kendi denetimi altında tutma isteğiyle açıklanabilirdi. Eric, ataçtan türbişona, lambadan vantilatöre evdeki her şeyi kendi kararıyla seçtiği zaman hiçbir şeyin şansa bırakılmadığı bir çevrede yaşadığını hissediyordu. Bazı evlerde hiçbir işe yaramayan ıvır-zıvırla dolu çekmeceler görürsünüz, o çekmecelerde ne estetik bir amaç vardır ne de duygusallıktan öte bir değer. Eric için bunlar plansızlıktan başka bir anlam ifade etmezdi, kendi evinde de başkasının evinde de bu tür eşyalara tahammülü yoktu.

Bir evdeki eşyaların düzenlenişi, o evde yaşayanın kafa yapısına dair önemli ip uçları verir; bu eşyalar adeta o karaktere dair sözsüz ve eylemsiz hazinelerdir. Psikanalizm'den önce çocukların tedavisinde kullanılan bir yöntem, dili mükemmel seviyede kullanan çocuklara uygulanan "konuşma tedavileri"ydi. Psikanalizm, çocukların tedavisine yöneldiğinde ilk karşı çıktığı nokta, bu "konuşma tedavileri" olmuştu. Klein, Freud ve Winnicott gibi kuramcılar, çocukların iç dünyalarını ifade etmek için oyuncaklar ya da başka nesneler gibi sözsüz araçlardan yararlanabildiklerini fark etmişlerdi. Dertlerini söze dökmekte zorluk çeken çocuklar, karşılarındaki analiste iç çelişkilerini sahneleyebilmek için bir tahta çubuktan ya da bir ip yumağından yararlanabiliyorlardı. Aynı şekilde (Gerçi Eric estetik değerlerinin bu şekilde yorumlanmasına şiddetle karşı çıkardı) Eric'in zevklerinin de onun iç dünyasını yansıtabildiği bir oyun alanı olduğu söylenebilirdi.

Eric'in yaşama bakışı da tıpkı bunun gibi işlevsel bir bakıştı. Yaşamının, evi gibi düzenli olmasını; sosyal, finansal, romantik ve cinsel meselelerin bir tutarlık ve uyum içinde birbirini tamamlamasını isterdi.

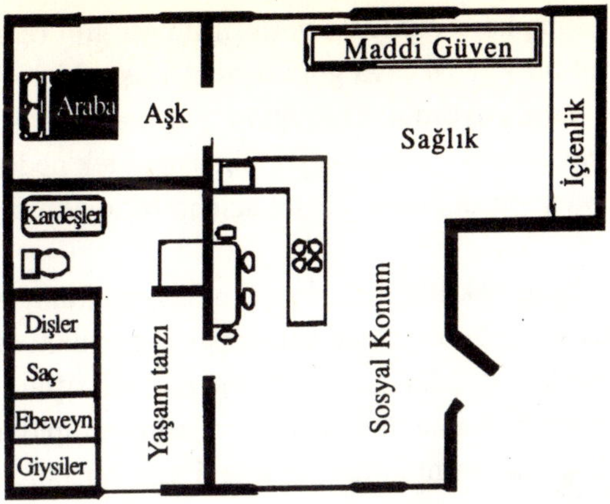

Eric'in varoluşu her açıdan çok düzenliymiş gibi görünebilirdi; ancak aslına bakarsanız düzensizliğe karşı herkesten büyük bir korku ve duyarlılık taşıyordu içinde. Bir örümcek ağı, kirli çamaşırlarla dolu bir sepet, kırık bir pencere ya da tabak karşısında kelimenin tam anlamıyla sarsılırdı; öyle ki iş yerinde harala güreleye alışkın bir adamdan bu kadarını beklemezdiniz. Alice, onun evinde yere bir gazete serip bırakacak olsa, birdenbire sinirlenir, hırçınlaşır, kırıcı bir söz etmeden duramazdı.

"TV rehberini öyle bırakmışsam ne olmuş yani?" diye çıkıştı Alice. Bir pazar sabahıydı.

"Çok şey olmuş, çünkü yere atılmış gazete yığınları görmeye dayanamıyorum."

"İyi de gece döndüğümüzde toplayacaktım."

"Ne yani bütün gün evim dağınık mı kalacak?"

"Doğrusunu istersen kalacaktı ama öyle bir konuştun ki, kendimi Nuremberg Duruşması'na yollanacak kadar ağır bir suç işlemişim gibi hissettim, bu yüzden toplayacağım şimdi."

Eric'i derinden sarsan başka ayrıntılar da vardı: telefon kablosunun üçten fazla kez dolaşmış olması, uzaktan kumandanın kullanıldıktan sonra TV'nin üzerindeki yuvasına konmaması, raflarındaki kitapların düzensiz yerleştirilmesi gibi (Eric kütüphanesini özel bir kaynakçaya göre düzenlemişti; kitaplar boyutlarına göre sıralanıyordu; *Louvre'un Hazineleri*'nin *Wimbledan'dan Önemli Anılar* yanında yer almasının tek nedeni, bu iki kitabın yanyana durduğunda görsel açıdan bir uyum oluşturmalarıydı.)

Eric, dışardan bakıldığında, burjuva saygınlığının bütün tatsız çatlakları sıvadığı bir ailede yetişmişti. Bir avukat olan babası, Eric çocukken defalarca gizemli bir biçimde işten atılmıştı. Adam sonu hep hüsranla biten iş maceralarına atılıp dururdu. İrlanda'dan bir arazi satın almak ve aileyi ağır bir borca sokmak bunlardan yalnızca birisiydi. Annesi katı ama disiplinli ve becerikli bir kadındı, ailenin dış cephesini iyi göstermek için elinden geleni ardına koymamış, üç kuruşluk mirasını üç oğlunu okutmaya harcamıştı. Babası içki içmeye başlamış ve her an şiddet kullanmaya eğilimli bir duruma gelmişti; annesi ise bu durumu kendisinden, oğullarından ve yaşadıkları parlak ve pek nazik Notting Hill Caddesi'ndeki komşularından gizlemeye çalışarak yaşamını sürdürür olmuştu.

Bu şartlarda büyüyen Eric yaşadığı mekandan, görüştüğü insanlardan ve çalıştığı işten kaynaklanabilecek her türlü belirsizliği engellemek isteyen bir insan olmuştu. İlk adımının doktorluk olması, bu işin güvenliğine ve prestijine kapılması da bu yüzdendi ancak para kazanması için çok uzun bir süre sabretmesi gerektiğini görünce bundan vazgeçmişti. Uzun süreli maddi sıkıntılara gelemediği için bankacılığa yönelmiş ve bu alanda bir kariyer edinmeyi başarmıştı. Aslında bir yönü hala sıkı bir kumarcıydı; ancak kumar oynamasının tek koşulu vardı: Yaşamının temel öğelerinin garantide olduğu bir çevre.

Öte yandan Alice'in yatak odasında minimal diye nitelenebilecek hiçbir şey yoktu, odanın boyutu dışında tabii. Oda, akla hafsalaya sığmayacak her türlü eşyayla tıka basa doluydu ve en cicili bicili renklerle dekore edilmişti. Yatağın arkasındaki rafta ciltleri yıpranmış kitaplar sıralanmış, yanlarına değişik renklerde kaplanmış klasikler dizilmişti. Yatağın önünde duran küçük siyah beyaz televizyonun anteni eğriydi, arkasına bir fotoğraf kolajıyla bezenmiş mantar bir pano asılmıştı. Bu fotoğraflar arasında minik Alice'ten, yazlık evlerinden, eski evlerinden, köpeği Gatsby'den, eski arkadaşlardan, teyzeler ve büyük teyzelerden görüntüler vardı. Panonun hemen yanındaki çekmeceli dolabın üstü bir yığın eşyayla doluydu: Makyaj malzemeleri, saç fırçaları, spreyler, anahtarlıklar, Bordeaux'dan aldığı seramik kap ve Whitechapel çarşısından aldığı eski bir Viktoryen ayna. Çekmeceli dolabın yanı başında çalışma masası vardı, üzerinde 'p' ve 'y' harfleri çalışmayan ama yine de gerektiğinde Alice'in imdadına yetişen külüstür bir daktilo duruyordu. Çekmecelere senelerdir aldığı mektuplarla on yılı aşkın senedir içini döktüğü on beş ciltlik günceler tıkıştırılmıştı. Karşı taraftaki gardırop, her yıl temiz bir sayfa açan moda tarihinin bir panoraması niteliğindeydi. Yatağın yanındaki iki magazin kütlesi bir radyoyu taşıyor ve yanı başındaki kasetler yığınına eşlik ediyordu.

Eric, Alice'in odasında geçirdiği ilk gece, bu odaya hurda yığını ismini taktı. Sonradan bu tabiri öyle sevdi ki odanın adı hurda yığını kaldı. Eric'in en gıcık olduğu nesneler, Alice'in yatağının üstündeki pofidik yastıklarla tüylü hayvanlardı. Ancak üzerinde *'Roma'yı seviyorum'* yazılı, pembe tüylü kalp şeklinde bir yastık vardı ki Eric ondan özellikle nefret ediyordu. Ne zaman odada yatacak olsa yaptığı ilk şey bu yastığı odanın öbür ucundaki çöp sepetine fırlatmak ya da Alice'in ulaşamayacağı yüksek bir yere kaldırmak oluyordu.

"Salak mısın nesin, yastığımdan ne istiyorsun?" dedi Alice, Eric her zamanki gibi yastığı gizleme oyununu oynadığında.

"Çünkü bu yastık, hayatta görüp görebileceğim en çirkin, en

iğrenç, en rezil nesne. Onunla yatağımı paylaşmayı reddediyorum."

"Peki öyleyse, bir seçim yapman gerekecek. Ya beni ve benimle birlikte Roma yastığımı seçersin ya da basıp gidersin."

Alice, yastığın hoş bir yastık olduğunu ya da estetik bir nesne olduğunu iddia edecek değildi ama bu yastığı seviyordu ve on yıldır evindeydi, ev içi tasarımına bakışı da *işlevsel* değil *duygusaldı:* Bir nesnenin değerini belirleyen, o nesnenin ne işe yaradığı değil, o nesnenin etrafını çevreleyen duygusal çağrışımlardı.

Kalp şeklindeki yastık Alice'e babasının verdiği son armağandı ve annesi ile babası boşanmadan önce ailece çıktıkları son tatilden yadigardı. Bu son tatilde İtalya'ya gitmişlerdi ve Alice eve birbirinden hoş anılarla dönmüştü. Daha güzel, daha kaliteli ve daha makul bir yastık arasa pekala bulabilirdi, ancak hiçbir yastık, kalp şeklindeki o yastığın tarihini, o duyguları, o yıllar önce geçirilmiş pespembe tatilin anılarını bünyesinde taşımazdı.

[ii] Hassasiyet

Alice ve Eric, Alice'in evine yakın bir İspanyol restoranına yemeğe gitmişlerdi. Eric'in yemeyi planladığı bir tavşan yüzünden tartışma kopmuştu birden.

"Ay, Eric, dur n'olur. Başka bir şey ısmarlayamaz mısın?" diye yalvardı Alice.

"Güldürme beni, bu tavşan lezzetli olacağa benziyor. Beyaz şarapla pişiriliyor, taptaze sebzelerle sunuluyor... Mmm... ağzımın suyu aktı."

"Tavşanların yenmesi fikri beni deli ediyor" dedi Alice. Çocukken, kestane renkli Patch'le uzun bir dostlukları olmuştu.

"Vejetaryen bir mistiksin sen."

"Siparişinizi alabilir miyim?" diye sordu garson.

"Evet, sipariş vermeye hazırız" dedi Eric. Yüzünde pis bir gülümseme vardı.

On beş dakika sonra, nar gibi kızarmış bir tavşan geldi, açlıktan gözü dönmüş insanoğlu çatalı bıçağı eline alıp büyük bir hızla yemeye başladı onu.

"Ah, ah, ah zavallı küçük tavşan... kötü yürekli koca kurt nasılda yiyor seni" diye alay etti Eric. "Pençelerin neden böyle, koca kurt? Körpecik zavallı tavşanı daha iyi yiyebilmek için..."

"Kes sesini, piç kurusu. Mönüde yüzlerce başka yemek varken neden gidip de o tavşanı yiyorsun, gerçekten anlamıyorum."

"Bak Alice, ben de neden şu salak tavşan için bu kadar heyecanlandığını anlamıyorum. Sen de herkes gibi et yiyorsun. İş tavşana gelince ortalığı velveleye veriyorsun, neden mi? Tavşanın danaya ya da koyuna göre birazcık daha sevimli bir yüzü var da ondan. Dana etlerini, koyun etlerini yerken vicdanın hiç sızlamıyor ama. Ahlak anlayışına diyecek yok doğrusu! Darvin bunu duymalıydı: 'En sevimliler, en uzun yaşayanlar olmalı.'"

Eric, bu konuda dalga geçmeye devam etti, ertesi gün de sözünü sakınmadı: 'Eee, sevgili vejetaryenimiz, bugün de tavşan avlamaya gidiyor muyuz?'

Belki de Alice gerçekten ikiyüzlülük etmişti (o koskoca çirkin koyunu yerken körpecik tavşan için endişe duymak da neydi sanki), ancak Eric bu hassasiyetle o kadar çok alay etmişti ki, Alice 'acaba ikiyüzlülük mü yapıyorum' diye düşünmüyordu artık. Eric'in duygusallıktan uzak oluşu yalnızca mantıksal nedenlere (koyunsa, neden tavşan olmasın gibi) dayanmıyordu. Hassasiyet gösterilen her şey Eric için alay konusuydu. Hastalara, çaresizlere, özürlülere, topal ördeklere, mutsuz aşıklara, zırlayan çocuklara ve romatizmalı yaşlılara acıyan birini gördü mü dalga geçmemek için kendini zor tutuyordu. Acıma duygusu gösteren herkesi alaycı bir dille iğneleyiveriyordu.

Örneğin, Alice *Aşk Hikayesi*'ni (Love Story) her seyredişinde (belki on kez seyretmişti) hüngür hüngür ağlıyor, Eric de ona takılmadan edemiyordu. Belki de bunun nedeni gözyaşlarının ardında yatan o tatlı hüzne tahammül edememesiydi. Alice ona kendini çirkin hissettiğinden ya da 'aynaya bakınca bir fil gördüğünden' yakındığı zaman da kaba bir tavır takınırdı Eric. 'Elbette güzel görünüyorsun, ne alakası var şimdi'lerin ve 'Konuyu değiştirebilir miyiz lütfen'lerin ardında '*Elbette iyi görünüyorsun. İyi görünmek zorundasın, iyi olmasaydın ne işim vardı seninle...*' gibi mesajlar yatıyordu.

Çocuklar birer zafiyet abideleriydi, bu konuda da Eric'le Alice zıt görüşteydiler. Alice çocukları sever, Eric ise 'Çocuklarım olsa büyüyene kadar yüzlerine bakmazdım. Agu-gugu çağındaki çocuklara tahammül edemiyorum' derdi. Jane'nin oğlu Tim'i görmeye gittiklerinde, Eric dört yaşındaki oğlanı bir kenara çekip ona basit sorular sormuştu. Tim, verdiği cevapların mahkeme duvarına çarptığını hissedince, kendine güvenini yitirmiş ağzının içinde bir şeyler gevelemeye başlamıştı. Annesi tam o anda gelip onu kucağına almasaydı ağlaması işten bile değildi.

Bir çocuğun ağzında geveledıklerini anlamaya çalışmak Eric'e çok zor geliyordu. Oysa Alice, çocuğun hatalarını anlayışla düzeltmekten, onun dolduramadığı boşlukları doldurmaktan büyük keyif alırdı. Eric, görünürde bir yetişkindi, fakat tıpkı çocukların ebeveynlerinden mükemmel olmalarını beklemeleri gibi, çevresindeki insanlardan hatasız olmalarını beklerdi. Bu yönüyle tam bir yetişkin çocuktu. Başkalarının zayıflıklarını örtmek için kendi gücünü kullanmaktan yoksundu. Çevresindeki insanların hatalarını hoş görmekten, affedici ebeveyn rolünü oynamaktan yoksundu.

Bir hafta sonu Eric'le Alice Oxford yakınlarındaki bir köye, bir arkadaşlarına öğle yemeğine davet edilmişlerdi. Eric Londra'ya erken dönmek zorundaydı, bu yüzden iki araba peşpeşe gitmeye karar verdiler. Alice yolu tam bilmediği için arkada kaldı. Eric, BMW'sine atlayıp anayolun en sağından tam gaz gitmeye alışkındı. Alice Vosvos'uyla onu ağır aksak izleyebiliyordu, bu da Eric'i çileden çıkarmıştı. Kavşaklarda dikiz aynasından bakıyor, Alice'in önce sağına sonra soluna baktıktan sonra ilerlediğini görünce 'Yaşlı bir teyzeyle yola çıkanda kabahat' diye söyleniyordu kendi kendine. Reading'e yakın bir kavşakta Tosbağa stop etti, Alice de Eric'i gözden yitirdi. Eric, Alice'in onu izlemediğini fark edince bir küfür daha savurdu ama kavşağa geri dönmedi, adresi, yön duygusu, bir de haritası olduğuna göre pekala evin yolunu bulabilirdi. Eric, bu tutumuyla bir ebeveyn gibi hoşgörülü olmaktansa basıp gitmeyi tercih etmişti.

Eric insanların zayıf yönlerine karşı duyarlı olmak yerine güçlü karakterleriyle engellerin üstesinden gelen insanlara saygı duymayı seçmişti. Hiçbir hassasiyet taşımayan Eric, zayıf olan her şeyi aşağılamak ve güçlü olan her şeye hayran olmak gibi bir özelliğe sahipti.

[iii] Çıplaklık

Eric, Alice'le tanıştığı ilk gece, hatta ilk konuşmalarından birkaç saat sonra, Alice'i yemek masasının üstüne sürüklemiş ve külodunu çıkarmıştı. Alice, normalde ilk bakışmadan ilk cinsel birleşmeye kadarki sürenin en az bir hafta en çok da birkaç ay olması gerektiğine inanırdı. Bu kez tutkusunun gücü ve ilişkinin hızı karşısında şaşakalmıştı. Bir yanı hâlâ direnmek istemesine karşın, iyi bir kızın nasıl olması gerektiğini belirleyen ahlak kurallarına karşı gelmek de çok tatlı gelmişti ona 'Kim takar kuralları!' diye düşünmüş ve o anın tadını çıkarmaya karar vermişti. Eric'in ateşli bir şekilde onu soymasına, sutyenini çıkarmasına, çırılçıplak önce koltuğa oradan da yatak odasına götürmesine izin vermişti. Eric, bir yandan da neşeyle soyunmuş ve giysilerini odanın orasına burasına fırlatmıştı.

Seviştikten sonra Eric yataktan inip mutfağa gitti ve bir sürahi ve bir çift bardakla geri döndü. Komodinin yanında dikilip şık bir restorandaki usta bir garson edasıyla bardakları doldururken inanılmaz çekici görünüyordu.

"Sabahlık giymeyecek misin?" diye sordu Alice.

"Hayır. Sabahlık bence sevişme sonrası erotizmi mahvediyor" diye sırıttı Eric.

"Sevişme sonrası her türlü erotizmin sona erdiğini düşünürdüm."

Eric, oldukça müstehcen bir edayla:

"Hah! Geleneksel düşünceye göre öyle, ama..." diyerek gülümsedi.

Daha ilk geceden, Eric'in kendi bedeniyle ne kadar barışık olduğunu görebilmek çok kolaydı. Hiç beklemediğiniz anlarda birdenbire çırılçıplak olmanın tadını çıkarıyordu. Üstelik başkalarının da bu cesareti göstermeleri gerektiğini düşünüyor, bedenin gizlendiği bir sabahlığı ya da havluyu gereksiz buluyordu. Derin bir Fransız öpücüğünü komşulardan gizlemek için perdeyi kapattığı hiç görülmemişti. Bir yerde bir ırmak, jakuzi ya da havuz görecek olsa, çırılçıplak soyunup atlamaktan hiç çekinmezdi.

Alice, Eric'in fiziksel yürekliliğine hayrandı. Kendisinin (en yoğun tutku anları dışında) sahip olamayacağı türden bir yüreklilikti bu. Alice'in ilk tepkisi bir tişörte ya da bir sabahlığa uzanmak, ışıkları kısarak kendini büyük boy aynaların şerrinden korumak olurdu.

Beden hiçbir gereği yokken evin içinde gezdirilecek bir nesne değildi, bir sevişme sözkonusu olduğunda ve erkek (dikkati başka bir yere odaklandığından) eleştirel gözlerle bakmayacağından iş başkaydı tabii.

Eric, Alice'in bu yanıyla hep dalga geçerdi. Alice bir gün yatağa girmeden önce Eric'e 'bana bakma' diye tutturdu. Eric de 'yarım saniye sonra yanımda çırılçıplak yatacağın halde ne diye gözlerimi kapamamı söylüyorsun hiç anlamıyorum' dedi. 'Vücudunu bütün ayrıntısıyla bildiğim halde odanın içinde gezinirken sana bakmama izin vermiyorsun. Bunu hiç anlamıyorum.'

Alice için çıplaklığını sergilemek, utanç potansiyeli taşıyan bir alanı gözler önüne sermek demekti (Kendinden nefretin doruğa ulaştığı anlarda sık sık vücuduna bakar, 'Bunlar da göğüs mü şimdi? Ya şu ayaklar? Ördekten ne farkım var?' diye söylenir dururdu). Makyaj silindiğinde ve giysiler bir yığın halinde yere bırakıldığında bütün silahlarından arınmış gibi hissederdi kendini. Tamamen kırılgan bir ruh haline bürünür, sevgilisinin ona gülmeyeceğine ya da fiziksel özelliklerini ona karşı kullanmayacağına dair bir güven arayışına girerdi. Bedeni, omuzlarında bir yük, bir zayıflıktı, başkalarının hoşgörüyle karşılayacaklarını umduğu acınacak bir şeydi. Mantıksız olduğunu biliyordu bilmesine ya, yine de ne zaman çıplak kalacak olsa bir sığınak aramaktan alamıyordu kendini –beraber olduğu erkeğe güvenebileceğinden emin olmak istiyordu– ama bir yandan da bir an önce kendini banyoya atmak istiyordu.

Bir sabah Eric, Alice'e bir oyun oynamaya karar verdi ve giysilerini dolaba sakladı.

"Giysilerimi geri ver çabuk, geri zekalı" diye çıkıştı Alice. "Yalnızca bir dakika süren var, yoksa polis çağırırım."

"Tabii, istiyorsan çağır, işte telefon. Bana hak vereceklerdir. Soyunukken çok daha güzel görünüyorsun."

"Saçmalamayı bırak Eric. Söylediğimi hemen yapmazsan tepemin tası atacak, ona göre" diye uyardı Alice. Salonun ortasında dikilmiş, incir yaprağına sığınmış kızgın mı kızgın bir Havva figürünü andırıyordu.

"Sakin ol."

"Sakin ol, ha! Senin için hava hoş tabii. Bak, son kez söylüyorum, giysilerimi geri veeer."

"Tamam, güzelim, sakin ol. Giysilerin mutfak dolabında. Tepenin tasına söyle atmasın artık."

[iv] Duygusal Çıplaklık

Eric fiziksel rahatlığıyla övünedursun, duygusal çıplaklıkta ketum bir çekingenlik sergiliyordu. Alice'inkinden çok daha farklı bir özgüvensizlikti bu. Öyle ki Alice, uzun bir süre kendinin incir yaprağı arayışıyla, Eric'in sığınma arayışı arasındaki benzerliği fark edemedi. Eric ırmaklarda ya da ormanlarda çıplaklığıyla rahatça boy gösteriyor olabilirdi. Fakat büyük bir telaşla, kendini sembolik bir sabahlığın altına gizlemesinin tek nedeni, duygusal çıplaklık korkusuydu.

Duygusal çıplaklığın ortaya çıkarılması fiziksel çıplaklığa oranla çok daha zordur çünkü duygusal çıplaklık kesin terimlerle tanımlanamaz. Fiziksel çıplaklık, görsel bir gerçekliktir; dolayısıyla bu alandaki ketumlar kolayca fark edilir ve giysileri fiziksel rahatlığı savunan çağdaş hazcılarımız tarafından uzak dolaplara gizlenir. Diğer yandan insanın kişiliği bedenin içinde saklıdır, bu yüzden de duygusal ketumiyetin fark edilmesi ve giysilerinden arındırılması çok daha uzun zaman alır. Oysa duygusal ketumların sayısı, fiziksel ketumlara oranla hiç de az değildir.

Duygusal çıplaklık, insanın bir başkasına zayıflığını ve yetersizliğini sergilemesi anlamına gelir. Çıplakken giysilerimizle karşımızdakini etkileyebilme ihtimalinden tümüyle mahrum kalırız ve bu anlamda karşımızdakine bağımlı bir konuma geliriz. Bir kez soyunduktan sonra yalan söyleyemeyiz, bağırıp çağıramayız, kasım kasım kasılamayız, kendimizi abartılı sözcüklerin ardına gizleyemeyiz. Montaigne'in söylediği gibi (gerçi o bu lafı ölüm anıyla ilgili olarak söylemişti) duygusal olarak çıplak kaldığımız zaman temiz bir Fransızca'yla (ya da ana dilimiz her neyse) konuşmamız gerekir.

Sensiz yitik bir insan olduğumu, her ne kadar öyle görünmek istesem de aslında bağımsız bir kişi olmadığımı, tam aksine, yaşamın akışı ya da anlamı üzerine hiçbir ipucu yakalayamamış bir sürüngen olduğumu söylersem, yani sana *ihtiyaç duyduğumu* itiraf edersem, duygusal açıdan soyunmuş olurum. Karşında ağlarsam, "başkaları bunları duyarsa mahvolurum" diyerek ve her şeyin aramızda kalacağına güvenerek sana yığınla şey anlatırsam, partilerde etrafa mavi boncuk dağıtmaktan vazgeçersem ve önem verdiğim tek insanın sen olduğunu söylersem, dahice biçimlendirilmiş bir "yıkılmadım ayaktayım" kisvesinden soyunmuş olurum. İşte o zaman bir sirk numarasındaki gibi bir tahtaya mıhlanmışımdır, karşımdakine kendi irademle bir yığın bıçak vermişimdir, tenime teğet geçen bıçak atışları karşısında korunmasızımdır. Aşağılandığımı, kendimden emin olamadığımı, tereddüt ettiğimi, güven yitimine uğradığımı ve kendimden nefret ettiğimi görmene izin veririm, bu yüzden de aksi şekilde davranmanı söyleyemem sana (gerekmez de zaten). Artık zayıfımdır ve gecenin üçünde telaşlı yüzümle çıkarım karşına; akşam yemeğinde yüksekten attığım iyimser felsefeden ve yüksek sesli değerlendirmelerden eser kalmamıştır artık. Varoluşum karşısında endişeliyimdir. Günlük yaşamın özenilecek ve kendinden emin fotoğraflarından biri değilim; elinde korkularımla ve kuşkularımla yüklü çok ayrıntılı bir katalog var; bütün bunlara karşın beni sevmeye devam edebileceğin riskine alıştırdım kendimi.

Öyleyse duygusal giyim nedir? Yumuşak iç dünyayı, simgesel genital kırılganlığı ve o büyük "*Sana ihtiyacım var*"ın sırrını bir başkasının gözünden sakınabilmek için düzenlenmiş bir gardıroptur. Giyinik olmamız, kontrol edemeyeceğimiz birinin ellerine kendimizi teslim etmeyi reddetmemiz anlamına gelir; beraber olduğumuz kişi pekala telefonumuza yanıt vermeyerek ya da karşı sandalyedeki bacaklarla flört ederek bizi kırabilir ya da çileden çıkarabilir.

Eric, gardırobunda iki sıra takım elbise olduğundan emin değilse kesinlikle bir ilişkiye girmezdi. Amacı, aşkın tek taşıyıcı sütun olmadığı ve ona mutluluk veren otonomisinden vazgeçmek zorunda kalmayacağı bir yaşam inşa etmekti.

Bu noktada mimarlar romantik ve duyarlı olmak üzere ikiye ayrılabilir. Duyarlı mimarlar binadaki ağırlığın (mümkün olduğunca çok) sütunlara dağılması gerektiğini, bunun mimarinin temel kurallarından biri olduğunu bilirler. Böylece bir kaza halinde ağırlık, hasar gören taraftan hasar görmeyen sütunlara kayar.

Eric, ağırlığını geniş bir alana yaymıştı. Yaşamını destekleyen sütunlar, birden fazla kız arkadaşla bağlantıyı kesmemek (bir tanesinin onu reddetmesi durumunda yapısal çöküntüyü engellerdi böylece), ola ki bir gruptan ayrılırım düşüncesiyle mümkün olduğunca geniş bir arkadaş kitlesiyle görüşmek ve olur da bir gün meteliksiz kalırım düşüncesiyle yeterince para kazanmak gibi önlemlerden oluşuyordu.

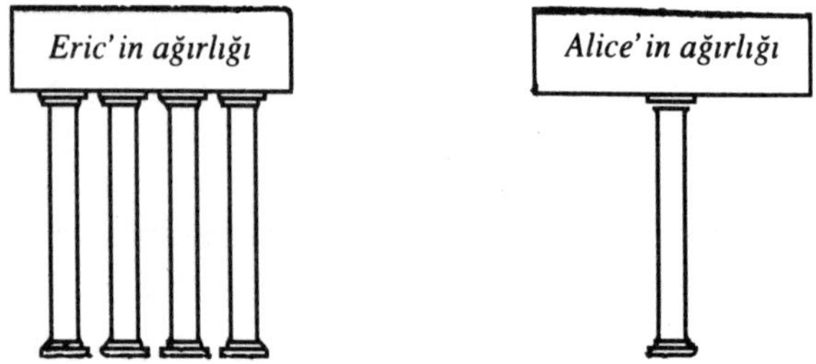

Alice hiç şüphesiz romantik bir mimardı. Bütün ihtiyaçlarını tek bir sütuna yükler, suya düşeceği muhtemel bir plana sarılır, sütunun bütün ağırlığı kaldıracağını umut ederdi.

Eric, son zamanlarda Alice'in yaşamında bu sütunun yerini dolduruyor olmasına karşın bu taşıyıcı rolü üstlenmek konusunda isteksizdi. Kendine yönelik sorular sormaktan uzaktı; "Şu anda ne hissediyorum?" "Ne yaşıyoruz biz?" ya da "Bir sonraki hafta sonu ne yapıyor olacağız?" gibi sorulara yanıt bulmak ve bu şekilde ilişkinin konumunu belirginleştirmek konusunda tereddüt içindeydi.

İsteksizliği, Alice'in iyi özelliklerini görmezden gelmeye dayalı değildi. Onu duygusal açıdan ketum kılan, bu özelliklere olan yaklaşımıydı; bu özellikler olmasa yaşamının çok daha zor olacağını itiraf etmek istememesiydi.

Alice başından beri bunu oyunun kurallarından biriymiş gibi kabullenmişti. Ne de olsa ilk haftalarda çiftler birbirleri için ne anlam ifade ettiklerini tartışmazlardı, duygularının ortak olmadığından korkarlardı çünkü. Taraflardan biri geleceği gözünde canlandırmak istemeyebilir düşüncesiyle geleceğe göndermeler yapmaktan çekinilirdi.

Aşıklar ilk kez bir yatağı paylaştıktan hemen sonra, ileriki günlerde ya da haftalarda gerçekleşebilecek olası bir görüşmenin ne şekilde dile getirileceği konusu çok önemliymiş gibi algılanır. Bir tarafın "Belki benim doğum günümde o söz ettiğin oyuna gideriz" demesinde, eğer söz konusu doğum günü iki hafta sonraysa, anormal bir şey yoktur. Bu teklif, ilişkinin en az o tarihe kadar devam edeceğine dair üstü kapalı ama ciddi bir sinyal niteliğindedir. İlişki devam ettikçe, taraflar, geleceğe yönelik bu zaman sınırının daha da genişlemesini ister. En son varılan nokta birinin gönül rahatlığıyla "Gelecek yıl sonu kayağa gitmek için para biriktirmeye başlayalım" ve hatta "Emekli olur olmaz bir mavi tura çıkalım, ne dersin?" diyebilmesidir.

İyi de Eric'in geleceğe yönelik zaman sınırı iyice dardı: Bu sınırın bir haftayı aştığı neredeyse hiç görülmemişti. Alice, geleceğin bir an evvel belirgin kılınmasını bekleyedursun, Eric kendine yönelik soruları yanıtlamaktan ve bu yolla bir gelecek tasarımı çizmekten kaçabilmek için yeni yeni yollar keşfediyordu.

Duygularının ilanı bile şifreliydi. Birlikte kötü bir Amerikan filmi seyretmişlerdi; film, talihsizlik yüzünden birbirinden ayrılan ama daha sonra aşkın kötü kaderi yenmesiyle yeniden bir araya gelen Texas'lı bir çiftin öyküsünü anlatıyordu. Baş aktör (filmdeki ismiyle Billy) hık demiş Eric'in burnundan düşmüştü, filmden çıkar çıkmaz ilk sohbetleri bu müthiş benzerlik oldu. Arabaya doğru yürürlerken Eric, kolunu Alice'in omzuna attı. Ona ne kadar güzel göründüğünü, kendisi için ne kadar değerli olduğunu dile getirmek istedi, ama bütün bunları kendi ulusal ve sınıfsal kimliğiyle yapmaktansa filmdeki baş aktörün sesine bürünerek yapmayı tercih etti.

Billy'nin Texas'lı şivesine öykünüp yaya yaya konuşarak: "Hey bebeğim, küçük tavşanım benim, şu lanet olası yaşamımda karşıma çıkan en güzel şeysin" dedi Alice'e.

"Bunu söylemen ne hoş" dedi Alice, her zamanki şivesinde. Elini eline aldı ve tatlı darbelerle hafifçe vurdu.

"Biliyor musun, Mississipi'nin bu yakasındaki en güzel varlık sensin" diye ekledi Eric/Billy sesinin şiir dozunu yükselterek.

"Gerçekten mi? Öyleyse Mississipi'nin öte yakasındaki rakibem kim?"

Eric, böylesi durumlarda duygusal ihtiyaçlarını daha kabul edilebilir görünen fiziksel ihtiyaçlar düzeyine indirgeyip bu yolla duygularını gizlemeyi alışkanlık haline getirmişti. Alice'in dikkatini çekmek istiyorsa, grip olduğunu, soğuk aldığını ya da sırtının feci ağrıdığını söylemek kolayına geliyordu. Bu psikosomatinin ardında yatan gerçeği itiraf etmekten kaçıyordu hep.

Hasta olmak; yün bir bere takmak, paltoların içine girmek ve yatak döşek yatıp pek yakında öleceğinden bahsetmek demekti.

"Alice Hemşire, lütfen hastayla ilgileniniz, bir melek olup bana C vitaminini getirebilir misiniz?" diye seslenirdi Eric ölüm döşeğinden.

Alice'e hemşire, kendine de hasta rollerini vererek, başrollerini sevgili'nin ve seven'in paylaşacakları bir senaryonun risklerinden kaçardı. Sevgiyle okşanmak ve ilgilenilmek gibi ilkel ihtiyaçlar, burun damlaları ya da öksürük şurubuyla karşılanmış olurdu.

Haziran ayında Eric, bankası için bir işi bağlamak üzere Frankfurt'a gitti; ancak döndüğünde morali bozuktu, çünkü işi bir Alman firmasına kaptırmıştı. O akşam yemekte oldukça sessizdi, suratı beş karış, Alice'in hazırlamış olduğu yemeği tırtıklayıp durdu. Sonra gitti koltuğa oturdu, Alice onu öyle sefil ve mahzun görünce yanına gitti ve başını ellerinin arasına aldı. Parmaklarını saçlarında gezdirdi, tatlı tatlı yüzüne baktı, sonra:

"Çantanda bir dolu Mark'la dönmemiş olsan da benim kahramanım hâlâ sensin" dedi.

"Tanrı aşkına Alice, bana büyüklük taslama, bilmem anlatabildim mi?" dedi Eric. Sevgiyi hak edebilmek için başarılı olması gerektiğine inanan, bu acı ve yalnızlık verici inancın baskısı altında yaşayan herkesin vereceği doğal bir tepkiydi bu.

[v] Cömertlik

Eric, cömertliğiyle bilinirdi. Meteliğe kurşun attığı günlerde bile içkileri ısmarlamak isteyen ya da hesabı ödemeye yeltenen o olurdu. Arkadaşlarının doğum günlerini unutmaz, onlara mutlaka bir hediye gönderirdi. Hayır kurumlarına bağış yapar, bankada kendi maaşının bir bölümüyle sekreterinin maaşına destek çıkardı. Alışverişe çıktıklarında Alice'ten çok daha fazla kazandığı için her şeyi ödemeye kalkardı. Hafta sonunu Dorset'teki arkadaşlarıyla geçiren Alice, dönerken Eric'e bir hediye almıştı: Alüminyum folyoya sarılmış bir kalıp çiftlik peyniri.

"Bunu ufacık bir çiftlik evinde bir çift inekten sağdıkları sütle yapıyorlar, adını bile bilmiyorum, ama eminim hoşuna gidecek" dedi Alice.

"Çok tatlısın. Daha önce bana kimse peynir hediye etmemişti" diye yanıtladı Eric. Peynirin kendisinden çok, paketlenişine ve Londra'ya getirilişine verilen emek onu duygulandırmıştı.

Peynirin taşıdığı lezzet bir yana, Alice'in Eric'e hediye ettiği buna benzer şefkat simgeleri, hediyenin kendisinden çok daha ağır bir yük yüklüyordu Eric'in omuzlarına. Hediyenin yanında, gösterilen özen ve şefkat karşılığında Alice'e borçlu olmanın verdiği yüktü bu. Peynirin Eric'in buzdolabındaki varlığı, Alice'in *onun için* verdiği onca emeğin bir simgesiydi; bir çiftlik evine gitmiş, para vermiş, peyniri sarıp sarmalamış ve çantasına koymuştu, bütün bunları yaparken aklındaki tek şey Eric'ti. Ne güzeldi! Ne büyük bir yüktü!

Eh, hemen ertesi gün bu ağır yükü omuzlarından atmak için bir hafta önce Oxford yakınlarındaki bir dükkanda görüp beğendikleri bir yüzüğü Alice'e şimdi alması tesadüf değildi öyleyse.

"İnanamıyorum!" dedi Alice, hediyeyi görünce. Eric'in yanına koşup öptü onu. "Ne büyük cömertlik böyle!"

Yüzük hiç de ucuz sayılmazdı. Ancak eylemin kendisi manevi açıdan cömertlik değildi. Alice'in beş pound'luk peynirinin yarattığı borcu karşılayabilmek için girişilmiş cimri bir eylemdi. Hediye vermek konusunda Alice'i alt etmek istemişti, bunun tek nedeni hediye vermeyi sevmesi değil, olası bir şükran duygusu karşısında bağımsızlığını kaybetmekten nefret ediyor olmasıydı.

Maddi dünyada borcunu ödememek bir suçtur. Oysa aşkın ve arkadaşlığın dünyasında borçlar uzun süre idare edilebilir. İyi çizilmiş bir ekonomi stratejisi, her zaman iyi çizilmiş bir aşk stratejisiyle eş anlamlı değildir, çünkü aşık olmak, sürekli borca girmek anlamına gelir. Borca girer, ama birine bir şey borçlu olmak duygusunun yarattığı belirsizliği hoşgörürsünüz, çünkü karşınızdakinin alacaklı olmasından doğan gücü, suiistimal etmeyeceğine güvenirsiniz.

Eric faturalarını günü gününe ödüyordu; ama öte yandan Alice, Eric'in duygusal bir olgunluk gösterip borcunu bu kadar çabuk ödememesini tercih ederdi doğrusu.

BİRBİRİNİ TANIMAK

Ağustosun ilk haftasıydı, Alice'le Eric beş ayı aşkın bir süredir birlikteydiler. Bir sabah yıllar önce Massachusetts'de bir yaz kampında tanıştığı ve şimdilerde Hollanda'da yaşayan bir arkadaşı Alice'e telefon etti.

"Eee, dedikodulardan ne haber, kim bu?" diye sordu Monica.

"İsmi Eric, bir bankada çalışıyor."

"Ne kadardır birliktesiniz?"

"Tanrım, aylar oldu... evet, altı ay oldu galiba."

"Seksi mi?"

"Evet, galiba öyle."

"Nasıl biri?"

"Nasıl biri mi?"

"Evet, hadi, anlamışsındır."

"Anlayamadım."

"Ne demek anlayamadım? Aylardır adamla berabersin, hâlâ mı anlayamadın?"

"Yani, şeey, o... Nasıl anlatacağımı bilemiyorum, o şey.... bilmem, o biraz tuhaf biri" dedi Alice, sonra da bir kahkaha attı çünkü *tuhaf* sözcüğü hiç düşünmeden ağzından çıkıvermişti.

"Tuhaf mı?" diye sordu Monica. "Hep normal adamlarla çıkardın, ne oldu sana?"

Eve dönüş yolunda bu sözcük üzerinde biraz kafa yordu Alice. Bütün dil sürçmelerinde olduğu gibi, bu sözcüğün belki daha nazik sözcüklere oranla duygularını çok daha iyi yansıttığını fark etti. Eric'in tuhaflığı kolayca gözlemlenebilir bir tuhaflık değildi: Ne kendini Napolyon sanıyor ne de yatarken kafasına bone takıyordu. Ancak davranışlarının tamamı değerlendirildiğinde ortaya çıkan sözcük "tuhaf" oluyordu çünkü Alice hiçbir zaman Eric'in nasıl davranacağını önceden kestiremiyordu.

Başkalarına gösterdiğimiz davranış biçimi, onların bize gösterebilecekleri olası tepkilerin ışığında belirlenir, ancak bilinçsiz bir belirlenimdir bu. Aklımızda, karşımızdakinin aklının bir haritasını oluşturur, ne söyleyeceğimizi ve ne yapacağımızı seçerken bu haritayı temel alırız. Uyguladığımız model, *X'i söyler ya da yaparsam o da Y'yi yapacaktır* temelinde çalışan bir modeldir. Belli ölçüde bir karmaşıklık ve zenginlik içeren bu model, kesin olmasa da *bir insanı tanıdığımızı* iddia etmemizi sağlar. Alice, Amerikalı ressam Jenny Holzer'ın yazdığı bir pano aforizmasını anımsadı. Şöyle demişti Holzer:

BİR İNSANIN KİŞİLİĞİ HAKKINDA
HEMEN BİLGİ SAHİBİ OLMAK İSTİYORSANIZ
BİR AĞIZ DOLUSU SÜTÜ SURATINA PÜSKÜRTÜN

Alice bir insanın suratına bir ağız dolusu süt püskürtecek kadar ileri gitmemişti hiç, ama bazen sırf kendini eğlendirmek için hayalî bir püskürtme testi yapardı: Trende karşısında oturan, gazetenin spor sayfalarına dalmış şu adam ne yapardı acaba? Şu devlet bakanının tepkisi ne olurdu? Peki ya şu taksi şoförünün ya da çiçekçinin? Uyguladığı bu hayalî test, bir karakterin özelliklerini, sinirlenme potansiyelini, espri gücünü ve kırılganlık potansiyelini şıp diye ortaya çıkarıveren absürd bir testti. Alice bu hayalî testi uygulaya uygulaya şunu fark etmişti: Tepkilerini önceden rahatça kestirebileceği insanlar olduğu gibi, ne tepki vereceği konusunda hiçbir tahmin yürütemediği insanlar da vardı.

Örneğin, Alice iş arkadaşı Xandra'nın davranışlarını ve karakterini bildiğini (önceden kestirmek anlamında) iddia edebilirdi. Xandra, ofiste karşısındaki masada oturan otuz beş yaşındaki bir muhasebeciydi, genellikle sarı ya da şarabî renkte ceketler giyerdi, davranış haritasının eş yükselti noktalarını birleştirmek ve haritayı tamamlamak komik denecek kadar kolaydı.

Xandra belki de bir zamanlar psikolojik yönden çok karmaşık birisiydi, ancak keşisel tarihinin onu en son ulaştırdığı nokta bir saat kadar düzenliydi. Xandra'nın temel düşüncesi, diğerlerinin kendisine göre daha iyi bir yaşam sürdükleriydi, ana görevi ise (fincanlarca kahve eşliğinde) kendisinin yaşadığı korkunç hayal kırıklıklarını anlatarak diğerlerini uyarmaktı. Eğer Alice ona çok hoş bir hafta sonu geçirdiğinden bahsedecek olsa Xandra'nın ilk tepkisinin "Ne hoş..." olmayacağı kesindi; bunun yerine "Benim neden böyle hoş geçirilmiş hafta sonlarım olamıyor?" diye sorardı. Biri terfi edecek olsa, Xandra "Sırf bana nispet olsun diye yapıyorlar" derdi. Ofisin önünden yakışıklı bir adam geçecek olsa adamın geçtiği birkaç dakika boyunca (Alice bu geçiş boyunca saat tutmaya bayılırdı) Xandra kendi erkek arkadaşının yetersizliğinden şikayet ederdi. Erkek arkadaşı, kişisel ve bedensel özellikleri bakımından insana "Neden bu kız hâlâ bu adamla birlikte" dedirten şişman bir elektrikçiydi. Alt kattaki şarküteriye inip kendi seçtiğiniz malzemelerle bir sandöviç hazırladınız diyelim. Böyle bir durumda bile Xandra'nın yorumu hazırdı: "Sen ne güzel malzemeler seçmişsin. Ben neden böyle güzel malzemeler seçemiyorum sanki?"

Alice'e bu zavallı iş arkadaşından daha uzak birini bulamazdınız; ancak Alice, içten içe, Xandra'yla iletişim kurmanın bir yönüyle Eric'le iletişim kurmaktan daha kolay olduğunun da bilincindeydi. Ne yazık ki Eric'i Xandra *kadar tanımıyordu*. Eric, Xandra'nın sahip olduğu ve Alice'in davranışlarına yön veren tepki setlerinden hiçbirine sahip değildi ve Alice için hâlâ çözümü zor bir bulmacaydı; ani öfke sıçramaları, cömertlik gösterileri, duygusal körlüğü ve güçlü sezgileriyle Alice'in bildiği psikolojik modellerin hiçbirine uymuyordu.

Bazen Eric'le buluştuklarında sohbet tuhaf bir hal alırdı, "Bu gece iki yabancı gibiyiz" derdi Alice.

"Öyle mi dersin?"

"Evet. Dün gece kendimi çok rahat hissediyordum, oysa bu gece sanki yeni tanışmış gibiyiz."

"Eh, bazen böyle olur, değil mi? Buzdolabında şu pastadan var mı daha?" (Eric'in, kendi kusurlarını başkalarının suçuymuş gibi gösteren bir yeteneği vardı: Alice konuyu açtığı için kendini salak gibi hissetmiş, Eric'se pastanın geri kalanından söz açarak konuyu mutlu sona bağlamıştı.)

Alice Eric'in ne zaman sinirleneceğini de hiçbir zaman kestiremezdi. Alice'in heyecanlandığı zaman kazağının kol ağızlarını çekiştirip elleriyle yüzünü kapatmak gibi bir huyu vardı. Hampstead yolunda arabasıyla giderlerken tam da bu tiki gerçekleştirmek üzereydi ki Eric aniden arabayı durdurdu ve bağırdı: "Şu gerizekalı şeyi yapmasana!"

"Neyi yapmayayım?" diye şaşkınlık içinde sordu Alice.

"Şunu işte, şu kazağın kollarını" diye söylendi. Neye kızdığını ifade etmekte zorlanıyordu.

"Tamam, tamam, özür dilerim, Tanrım, nesi var bunun?"

"Beni sinir ediyor, hepsi bu."

Ancak Alice'in ona geçimsiz, huysuz ve en ufak bir terslikte yaygarayı basan bir piç kurusu yaftasını yapıştırmasına fırsat kalmadan Eric başkalarının kesinlikle çok sinirlenecekleri bir durumda çok sakin davranır, bu tavrıyla Alice'i şaşırtırdı. Alice bir gün iş için Peterborough'a gitmiş, giderken de Eric'in kredi kartını ödünç almıştı. Kartı King's Cross İstasyonu'nda bir telefon kulübesinde unuttu, belki de çaldırdı. Kredi kartının kalabalık bir tren istasyonunda kaybolduğunu Eric'e söylediğinde kopacak kıyamet Alice'i bir bunalımdan diğerine sürükledi. Düşündü, taşındı, sonunda Eric'in olası tepkisinden o kadar çok korktu ki bu meselenin üstesinden gelebilmek için Eric'e şunu söylemeye karar verdi: "Ayrılmamız gerekiyor."

"Ne? Neden?"

"Çünkü çok kötü bir şey yaptım, affedilemez bir şey bu, en

iyisi her şeye son verelim. Şimdi yatak odasına gidip eşyalarımı toplayacağım, sonra da bir taksi çağırırım, bir süre birbirimizi görmesek iyi olur, belki sonra tekrar..."

"Neden söz ediyorsun sen? Ne demeye çalışıyorsun? Ne oldu?"

"Allah kahretsin" dedi Alice ve dudağını ısırdı.

"Ne?"

"Söyleyemem."

"Söylemek zorundasın."

"Yapamam."

"Saçmalama. Ne oldu?"

"Kredi kartını kaybettim."

"Bu kadar mı? Hepsi bu mu? Tanrım, ödümü patlattın."

"Ne yani, kızmadın mı?"

"Yoo. Hiç sorun değil, kart görevlilerini arayacağız, kartımı iptal edecekler. Pazartesi de yenisini gönderecekler. Bundan kolay ne var. Alice, öyle ekşi ekşi bakma yüzüme, bir şey yok bunda, gerçekten, doğru söylüyorum, eski, salak bir kredi kartı için oturup üzülecek değilim. Neyse ki daha değerli bir şey kaybetmemişsin. Hadi, unutalım şimdi bunu, üzerinde durmaya değmez."

Eric'in bu beklenmedik davranışı Alice'i mutlu edeceği yerde daha da büyük bir hüsrana uğrattı. Sürekli haritalar çiziyor, sonra da Eric'in doğasındaki coğrafi değişimlere göre bu haritaları yenilemek zorunda kalıyordu. Eric'i sevdiği için gönlü, bu karmaşaya en iyimser yorumu getirmekten yanaydı. Eric eğer sinirliyse hiç şüphesiz o gün çok çalışmıştı; eğer onunla iletişim kurmak güçse bu ya yorgun ya da aç olmasından kaynaklanıyordu. Bir keresinde Alice Eric'i: "önce hoş davranışlarıyla kendi kendini hayrete düşüren, sonra da teslim olma tehlikesini hissedip bu hoşluğu huysuzlukla örtbas etmeye çalışan bir insan" olarak tanımlamıştı. Eric yeniden nedensizce sinir bozucu olmayı başardığı zaman Alice şöyle diyordu kendi kendine: "Sakın üstüne alınma. Eric aslında çok kibar bir insan. Kendisinden hoşnut olmadığı zamanlarda, başkalarına kızmasına yol açan belirsiz bir psikolojik travma yaşıyor, hepsi bu."

Alice uzunca bir süre Eric'in duygusal iletişimsizlik sorununu "utangaçlık" başlığı altında değerlendirdi. Seviştikten sonra sergilediği o garip davranışları, telefon konuşmalarını alelacele bitirişini hep bu başlığa göre yorumladı. Daha sonraları bu yorumun üstüne (atalarımızın bilge sözlerinden alınmış, İngilizlerin sebzeleri fazla haşladıkları ya da duygularından bahsetmedikleri gibi ne idüğü belirsiz düşünce yığınlarından biri olan) "O aslında fazla İngiliz" düşüncesini ekledi. Bütün bu yorumlardan sonra Eric'in anne babasıyla yenen bir akşam yemeği onu yepyeni bir kurama götüren yolu aydınlattı. Pek sessiz ve fazlaca ağırbaşlı geçen yemeğin sonunda Alice'in vardığı nokta şuydu: "Ne yapsın, ailesi onu öyle yetiştirmiş."

Dolayısıyla Eric'in iletişimsizlik sorununu, üç ana başlık altında değerlendiriyordu:

1) Utangaçlık
2) İngilizlik
3) Anne baba etkisi.

Ancak Alice, Eric'i bu özellikleriyle kabul etmeye alışır alışmaz bir hafta sonu gelir çatar, Londra dışına bir arkadaşlarının evine giderler, işte o zaman Eric'in bambaşka bir yönü çıkardı ortaya. Dünün huysuz Eric'i, bugün insanlarla rahatça iletişim kurabilen, kibar ve yardımsever biri olurdu. Üstelik başkalarının hayat öykülerini dinlerken İngilizliğinden eser kalmazdı. Bu durumda da iletişimsizlik sorunu şu şekilde de açıklanabilirdi:

1) Çok çalışma
2) Şehir yaşamı

3) (*Daha da kötü bir olasılıkla*) Alice'in, Eric'in içindeki sıcak yönü bulup ortaya çıkarmadaki başarısızlığı.

Eric'in tümüyle sevilmeye ya da tümüyle nefret edilmeye karşı bir direnci vardı sanki. Alice ilişkiyi sorgulamaya başladı mı antenleri dikleşiveriyor; ancak iş bu aşamaya gelene kadar Alice'in ne hissettiğini hiç umursamıyordu. Onunla günlerce hiç ilgilenmiyor, sonra da işler tam sarpa saracakken ustalıkla geri adım atıyor ve özür diliyordu.

Alice, sevdiği adam hakkında ne kadar az şey bildiğini fark etti. Eric'in davranışları onun için hâlâ aralayamadığı bir sır perdesiydi. Tanıştıkları ilk akşamdan bu yana karmaşıklığı azalacağı yerde daha da artmıştı. O ilk karşılaşmada Alice onu "tanıyabileceğini" sanmıştı; oysa şimdi böyle bir iddiadan ne kadar da uzaktı. Eric, belli bir mesafeden bakıldığında bir "bütün"müş gibi görünen, ama daha yakından bakıldığında bin bir parça olduğu anlaşılan bir nesne gibiydi. Alice bunca uzlaşmaz öğenin nasıl olup da bir arada var olabildiğine şaştı kaldı. Bu önceden kestirilemezlik karşısında yorgun mu yorgun, bu tutarsızlığın gerektirdiği bitmez tükenmez sorgulama ve yorumlama karşısında bitkin mi bitkin hissetti kendini.

ÖNCEDEN KESTİREBİLMEK

Birinin iyi ya da kötü olduğunu anlamaya çalışmadan önce, yanıt ne olursa olsun ya tümüyle iyi ya da tümüyle kötü olacaklarına ve bu tanıma her şartta uyacaklarına dair bir garanti ararız. Tabii iyi olsalar ne hoş olur, bize sorular sorsalar, doğum günümüzü hatırlasalar. Ama kötü oldukları ortaya çıkarsa, bir şeytanla ya da huysuzun biriyle beraber olduğumuzu anlarsak, o zaman onlardan uzaklaşmak çok kolay olur. Yaşamımızı doldurmanın bin bir yolu olduğunu söyler, onlarla bir yastıkta kocamak zorunda kalmadığımız için mutlu olur, usulca yolumuza devam ederiz.

Bir insanın sekreterine iyi davrandığını ama eşine eziyet ettiğini, matematik alanında gösterdiği zekayı duygular alanında gösteremediğini, çok iyi sufle yaptığını ama et konusunda tam bir felaket olduğunu fark etmek hiç de kolay değildir. Topluma karşı duyduğumuz suçluluk duygusunu yatıştırabilmek için doğal yaşamı destekleme derneklerine üye oluyorsak, Hitler'in çocukları ve hayvanları sevdiğini duymak hoşumuza gitmez. *Pamuk Prenses*'i seyrederken ağladığımız için kendimizi duyarlılar sınıfına dahil ediyorsak, İdi Amin'in en sevdiği filmin *Pamuk Prenses* olduğunu öğrenmek pek de hoş olmaz. Alman edebiyatını seviyorsak, Auschwitz'i Nazilerden kurtaran kumandanların, SS subaylarının eşyaları arasında Goethe kopyaları bulduklarını öğrenmek bizi rahatsız eder. Bir insanın *Dichtung und Warheit*'ten pasajlar okuduğu için potansiyel bir katliamcı olarak yaftalanması bizim için daha bir ferahlatıcıdır.

Flaubert'in en son yayımlanan yaşamöyküsüne bir göz atacak olursak, kaleme alan yazarın Flaubert için "garip bir hayvan" ve "çelişkilerle dolu bir insan" nitelemelerini kullandığını görürüz:

Burjuvalara karşı duyduğu tiksinti çok güçlüydü; çünkü kendisinin, düzene, rahatlığa ve hiyerarşiye olan düşkünlüğü yüzünden baştan aşağı bir burjuva olduğuna inanırdı. Dünya üzerindeki bütün hükümetlerin suçlu olduğunu söylerdi; ancak ayak takımının çıkıp da hükümete dil uzatmasına katlanamazdı... Rahiplerin baş düşmanı olmasına karşın dinî meselelerle ilgilendi. Dişiliğin baştan çıkarıcılığına kafayı takmış olmasına karşın hiçbir kadına bağlanmadı. Sanatta devrimci, günlük yaşamda tutucuydu. Arkadaşlığa can atardı, ancak ömrü boyunca arkadaşlarından uzak yaşadı...*

Mösyö Troyat bunları *çelişkiler* olarak adlandırmasıyla, paldır küldür bir sefahat alemine dalınca sahte bir masumiyet havası takınan, insan doğasının hiç de bekledikleri gibi olmadığını söyleyerek yapmacık bir hayrete düşen rahibeleri andırmaktadır. Bu tanımlama, dişilerin baştan çıkarıcılığına kafayı takmış herkesin hemen bir dişiyle ilişkiye girdiği, dinî meselelerle ilgilenen herkesin rahiplerle oturup beş çayı içtiği, arkadaşlığa can atanların ilk fırsatta gidip bir briç kulübüne üye olduğu bir dünyada yaşadığımız düşüncesini ve *çelişkisiz* bir karakterin var olabileceği inancını ima etmektedir.

Oysa Flaubert'in kafa yapısı (filozof Amelie Rorty'nin deyimiyle) muhasebecilikteki "çift yazılımlı defter tutma usulü"ne benzemektedir; yani birbiriyle bağdaşmaz öğeler tren rayları boyunca birbirlerine paralel sıralanabilmektedir.

Yaşamöyküsü yazarlarını tren rayları konusunda çok fazla hoşgörüsüz olmakla suçlayabiliriz. Bütün bu yazarlar, öykülerini anlattıkları insanların çelişkilerini ustaca örtbas etmeye pek meraklıdırlar. Güzel yemekler yemeyi seven bir devrimci, yediği yemekleri sırf sınıf mücadelesi adına yemektedir: "Troçki'nin geyik etine ve az pişmiş sığır etine olan tutkusu, vejetaryen lobiyi rahatsız etmek ve kapitalist devletin çöküşünü hızlandırmak gibi mühim bir amaca hizmet etmekteydi..." İdealist bir filozof

* Henri Troyat, *Flaubert*, çeviri, Jean Pinkham, Viking, 1993.

çocuklara olan büyük sevgisini anlatan yazılar yazdığı halde kendi çocuklarına sevgi göstermekten acizse bunun tutarlı bir nedeni vardır: "Rousseau'nun kendi çocuklarına zalimce davranmasının asıl nedeni onları toplumun acımasız kurallarına hazırlayabilmekti...."

Flaubert'in Tren Rayları

Burjuvalardan nefret ederdi	Masasını düzenli tutardı
Hükümeti yererdi	Ayak takımını salaklıkla suçlardı
Rahipleri eleştirirdi	Dinî yazılar yazardı
Kadınları cazip bulurdu	Kahvaltıya kaldığı nadirdi
Sanatta devrimciydi	Faturalarını vaktinde öderdi
Arkadaşlığı çok severdi	Akşam yemeklerini yalnız yerdi

Çelişkiler, yaşamöykülerinin altını oymaya başlarsa şu sözcüğe başvurularak durum kurtarılabilir: "deha." Flaubert çelişkilerle dolu bir kişi olabilirdi; ancak bu sayededir ki *L'Éducation Sentimentale*'i* yazabildi. Picasso, beraber olduğu kadınlara az kötülük etmemiştir, ama öte yandan birbirinden güzel resimler çizmiştir; eh, karmaşık olmasına karmaşık resimlerdir bunlar, ancak yirminci yüzyılın en büyük ressamından daha az karmaşık resimler beklenebilir mi zaten? Akıllı bir budala için "delilik" neyse zeki bir sanatçı için deha odur: Her şeyin mümkün olduğu, normal kuralların mucizevi bir şekilde geçerliliğini yitirdiği bir durumdur söz konusu olan.

Ancak yaşamöyküleri dünyasından çıktığınız anda bütün çelişkiler kuraldışılığını yitirir. İki şeyi birden istemesi ve bir söy-

* Sözkonusu roman, Türkçe'ye Cemal Süreya tarafından "Bir Gönül ki Yetişmekte" adıyla çevrildi. (ç.n.)

lediğinin bir yaptığına uymaması Flaubert'e "garip hayvan" sıfatını kazandırmakla kalmaz; çelişik duyguların yarattığı bu karmaşa bütünü, Batı edebiyatının birkaç başyapıtına imza atmış bu yazarın tipik bir hayvan olduğunu düşünmemiz için yeterli kanıtları sağlar bize. Flaubert'de normalden başka ne ararsanız vardır.

Eric roman yazmamıştır, yaşamı boyunca içindeki karmaşanın derinine inecek bir yaşamöyküsü yazarı da olmamıştır (sevgilileri belki), ancak iş tutarsızlıklara gelince Flaubert, Eric'in yanında solda sıfır kalır.

Eric'in Tren Rayları

Zen felsefesindeki sakinliğe hayrandır	Sık sık asabı bozulur
İyi organizasyona heveslidir	Genelde beklenilenden geç telefon eder
Yardım derneklerine para gönderir	Ahmaklığa tahammülü yoktur
Bir gün sever	Ertesi gün hiç ilgi göstermez
Empati kurabilir	Aşırı bencil davrandığı da olur
İlişkiler konusunda duyarlıdır	Kendi ilişkisinde kördür

Bu çelişkilerin üstesinden gelebilmek neredeyse imkansızdı çünkü Eric bu çelişkilere sahip olduğunu kabul etmeye hazır ve nazırdı. Alice'e dönüp güle oynaya "Delinin teki olduğumu biliyorum, tersini iddia etmedim zaten" derdi bazen.

"*Giritli der ki 'Bütün Giritliler yalancıdır'*" paradoksundaki Giritli gibi davranan bir insan sinir bozucu bir safdillik taşır. Buradaki Giritli çelişik bir biçimde kendi kusurlarını gözler önüne sermektedir, bu yüzden de karşısındaki kişiye neyin doğru neyin aldatmaca olduğunu anlayabileceği sağlam bir zemin sunmaz. Eric'in bir söylediği, başka bir söylediğiyle ya da yaptığıyla taban tabana zıttı: Önce Giritlilerin yalancı olduklarına dair karşısındakini uyarır, sonra kendisinin de bir Giritli olduğunu söyleyerek kafaları karıştırırdı. İşin garip tarafı, çelişkili bir söylemi olduğunu biliyordu Eric. Sinirli biriydi ama sinirli olduğunu itiraf eden Giritli'ye benzer bir sinire sahipti (Sinirli der ki, sinirli olduğumu biliyorum) ve işte bu yüzden hiçbir eleştiri okundan yara almamak gibi bir özelliğe sahipti. Alice bazen "Eğer gerçekten sinirli bir dangalak olsaydı bunu böyle açık yüreklilikle söyleyebilir miydi?" diye sorardı kendi kendine. Alice, "Bir hatanın farkında olmak, o hataya hiç sahip olmamak demektir" inancına meylederdi; "İnsan dangalağın tekiyse bunu anlamayacak düzeydedir. Eric bu tehlikeyi anlayabiliyor, öyleyse dangalak değil."

İçinde basit ve bilinçsiz bir şeytan taşıyan insanlar vardır; bu türden insanların (ahlaksal değil de) kavramsal bir anlayışa meydan okudukları söylenemez. Bir de başkalarının kendisinde bulduğu tatsızlıkların farkında olan insanlar vardır; bu tür insanları baştan savmak çok zordur çünkü kendilerini acımasızca eleştirebilirler ve bu yolla dışarıdan gelebilecek bütün saldırılara karşı korunmuş olurlar.

Eric'in kimi zaman günlerce kapkaranlık davrandığı olurdu, sonra birdenbire Alice'e dönüp: "Şu anda ne kadar zor bir insan olduğumun farkındayım. İnan bana, neler hissettiğini çok iyi anlıyorum. Lütfen artık seni sevmediğimi düşünme. Bunları çıkar aklından. Yalnızca kötü bir dönem geçiriyorum, hepsi bu."

Eric'in söylemindeki çelişki, Alice'in mantık anlayışını yerle bir ediyordu. Bir adam bir kadını sevdiği halde nasıl oluyordu da ona karşı soğuk davranabiliyordu? Alice çoğunlukla eşitlikteki faktörlerden birini çıkararak bu çelişkiyi ortadan kaldırmaya çalışıyordu: Belki de Eric onu sevmiyordu ya da belki de ona gerçekten soğuk davranmıyordu da yalnızca biraz yorgundu ya da birazcık utanıyordu.

Ancak Eric hiçbir zaman bu türden yargılara varma fırsatını vermiyordu; çünkü Alice ne zaman şu ya da bu yargıya kendini alıştıracak olsa bir itirafta bulunuyor ve bu yargıyı çürütüyor, gösterdiği tutarsızlığı büyük bir ustalıkla reddediyordu: Alice ona tutarsız olduğunu söylemeye kalmadan tutarsız davrandığının farkına varıyor, Alice'in durduğu zemini çekip alıyor, Alice şikayet ettiğiyle kalıyordu.

"Sinirlendiğin için seni suçlayamam" derdi içten bir şekilde. "İnan bana, ben olsam benim gibi bir adamla bir dakika bile geçirmezdim."

Büyük Rus psikolog Pavlov pek fazla bilinmeyen bir deneyinde, bir köpeğin, eğer tepki vermeye alışkın olduğu işaretler ustaca birbirine karıştırılırsa bir nevroz durumuna sürüklenebileceğini, titreme nöbetleri geçirebileceğini, istemsizce işeyeceğini ve dışkı boşaltacağını kanıtlamıştı. Eğer bir zil önceleri yemeğin habercisiyken sonradan boş bir tabağı müjdeliyorsa, köpek birkaç kez zil karşılığında boş tabakla karşılaşınca kendini bu tepkiye alıştırabilir. Ancak eğer zil bazen yemeği bazen de boş tabağı müjdelerse, yani eğer olaylar başlı başına büyük bir tutarsızlık içinde gelişiyorsa, o zaman hayvancağız nasıl düşünmesi gerektiğini bilemez: Yemeğin varlığıyla yokluğu arasındaki esrarengiz bağlantı karşısında kafası karışan köpek, zilin ne zaman neyi ifade ettiğini anlayamaz (çünkü zil her zaman beklediğinin tam tersini ifade etmektedir) ve yavaş yavaş köpeksi bir deliliğin kör kuyusunda kaybolur gider.

AŞKIN SÜREKLİLİĞİ

Psikanalist Donald Winnicott annenin bebeğinden ayrıldığı anla, bebeğin annenin hâlâ orada olduğu hissinden uzaklaştığı ve daha sonra annenin geri döndüğü an arasındaki süreyi şöyle açıklar:

Annenin hâlâ bebeğin yanında olduğu hissi x dakika sürer. Anne x dakikadan daha uzun bir süre bebeğinden ayrı kalırsa bebeğin gözünde annenin imgesi yavaş yavaş solar, bununla birlikte bebeğin, annenin hâlâ orada olduğunu düşünebilme yetisi de zayıflar. Bebek bu durumda sıkıntı duymaya başlar ancak duyduğu sıkıntı hemen tamir edilebilir çünkü anne $x+y$ dakika sonra geri döner. $x+y$ dakika içinde bebeğin ruh halinde herhangi bir değişim gözlemlenmez. Ancak $x+y+z$ dakikada bebek derinden sarsılmıştır. $x+y+z$ dakika sonra annenin geri dönüşü bebeğin değişmiş ruh halini tamir etmeye yetmez. Artık bebek derinden sarsılmıştır ve yaşamın sürekliliği kesintiye uğramıştır.*

Winnicott'un gözlemine göre bebeğin içindeki anne imgesi oldukça güçlüdür ve zaman aşımına uğrarsa bebeğin ruh sağlığında geri dönülemez zedelenmelere yol açabilir. Bir annenin deniz aşırı ülkelere yapacağı on günlük bir seyahat, kızı veya oğlu için bir ölümdür; uzak ülkelerden getirilen renkli hediyeler de çocukların gönlünü alamaz. Yetişkinlere gelince, onlar yakın çevrelerindeki insanların varoluş sürekliliği konusunda daha sarsılmaz bir inanca sahiptirler. Yetişkin bir insanın annesi Avusturalya'ya da gitse, yollamaya söz verdiği kartpostalı yollamamış bile olsa, yetişkinin gözünde annenin imgesi ve anısı geçen zamana ve araya giren mesafeye karşın canlılığını yitirmeyecektir. Annenin yokluğu onun imgeleminde derin yaralara neden ol-

* D.H. Winnicott, *Playing and Reality* (Oyun ve Gerçeklik), Routledge, 1991.

maz: kısacası annenin gözden ırak olması gönülden de ırak olacağı anlamına gelmez.

Winnicott'a göre *imgenin sürekliliği*, yani nesnelerin görsel alanın dışında da sürekliliklerini koruyacakları hissi, verili bir özellikten çok gelişimsel bir özelliktir. İmgenin sürekliliği doğuştan edinilmiş bir şey değildir; temel olarak bir inanç hissine dayanan, öğrenilmiş bir şeydir. Bebekken annemiz her seferinde bize geri dönmüş olduğu için, büyüdüğümüzde de sevgililerimizin ve arkadaşlarımızın aynı şekilde davranacaklarına inanırız.

Psikolog Jean Piaget, Winnicott'un tezini destekleyecek nitelikte bir gerçeği bulgulamıştır: Belli bir yaşın altındaki çocuklar, görsel alanlarının dışına çıkarılan nesnelerin başka bir yerde de varlıklarını sürdürebilecekleri gerçeğinden habersizdirler. Sekiz ila on aylık bir bebeğin önünde oyuncak bir ayıyı sallayın, sonra da oyuncak ayıyı bir yastığın altına saklayın, bebek onu arayıp bulmaya yeltenmeyecektir, çünkü oyuncağın sonsuza kadar bir daha ortaya çıkmayacağını düşünecektir. Bebek, gözyaşları döküp oyuncağın peşine düşmektense oyuncağın simgesel ölümüne boyun eğecektir. Ancak Piaget'ye göre bu yaş sınırını aşmış bebeklerde nesnenin sürekliliği hissi baş gösterir. Bebek, yastığın altına bakmakta ısrarcı davranacaktır, çünkü ayının varlığının sürekliliğine inanmıştır artık.

Winnicott'un ve Piaget'nin kuramlarını Alice ve Eric'le bağdaştırmaya çalışmak biraz zorlama görünebilir; yalnız her iki durumda da bir süreklilik düşüncesinin varlığından bahsedebiliriz. Bu öyküde *nesnenin sürekliliği* değil de *aşkın sürekliliği* söz konusudur. Aşkın sürekliliği şu anlama gelmektedir. Sevgili'nin ilgisi ve sevgisine, yanı başında olmadığı halde aşkının süregeleceğine, hafta sonu için Milan'a veya Viyana'ya kaçmış da olsa hoş bir rakiple/rakibeyle bir cappuccino ya da Sachertorte kaçamağı yaşamayacağına, yalnızlığın sadece yalnızlık olduğuna ve illa ki ilişkinin sonu anlamına gelmediğine duyulan inançtır.

Alice, Eric'in onu sevdiğini hissedebilmek için bebeğin annenin yokluğunda aradığı türden bir inanç öğesine ihtiyaç duyuyor, tıpkı bir bebek gibi beşduyusal bir yakınlık olmadığı durumlarda güvenebileceği bir şeyler arıyordu. Beraber çıktıkları bazı akşam yemeklerinde Eric'in bütünüyle orada olmadığı, aklının önemli bir bölümünü ya ofiste ya da başka bir yerde bıraktığı, saplantılı bir biçimde döviz kurlarını düşündüğü ya da daha da kötüsü bir başkasının kırpıştırdığı kirpiklere kafayı taktığı izlenimine kapılırdı Alice. Eric'in elini tutar ve "Her şey yolunda mı?" diye sorardı; aldığı yanıt "Elbette" olurdu, soru sormak bir tabuymuş gibi. Eric'in sohbeti gittikçe anlamını yitirir, karşısındakini gittikçe daha bir hiçe saymaya başlar, Alice ise sevgilisinin o anki duruma karşı ilgisizliğini daha bir derinden hissetmeye başlardı. Sonra da Eric Alice'e dönüp: "Hafta sonu görüşebilmeyi gerçekten çok isterim" der, ancak cümleyi öyle bir vurgulardı ki daha çok "Evde otursam da görüşmesek ne kadar mutlu olurum" gibi bir anlama gelirdi: Cümleden böyle bir anlam çıkarılmasına neden olan, vurgunun *gerçekten*'e kaydırılması ve *isterim* sözcüğünün yarım ağızla vurgulanmasıydı.

Sonra da birden tatlı anlar gelir çatardı: Eric eve dönüş yolunda takside Alice'e sarılır ve hafifçe başını öperdi. Simgesel anlamda artık eve dönmüş olurdu. Fakat Eric'in aklının başka yerlere kaydığı ve sohbetinin anlamını yitirdiği x anıyla Alice'in başını öptüğü y anı arasında geçen süre telaş içinde geçirilen bir süre olurdu. Alice bununla başa çıkmayı öğrenmişti, Winnicott'un bebeğinin annesini unutması gibi Eric'i unuttuğu iddia edilemezdi; ancak terk edilmiş çocuğun ilkel sıkıntısı gibi bir hisse kapılır ve zavallı bir ifadeyle kendine dönüp "Benim yüzümden mi oldu acaba?" diye sormadan da edemezdi.

Aşkın öyle bir gücü vardır ki normal şartlarda aklı başında davranan insanların akıllarını başlarından alır ve onları birer paranoyağa dönüştürür. Paranoya, insanı '*Artık beni sevmiyor, ar-*

tık benden sıkıldı, eminim eline geçen ilk fırsatta ilişkiyi sona erdirmeyi düşünüyor...' gibi saplantılı ve felaket habercisi düşüncelere mahkum eder. Paranoya, aşka verilen çok doğal bir tepkiymiş gibi görünebilir; karşımızdakine değer verdiğimiz için gün geçtikçe onu yitirmekten daha da çok korkmaya başlarız. Ancak felaket senaryolarına sürüklenmeyi alışkanlık haline getirmiş kimseler için aşk, taze yaraların üstüne dökülen tuz gibidir.

Alice'in sürekli endişe duymak gibi bir huyu vardı: Dairesinde bir gaz kaçağı olduğundan şüphelenir, uçak kalktıktan sonra ufacık bir ses duyacak olsa motorun alev aldığını düşünür, sırtındaki bir sivilce yüzünden kanser olduğunu zanneder, hafızasını ve arkadaşlarını yitirdiği hissine kapılırdı.

Alice'in paranoyasının kökenine inmek çok zordu. Bunun endişe nesnesiyle doğrudan bir bağlantısı yoktu; buradaki endişe, Freudyen bir terimle, yalnızca bir *semptom*du. Eğer Winnicott'a geri dönecek olursak, belki de bu endişe Alice'in çocukluk deneyimleriyle ilişkiliydi. Belki de annesi $x+y+z$ dakika sonra geri dönmüştü. Gerçekten de annesinin sözüne hiç mi hiç güven olmazdı. Üçüncü kocasıyla beraber yaşadığı Miami'den Alice'e telefon eder, onu ne kadar çok sevdiğinden bahseder, bir dahaki Avrupa seyahatinde ona mutlaka uğrayacağını söylerdi. Sonra bir gün gerçekten Londra'ya gelir, lüks bir otelin şık bir süitine yerleşir, Alice'le bir buluşma günü ayarlar, buluşma günü, tam bir saat geç kalırdı, mazeret olarak da pediküre gitmeye karar verdiğini ve kuafördeki kızın bir türlü elini çabuk tutamadığını ileri sürerdi.

Alice üniversitedeyken sakallı bir biyologla tutkulu bir aşk ilişkisine girmişti. Birkaç ay sonra güneşli bir Mayıs sabahı çocuk Alice'e gelip "Ben galiba artık seni sevgilimmişsin gibi göremiyorum" gibi bir açıklama yapmıştı. Kurduğu cümlenin dilbilgisel yapısının şaşırtıcılığı bir yana, içerdiği mesaj Alice'i tam anlamıyla hayrete düşürmüştü. Bir önceki gün nehirde kayığa binmişler, çocuk tenlerinin uyumundan bahsetmiş, üstelik Alice'in ayaklarıyla oynamış ve tatlı tatlı dizini okşamıştı. Bu durumda nasıl oluyordu da bu adam, böylesine ani bir kararla, üstelik yalnızca yirmi dört saat sonra artık kendisini sevgilisiymiş gibi göremediğini söyleyebiliyordu? Alice ona elini uzattığında içini dolduran o tatlı hislerle, adamın hissettikleri arasında müthiş bir farklılık olmalıydı, başka bir açıklaması olamazdı bu işin.

Yirmi yaşındayken Alice'in kulağına küpe olan bu deneyim, bazı yanılsamalarının kırılmasıyla sonuçlanmıştı. Eylemlerin olası içtensizliklerinden haberdardı artık: Bir adam elini tutabilir hatta öpebilir, yine de düşünceleri bambaşka bir yerde olabilirdi. Yüzeydeki ifadeyle onun altında yatan niyet arasında ahlaksız bir uçurum vardı çünkü.

Bir güven sorunudur sardı başını. İnsanların içtenliğine inanmak gün geçtikçe daha bir zorlaştı; yaşadığı her bir ihanet, insanların aslında tutarsız varlıklar oldukları ve onlara hep bir mesafeyle yaklaşmak gerektiği tezini daha bir destekledi. Şu anda paranoya semptomları gösteriyorsa, sık sık kucaklanma ihtiyacı duyuyorsa, bunların hepsi geçmiş deneyimlerin ruhunda bıraktığı izleri silebilmek içindi.

Aşkın sürekliliği senaryosunu asma bir köprüye benzetebiliriz. Aşkın kendini tazelediği anlar, köprüyü destekleyen direkler gibidir; soğuk geçen zamanlar ise köprü boyunca uzanan demir halatlara benzer. Başa kondurulan bir öpücük ya da şefkat dolu bir bakış köprünün direklerini, sessiz geçen bir akşam yemeği ya da yanıtlanmayan bir telefon aradaki halatları temsil eder.

İnsanların aşkı tazelemeye ne ölçüde ihtiyaç duydukları insandan insana değişir, herkesin ölçüsü birbirinden farklıdır. İlişkilerdeki halatların uzunlukları ilişkiden ilişkiye değişir. Bazı ilişkilerde partnerler birbirlerine karşı sıcaktırlar, açıktırlar, ya da yalnızca buna fazlaca ihtiyaç duymaktadırlar; nedeni ne olursa olsun direkler birbirine çok yakındır. Bu tip ilişkilerde partnerler birbirlerine sıkça şefkat gösterir ve direklerin aralarındaki mesafeler pek azdır.

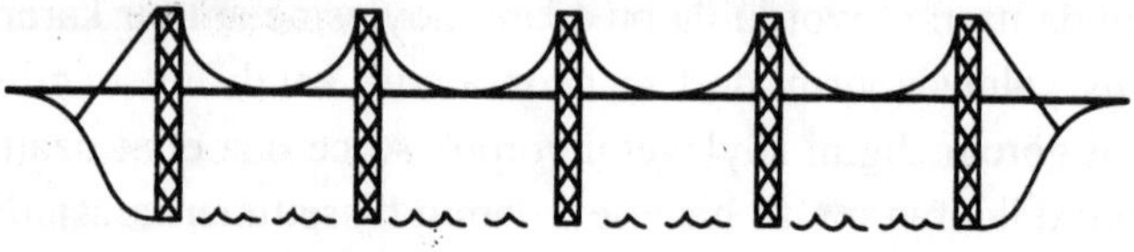

Bazı ilişkilerde halatların hiçbir destek olmaksızın metrelerce uzandığı görülür.

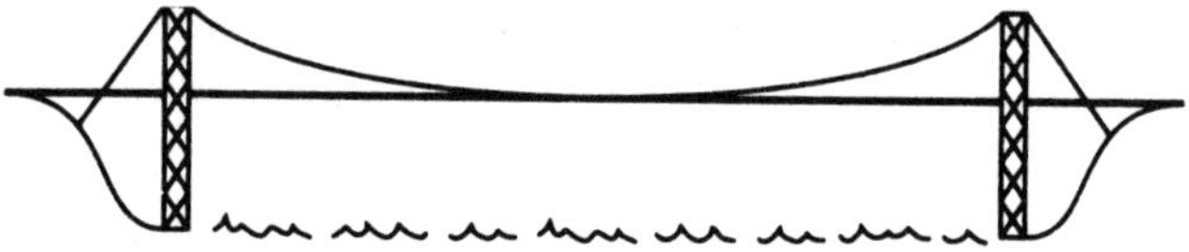

Köprü boyunca uzanan halatların uzunluğu, aşığın mizacına ve geçmişine göre değişir. Kendiyle barışık olduğuna inanan taraf aşkını sık sık tazelemeye ihtiyaç duymaz, dolayısıyla bir başkasının direği olmaksızın yüzlerce metrelik bir halatla köprüsünü ayakta tutabilir. *Seni seviyorum*'a duyulan ihtiyaç azalır çünkü *Kendimi seviyorum* var olan eksikleri gidermeye yeter de artar bile. Kendinden hoşnut bir insanın aşık olduğunda gireceği temel tavır *Beni neden sevmeyesin sanki?* olur, *Benim kendime karşı hissettiğim şeyi sen neden bana karşı hissetmeyesin sanki?*

Alice'e gelince, onun köprüsündeki direklerin birbirine yakın olması gerekiyordu çünkü Alice sık sık *Nasıl oluyor da beni sevebiliyorsun?* diye soran bir mizaca sahipti. Mesele Eric'e güvenmemesi değildi, *kendini* bir insanın sevgilerini uzunca bir süre ayakta tutabilecek yeterlilikte görmüyordu. Alice, baştan çıkarma yetisinin Eric'inkini aşabileceği konusunda kendisine hiç güvenmiyordu.

Güven, yokluğu akılcı bir biçimde yorumlamak diye tanımlanabilir. Alice güvenden yoksun olduğu için bir göz kırpma ya da alışılmışın dışında bir kahkaha onun için bir dizi korkunun başlangıcıydı: 'Bununla ne demek istedi?' 'Acaba bana mı gülüyordu?' gibi. Bu tür soruların temelinde bencilce ya da en azından benmerkezci bir tavır olduğunu söyleyebiliriz; paranoyak insanlar, çevrelerindeki insanların kendilerine yalnızca *onlara yönelik* ve üstü örtük mesajlar yolladıkları bir dünyada yaşadıklarına inanırlar (postane memuru bile yalnızca *onlara* göz kırpıyordur).

Öte yandan Eric, tavırlarıyla bu ilişkiyi ucu açık bir hale getirmekte oldukça başarılıydı. Bağımsızlığına öylesine bağlıydı ki Alice'le beraber insan içine çıktıkları zaman Alice'i tesadüfen orada bulunan biriymiş gibi tanıtıyordu. Bu sunuşta, sanki o gün trende karşılaşıp tanışmışlar gibi bir izlenim edinebilirdiniz. "Omuzlarında taşıdığın ağır bir yük müyüm ben? Neden beraber olduğumuzu onlara söylemeye çekiniyorsun?" diye sorardı Alice. Eric de kayıtsız bir tavırla karı koca olmadıklarını, dolayısıyla, ayrı hareket etmeye hakkı olduğunu söylerdi.

Bir akşam Eric'in iş arkadaşlarıyla West End'de bir restoranda yemek yiyorlardı. Alice masanın ta öteki ucunda oturmuştu. Eric'in karşısında oturan esmer güzeliyle sutyenler üzerine yaptığı sohbeti duyabiliyor ve esmer güzelinin sutyeninden taşan göğüslerini görebiliyordu.

"Ee, telli sutyenlere ne diyorsun?" diye sordu Eric.

"Hım, şey, o tarz bana ellileri hatırlatıyor, bu yüzden de hoşuma gidiyor. Ama anlarsın ya, belli bir bedenin üzerindeysen onlara ihtiyaç duymazsın. Yani eğer göğüslerin küçükse o zaman bu tarz sutyen senin işine yarar çünkü göğüslerini alttan destekler, böylece bir çift füze taşıyormuşsun gibi görünür. Ama benim gibiler için bu tür sutyenler gereksiz."

"Öyle diyorsan öyledir" dedi Eric, hafifçe kur yapar bir edayla.

"Dalga geçme lütfen, ne yapayım yani, büyük göğüslerim var işte. Bundan da utanmıyorum, umurumda değil, genlerimde var, ben ne yapabilirim sanki."

"Tabii canım. Haklısın. Bu senin ayıbın değil."

"Elbette, bu doğanın bir kuralı."

Bu arada masada büyük bir sessizlik olmuştu; oturanlar ya konuşmayı kestiler ya da bu sohbete kulak kabarttılar. Alice ise tabağındaki ufak bir salata parçasını döndürerek neden sanki bunu kafaya takıyorum diye düşünmeye verdi kendini.

Alice'in paranoyası, korkularını dile getirmeye yanaşmadığı ve korkularını ifade etme konusuna hep şüpheyle yaklaştığı için daha da gelişti ve genişledi.

Eric'in bankası Eylül ayında büyük bir konferans düzenlemeyi planlamıştı, konferans akşam yemeğiyle noktalanacaktı. Eric'in sekreteri arayıp telesekretere mesaj bıraktığında Alice tesadüfen Eric'in evinde tek başına oturuyordu. Sekreter Eric'e yemeğe dair bilgiler verdikten sonra yanında mutlaka partnerini de getirmesi gerektiğini söyledi.

Alice Eric'e bu mesajdan hiç bahsetmemeye karar verdi; yemeğe onu da davet edeceğine dair ufak da olsa bir umut taşıyordu içinde. Ama bu dilek hiçbir zaman gerçekleşmedi.

"Bana ne canım? Göbek bağımız bir mi kesildi sanki? Hem o akşam TV'de *MASH* var, ne güzel işte" diye düşündü. "Tek başıma gayet güzel bir akşam geçirebilirim. Sıkıcı bir konferans yemeğine gitmek isteyen de kim?"

Fakat söz konusu akşam yemeğinden önceki hafta ardı arkası kesilmeyen sorular zihnini meşgul etmeye başladı: 'İş arkadaşlarının ve patronlarının önünde onu rezil edeceğimden mi korkuyor?' 'Bir başkasını mı götürüyor?'

Öte yandan bu korkular başka başka düşüncelerle hemen yatıştırılıyordu: 'Davet edilmedim diye bu kadar çok telaşlanmaya ne hakkım var?' 'Neden böylesine bencil davranıyorum?' 'Bu yemeğe gitmeyi hak ettiğimi kim söyledi?'

Çelişkilerle boğuşuyordu Alice; bir yanda koskocaman bir hayal kırıklığı, diğer yanda şikayet etmeye hakkı olmadığına dair çok güçlü bir his vardı içinde.

Söz konusu akşam gelip çattığında Eric partiye gitmeden önce Alice'i aradı ve gayet neşeli bir ses tonuyla tam on dakikadır papyonunu düzgün takmakla uğraştığını söyledi. Alice buruk bir kahkaha attı ve iyi şanslar dileyip kapadı telefonu.

O akşam Suzy de evde olmayacaktı. Alice dolaptan koca bir bisküvi paketi çıkarıp TV'nin karşısına oturdu ve *MASH*'i izlemeye koyuldu. Yazıların geçişini seyrederken bir kez daha anımsattı kendine: "Yalnız başıma bir akşam geçirecek olmak umurumda bile değil. Ne güzel değişiklik oldu işte, bu durumdan gayet hoşnutum."

Program başlayalı on dakika bile olmamıştı ki Alice salonda şöyle bir göz gezdirdi ve birdenbire yapayalnız olduğunu fark etti. Eric ona ihanet etmişti ve şu anda tek istediği şöyle kocaman bir çığlık atmaktı.

"Adi herif" diye fısıldadı oysa. "Bok yiyesice. Boklu papyonlu bok herif."

Ancak ne de olsa Alice öfkesini başka insanlara yansıtmaya alışkın biri değildi; bu yüzden çok geçmeden bütün suçlamaları kendine yöneltmeyi tercih etti: "İşte yine kendimize acımaya başladık, öyle değil mi seni narsist geri zekalı. Belki de adamın senin gibi salaklara ayıracak zamanı yoktur, bunu hiç aklına getirmiyorsun tabii."

Birkaç dakika sonra bir şekilde toparlandı, sandalyesine daha bir dik oturdu, birkaç bisküvi daha yedi, ekrana kararlılıkla bakmaya başladı. Ancak bu kararlılığın çok uzun sürmesi beklenemezdi. Televizyonu kapadı, bisküvileri nefretle çöp tenekesine fırlattı, yatak odasına koştu, kendini yastık yığınının üzerine bıraktı ve beş yaşında küçük bir kız gibi ağlayarak göz yaşları içinde uykuya daldı.

Alice'in paranoyası, beş perdelik patetik ve trajikomik bir oyun yapısında çizdi yolunu:

1) Alice Eric'i sevmişti.
2) Eric onu davet etmeyerek aşkından şüphe etmesine neden olmuştu.
3) Buna karşın elle tutulur bir şikayet öne sürebilmek için Alice'in elinde yeterli kanıt yoktu....
4) O da içten içe Eric'ten nefret etmeye başladı.
5) Ancak öfkesini Eric'e kusamadığı için yavaş yavaş kendinden nefret etmeye başladı ve bu nefret gözyaşlarına dönüştü.

Aşığın paranoyası, şu iki büyülü içerik arasında gidip gelir; bir yanda fısıldayarak söylenen *Artık beni sevmiyorsun* korkusu, öte yanda ise bize atalarımızdan miras kalmış olan o ünlü psikolojik açıklama bulunmaktadır: *Seni gülünç endişelerimle rahatsız etmeye hakkım yok*

— çünkü korkularım, aklı başında ve olgun davranmak için elimden geleni yapmama karşın, beni yavaş yavaş deliliğin kıyısına sürüklüyor...

GÜÇ ve 007

Belki biraz şaşırtıcı gelecek ama Alice, gücün eşit şekilde dağıtıldığı bir ilişki yaşamak istediğini söylerdi hep. Çevresindeki bütün ilişkilerde taraflardan biri dizginleri elinde tutar, diğeri de yönetilmeye göz yumardı; oysa Alice'in gönlünde, terazinin tam dengede olduğu bir ilişki yaşamak yatardı.

Sakallı biyologla yaşadığı ilişki gözle görünür biçimde dengesiz bir teraziye oturtulmuştu. Kendisinden yaşça büyük ve sözüm ona kafaca daha olgun bu şahıs, Alice'e sanki babasıymış gibi davranmış, onu kâh azarlamış kâh cesaretlendirmiş, ama her ne yaptıysa pek mühim bir şahıs edasıyla ve böbürlenerek yapmıştı. Dolayısıyla Alice Eric'le tanıştığında bu ilişkide her şeyin eşit ölçüde paylaşılması gerektiğine karar vermişti. Artık bencil bir partneri memnun etmek adına sömürülmek ve kendi isteklerini göz ardı etmek istemiyordu. Eric bir gün Alice'in evine bir gömlek bırakmış ve Alice'e şaka yollu gömleği yıkayıp ütülemesini ve bir zahmet gelirken evine getirmesini söylemişti. Bu söz Alice'in, Eric'i Neanderthalyen önyargılarıyla suçlamasına ve beş dakika boyunca öfkeyle nutuk atmasına neden olmuştu. Burnu sürtülen Eric, gönlünü alabilmek için onu akşam yemeğine davet etmiş, yemekleri kendisi hazırlamış, üstelik alabalık filetolarını içine atıp kızarttığı yağ, üzerine sıçrayıp gömleğini kirletmesin diye papatyalı bir önlük bile takmıştı.

Alabalıkların lezzeti bir yana, bir ilişkideki güç dağılımı önlüğü kimin giydiğinden ya da gömleği kimin ütülediğinden çok daha karmaşık bir konudur. Güç dengesizliğini ortaya çıkarmak için ilk başvurulacak göstergelerdir bunlar, ancak hepsinin modası geçmiştir. Ev işinin eşit paylaşılması gerektiği ya da partnerini döven birinin kesinlikle haksız olduğu artık herkesçe kabul edilmiş konulardır. Ancak güç suiistimalini yalnızca gözle görünür örneklerle açıklamak, tıbbı salt ilk yardım müdahalelerinden ibaretmiş gibi görmeye ve daha yaygın ama daha az kanlı hastalıkları gözardı etmeye benzer.

Güç sözcüğü, eylemde bulunabilme yetisine sahip olmak anlamına gelir. *Oxford İngilizce Sözlüğü*'nde güç sözcüğünün karşılığı "bir şey yapabilme ya da bir şey/bir kimse üzerinde etkili olabilme yetisi; bir şey ya da bir kimse karşısında eylemde bulunabilme yetisi"dir. Güçlü bir insan hem soyut hem de somut anlamda çevresindekiler üzerinde etkili olabilen insandır; genellikle bunun yolu en son teknolojik silahlara, paraya, petrole, yüksek düzeyde bir zekaya ya da gelişkin kaslara sahip olmaktan geçer. Savaşta ben güçlüyümdür çünkü şehrinizdeki evleri havaya uçurabilir, hava yollarınıza bombalar fırlatabilirim. Finansal alemde ben güçlüyümdür çünkü bütün hisselerinizi satın alabilir ve pazarınızı istila edebilirim. Boksta seni yenerim çünkü yumruklarımı senden iyi kullanırım ve seni yere sererim. Ancak iş aşka gelince her şey tersine döner ve çok daha pasif bir güç tanımı çıkar karşımıza: Aşk'ta güçlü olabilmek için, "bir şey yapabilme yetisi"ne değil de "hiçbir şey yapamama yetisi"ne sahip olmak gerekir desek daha doğru bir laf etmiş oluruz.

Konferanstan bir hafta sonra Alice, Eric'in yanına uzandı ve elleriyle oynayarak şöyle dedi: "Burada senin yanında olduğum için çok mutluyum."

Eric'in de benzer bir yanıt vermesi beklenirdi aslında; ancak benzer şeyler söylemek bir yana, Alice'e dönüp "Bu geceki Bond filmi saat kaçta?" diye sordu.

Burada hiç kimse dayak yememişti, ne kan vardı ne de bir çığlık, ancak güç dengesi kesinlikle Eric'in lehine olacak bir biçimde bozulmuştu. Bu olan biteni bir teraziye koyacak olursak, bir kefede Alice'in daha hafif ve daha güçsüz mesajı, diğer kefede Eric'in ağır mı ağır ve çok daha güçlü cümlesi bulunmaktadır.

Burada senin yanında olduğum için çok mutluyum

Bu geceki Bond filmi saat kaçta?

Dengesizliği ortadan kaldırabilmemiz için Eric'in Alice'e "Ben de çok mutluyum canım" diye yanıt vermesi gerekiyordu; ancak her ne nedenden olduysa oldu (belki de Bond filminin saati gerçekten bu kadar önemliydi) Alice elindeki bütün kozları bir anda yitirdi.

Aşkta güçlü olmanın yolu, hiçbir şeyi umursamama yetisine sahip olmaktan geçer. Sen bana yanımda ne kadar mutlu olduğunu söyle, ben de seni hiç umursamadan konuyu değiştireyim ve o geceki televizyon programlarından söz açayım, işte o zaman aşkta güçlüyümdür. Diğer alanlardan farklı olarak, aşkta daha güçlü olan taraf karşısındaki üzerinde hiçbir tasarısı ve talebi olmayan taraftır. Aşk iletişime ve anlayışa dayalı olduğu için, konuyu değiştirme ya da telefona iki saat sonra yanıt verme yoluyla iletişim ve anlayış yolunu tıkayan taraf; daha güçsüz, daha bağımlı ve daha muhtaç olan taraf üzerinde yıkıcı bir güç elde etmiştir.

Stendhal şu iddiayı öne sürerek aşkta güç konusunda çok karamsar bir tablo çizmiştir: Ona göre bir ilişkide her zaman taraflardan biri ötekini nispeten daha çok sevmektedir; bu yüzden de taraflar bir güç ilişkisinin varlığından haberdardır. Gücün varlığının unutulabilmesi için her iki tarafın da terazinin kefelerine eşit ağırlıkta yük koymaları, taraflardan biri "Seni seviyorum" diyorsa ötekinin de "Ben de seni" demesi gerekir. Aksi takdirde en ufak bir uzaklaşmada güç tekrar varlığını hissettirir. Birinin tatlı bir ses tonuyla "Juliet, seni ne kadar sevdiğimi biliyor musun?" diye fısıldadığı, ötekinin de "Tabii biliyorum, Romeo'cuğum, tavşanım benim, ya sen, seni ne kadar çok sevdiğimi billiyor musun?" diye yanıtladığı bir durumda dengesizlik olduğunu kim iddia edebilir?

Alice altı yaşındayken yanlarındaki evde kendiyle yaşıt, çok zeki ve bir o kadar da muzip bir kız otururdu. İki kız, yetişkin olduklarında hiçbir anlam veremeyecekleri türden bir oyun oynamaya karar vermişlerdi; amaç bir cumartesi öğleden sonrasını boş geçirmemekti. Yolun karşısında oturan burjuva ailenin bahçesine girecekler, pantolonlarını indirip, dillerini çıkaracaklar, sonra da koşarak evlerine döneceklerdi. Her şey en ince ayrıntısına kadar planlandı, buluşma saati geldi çattı, iki kız çitten atlayarak özenle budanmış ve bakımı yapılmış bahçeye dalıverdiler.

Alice tam pantolonunu indirmişti ki arkadaşının onun yanında olmadığını, onu yarı yolda bıraktığını, bahçenin öteki tarafına koştuğunu, orada öylece, bir milim bile indirmediği pantolonuyla dikilmiş kendisine bakarak katıla katıla güldüğünü fark etti. Balkonlarında martinilerinin tadını çıkaran burjuva çiftin şaşkınlığı karşısında, yabancı bir evin bahçesinin ortasında, ayaklarının üzerine düşmüş bir pantolon, öylece kalakalmıştı Alice.

Bu öykünün konumuzla ilgisi nedir? Alice o gece (o anda ünlü casusun son macerasını izlemekte olan) Eric'in yanı başında kendini altı yaşındaki o küçük kız gibi hissetmişti. Bir yabancının sahasına girmiş, yan komşunun bahçesine/tutkunun hassas toprağına doğru koşmuş, sonra pantolonunu indirmiş/sevgilisinin yanında mutlu olduğunu beyan etmiş, sonra da bir bakmış altı yaşındaki kız arkadaşının/sevgilisinin benzer bir riske ya da yatırıma yanaşmadığını fark etmişti.

Bir ilişkinin, yabancıların birbirlerine gösterdikleri nezaketten bir adım daha ileri gidebilmesi için taraflardan birinin komşunun bahçesine girmeye cesaret etmesi, o bahçedeki riski göze alması gerekir. Birinin cesaretini toplayıp "Bir kahve içmeye ne dersin?" ya da "Falanca filmi izledin mi?" diye sorabilmesi, boğazını temizleyip "Burada senin yanında çok mutluyum" ya da "Seninle evlenmek istiyorum" sözlerini sarf edebilmesi gerekir. Birinin çıkıp terazinin bir kefesine olanca yükünü yerleştirmesi, sonra da korka korka da olsa ötekinin de gelip diğer kefeye en az kendininki kadar ağır bir yük bindirmesini beklemesi gerekir.

Ancak bu yükün sorumluluğunu taşımak her baba yiğidin harcı değildir. Adamın biri araba hırsızlığı yapmış ya da uyuşturucu satmışsa işlediği suç apaçık ortadadır. Ancak adamın biri sorduğunuz soruya nazikçe "Hayır, teşekkür ederim, kahve içecek zamanım yok" diye yanıt verirse ya da evlenme teklifiniz karşısında size "Bunu sorduğun için çok teşekkür ederim, ama ben evliliğe karşıyım" derse suçlanabileceği tek şey duygularınızı karşılıksız bırakmış olmasıdır.

Eric, Alice'e uzanıp onu yanağından öpmediği ve "Ben de çok mutluyum canım" demediği için suç işlemiş sayılmazdı. Eric yalnızca TV ekranındaki 007'nin davranışlarına benzer, oldukça sıradan, oldukça anlaşılabilir ve affedilebilir bir tavır içindeydi, hepsi bu. Lazer projektörleri ve jet uzay modülleri olmadan da ekrandaki casusun gücüyle boy ölçüşebilirdi pekala.

DİNÎ İLİŞKİLER

Eric'in, kız arkadaşına "Ben de senin yanında kendimi mutlu hissediyorum" demeye yanaşmamış olması (belki biraz kafa karıştırıcı gelecek ama) aslında oldukça sağlıksız bir amaca hizmet ediyordu. Alice güç ilişkilerinden nefret ettiğini söyleyedursun, aslında gözü hep "saygı duyabileceği" erkeklerdeydi; o, saygı duyup beğeneceği erkeğin ona olan hayranlığını aşırı derecede belli etmesini istemiyordu.

Konferanstan sonraki ilk cumartesi günü kahvaltıda sohbet ederlerken Eric, Alice'e çocukluğunda yaşadığı en travmatik olayın ne olduğunu sordu. Alice tam ağzındaki lokmayı yutup yanıt vermeye hazırlanıyordu ki Eric aniden salon kapısının önüne yere atılmış olan takım elbisesini fark etti ve hayretler içinde bağırmaya başladı: "Allah kahretsin! Nasıl da unuttum! Şu kirliyi saat on ikiden önce kuru temizleyiciye götürmem gerek. Yoksa pazartesi günü toplantıda ne giyerim ben?"

Bu kadar zor bir soruya yanıt vermek üzereyken karşımızdakinin ilgisiz davranması can sıkıcı bir şeydir; üstelik Alice çocukluğunda yaşadığı en travmatik olayın bir başkasını (bu kişi sevgilisi de olsa) ilgilendireceğine inanmıyordu. Bu yüzden de soruya "Telaşlanma. Old Brompton Road'da bir kuru temizleyici daha var. Üstelik saat beşe kadar açık" diye yanıt vermeyi tercih etti.

Eric bakışlarını yeniden Alice'e çevirdiğinde Alice hiç de sözü kesildiği için gücenmiş bir insan gibi oturmuyordu; aksine, sevgilisinin aklına daha ilginç bir şey geldiği düşüncesine boyun eğmişti o anda. Üstelik bu su götürmez kabalık (kişisel bir soru sorup sonra bir köşeye fırlatılmış kirli giysilerin cazibesine kapılıp yanıtını dinlemek hiç de hoş bir davranış değildi) Eric'i Alice'in gözünden zerre kadar düşürmemişti. En azından Eric Alice'le gerçekten ilgilenmeye yeltenmiş, sorulabilecek en doğru sorulardan birini sormuştu. Onun vereceği yanıt, pazartesi günü giyilmesi gereken bir takım elbiseden daha mı değerliydi sanki?

Eric'in dikkatini bir anda kirli giysilere yöneltmesi Alice'i hiç rahatsız etmiyordu çünkü bu durum onun kendisine göre daha yüce düşüncelere sahip olduğunu gösteriyordu. Eric'in bakışları başka şeylere kaysın gitsindi, ne de olsa yüce şeylerdi bunlar, Alice'ten büyük, Alice'ten önemli şeylerdi. Ve eğer bu adam daha büyük, daha önemli şeylerle haşır neşirse o zaman (Alice'in öyküsünü dinlememiş olsa bile) sevilmeye layık olduğu su götürmezdi. Aşkın dik açısına bir örnekti bu:

$$\begin{array}{ccc} A & & \\ \downarrow & & \\ B & \rightarrow & C \end{array}$$

Aşkın dik açısı, birisine karşı duyduğunuz ilgi ve sevginin bir başka şeye veya bir başka kişiye odaklanması anlamına gelir. A, B'yi sevmektedir ancak B'nin bütün ilgisi C'nin üzerindedir. İşin ilginç yanı, B'nin C'ye karşı duyduğu ilgi B'nin değerini düşüreceği yerde B'nin çekiciliğini daha da artırmaktadır. Aslına bakarsanız A'nın B'yi sevmesi, bir ölçüde, B'nin bakışlarının C'ye kaymasından kaynaklanmaktadır. Çünkü A'nın gözünde B, A'nın dinlenmeye layık olmadığını düşünecek kadar yüce gönüllüdür. Çünkü A kendini beğenen bir kişi değildir ve C'deki özelliklerin kendisinde bulunmadığını, ancak B ile olan ilişkisi aracılığıyla bu özelliklere az da olsa yaklaştığını hissetmektedir.

Peki Alice'e göre daha üstün olan bu C kimdi ya da neydi? Gerçekten de Eric'in, kız arkadaşından çok daha önemli bulduğu bir şey var mıydı? Eric Alice'i hiç aldatmamıştı, fakat dikkati sürekli bir odaktan ötekine kayıyor, bu da ona genel bir ilgisizlik havası veriyordu. Yemekteyken köşede oturan kızıl saçlı kadın, sofradayken önündeki yemek, sevişirken faks makinesinin sesi kolayca dağıtabiliyordu dikkatini.

Asıl mesele, bu psikolojik yok saymacılığın Eric'in lehine işlemesiydi. Dinlemeye her zaman hazır ve nazır olan ve daha uyanık olan Alice, Eric'in ulaşabildiği şeylerden uzakmış ve bunlara Eric aracılığıyla ulaşabiliyormuş gibi bir tablo çiziyordu. Aşkın dik açısının had safhada yaşandığı bir durumdu bu; Dinî bir İlişki'nin bütün göstergelerini bünyesinde barındırıyordu.

Birçok dilde ve dinde Dinî İlişki sözü hem Tanrı'ya ibadet etme eylemini hem de bir insana sevgi duyma eylemini ifade etmek için kullanılır. Elbette bu iki aşk arasında çok temel bazı farklılıklar vardır; dinî aşk ateşiyle romantik aşk birçok açıdan birbirinden ayrılır. Ancak öyle öyküler vardır ki bir insana duyulan sevginin kutsal ibadet sırasında hissedilen sevgiden hiçbir farkı yoktur; bu gibi durumlarda yaşanan ilişkiyi romantik sözüyle tanımlamak yerine Dinî İlişki sözünü kullanmak daha yerinde olur.

Tarihçilere göre Orta Çağ'ın sonuna doğru Tanrı'ya duyulan aşk yaygınlığını yitirmeye başladı, sanatta ve edebiyatta bu temanın yerini bir insanın bir başkasına duyduğu aşk teması aldı. On dördüncü ve on beşinci yüzyıllarda Avrupa'yı kasıp kavuran Rönesans'ın hümanizmi, vurguyu bireyin iç dünyasına kaydırdı ve yeniden oluşturulan değer yargıları dolaylı ama mantıksal bir yoldan on dokuzuncu yüzyıl Romantizm'inin yolunu açmış oldu. Tanrı ideali değerini yitirdi ve onun yerini ikili ilişkilerdeki dünyevi bir ideal aldı; önceleri Tanrı aşkıyla bağdaştırılan yüce ve kendini aşmaya yönelik beklentiler ikili ilişkilerin biçimini belirledi ve bu yüzden cinsel aşk haram görülmeye başlandı. On sekizinci ve on dokuzuncu yüzyıllarda, doğru partneri bulmak (en azından eğitimli ve kültürlü bir azınlık için) kolayca halledilir bir mesele değildi; eskisi gibi salt iyi balık pişirebilen, mükellef bir sofra kurabilen, toprağı ekebilen ve geçimini sağlayabilen birini bulup evlenmek insanlara yetmiyordu artık. Artık mesele, dünyevi ama muhteşem bir varlık bulabilmek, onunla uzun ve sessiz bir duanın derinlerine gömülmek, kırlarda lirik yürüyüşlere çıkmak ve melekler gibi sevişebilmekti.

Roman tarihine bakacak olursak, en tutkulu kadın karakterlerin (farklı aşamalarda) üç ayrı özlemi olduğunu söyleyebiliriz: Tanrı'ya duyulan özlem, alışverişe duyulan özlem, aşka duyulan özlem. Günlük uğraşlarında, Madam Bovary çağdaş bir arketiptir çünkü üçüne de ulaşmak yoluyla kendini aşmayı amaçlamaktadır. Flaubert, öyküsünü anlatırken Emma'nın okul çağındaki yıllarını bir manastırda geçirdiğine, Tanrı'ya olan aşkının tutkulu bir aşk olduğuna ve bu tutkunun kimi yerde (sanatsal bir anlatımla) erotik öğeleri de bünyesinde barındırdığına parmak basar. O dönemin genç kadınlarından çoğunun rahibeler tarafından yetiştirilmiş olmasına karşın Flaubert'in bu konunun üzerinde ısrarla durması rastlantısal değildir. Flaubert Madam Bovary'nin aşka yaklaşımını gözler önüne sermeye çalışmaktadır; aşk deneyimi (dolaylı da olsa) Tanrı aşkından esinlenen bir kadının, öpüşmeye ya da karı koca beraberliğine olan yaklaşımı, aşk deneyimini doğrudan dünyevi bir kaynaktan alan bir kadına göre elbette çok daha farklı olacaktır. (Burada şunu belirtmekte yarar var: Emma'nın annesi doğum sırasında öldüğü için küçük kızın bütün sevgisi babasına odaklanmıştır; evdeki baba ve Tanrı Baba arasındaki sevgi ilişkisi de bu noktada kurulmuştur.)

Emma'nın dinden esinlenerek oluşturduğu aşk anlayışı, dünyevi erkeklere karşı hoşgörüsüz davranmasına neden olmuştu. Kocası Charles ne yazık ki öte dünyanın değil bu dünyanın insanıydı. Köylülerin koluna, bacağına dikiş atan bir taşra doktoru olması bir yana, hiçbir zaman aksamayan dakikliği ve her zaman

Emma'nın gözlerinin içine bakan gözleriyle dinî bir partnerin esrarından oldukça uzaktı. Oysa esrarlı ve dinî bir partner insanın aklında "Acaba mektubumu aldı mı?" ya da "Bu dünyadaki varlığımdan haberdar mı acaba?" gibi acı veren sorular uyandırabilen bir insandı. Charles'a gelince, onun gibilerin yanında ne yaşadığınızın daima farkında olurdunuz.

Ne harika, değil mi? Ya da belki: Ne sıkıcı. Ne sıradan.

Charles'ın tek amacı, ihtiyacı olan her şeyi önüne koyarak, anlattıklarını dinleyerek ve alnını okşayarak Emma'yı mutlu etmekti; ancak Emma'yı mutlu etmek için seçilebilecek en aptalca yolu seçmişti. Çünkü Emma aşık olabilmek için bir erkeğin varlığına değil yokluğuna ihtiyaç duyuyordu. Emma'nın dinî aşkını besleyen şey, sevenle sevilenin arasındaki uzaklıktan doğan o acı-tatlı hazzın ta kendisiydi. Onu sakin ve durağan bir sevgiyle seven kocası, gizlice buluştuğu ve hiçbir şekilde güvenilir olmayan erkeklerin yarattığı o tüyler ürpertici gerilimi sağlayamıyordu Emma'ya. Emma'nın dinî aşkı için, *Bir Yaz Gecesi Rüyası*'nda Lysander'ın söylediği "Gerçek aşkın yolu dikensiz olmuyor, yazık" deyişinin tam tersi bir durum geçerliydi: Emma için gerçek aşk bu dikenli yolun ta kendisiydi. (Charles'ın düşüşünü hazırlayansa bu noktayı her seferinde göz ardı ediyor olmasıydı.)

Dinî aşkın en önemli özelliği tapınmaya vurgu yapmasıdır. Peki ama ölümlüleri tapınılası kılan şey nedir? Tanrılar gibi davranmaya başlamalarıdır. Peki tanrılar nasıl davranırlar? Su katılmamış bir belirsizlik ve güvenilmezlikle. Örneğin, bir tanrı olmamasına karşın İsa'nın davranışları buna en iyi örnektir. İsa, yüzlerce yıl dünyaya ayak basmamış, en sonunda Vaat Edilen Toprak'a geldiğinde onu bekleyenleri hayal kırıklığına uğratmıştı; fazlaca alçakgönüllü bir kılıkla dünyaya gelmiş, birkaç parça hediye ve bir dizi mucize dışında eli boş gelmiş, otoriteyle yaşadığı birkaç melodramatik şov dışında pek bir heyecan yaratmamıştı. Sonuçta, dünyamızda beklenenden çok daha kısa bir süre kalmış ve en kısa zamanda yeniden geleceğini söyleyerek ve ona inanan milyonlarca insanı yepyeni bir beklentiyle başbaşa bırakarak çekmiş gitmişti.

Hiçbir şey İsa'nın *Bin yılda bir görüşürüz* yaklaşımının önüne geçemezdi; ancak Alice'e göre Eric dakiklik konusunda hiç de fena değildi hani.

Alice onu bir perşembe akşamüstü saat beş sularında aradığında: "Bak canım, toplantıdan çıkar çıkmaz seni arayacağım, akşam bir yere gider bir şeyler yeriz" demişti Eric, "Günün nasıl geçti?"

"Fena değil. Senin?"

"Kafamı kaşıyacak zamanım yoktu. Marklar bir inip bir çıktı bugün, ama galiba üstesinden geldim. Neyse, şimdi işim var, seni saat yedi ya da yedi çeyrek gibi ararım. Gelir alırım, sonra da ne bileyim, belki Soho'ya filan gideriz."

Neden Alice saat dokuzda hâlâ telefonun başında bekliyordu öyleyse? Telefonun bir türlü çalmaması, Alice'in düşüncelerinin dört ayrı teolojik gruba ayrılmasına ve bu grupların sürekli birbirlerinin yerini alarak birbirleriyle çatışmasına neden olmuştu:

✝ Klasik Hıristiyanlık: "Arayacak, ancak araması çok uzun zaman alacak."

✝ Agnostiklik: "Ona, onu görünce inanacağım."

✝ Yeniden Doğan Hıristiyanlık: "Daha önce aramaya yeltendi, sonra doğrudan buraya gelmeye karar verdi ama trafiğe takıldı. Boru çıkışının yanındaki solmuş duvar boyasına bakmayı sürdürürsem, her an şu kapıdan içeri gelebilir. Belki de bir demet çiçek almaya uğramıştır, geç kaldığı için gönlümü alır.".

✝ Ateizm: "Daha çok beklersin."

Saat dokuz kırk beş olmuş Eric hâlâ gelmemişti. Alice de telefon etmeye karar verdi. Duyacağı açıklamanın karmaşık ve uzun bir şey olacağını sanıyordu, bu yüzden de Eric'in tepkisi onu hayrete düşürdü:

"Ha, sen misin. N'aber. Şey, bir dakika bekler misin? Kapı çaldı da. Sipariş ettiğim pizza geldi herhalde. (Bir sessizlik, sonra para alışverişi ve bir motosiklet sesi.) Hımmm. Nefis görünüyor."

"Neler oldu? Hani beni arayacaktın, yemeğe çıkacaktık?"

"Şey, özür dilerim, bir işim çıktı. Bill ve Geoffrey yarın bir grup Amerikalıya rapor sunacaklarmış, benden yardım istediler. Sonra bir şeyler içelim dedik, eve şimdi geldim."

"İyi de yemeğe çıkacağımızı sanıyordum."

"Evet, öyle konuşmuştuk, yani işte, anlarsın ya, onlara yardım etmem gerekiyordu. Onlar da eminim aynısını bana yaparlardı.... Tamam, özür dilerim. Beni affediyor musun?"

Akıldışı ve histerik sevgilerle başbaşa kalan ağırbaşlı rasyonalistlere göre din, yaşamda kötülükle başa çıkmanın ilkel bir yoludur; kötülük kavramı ise daha geniş bir iyilik kuramının içinde yer almaktadır. Kötülük bir sınavdır sadece, üzerinden atlanacak bir engeldir, bir bebeğin mutfakta onu bekleyen ve insanın ağzının suyunu akıtan çikolatalı pastayı yiyebilmek için yemesi gereken tatsız ve şekilsiz karnabahardır. Tatminin ertelenmesi esasına dayanan psikolojik bir durumdur kötülük. Metaforik çikolatalı pastayı yiyebilmek için mazoşistçe ağır bir bedeli ödemeniz gerekir.

Alice, daima karnabahar yiyenlerden biri olmuştu; söz konusu pasta için daha ne kadar beklemesi gerektiğini sormak ve şikayet etmek mizacına ters düşerdi onun. Kudüs'ün ona borcu olup olmadığından emin değildi; içinde hep bir suçluluk duygusu taşır ve yaşamın ona verdiği cezaları hak ettiğini düşünürdü. Marketteki kasiyer ona eksik para üstü verecek olsa, bu hatayı düzeltmek için herhangi bir girişimde bulunmazdı. Satın aldığı bir ev aleti bozuk çıkacak olsa, öfke içinde firmayı aramak ve parasını geri istemek Alice'in yapacağı son şey olurdu. Alice firmayı aramaktansa belki de aleti nasıl kullanması gerektiğini bilemediğini düşünürdü.

Bir dostu ya da iş arkadaşı her zamanki gibi hatalı bir davranışta bulunacak olsa, Alice birdenbire kendi gerçekliğinin farkına varır, "Neden öfke duymaktan acizim ben?" diye sorardı kendi kendine. Teklifleri geri çevirmek çok zoruna gider, hayır demeye dili varmadığı için hiç istemediği halde borç para verir, tatsızlığıyla insanların huzurunu kaçırmamak için çevresindekilere kibar davranırdı.

Alice'in annesinin hiç böyle dertleri yoktu. En sevdiği şey şaka yollu "Dayanamayacağım, vuracağım bir tane!" diye haykırmak ve zavallı bir ayakkabı satıcısına, zavallı bir kocaya ya da kuaföre öç tehditleri savurmaktı. Eğer bir restoranda "Sosu etin yanına dökün, lütfen" demişse ve sos etin üzerine dökülmüş bir biçimde masaya getirilmişse derhal garsonu çağırır ve ukala bir tavırla o ünlü sorusunu sorardı:

"Tahmin et bakalım neden şikayet edeceğim ben şimdi?"

"Her şey yolunda mı, bayan?"

"Her şey yolunda mı sence? Söylesene be adam, sana on dakika önce söylediğim bir şeyin tam tersini yapmışsan nasıl her şey yolunda olsun?"

Yer yerinden oynar, garsonlar tozu dumana katar, sayın bayanın isteği derhal yerine getirilirdi; bütün bu koşuşturma sırasında Alice utancından yerin dibine geçmek ister, yapamaz, o da bir saksının ya da Korint tarzı bir sütununun arkasına gizlerdi yüzünü.

Eski Ahid'in talihsiz anti-kahramanı Hz. Eyüp, hiç şüphesiz Alice'ten çok daha iyi huylu bir insandı ve Tanrı, belaların en büyüklerini sarmıştı başına. Eski Ahid, bize onun "masum ve gururlu olduğunu, Tanrı'dan korktuğunu ve günahtan sakındığını" söylüyor. Ama yine de ne eziyetler çekti zavallı! Öküzünü, koyunlarını, develerini, evini ve çocuklarını yitirdi; en büyük acılar, başa gelebilecek en büyük belalar geldi onu buldu. Ancak işin ilginç yanı, adamcağız (birkaç çaresiz an dışında) Tanrı'ya olan aşkına ihanet etmedi. Hiçbir zaman öfkelenmedi, yumruğunu masaya vurup "Şu Allahın belası sosun, kemiksiz et diliminin yanına dökülmüş olması gerekiyordu," diye söylenmedi ya da kendini kaybedip "Sinagogu büyütmek için bu kadar para döktüm, karşılığı bu mu olacaktı?" diye haykırmadı.

Eyüp'ün şikayet etmeksizin bütün sıkıntılara boyun eğmesinin nedeni, Tanrı'nın haklı, kendisinin de haksız olduğuna yürekten inanmasıydı. Tanrı, başına her ne bela açtıysa açmıştı, O'nun mutlaka bir bildiği vardı, dolayısıyla küçük yaşlı bir adamın parmak kaldırıp Tanrı'ya sorular sormaya hakkı yoktu. (Eyüp'ün modern edebiyattaki estetik karşılığı, acı çekmeye tıpkı Eyüp gibi sorgulamaksızın boyun eğen ancak bu tavrıyla absürd bir tablo çizen Joseph K.'dir diyebiliriz.)

Günlük yaşamda Eyüp kadar sabırlısına az rastlanır çünkü bize acı çektirenlere saygı duymak gibi bir inancımız yoktur. Park yerimizi işgal eden bir kimse ya da fettanca arkamızdan konuşan iş arkadaşımız affedilmeyi hak etmiyordur, aksine, öfkemizin olanca şiddetine layıktır çünkü bizim gözümüzde yüksek bir ahlakla ya da bilgelikle hiçbir ilişkisi yoktur.

Ancak Alice Eric'le kavga etme yolunu seçmedi çünkü tıpkı Eyüp'ün Tanrı'yla olan ilişkisinde olduğu gibi Eric'e duyduğu inanç ve güven, kendisine duyduğu inanç ve güvenden fazlaydı. Sonradan Eric "Seni aramadığım için üzülmeni istemiyorum. Zamanım olursa *belki* yemeğe gidebiliriz demiştim, sonuçta zamanım olamadı işte, biz de yemeğe gidemedik" dediğinde Alice şikayetini çoktan unutmuştu bile. Çektiği acıya teolojik bir yorum getirmeyi tercih etti. Bu konu üzerinde daha fazla durup ilişkinin tadını kaçırmaktansa, bunun karanlık bir sınav olduğuna inandırdı kendini.

Alice dindar biri değildi belki, işin içinde kutsal kitaplar, kilise orgları ve melekler de yoktu; ancak bu davranışı dinî tepkilerin yapısını taşıyordu. Çünkü Öteki'nin (sevgilisinin, Tanrı'nın) gökyüzünde onun adına her şeyi hallettiğine inanıyor, O'nun işine karışmaması gerektiğini, O'nu o gereksiz sorularıyla meşgul etmemesi gerektiğini düşünüyordu.

Tanrıların en belirleyici özellikleri, bize uzak olmalarıdır. Uzak olmasalar bile erişilmez varlıklardır tanrılar. İnsanlar onlara ulaşabilmek için dua ederler ya da istiareye yatarlar; onlar mutfak masasında bir fincan kahve eşliğinde rahatça ve dürüstçe sohbet edebileceğimiz arkadaşlarımıza benzemezler.

Eric'e dinî bir mesafe kazandıran şey, sessizliğiydi. Konuşkan bir insan değildi, genellikle toplantılar ya da akşam yemekleri sırasında sessiz kalmayı tercih ederdi. Yakın arkadaşları onun bu uzun sessizlikleriyle dalga geçerler, o günkü sözcük kotasını doldurup doldurmadığını sorarlardı. Ancak Eric'in bu tavrı onu tanımayanları ya da daha hassas yapıdaki insanları çok rahatsız ederdi. Bazıları bu diyalog eksikliğinden kendini sorumlu tutar, paranoyak sorular sorarken bulurdu kendini: "Gerçekten bu kadar sıkıcı bir insan mıyım?" "Benim hakkımda ne düşünüyor acaba?" Sessiz bir insan güvensizliklerin aynasıdır: Sessizlikle karşılaşan bir katil suçunun bilindiğini zanneder, bir aptal aptallığının anlaşıldığından şüphelenir, fiziksel açıdan kendine güvensiz biri çirkinliğinin gözler önüne serildiğini düşünür.

Sessiz bir adamı bir akşam yemeği sohbetinin ortasına oturtun, adamın sessizliğinin (eğer yeterince usta ve iğneli bir sessizlikse bu) masada sohbet eden herkesi yavaş yavaş ve fark ettirmeksizin bunalttığını, sıkıntıya soktuğunu görürsünüz. Amerika'nın dış ilişkilerinden söz açarak sohbete katılan bayan bu konudaki bilgilerini sabah okuduğu gazetedeki bir köşe yazarından araklamıştır; bu yüzden birdenbire sessiz adamımızla göz göze gelince acımasızca yargılandığını ve foyasının ortaya çıktığını düşünür. "Acaba bu adam söylediklerimin bana ait düşünceler olmadığını anladı da o yüzden mi sessizce bakıyor?" diye sorar kendi kendine. Diğerleri de adamın çok az konuştuğuna bakarak masadaki herkesten üstün olduğunu geçirirler akıllarından, ne de olsa ünlü bir atasözünün de dediği gibi çok bilen az konuşur.

Eric'in sessizlikleri de Alice'in 'Belki onun ilgisini çekecek bir şeyler bulurum' umuduyla diyalog konuları yaratmaya çalışmasına neden oluyordu.

Akşam bara gittiklerinde Alice o gün yaptıklarını Eric'e anlatabilmek için bin dereden su getirirdi.

"Bugün öğleden sonra Suzy'ye telefon ettim."

"Hı hı."

"Aslında bugünlerde John'a da bir telefon etmem gerek, bakalım Brüksel'deki işi almış mı."

"Evet."

"Televizyon için fiyat verecek olan adam hâlâ aramadı. Salı'ya kadar aramasını söylemiştim, ama o hâlâ aramadı. Sence onu aramalı mıyım?"

"Belki."

"Yorgun musun?"

"Biraz."

Bu senaryo bütün bir akşam sürerdi; ancak Alice bu isteksiz mızıkçının kafasından aşağı bir kadeh şarap boşaltmak, midesine bir yumruk atmak ve gidip de dilini nerede yitirdiyse orada bulmasını öğütlemek yerine sessizce eve döner, yolda giderken de "Benim kadar boş bir insan yok şu dünyada" diye düşünürdü.

İletişimde açıklık ve berraklık çoğu zaman takdir edilse de zor anlaşılan insanların ya da şeylerin bize garip bir şekilde cazip göründüklerini unutmamamız gerekir.

Bazı akademik çevrelerde kolay anlaşılan metinlere karşı ciddi bir önyargı vardır; bunun yerine zor anlaşılan metinlere rağbet edilir. Kant'ın, Hegel'in, Husserl'in ya da Heidegger'in yoğun metinlerine eğilen akademisyenler, bu metinlerde yazılı olduğu söylenen o muhteşem düşüncelerin peşinde değillerdir sadece; onları cezbeden şey, sıradan bir okurun anlayamayacağı bir dilde yazılmış olan bu düşünceleri aklın en ücra kıvrımlarından bulup çıkarma zorluğudur belki de.

Hegel *Tinin Görüngübilimi*'ndeki bir pasajda bize şöyle seslenir:

"Nesne öyleyse bir yönüyle *dolaysız* varlıktır, genel olarak da dolaysız bilince denk düşen bir şeydir; diğer bir yönüyle de kendisinin bir başkalaşması, ilişkisi ya da *başkası için varlığı* ve kendisi için varlığı yani algıya denk düşen belirliliğidir. Üçüncü yönüyle nesne; öz ya da anlağa denk düşen bir evrensel biçimindedir. Nesne, bir bütün olarak bir tasımdır ya da evrenselin bireysel olana belirlenim yoluyla hareketidir. Nesne, aynı zamanda aşılmış bireysellik ya da belirlenim yoluyla bireysellikten evrensele doğru giden tersine harekettir."*

Böylesine yoğun bir felsefe metninden rastgele bir bölüm seçip okurun önüne koymak adaletsizmiş gibi görünebilir. Ancak şunu kabul etmekte yarar var: Dünyanın en bilgiye aç okuru, en istekli ve esnek aklı da gelse Hegel'in sözlerinin esrarını kolay kolay çözemeyecektir.

Ancak insana acı çektiren bir metin, açıklık ve berraklıkla okunabilen bir metne göre daha önemliymiş, daha derinmiş ve doğruymuş gibi görünebilir. Heidegger'in ya da Husserl'in derinine dalan bir okur, 'Ne kadar karmaşık bir metin', 'Bu metni

* Hegel, *Tinin Görüngübilimi*, İdea Yayınları, 1985, İstanbul.

anlayamadığıma göre benden çok daha akıllı biri tarafından kaleme alınmış olduğu kesin' diye düşünebilir. Kişi, elindeki metni bir kenara fırlatıp dayanılmaz bir saçmalık olduğunu beyan etmektense 'Bu metin zor anlaşılır bir metin olduğuna göre hiç şüphesiz anlaşılmaya değer' demeyi tercih edebilir.

Akademik mazoşizm, doğruluğun zor kazanılmış bir hazine olduğunu ileri süren metafiziksel bir önyargıyı yansıtmaktadır. Buna göre kolayca okunan ya da öğrenilen bir şey, ipe sapa gelmez, önemsiz bir şeydir. Doğruluk, tırmanılacak bir dağa benzer; tehlikeli, karanlık ve zorlayıcıdır. Kütüphanenin keskin ışığı altında çalışmalarını sürdüren akademisyenin özlü sözü şöyle der: *bir metin bana ne kadar acı çektiriyorsa o kadar doğrudur.*

Buradan varacağımız nokta şudur: Zor bir sevgili; açık, berrak, ne yapacağı önceden kestirilebilen ve hep tam zamanında arayan bir sevgiliye göre daha değerlidir. Dinî romantik zihniyete göre böylesi bir sevgili, hor görülür ve uzak tutulur; tıpkı birtakım akademisyenlerin bazı yazarların yazılarını on iki yaşındaki bir çocuk da kolayca anlayabiliyor gerekçesiyle hor görmeleri gibi.

Aynı şekilde Alice de, Eric'in sessizliklerini onun ne zor bir insan olduğuna dair birer gösterge olarak algılamaktansa büyüklüğün ve yüce bir aklın kanıtlarıymış gibi görüyordu. Hegel'in tam bir dahi olduğuna inanan ve bütün yaşamını onun yapıtlarını incelemeye adayan bir akademisyene benziyordu tıpkı. Öte yandan hiç de nazik olmayan bir eleştirmen, bu ağır mı ağır Alman filozofun bir iki iyi düşünce ve kendini iyi ifade edebilme yeteneği dışında sıradan bir düşünür olduğunu iddia ediyordu ısrarla.

ERIC'İN YÜKÜ

Zalim sessizlikleri ve akşam yemeği ihanetleri yüzünden Eric'i (içten içe ya da açıkça) yargılamadan önce, onun durumuna bir an için sempatiyle bakmakta yarar var. Yanı başındaki kadının onu derin bir aşkla sevmesine bir diyeceği yoktu; ancak bu durum, yanındaki kadının doymak bilmez ideallerinin öznesi olma yükünü bindiriyordu omuzlarına. Eric'ten çoğu zaman (tatlı ve yumuşak bir ses tonuyla) bir başkasının varlığına anlam katması isteniyordu. Eric de kimi zaman işi yüzüne gözüne bulaştırıyordu tabii.

"Beni ilk gördüğünde hakkımda ne düşünmüştün?" diye sordu bir gün Alice. Bir yaz gecesiydi, birlikte yatağa uzanmışlardı.

"Harika bir yaratık olduğunu düşünmüştüm. Bu yüzden de yanına gelip seninle sohbet etmek istedim."

Alice, okşanmış bir tavşan misali, ufacık bir mırıltı sesi çıkardı.

"Ne komik" dedi Alice, "Ben senden çok hoşlanmıştım, ama senin benden hoşlanabileceğin hiç aklıma gelmemişti. Diğer kadınla nasıl da sohbet ettiğini anımsıyor musun? Onu bana tercih ettiğini düşünmüştüm."

Alice'in tavırları iki uç noktaya gider gelirdi: Bir yanda heybetli bir ketumiyet, öte yandaysa on iki yaşındaki bir kız çocuğunun naif dürüstlüğü bulunurdu. Böylesine şekerli bir ifadeyi sindirecek adamın güçlü ve duyarsız bir midesi olması gerekirdi. "Peşinden koşan yüzlerce kadın olmalı. Senin kadar yakışıklı birinden başka türlüsü beklenmez zaten" gibi şaşırtıcı ve bir anda söyleniveren bir iltifatla baş edebilecek adamın yüklüce bir deneyiminin olması gerekirdi hani.

Eric, böylesi iltifatlar karşısında tam anlamıyla tepkisizdi. Buna benzer şeyler duyunca onun da bir tavşan gibi mırıldamasını bekleyebilirdiniz; ancak Eric mutlu olacağına kasılıp kalır, rahatsız bir edayla kıvranmaya başlardı. Şehrin kalabalık caddelerinde kadınlarla göz göze gelmekten keyif alan ama öte yandan yatakta yapılan içten iltifatlar karşısında rahatsızlık duyan bir adamın tuhaf paradoksuydu bu.

Kimi zaman kaba bir insan olup çıkması, bakışlarının birdenbire başka bir yere kayması ya da Alice'in telefonlarını yanıtsız bırakması tek başına "kötü bir insan olması"yla açıklanamazdı. Aslında Eric, kendisinin sevilecek bir insan olduğuna inanmıyordu; yanıt veremeyeceği duygularla yüz yüze gelince ne yapacağını şaşırıyor, ona duygularını açan insanı kabul edilemez ölçüde abartılı ve duygusal olmakla suçluyordu.

Şimdi takım elbisenin kuru temizlemeye götürülmesi meselesine geri dönelim. Eric'in dikkatinin birdenbire dağılmasını ve Alice'in yanıtını dinlememesini anlayabilmek için "dikkatin dağılması"nı iki ayrı biçimde tanımlamakta yarar var:

— kişinin dikkatinin, can sıkıntısı ya da konunun ilgi çekiciliğini yitirmesi nedeniyle dağılması
— kişinin dikkatini, bile bile, göze çarpan bir şeyin üstünü örtebilmek amacıyla kendisinin dağıtması; bu yolla duygu dolu bir anın ağırlığından sıyrılması; yani koşarak kapıya yönelmenin psikolojik karşılığı olan sosyal ve kabul edilebilir bir tepki.

Alice çocukluğunu anlatmaya yeltendiği zaman Eric'in bunu bir tehdit gibi algılaması ve bakışlarını başka bir yöne kaydırması birinciden çok ikinci nedenden kaynaklanıyordu. Soruyu kendi sormuştu ya, yine de 'Çocukluğunun en travmatik deneyimi neydi?' gibi bir soru Eric'i hiç de hoşuna gitmeyecek bir duygusallığa sürükleyebilirdi; bu soruya verilecek olası bir yanıt bir mendili, hatta daha fazlasını gerektirebilirdi.

Eric, Alice'in çok daha sert davranmasını isterdi, hem böylece onun kendini suçlama ve olumsuzlukları örtbas etme yetisinin üzerinde yarattığı ağır sorumluluk duygusu biraz olsun hafiflerdi belki. Bir pazar sabahı arabada Whitechapel'a doğru giderlerken Eric yine o küskün sessizliklerinden birine sığınmıştı ki Alice dönüp ona şöyle dedi: "Soracağım soru için şimdiden özür dilerim, şey, bana kızgın mısın?"

Eric'in Alice'e kızması için ortada görünür hiçbir neden yoktu: Daha on dakika önce evinde buluşmuşlar, arabaya bineli beri iki üç laftan öteye gitmemişlerdi. Aslında Eric'in sessizliğinin kaynağı, sabah kahvaltıda gazetede okuduğu endişe verici bir makaleden başka bir şey değildi. Makale, o hafta içi yaptığı bir yatırımın fos çıkabileceğinden söz ediyordu.

"Hayır, sana kızgın filan değilim" dedi ters ters.

"O zaman yolunda gitmeyen bir şeyler mi var?"

"Yalnızca yorgunum."

"Eh, iyi. Bana kızgın değilsen, mesele yok o zaman."

"Tabii yok. Üstesinden gelebilirim."

Fakat yine de bu, bir yönüyle, Alice'in hatasıydı. Daha doğrusu, Alice'in davranışları Eric'in huysuzluğunu körüklüyordu. "Bana kızgın mısın" sorusunda gizli olan o cömertliğe (ya da bir başka bakış açısına göre, ezikliğe) hiç de alışkın değildi Eric. Üstelik bunu söyleyen kadın, böylesine masum, iyi huylu ve nazikse. Eric, bu türden bir davranış karşısında haksız yere zor bir insan olur çıkardı; iğneyi kendine çuvaldızı başkasına batırmaktansa tümüyle karşısındakini suçlamaya yönelirdi.

Eric'in alışkın olduğu kadın tipinde Alice'in duygusal cömertliğinin d'si yoktu. Sıcacık ilişkiler yaşamıştı yaşamasına ya, yine de her ilişkisinde belli bir mesafe mutlaka korunurdu. Whitechapel yolunda ilerlerken gazetede okuduğu bir makale yüzünden suratı asılacak olsa, ya can sıkıntısının nedenini açıklar ya da arabanın içindeki havayı soğutmamak için neşeli davranmaya çalışırdı. Her zaman şüpheci sevgililerin peşinde olmuştu, beraber olduğu kadınlar suçu üstlenmeye yanaşmayan, aksine başkalarının üzerine atan tiplerdi. Oysa Alice, Eric'in kapris yapmasına izin veren ve bu yolda kendini feda etmeye hazır bir kadındı.

Alice'in onu savunmasızca seviyor oluşu Eric'i korkuturdu. Kendisine gösterilen şefkate karşılık vermek konusunda müthiş bir çekingenliği vardı. Alice'i sevdiğini, onun varlığında çözümlenemez bir şeyler olduğunu anımsayabilmesi için işyerine varması ve yalnız kalması gerekirdi hep. Alice'in yumuşaklığına yanıt verebilmek için zamana ihtiyacı olurdu; bu haliyle telefonda dili tutulan ve yanıtını salim kafayla düşünebilmek için bir kalem kağıdın özerkliğine ihtiyaç duyan birine benzetilebilirdi Eric.

Tanıştıkları o ilk gece, Alice daha yaratıcı olma isteğinden dem vurmuş, okuldayken başarıyla yürüttüğü ama daha sonradan bıraktığı resim yapmaya yeniden bulaşmak istediğini söylemişti. Eric bir gün oldukça neşeli ve övgüler saçan bir ruh halindeyken Alice'in odasında bir kutunun içinde duran karakalem resimleri tek tek inceleme sabrını göstermiş, üstelik, pencerenin önünde duran kuru çiçekleri nasıl çizdiğini izlemiş, sonra da ona doğuştan yetenekli olduğunu beyan etmekle kalmayıp resimlerinin kendisine geçen yıl Paris'te bir sergide gördüğü Degas eskizlerini anımsattığını söylemişti.

"Şaka yapıyorsun herhalde. Cidden böyle mi düşünüyorsun?" diye sordu Alice.

"Cidden böyle düşünüyorum tabii. Düşünmesem söylemezdim. Bence çok yeteneklisin."

"Sahiden mi?" diye sordu Alice, alt dudağını ısırarak.

"Sahiden. Aklına koyarsan çok kolay ilerleme kaydedebilirsin. Bu işe elin yatkın bir kere."

Alice'in bütün o tatlılığıyla kalemini beyaz kağıdın üzerinde gezdirişinin çekiciliğine kapılıp bir tomar kargacık burgacık ve yavan mı yavan eskizi övmesi Eric'e pahalıya patladı: Alice'in gözünde bir sanat eleştirmeni olmuştu artık. Yaptığı her resmi ona gösteriyor, ilerleme kaydedip kaydetmediğini ve bundan sonra nasıl bir yol izlemesi gerektiğini soruyordu. Bu durum, Eric'e sanki ondan geleneksel baba rolünü oynaması istenmiş duygusunu yaşatıyordu; oysa yaşamı boyunca baba otoritesini ne istemiş ne de böyle bir otoriteye sahip olduğu güvenini yaşamıştı.

Bir arkadaşın banyosundaki duvar resmini çizmeye çalışarak geçirilmiş bir hafta sonunun ardından Alice'in ilk işi, resmi Eric'e götürmek oldu. Üzerinde boyaya bulanmış bir tulum ve suratında beklenti yüklü bir gülümsemeyle kapının önüne dikildi ve sordu: "Eee, ne diyorsun? Beğendin mi beni?"

Sözcük seçimine dikkat: Alice "Resmimi beğendin mi?" ya da "Resmim hoşuna gitti mi?" diye sormuyordu, "Beğendin mi beni?" diyordu açıkça. Meşruiyet arayışı içindeki bir insanın ağzından dökülmüş, çocukların "Nasılım ben? İyi miyim?" haykırışlarına benzer bir ifadeydi bu.

Alice'in bu ihtiyacı Eric'in omuzlarına çok ağır bir yük bindiriyordu; Alice'in hassasiyetine katlanamıyor, onun canını yakmak istiyor, bu salak duvar resminin hiçbir biçimde ilgisini çekmediğini haykırmak geliyordu içinden. Belki böylece Alice onun söylediği ve yaptığı her şeye bu kadar büyük bir saygıyla yaklaşmaktan vazgeçerdi.

Öğle aralarında Eric ve iş arkadaşları bankanın yakınındaki bir restorana gidip yemek yerlerdi, konu genellikle dönüp dolaşıp karşı cinse gelirdi. Bir pazartesi günü, pastırmalı sandviçler eşliğinde konuşurlarken kadınların memelerinden söz açıldı.

"Büyük göğüsler hoş tabii, ama küçük göğüsler kadar duyarlı olmuyorlar" diye derin bir saptamada bulundu Roger.

"Hadi ordan, hiç de öyle değil. Büyük memeler de bal gibi duyarlı olabilirler. Bir ara takıldığım İspanyol bir hatun vardı, adı Karmen'di, hatırlıyor musun? Onun memeleri senin kuramını çürütür bir kere" diye yanıtladı Bill.

"Bilmem, olabilir. Jodie'nin memeleri yerinde, ama çok yavaş hareketleniyorlar. Sen ne dersin, Eric?" diye sordu Roger.

"Benim ne diyeceğim belli, Alice'in memeleri oldukça küçük, ama ben Alice'le birlikte olduğuma göre iyi olduklarını düşünmem gerekir. Demek istediğim şu, memelerini beğenmediğin bir kadınla beraber olman anlamsız değil mi zaten?"

Eric ve iş arkadaşları, takım elbiselerinin altına gizledikleri çocuksu ve eskil kimliklerini konuşturuyorlar, yılların eskitemediği ritüeli, ortak bağlılığın omuzlarına yüklediği ağırlığı hafifletebilmek için duygusal ihtiyaçlarından cinsel ihtiyaçlarıymış gibi bahsediyorlardı.

NEYİM İÇİN SEVİLİYORUM?

Eric sık sık kadınların fiziksel özelliklerinden söz eder dururdu; falanca kadının çok güzel bir burnu var, filanca kadının ayak bilekleri muhteşem, ötekinin bacaklarına diyecek yok gibi. Çirkin bulduklarını da belirtmeden edemezdi tabii: şu kadının göğüsleri sarkmış, ötekinin bacakları kütük gibi, daha da ötekinin yürüyüşü yamuk ve daha niceleri.

Bir gün marketten çıkıyorlardı ki bir kadının yanından geçerken Eric yine yorumunu yaptı:

"Tanrım, ne garip, değil mi? Nerede güzel yüzlü bir kadın görecek olsam vücudu bir felaket oluyor. Ne kadar şişko olduğunu gördün mü? İnanılmazdı. Yalnız yüzüne baksan hayatta şişman olduğunu tahmin edemezsin. Ama yüzünden aşağısı rezalet."

Bu türden yorumlar Alice'in gururunu okşamaya yönelikti ama Alice yine de bir garip hissediyordu kendini.

"Niye sürekli böyle konuşuyorsun?" diye sordu.

"Ne gibi?"

"Bilmem, sürekli insanların zayıflığından, şişmanlığından, orasından burasından söz edip duruyorsun."

"Ben gerçekleri söylüyorum. Yani görmedin mi şu kadındaki kiloları...."

"Tamam, gördüm, ne yapalım yani. İnsanların görünüşlerini sürekli böyle yorumlaman çok kötü."

"Senin vücudunla ilgili aklımdan bir şeyler geçirmeme laf etmiyorsun ama" dedi Eric, abartılı bir Kaliforniyalı aksanı takınarak. "Hadi bebeğim, gelme üstüme" diye ekledi ve kolunu Alice'in beline doladı.

"Üstüne gelmek niyetinde değilim. Demek istediğim şu.... Öf, bilmiyorum, unut gitsin. Şu dükkana uğrayıp şarap alalım mı, ne dersin?" diye sordu, sonra da boğazını temizlemek için hafifçe öksürdü.

Ancak Alice eve dönüş yolunda bir kez daha düşündü bu meseleyi. Eric vücuduna övgüler yağdırırdı hep. Bazen yatakta çırılçıplakken bir resimdeki ya da heykeldeki gibi poz vermesini ister; ona Venüs, Afrodit, Havva ya da Troyalı Helen diye hitap ederdi. Birkaç bardak şarap içtikten sonra şakacıktan teatral bir sesle konuşmaya başlar, Alice'e övgüler düzer; memelerinin eşsiz, gözlerinin Doğu'daki mücevherler kadar parlak, üçgeninin de bütün insanlığa esin verebilecek kadar güzel olduğunu söylerdi.

"Abartmayı bırak, şair bozuntusu!" derdi Alice ve örtünerek vücudunu gizlemeye çalışırdı.

"Aman da aman, Venüs'ümüz bu gece pek de utangaç. Eros'la sevişmeye yanaşmayacak galiba."

"Eros ok fırlatmaktan başka işe yaramayan biri olmasaydı, belki, ama...."

Alice'in rahatsızlığı, Eric'in duygularını etkilemede vücudunun nasıl bir rol oynadığı sorununa dayanıyordu. Kendisini çekici bulması hoşuna gidiyordu, ancak bununla tümüyle çelişir bir biçimde, varlığına değer kazandıran şeyin vücudu olmasından hoşlanmıyordu.

"Neyim için seviliyorum?" sorusuna verdiği yanıtları kötü şeylerden iyi şeylere doğru uzanan hiyerarşik bir sıraya dizmişti. Her durumda seviliyordu sevilmesine ama sevenin onu gerçekten sevip sevmediğine dair belli başlı ölçütler oluşturmasını sağlıyordu bu yanıtlar.

[i] Vücudu için sevilmek

Vücut, bir başkasının algılayışı üzerindeki kontrolümüzü şaşırtıcı bir biçimde yitirdiğimiz bir alandır. Başka bir deyişle vücut, iç benliğimizi dışavurma aracı olmamasına karşın başkalarının doğal olarak ve hemencecik "ben"in ayrılmaz bir parçası diye niteledikleri bir şeydir. Aslında vücut, DNA yapımızdaki hücrelerin keyiflerince bir araya gelerek oluşturdukları bileşimden başka bir şey değildir, oysa bizimle tanışanlar ellerinde olmadan vücudumuza bakarak bir anlam çıkarmaya ve kişiliğimizi okumaya çalışırlar. Hissedebilme yetisi sayesinde insanlar; oramıza buramıza güzel, şüpheci, dürüst ya da çekici gibi sıfatlar yakıştırırlar. Tıpkı şairlerin, doğadaki cansız varlıkları duygusal ölçütlere göre nitelemeleri ve falanca dağa "cesur", filanca ırmağa "mutlu" yakıştırmasını yapmaları gibi.

Ancak vücudumuzun bizi temsil etmediğini içten içe bilmemize karşın başkalarını okumada bu bilginin izinden gitmek bize zor gelir. Başkalarının kişiliklerini kaçınılmaz olarak fiziksel biçimleriyle birmiş gibi algılarız. Onların kimlik bunalımlarıyla özdeşleşemeyiz, çünkü kimliklerini onların içine girip gözlemlemektense dışarıdan bakıp gözlemlemek daha kolaydır, ne de olsa dış gözlem maddeseldir ve dolayısıyla görsel olarak tartışma götürmez bir zemine sahiptir.

Ancak içe bakışın hakim olduğu bir zeminde, fiziksel biçimimiz üzerindeki kontrolümüzün, uzak bir galaksideki bir gezegenin biçimi üzerindeki kontrolümüzden öteye gitmediğini anlayabiliriz. Descartes us/beden meselesini incelemese olmazdı, bu yüzden *Yöntem Üzerine Söylev* adlı yapıtında bu konudan yüzünü buruşturarak bahseder: "Bu ben, başka bir deyişle us.... bedenden tümüyle farklıdır...." (yapıtlarını ortodoks bir bakış açısıyla okumaya biraz aykırı düşecek belki ama yaşamöykücüler kendisinin ipek mendillere ve Flaman pantolonlara pek düşkün olduğunu söylüyorlar.)

Tabii bir de vücutlarının birebir kendilerini yansıttığını, benlik kavramlarıyla pasaportun üzerindeki vesikalık fotoğraf arasında hoş bir bağlantı olduğunu sorgulamaksızın kabul eden insanlar vardır. Bu tür insanlar aynanın yanından geçerken göz kırpıverir ve içlerinden "Ay ne de güzelim" diye geçirirler. Belki de Eric'in fiziksel rahatlığı bir kendini beğenmişlikten çok, bu konuda hoş ve talihli oluşundan kaynaklanıyordu. Eric, yüzünün tam da kendisini yansıtan bir imge olduğunu düşünüyordu. İnsanların onun benliğini çakmak çakmak gözlerine, diken diken kısa saçlarına, onu güçlü gösteren çenesine ve çocuksu gülümseyişine bağlamaları ve onu bunlar yüzünden sevmeleri çok hoşuna gidiyordu.

Bir de kendini "Gözlerim hiç güzel değil"den başlayıp "Benim burada ne işim var?"a kadar uzanan bir tatminsizlik yelpazesine kaptırmış insanlar vardır. Ama hayır. "Gözlerim hiç güzel değil" iyi bir örnek olmadı. Çünkü kişinin vücuduyla benlik kavramı arasındaki uyumsuzluk hissi gözlerini güzel bulmamaktan *öteye* geçmektedir. Sözkonusu uyumsuzluk, "Bu gözler *ben değilim*"e kadar varan psikolojik ve varoluşsal bir histir. Örneğin Alice başparmağından hiç hoşlanmazdı ama başparmağının kendisini çok iyi yansıttığını düşünürdü. Başparmağının karakteri; tırnak kısmının idealizmi, eklem yerinin tuhaflığı, yan tarafın ironisi, sık sık diğer parmakların arasına gizlenişi ve sinirlenince dişlerin arasına götürülüşüyle Alice'in benlik kavramıyla özdeşti. Ancak Alice başparmağı için hissettiği talihli uyumluluğu yüzü için hissedemiyordu. Yüzü onun denetimi olmaksızın bildiğini okuyordu; üzgün görünmesi gerektiği zaman mutlu görünüyor, düşünceli olması gerektiği zaman havai bir havaya bürünüyor, sert bir ifade gerektiğinde inadına hassas bir görünüm kazanıyordu. Tren camında yüzünün yansımasını yakaladığı zaman on iki yaşındaki bir kız çocuğunun yüzüyle karşılaşıp hayrete düşüyordu Alice. Bazen de büronun camında gördüğü yüz ona altmış yaşında biriymiş izlenimini veriyor, düştüğü hayret daha da artıyordu.

Yetişme çağında, yılların eskitemediği bir felsefe sorunsalı olan iç ve dış arasındaki ilişki, aynanın analitik gerçekliği önünde acı verici bir biçimde gündeme gelmişti. Alice aynanın önünden kaçmayı ve kendini kitapların dünyasına kaptırmayı tercih etmişti; şimdi geriye dönüp baktığında Eric'e o günlerden yaşamının "inanılmaz derecede bastırılmış" bir dönemi olarak söz ediyordu:

"Cinsellik midemi bulandırıyordu. Kendimden nefret ediyordum, hele oğlanlardan daha da çok nefret ediyordum. Oğlanlar beni korkutuyordu, bir tanesi yanıma yaklaşıp konuşacak olsa tepeden tırnağa kıpkırmızı kesiliyor ve türlü türlü asabi tikler sergilemeye başlıyordum, bütün gün perdeleri çekip, aynaların üzerini örtüp odamda oturuyor, yatağımda ucuz romanlar okuyordum. Birisi içeri girmeye kalkışırsa da çığlığı basıyordum."

Alice'in annesi bu duruma senelerin önyargısıyla yaklaşıyordu; buna göre genç kızlar belli bir yaş sınırını aştıktan sonra uzun vadede evliliğe yönelik olarak enerjilerini erkeklerin ilgisini çekmeye adamalıydılar. Alice'in eski bir kot pantolonla ve kötünün kötüsü bir süeterle yetindiğini gördükçe siniri tepesine çıkar, bitmez tükenmez enerjisiyle kızını bir dizi mağazaya sürükler, mağazaya fırtına gibi girer ve tezgahtarlara dönüp melodramatik ve acınacak bir ses tonuyla "Bu genç hanıma yardımcı olabilmeniz mümkün mü acaba?" diye sorardı.

Bu mağazalar sosyal zevkleri yarım yüzyıl geriden takip ettikleri için, Alice kabinden çıktığında orasından burasından sarkan kurdele, fiyonk ve fırfırlarla tam bir düğün pastasına benzerdi. Tuhaf lolitamız bu kıyafetleri giymeyi kabul edecek olsa, damat adayları bulup, annesinin içini rahatlatmak bir yana, damat adaylarını şiddetle etrafından püskürtürdü herhalde.

Ancak Alice'in en çok sinirini bozan şey, uyum denen şeyden tümüyle yoksun olan vücudunu başkalarının uyumlu olarak değerlendirmesiydi. Ona göre vücudunun şekli tümüyle orantısız ve gelişigüzel hatlardan oluşuyordu, oysa erkeklere göre Alice'in vücudu, benliğini birebir yansıtıyordu. Eric şakayla karışık göğüslerine övgüler yağdırdığında Alice bu övgülerle bir türlü özdeşleşememiş, ödül törenine katılamayıp dışarıdan özürlerini ileten biri gibi almıştı bu ödül/övgüleri.

Bir gün yatak odasındayken Eric parmağını Alice'in burnunun üzerinde kaydırmış,

"Burnun sana çok yakışıyor" demişti.

"Nasıl yani?"

"Ufak oluşu, hafifçe kalkık oluşu, sonra ucuna doğru sivrileşmesi...."

"Burunsal frenoloji dersleri almış mıydın?"

"Tabii canım, ne demek. O da ne demek Tanrı aşkına?!"

Alice beraber olduğu adamlara "Ben aslında göründüğüm gibi biri değilim" dediği zaman, ne kadar denerlerse denesinler, onu anlamaları çok güç olurdu herhalde. Doğal olarak kafaları karışır ve 'Seni çok daha derin duygularla seviyorum' ya da 'Dış görünümün ne önemi var' gibi zırvalıklara girişirlerdi. Yapılan şikayetle bu şikayetin dile geldiği vücudu birbiriyle bağdaştıramamakta çok da haksız sayılmazlardı gerçi.

Alice geçenlerde bir magazinde, ünlü bir mankenle yapılan bir söyleşi okumuştu; kadın o kadar güzeldi ki bazı erkekler ona sahip olabilmek için anneannelerini müzayedede satışa çıkarabilirdi. Zavallı mankene soracak olursanız yüzünün ve vücudunun güzelliği tam bir baş belasıydı. Bu yüzden de gitmiş hilkat garibesi gibi bir adamla evlenmişti. Yani mankenimizin eş seçimi, erkeklerin kendisine karşı beslemelerini arzuladığı zihniyeti yansıtıyordu: onu vücudunun güzelliğinden başka bir neden için sevmek.

Alice'in bu söyleşiden çıkardığı sonuç şuydu: Kişi ister çirkin ister güzel olsun vücut başa belaydı çünkü kişinin hissettiğiyle göründüğü arasında koca bir uçurumun oluşmasına neden oluyordu. Fil Adam ve Top Model her ne kadar moda yelpazesinin iki ayrı ucunda yer alsalar da yapısal olarak benzer bir psikolojik kadere sahiptiler.

Ancak Alice'in bu yaklaşımında bir nebze sahtekarlık vardı, özellikle de her yıl iç giyimine ve yüz sabunlarına döktüğü paralar düşünülürse.

Buradaki "sahtekarlık" sözcüğü, kişinin bir şeyin gücünden, çekiciliğinden ve kontrol edilemezliğinden korktuğu için o şeyi ayıplaması ve sonra da onun getirilerinin keyfini sürmesi olarak tanımlanabilir. Kısacası kişi tutarsız bir tavır içine girmiştir. Başarılı bir sanatçı kapitalist sisteme karşı olduğunu söylüyor, sonra da yaptığı işlerden kazandığı çekleri mutluluk içinde nakte çeviriyorsa sahtekarlık yapıyor demektir. Multi milyoner mankenimiz önce ona mutluluk getiren ve güzelliği sayesinde kazandıklarını bir bir sayıp (Kenya'da avcılık ve evindeki parfüm koleksiyonu gibi) sonra da "Mutlu olmak için güzel olmak şart değil" demekle sahtekarca davranmıştır. Alice de baştan çıkarıcı iç çamaşırlarına bolca para döktüğü halde "Hiç kimseyi dış görünüşünden ötürü yargılamam. Keşke herkes benim gibi düşünse" demekle sahtekarca davranmaktadır.

Alice oyunun biçimsiz kuralları olduğunu biliyordu –ona mağazalarda ve kuaförlerde rehberlik eden bir bilgiydi bu– ancak bir erkek onu gerçekten fark ettiğinde ve sevgili olduklarında bu biçimsiz kurallar ortadan kalksın istiyordu. Vücudu, bakışları üzerinde toplamayı başarsındı, ama sevgilisinin bakışları vücudunda kilitlenmesindi. Alice'in fantezisine göre (aşırı mutaassıp bir fantezi değildi bu) vücut Kartezyen anlayışta da olduğu gibi konu dışıydı. Bu, vücudun bastırılması anlamına gelmiyordu, seks harika bir şeydi, yalnızca konu dışıydı. Vücut bir kenara itildikten sonra geriye kalan giz için, tarihin, izlenimlerin, alışkanlıkların ve huyların oluşturduğu ve Alice'in benlik adını verdiği o karmaşa için sevilmek isterdi.

[ii] Parası için sevilmek

Alice'in babası bütün parasını kötü bir yatırım sonucu kaybetmiş olduğu için kızını sık sık onu parası için sevecek adamlara kapılmaması konusunda uyarırdı. "Seni paran için kullanmak isteyecek her türden adama rastlayacaksın. İnan bana bu, seks için kullanılmaktan bin beter bir şeydir" demişti bir kez; kendisi, ele avuca sığmaz olan karısının yüzünden çok çekmişti çünkü.

Aşkla para arasındaki bağlantının bilincine varmış olması Alice'in babasını başta zengin olmak için çaba harcamaya itmişti. Fakat daha sonra (tıpkı güzel vücutlu mankenimiz örneğinde olduğu gibi) bir paradoks ortaya çıkmış ve Alice'in babası böyle yüklü bir sermaye sonucu tavladığı kadınlara güvenemez olmuştu. İnsan ilişkilerine dair taşıdığı şüpheci bakış açısını kızına yansıtan baba daha da ileri giderek Alice on yedi yaşındayken erkek arkadaşına film ya da konser ısmarlıyor diye çocuğu asalaklıkla suçlamıştı. Baba daha sonra finansal bir felaket sonucu bütün parasını ve karısını yitirince bu hayıflanmalar da aniden şiddetinini yitirmişti. Alice ve babası daha az haset edilen ama daha az sorunlu mütevazı bir gelirle geçinmeye başlamıştı artık.

Eric gösterişli bir yaşam sürmeyi seviyordu; öyle ki Alice bir çok kereler ona "Seninle dışarı çıkmayı neden bu kadar çok seviyorum, biliyor musun? Londra'nın daha önce hiç gitmediğim köşelerine, çeşit çeşit restoranlara ve tiyatrolara götürüyorsun beni" demişti.

Eric bu tür yorumlar karşısında hafifçe gülümsemekle yetinirdi. Ancak farklı karakterde bir insan olsaydı, "Bir gün şu an ki zenginliğimi kaybedersem, bu pahalı restoranlara giremeyecek duruma gelirsem, Alice beni sevmeyi sürdürür mü acaba?" diye sormadan edemezdi.

Bunu sormak ve aşkın kaynağıyla ilgili yufka yürekli kuruntulara kapılmak şöyle dursun, havalı bir edayla şöyle düşünürdü

Eric: "Birisi beni sevdiği sürece, ne diye beni neden sevdiğini kendime sorup durayım ki?"

[iii] Başarıları için sevilmek

Alice Eric'le tanışıp çıkmaya başladığı dönemde iş yerinde daha üst seviyede bir mevkiye getirilmişti; artık yarım milyon pound kadar para yatıran müşterilerin işlerini görmeye başlamıştı. Şirket onu Dublin'lere Paris'lere seyahate gönderiyor, Boston ve Madrid'den müşterilerle çalıştırıyordu, üstelik Alice'in artık kendine ait bir bürosu ve bir sekreteri vardı.

Ancak Alice, başkalarının hasetini kazanmaktan çekindiği için başarılarının üstünü örtme eğilimindeydi. Bir arkadaşı gelip de "Keşke benim de seninki gibi bir işim olsa" diyecek olsa Alice şöyle yanıt verirdi: "Hiç öyle söyleme. Bence senin işin benimkinden kat kat iyi."

Eric ise Alice'e haset etmiyor, aksine onunla gurur duyuyordu. Gerçi babaerkil bir gururlanıştı bu; ardında "Çoktandır bir parçası olduğum bu koca iş dünyasına hoş geldin" gibi bir ifade yatıyordu. Alice'in ajansa yeni bir anlaşma kazandırdığı gün Eric onu akşam yemeğine çıkardı ve önce övgülere sonra da öpücüklere boğdu. Her fırsatta da arkadaşlarına İngiltere'nin gelmiş geçmiş en önde gelen iş kadınlarından biriyle olduğunu söyleyerek hava atıyordu; ayrıca Alice'in kulağına gelen haberlere göre Eric onun hakkında her yerde övgüyle söz ediyordu.

Bu ilgi Alice'in hoşuna gitmiyor değildi; ancak güçlü olduğu ve her şeyin üstesinden gelebildiği durumlarda Eric'in ona her zamankinden daha tatlı davranması, oysa zayıf olduğu ve özgüveninin suyunun çektiği durumlarda benzer bir ilgiyi göstermemesi canını sıkıyordu. Parası varken yemeğe çıkarılmaktan ya da güzel olduğuna az çok inandığı günlerde ona güzel olduğunun söylenmesinden hoşlanmıyordu Alice.

Alice'in anne babası da başarı karşısında gösterdikleri tavır konusunda Eric'le benzeşiyorlardı. Yani Alice'in başarılı olması, gösterdikleri şefkatin gözle görünür bir biçimde artmasına neden oluyordu. Alice on üç yaşına gelene kadar okulda oldukça başarısızdı ve ona akademik alanda bir baltaya sap olamaz teşhisi konmuştu. Bu başarısızlığından ötürü Alice ailenin ilk göz ağrısı da değildi artık, çünkü okulda başarıdan başarıya koşan kız kardeşinin yanında tam bir yüz karasıydı. Ancak yetişme çağına geldiğinde bu kara lekeyi silmeye karar verdi ve bütün sınavlardan en yüksek notları alarak mükemmel bir performans sergilemeye başladı. Çok kısa bir sürede ailenin göz bebeği haline geldi; hediyeler alınmaya, onunla daha çok ilgilenilmeye başlandı. "Yeni bir tatil, yeni bir elbise, daha güzel bir bisiklet istemediğinden emin misin?" diye sorardı anne babası. Ama bizim asık suratlı ergenimiz her şeyi reddeder, en paspal kıyafetleri giyer ve anne babasının tekliflerini hakaretmiş gibi algılardı. Aslına bakarsanız, bu teklifler birer hakaretti çünkü Alice'i yalnızca bir karne yüzünden ailenin yüz karası ilan eden anlayışın bir başka boyutuydu, madalyonun öteki yüzüydü (yalnızca öteki yüzüydü, kesinlikle daha parlak bir yüzü değildi).

Alice'in anne babası bazen sorumluluklarını neden iyi yerine getiremediklerini şu şekilde açıklarlardı: "Çocuklara nasıl yaklaşmamız gerektiğini bilemedik. Bizimle aklı başında birer yetişkin gibi konuşmanızı bekledik, şimdi sizinle nasıl konuşuyorsak o zaman da böyle konuşabiliriz sandık. Bir anlamda büyümenizi bekleme sabrını gösteremedik."

Şimdi Alice'in ağzı birçok konuda laf yapabildiği için anne babası da artık güzel kızlarını yanlarında gezdirmeye ve arkadaşlarının karşısına kızımız diye çıkarmaya daha bir hevesliydiler; Alice'in bu davetlere açıkça yanaşmamasını da hayretle karşılıyorlardı. Alice'in kendi başarılarına olan yaklaşımı, çok ünlü olduktan sonra bile ünlü olmadan önceki arkadaşlarıyla dolaşan

Hollywood yıldızlarını anımsatıyordu: "En zor günlerimde beni sevdiysen sonsuza kadar seveceksin demektir" diyen bir yaklaşımdır bu, "Beni saygın bir insan olmamla birlikte sevmeye başladıysan, beni mi yoksa saygınlığımı mı sevdiğini nereden bilebilirim?"

[iv] Zayıflığı için sevilmek

Birini alın, başarıyla, ofislerle, katlarla, yatlarla, belagat ustalığıyla, güzellikle ve zekayla donatın, er geç ona aşık olacak biri çıkacaktır. Ancak aşkın idealize prototipine göre makbul olan, annenin ya da babanın bebeğine gösterdiğine benzer karşılıksız bir aşktır. Aşka dair en eski anılarımız, yardıma muhtaç ve zayıf bir durumdayken bize gösterilen karşılıksız sevgidir. Bazı bebeklerin diğerlerine göre daha sevimli ve cana yakın oldukları bir gerçektir; ancak dış görünümlerini kullanarak bu dünyayla baş etmeleri de imkansızdır. Öyleyse bir bebeği sevmek ve onunla ilgilenmek onu olduğu gibi kabul etmek demektir, bu ise oldukça karışık bir konudur. Çünkü bebekler, bütün o ağlayıp zırlamaları, salya akıtmaları, işemeleri, sıçmaları, kusmaları ve bencil karakterleri için (ya da onlara karşın) sevilirler.

Bebek, büyüyüp bir yetişkin olduğunda ona zamanında verilmiş olan emek çeşit çeşit yollarla geri ödenebilir; sofrada otururken teşekkür etmek, anneye içeriki odadan gözlüklerini getirmek, bulaşıkları yıkamak ve daha ileriki yaşlarda televizyon kanallarını ayarlamak, Mustique'ten bir ev ya da Saint Moritz'den bir şapel satın almak gibi. Bu türden şeyler başkalarının gösterdiği ilgiyi garanti eder etmesine ama asıl arzu, anne babayla çocuk arasında yapılmış olan anlaşmayı (anne babayı ne olursa olsun sadakat göstermeye zorunlu kılan bir anlaşmadır bu) yeniden üretmek için yıldızların ya da talk-show sunucularının yaltaklanmalarını kazanmak değildir.

Alice Eric'le yaşadığı ilişkideki gerilimin farkındaydı: Bir yanıyla salya akıtan, akıldışı ve talepkar bebek rolü oynamak istiyor, diğer yanıyla da onun sevgisini sürekli kılabilmek için sorumluluk sahibi ve olgun kadını oynaması gerektiğini, her durumda çekici, neşeli ve ayakları üzerinde durabilen bir tavır sergilemesi gerektiğini biliyordu.

Bazen politika üzerine tartıştıkları olurdu; Alice her zaman sol kanatta Eric'se sağ kanatta bitirirdi tartışmayı. O sıralar önde gelen en büyük araba yapım firmalarından birinin battığı haberiyle çiftimiz kendilerini ateşli bir tartışmanın ortasında buldular.

"Bak canım, bir iş yerinin sürekli olabilmesi için tek şart iyi iş yapabilmesidir" diye bir iddiada bulundu Eric. "İnsanların istediği türden arabalar üretebildikleri dönemde her şey tıkırındaydı, bu işi ayakta tutmaya çalışmak gayet mantıklıydı. Şimdiyse işler değişti, artık insanların taleplerine karşılık veremiyorlar. Bu işin elle tutulur bir yanı kalmadı. Piyasaya sürdükleri modellerin modası geçti, gereğinden fazla personel aldılar, iyi organize olamadılar, güçsüzleştiler, ellerinde avuçlarında bir şey kalmadı, hem sonra üretim araçlarına ve yeni ekipmana da yatırım yapmadılar. Doğal olarak iflas bayrağını çektiler. Eh, çok da iyi oldu."

"Bunu nasıl söyleyebilirsin? Yirmi bin insan işinden oluyor, koca bir şehrin kaderi değişiyor, sence bütün bunlar iyi mi yani?"

"Ekonomik açıdan gayet mantıklı: Asya ülkeleri daha iyi ve daha ucuz arabalar üretebiliyorlarsa, neden bunun için ödüllendirilmesinler? Kore ya da Malezya'daki koca bir şehir, buradaki bir şehrin yıkımı pahasına refaha erecek. Ne yaparsın, oyunun kuralları böyle. Koreli şirketler üretim araçlarına yığınla para döküyorlar, doğal olarak onların ürettikleri bizimkilerden daha iyi oluyor. Ne yani, hükümet vatandaştan aldığı vergiyi batmanın eşiğine gelmiş şirketlere mi harcasın. Bu işte iyi olan kazanır. Ekonomini geçerli talepler üzerine kurmak zorundasın; pazar bir şirketin ölmesi gerektiğine inanıyorsa o şirket ölüme terk edilir, zorla güzellik olmaz."

"İyi de bu çok saçma, ayrıca insanlık dışı, zalimce. Hükümet bu şirkete birkaç yıl idare edebileceği kadar para verse, şirket kendini toparlayıp yeniden para kazanacak duruma gelebilir, vergi verenlere de bir şeycik olmaz."

Ölüm döşeğindeki bir şirketin geleceğiyle ilgili sürüp giden bu tartışmanın altında, derinlerde bir yerde, vergiler ya da Kore'nin üretim araçlarına yaptığı yatırımla hiç de ilgisi olmayan bir çelişki yatıyordu. Alice araba yapım şirketini böylesine hiddetle savunurken aslında zayıflığına karşın sevilmeyi hakettiğini savunuyordu: Eric'in saldırısıysa kapitalist Darvinciliğin izlerini taşıyordu. Bu izleri yalnızca iş yaşamında değil, belli belirsiz de olsa aşk yaşamında da görebilirdi Alice. Korktuğu tam da buydu işte.

Alice'in korktuğu, Eric'in ekonomiyle ilgili iddialarının ardında yatan zalimlikti. Yani bir gün, kalçaları büyüyüp ve de memeleri sarktığı zaman, Eric'in onu da tıpkı söz konusu firma gibi "verimsiz", "gereksiz" ve "elle tutulur bir yanı olmayan" diye değerlendirecek ve bir kenara atacak olmasıydı. Araba firmasının layık olduğu son, gerçekten de buydu belki, ancak Alice'in savunusu, çocuksu bir karşılıksız sevilme arzusunun (iflas etmiş olsa bile onu affeden bir anne ya da baba tarafından sevilme hasretinin) izlerini taşıyordu. Belki de gerçekten söz konusu araba firmasının batışından yönetim sorumluydu, ama bu şirket bu ulusun değil miydi, işçileri vatandaş değil miydiler, neden bu hükümet söz konusu firmaya acilen müdahale edip ekonomik sorununu düzeltme yoluna gitmiyordu sanki?

Bir gün iş yerinden bir arkadaşı, bir iş anlaşması fırsatının kaçırılmasından tamamiyle Alice'i sorumlu tutmuştu, oysa hiçbir kusuru yoktu. Eric'ten olayı usulca patronuna şikayet etmeyi ama bunu yaparken iş arkadaşlarının nefretini uyandırmamak için birtakım taktikler öğrenmişti. Alice'in şikayetini dinlediği zaman koruyucu bir ses tonuna bürünmüş, bu duruma sinirlendiğini belli etmişti; ancak Eric'in, iş yerindeki rekabet ya da aileye ve arkadaşlara duyulan hasret gibi konular dışında hiçbir üzüntü ve kafa karmaşasını anlayışla karşıladığı görülmemişti. Hüzne tahammülü yoktu, Alice'in nedensiz hüzünlenmesine, melankolik ruh haline katlanamıyordu. Alice'e gelince, o da Eric'i kişisel hüzünleriyle meşgul etmek istemiyordu çünkü, güçlü olduğu zamanlarda kendisiyle nasıl da gurur duyduğunu biliyordu. Ancak yine de asıl arzusu, ifade edemediklerini özgürce ifade edebilmek, ona dönüp şunları söyleyebilmekti: "*beni korkularımla, takıntılarımla, nevrozlarımla birlikte sev.... zayıf düştüğüm anlarda ben kimsem onun için sev....*"

[v] Ayrıntılar için sevilmek

Birkaç yıl önce Alice Floransa'da tatildeyken Palazzo Medici'de bir adama rastlamıştı. Gozzoli'nin bir tablosuna hayranlıkla bakarken adam yanına yaklaşmış ve 'Teniniz bir meleğinki kadar güzel' diye fısıldayıvermişti. Adam hiç fena değildi hani, kemik çerçeveli gözlükleri ona sergilere gelme nedeni salt kadın tavlamak değilmiş havası veriyordu; bunun üzerine Alice adamın birer fincan kahve içme teklifini geri çevirmedi. Kahveyi öğle yemeği, yemeği Uffizi'ye yürüyüş, yürüyüşü de gecenin birlikte noktalanması izledi.

Sabah olunca Don Juan'ımız Alice'e bir fincan kahveyle keten bir sabahlık getirdi, şehir dışındaki dairenin verandasında başbaşa oturdular. Sonra adam tatlı ve kırık bir İngiliz aksanıyla tutkulu bir şekilde aşkını ilan etti. Her cümlenin sonunda konuştuğu kişinin adını tekrar ederek bir Kuzey Amerika belagat geleneğinin izinden giden Don Juan'ımız bu suretle insanın ta içine dokunan konuşmasına bol baharat ekmiş oluyordu. Yalnız İngiliz bayanla geçirdiği gece (ya da yalnızca içtiği bir fincan kahve) hafızasını derinden sarsmış olmalıydı ki ona Lewis Caroll'un Alice'i diye hitap edeceği yerde Dante'nin Beatrice'si diye hitap ederek bitirdi konuşmasını.

Söz konusu ilanı aşk birdenbire ortaya çıktığı ve bu durumda bir gecelik gönül işlerinin sözsüz yönetmeliği geçerli olduğu için Alice, adının Beatrice olmadığını hatırlatma gereği duymadı; paylaştıkları o hiç de duygusal olmayan gecenin vardığı bu nokta onu bir dirhem bile üzmedi. Trenle Londra'ya dönerken, çok içtenmiş gibi duyulan o ilanı aşkla, adının Floransalı bir kadın kahramanla karıştırılması arasındaki zıtlığı düşünerek kikirdedi hatta.

Alice'e göre bir aşkın içtenliği, insanın sevgilisini ne kadar çok tanıdığıyla ve onunla ilgili ayrıntılara ne derece vakıf olduğuyla ölçülürdü. Bu ayrıntılar, illa ki sevgilimize dair temel bilgiler (yaşı, işi, sicili ve bunun gibi) olmak zorunda değildi, sevgilimizi başka insanlardan ayıran küçük, ufacık şeylerdi bunlar: Hangi reçel türünü sevdiğini, çocukken neler yaşadığını, en sevdiği çiçeğin ya da en çok kullandığı diş macununun ne olduğunu bilmek gibi.

Onunla ilgili bir şeyler öğrenmek için emek veren ve bu yolla ona bir kimlik kazandıran insanlarla birlikte olmak isterdi Alice. Bu türden insanların sohbetleri, "Geçen hafta sana filanca konudan söz etmiştim, hatırlıyor musun?" gibi cümlelerle dolu olurdu, ancak onlardan hiçbir zaman "Filanca öyküyü sana mı anlatmıştım ben? Yoksa ev arkadaşın mıydı?" gibi sözler duyamazdınız. Bu türden insanlar, Alice'in yaşamına dair en ince ayrıntıları (Küçükken annenle Strazburg'a gittiğini anlatmıştın ya da, çayına iki şeker katıyorsun, değil mi? gibi) anımsayarak zihinlerinde Alice'in varlığının ne kadar yer kapladığını kanıtlarlardı.

Eğer birlikte olduğu erkek, Alice'in okumaktan en çok keyif aldığı kitapları, en çok sevdiği restoranları, falanca sözcüğü nasıl da eşsiz telaffuz ettiğini ya da çatal kullanırken yaptığı filanca jestin benzersizliğini anımsıyorsa, bu onun için nice pahalı gülden ve nice şaşalı ilanı aşktan çok daha değerli bir şeydi; o adama güvenebileceğini kanıtlayan bir göstergeydi. Sevgilisinin ona "Biliyor musun, sen yaşamım boyunca gördüğüm en güzel kadınsın" demesindense büyük bir tevazuyla "Bu küpeler sana çok yakışıyor. Geçen salı da bu küpeleri takmıştın, değil mi" demesini tercih ederdi.

İşte tam da bu yüzden bir gün Eric ona "Portakal soyuşunu seyretmek çok güzel" dediğinde yüzünü bir gülümseme kaplamış ve bu söz garip bir biçimde içini ısıtmıştı. "Ben"le ilgili şeyler sıralamasında portakal soyuşundaki güzelliğin fark edilmesi içtenlik dalında birinci sırada yer alırdı; daha gösterişli ama daha az ayrıntılı bir iltifata oranla kendisinin kim olduğunu daha iyi ortaya koyardı çünkü.

[vi] Kaygıları için sevilmek

İki yabancı bir partide tanışıp birbirlerine bir partide yabancılarla sohbet etmenin ne kadar da zor olduğunu itiraf ederlerse; bu güçlüğe dair ortak bir sorun yaşadıklarının itirafı, daha kolay kaynaşmalarını sağlayabilir. Böylece yapmacık diyalog riskinin dile getirilmesi, yapmacık diyalog riskini yaşamaları olasılığını yok etmiş olur.

Kaygılar; sosyal baskılar ve beklentiler karşısında bireylerin edindiği birtakım korkuları yansıtır. Sevgilimin beklediği kadar ilgi çekici olabilecek miyim? Ona duymak istediği şeyleri söyleyebilecek miyim? Sevdiklerimin beklentilerini karşılayabilecek miyim?

Bu kaygılar bireyle toplum arasındaki zarın duyarlı kısmında yer aldıkları için, kaygılarımızı itiraf edemediğimizde ve başkalarının neden olduğu korkuları gruptaki kimseyle paylaşamadığımızda yaşadığımız yalnızlığı tahmin etmek hiç zor değildir. Birine dönüp de "Şu anda endişe içindeyim" dediğimizde karşımızdakinin hayret içinde ve abartılı bir ses tonuyla "Ne demek şimdi bu? Ne var şimdi kaygılanacak?" demesi insanı ne kadar yalnız kılar. Bizi kaygılandıran şeylere güleriz ya, hatta bazen kaygılarımızla barışık olmamak bizi mizah duygusundan yoksun bırakmakla kalmaz, üstelik bunun gereği olan zihin yapısı ve antropolojiden de eder.

Alice, Eric'le aralarında geçen, ergenlik, gece kulüpleri ve futbol takımları gibi konuları kapsayan bir sohbetin, ona olan sevgisini nasıl da somutlaştırdığını anımsadı.

"Tanrım, daha dünmüş gibi anımsıyorum. Dans etmekten nasıl da nefret ederdim" dedi Alice. "Dans etme fikri bana pek fena görünmezdi ama iş piste çıkıp gerçekten dans etmeye gelince kimse beni oraya çıkaramazdı. Bir yaz kampında oğlanın biri beni dansa kaldırmıştı, hiç unutmuyorum, çok heyecanlanmıştım ama evet diyememiştim. Ne kaçırdığımı bilemem tabii. Kimbilir, hayatımın erkeğini reddetmiştim belki de...."

"İyi ki onu reddetmişsin," dedi Eric. "Dans etmekten niye bu kadar korktuğunu anlayabiliyorum. Vücudunu ne şekilde hareket ettireceğini bilemediğin için kendini salak gibi hissedersin. O yaşlarda yapman gereken birtakım şeyler vardır, eğer canın o şeyleri yapmak istemezse kendini bir yabancı gibi hissedersin. Bu anlattıkların bana futbol takımı meselesini hatırlattı. Ben ilkokuldayken herkesin tuttuğu bir futbol takımı vardı; benimse futbola hiç mi hiç ilgim yoktu, takım da tutmuyordum. Sırf bu yüzden bana hilkat garibesi gözüyle bakarlardı. Gidip anneme futbol takımı tutmamak çok mu garip bir şey, yoksa bende bir acayiplik mi var diye sorduğumu hatırlıyorum."

Gece kulüpleri ve futbol takımları üzerine yürüttükleri sohbet önemliydi çünkü her iki etkinlik de grup baskısının öğelerini taşıyordu. İlgisizliği ya da kaygıyı itiraf edebilmek, sosyal kurallara karşı gelmek demekti. Toplum, kişiye bu etkinliklerde bulunurken rahat etmesi gerektiğini söylediği halde kişi rahatsızlığını dile getiriyor, böylece karşısındakiyle ortak kimliğe dayalı bir birlik inşa etmiş oluyordu.

[vii] Aklı için sevilmek

Modern şövalyeliğe göre en soylu aşk, akla duyulan aşktır. Estetik açıdan yıpranmış bir görünüm arz eden damat adayını, hemcinsi arkadaşlarıyla tanıştıran bir kadın, adam yanlarından ayrıldıktan sonra hararetli hararetli anlatmaya başlar: "Maximilian inanılmaz zeki. Onu beğenmemin başlıca nedeni, parlak bir zekaya sahip olması." İyi bir vücut, şaşaalı bir ya da yalnızca yardımsever ve iyi huylu bir partner görünce hemen tav olanlar, bu kusursuz erdem örneği karşısında –akla duyulan bu erdemli aşk karşısında– kendilerini yetersiz hissedeceklerdir.

'Alice, vücudu için sevilmek istemediğine göre asıl derdi aklı için sevilmektir' diye düşünülebilir. Bu bir yönüyle doğrudur, ama iş burada bitmemektedir. Birçok insan Alice'e ne kadar zeki olduğunu söyler dururdu çünkü o, okul hayatı boyunca iyi bir öğrenci olmuş, üniversiteyi bitirmiş ve sonra da iyi bir işe girmişti. Kendi de az çok zeki bir insan olduğunun farkındaydı: Matematikte iyiydi, haftalık satış toplantıları için tablolar ve şemalar çizmeyi, gelir giderleri ve oranları hesaplamayı becerebiliyordu. İyi bir hafızası vardı, dili oldukça iyi kullanıyordu. Ancak sevilmeyi arzuladığı şey tam olarak bu değildi: Bir baş ağrısının ya da bozuk bir moralin akıl yetilerine zarar verebileceğini, başkalarının akıl diye adlandırdığı şeyin yalnızca bir zeka akrobasisi olduğunu ve kendi gerçek benliğiyle hiçbir ilgisi bulunmadığını biliyordu.

Belki de aklı iki bölüme ayırmak gerekiyordu: Bir yanda zeka; diğer yandaysa zekayı bir köşeye koyarsak geriye kalan ele avuca sığmaz, süngerimsi madde.

[viii] Varoluşu için sevilmek

Aslında Alice, kendisi olmaktan vazgeçmeden mantıksal olarak yitirme riskinin olmadığı şeyler için sevilmek istiyordu. Bir başka deyişle, varlığındaki tartışılmaz öğeler için sevilmek istiyordu.

Alice'e yeterli ölçüde zaman ve kötü bir şans verin, yitireceği şeyler şunlar olurdu:

a) güzelliği
b) işi
c) parası
d) akıl yürütme yeteneği.

Ancak Alice bu saydıklarımızı yitirse bile yine de Alice olarak kalırdı.

Buna göre Alice, başkalarının ona sevgi göstermesine neden olan bu ve buna benzer ölçütleri kapı dışarı etmek istiyordu, çünkü bunların kendi varlığına yabancı olduğuna inanıyordu. Bu ölçütler, tehlikeli bir biçimde denetiminin dışındaydı; ayrıca bugün için belki başkalarının onu sevmesine neden oluyordu ama yarın, öbür gün hepsi teker teker yok olup gidebilirdi, beraberinde ona destek olan aşığının da onu terk edip gitmesine neden olabilirdi.

Alice'in kaygıyla sorduğu "Neyim için seviliyorum?" sorusuyla Descartes'ın gerçeğin peşindeki amansız yolculuğu arasında bir bağlantı kurulabilir. Descartes'ın efsanevi yanıtı; Montaigne, Galileo ve Gassendi'nin felsefeye tanıttıkları şüpheciliği aşmak için konumlandırılmış bir araç görevi görür. Descartes, gülümser bir ifadeyle şu soruları yöneltir: "Bir şeyin gerçekten varolup olmadığını nasıl bilebiliriz? Bir şeyin bizim duyularımızla algıladığımız biçimiyle varolduğundan nasıl emin olabiliriz?" (Bu soruların aşktaki dengi, sabahın üçünde kaygıyla sorduğumuz "Bu aşkın gerçek bir aşk olup olmadığını nasıl bilebilirim? Bu aşığın *bana uygun* bir aşık olup olmadığından nasıl emin olabilirim?" gibi sorulardır.)

Descartes, şüpheciliği gittiği yere kadar götürmüş ve buradan şu sonuca varmıştır: çevresindeki bir çok şeyden şüphe etmesi mümkündür, ancak şüphe edemeyeceği tek şey, o anda bir düşünme süreci içinde olduğu gerçeğidir. Düşünen varlıklar, ağaçların renginden tutun dünyanın şekline kadar her şeyden şüphe edebilirler; ancak kendi düşüncelerini algılayabildikleri için kendi varlıklarından şüphe edemezler. Descartes *Yöntem Üzerine Söylev*'de bunu şu şekilde ifade eder: "Bir rüyada yaşadığımı da ileri sürsem, gördüğüm her şeyin hayal ürünü ya da yanılsama olduğunu da söylesem, reddemeyeceğim tek şey vardır, o da bu düşüncelerin gerçekten aklımda var olduklarıdır."

"Düşünüyorum, öyleyse varım" daha sonra ortaya çıkan ve akılcılığa vurgu yapan yorumlamayla (bir başka deyişle Kartezyen ruhla) karıştırılmamalıdır. Descartes, insanların yalnızca kılı kırk yararcasına düşündükleri ya da seçmeli ders olarak ileri düzeyde felsefe aldıkları zaman varolabileceklerini kast etmemişti. *Cogito*, türlü türlü etkinliklerden söz ederken ima edilen "Hissediyorum, öyleyse varım" ya da "Duvar tenisi oynuyorum, öyleyse varım" gibi bir değer yargısı değildi. Bu söz, kişinin başka her şeyden şüphe duyduğu durumlarda varolduğundan kesinkes emin olabileceği bir gerçeklik öne sürüyordu sadece. Bu söz, bütün belirsizliklerden kurtulduktan sonra tek bir geri dönülemez doğruyla başbaşa kalmanın ve bu önerme aracılığıyla başka doğrulara varmanın önünü açıyordu.

Aşk için doğru ölçütler bulma arayışı da buna benzer bir yol izliyordu. Şüpheci olmanın aşktaki karşılığı, herkesin kabul ettiği itkileri (güzel, güçlü, zeki ya da zengin olmak gibi) yüzeysel ve yanılsamalı bulmaktı. Bu itkiler, kişinin bir başkasının aşkında arayabileceği o geri dönülemez öğeleri içermiyordu; bu itkilerin kapsamındaki şeyler zamanla ya da kötü talih sonucu yok olabilecek şeylerdi.

Bu noktada, Descartes'ın da sözünü ettiği ama çok fazla derinine inmediği bir sorun ortaya çıkıyordu: Kişi kesin bir doğru ya da tek bir doğru aşk ölçütü bulabilmek için bu kurtulma işlemini gerçekleştirdiğinde geriye kalan yanıt o kadar açık seçik oluyordu ki yeni bir belirsizliği doğuruyordu. Descartes her şeyden şüphe etmiş ve sonunda düşündüğü gerçeğinden şüphe edemeyeceğini fark etmişti; bu kesin doğru iyiydi hoştu da Descartes'a doğruluğun doğası hakkında hiçbir ipucu vermiyordu. Öyleyse Descartes bu yanıtı ne yapsındı? Nereye uygulasındı? Bu yanıtın doğru olduğu su götürmezdi; fakat aynı zamanda bilginin peşinde sürdürülen yolculukta bu yanıta yer olmadığı da tartışılmaz bir gerçekti.

Alice bütün bu kısa ömürlü aşk ölçütlerini kapı dışarı ettiğinde geriye ne kalıyordu? Güzelliğini, zekasını ve mal varlığını bir kenara koyduğunda sevilmesi için ne kalıyordu ona?

Tıpkı Descartes gibi, çok da fazla bir şey kalmıyordu.

Salt bilinç, salt bir varlık özü, bir de yalnızca varolduğu gerçeği için sevilme tutkusu.

Hiç şüphesiz Alice makyaj malzemeleri satın almayı sürdürdü.

SEYAHAT

Ekim ayının sonlarına doğru Alice'le Eric Noel'de seyahate çıkmaya karar verdiler. Londra'daki acımasız sonbahar yağmurları, erken inen akşamlar ve keskin rüzgarlar onları doğal olarak daha ılık iklimlere yöneltti; bu yüzden de Uzak Doğu'yu, Tayland ve Hindistan sahillerini, Polinezya adalarını, Mauritius ve Seychelles'i kapsayan broşürlere baktıktan sonra Karayib Denizinde Barbados adasında bir otelde karar kıldılar. Broşürde, otelin "rahat" bir atmosferi olduğu ve "konuklarına her türlü modern hoşluğu sunduğu" yazılıydı, fiyatlar da broşürde anlatılanları doğruluyordu.

Alice'le Eric'in gözünde bu Noel tatilinin hayali tıpkı bir efsane gibiydi: Bu tatil, sorunları varsa, onları bu sorundan uzaklaştıran bir gelecek hayali gibiydi. Eğer sıkıntı, sinir bozukluğu ya da endişe içindeyseler ve eğer gerçek meselelerden söz edecek güçleri yoksa, bu tatil hayali imdatlarına yetişiyor ve onları tedavi ediveriyordu. Alice ne zaman son günlerde çok az kitap okuduğunu düşünecek olsa tatil için hazırladığı "kitap yığınına" bir yenisini ekliyordu; oluşan kitap yığını öylesine büyüyordu ki altından kalkabilmesi için bir yıllık tatile çıkması gerekti. Eric ne zaman son günlerde çok az spor yaptığını düşünecek olsa broşürün deyimiyle "pastoral turkuaz sular"a daldığını hayal ediyor, böylece fazla kiloların verdiği suçluluk hissinden sıyrılıveriyordu. Her ikisinin de son günlerde işleri başlarından aşkın olduğundan birbirlerine pek az zaman ayırabilmişlerdi; bu yüzden bu tatili (broşürde de şık bir sözle anlatıldığı gibi) "birbirlerini yeniden keşfedebilme" fırsatı olarak görüyorlardı (nitekim seçtikleri otel, bu konunun anlam ve önemini vurgulayabilmek için broşüre verandada şampanya kadehlerini kaldıran yaşlı bir çiftin fotoğrafını koymayı ihmal etmemişti).

Seyahatle ilgili her şeyi en ince ayrıntısına kadar planladılar: güneş sütleri, tişörtler, güneş gözlükleri, sandaletler, plaj çantaları ve romanlar satın aldılar. Yaptıkları hazırlığı gören, aylarca geri dönmeyecekler sanırdı. Hazırladıkları kocaman valizlerin büyüklüğü, sonsuza dek uzaklaşma isteklerinin bir simgesiydi sanki.

Zaman –ne şekilde geçtiği, akışından alınan keyif ölçüsünde değerlendirilen zaman– geçmek bilmiyordu sanki; fakat sonunda tatilin başlayacağı sabahı, o çoktandır beklenen Aralık sabahını teslim etti. O sabah her ikisi de tatil coşkusuyla uyandılar; şakalaşarak, gülmek istemekten başka hiçbir neden olmadığı halde birbirlerini güldürerek hava alanına vardılar. Hava alanından birkaç ıvır zıvır daha satın aldıktan sonra uçağa bindiler. Birdenbire yakınlaşmışlardı; ilişkiye dair bütün o şüpheler ve sorgulamalar uçup gitmişti. Bir kez daha birbirlerini eğlenceli bulma ve aralarındaki sürtüşmeyi azaltma isteği duymuşlardı. Eric Alice'e valizlerinden birini taşımayı teklif etti, Alice de ona 'Kitaplarımdan birini okumak ister misin?' diye sordu. Uçak havalandığında ellerini birbirine kenetlenmiş bir halde buldular, yeni dünyayı keşfetmenin Kolomb'a verdiği coşkuya benzer bir duyguyla birbirlerine dokundular.

"Bir kaç saat sonra dünyanın öteki ucunda olacağımızı düşünmek ne kadar heyecan verici, değil mi?" dedi Eric.

"Bana hâlâ bütün bunlar inanılmazmış, hepsi bir rüyaymış gibi geliyor."

"Uçaklar ne muhteşem, değil mi?"

"Hı hı."

"Düşünsene, bu uçağın büyüklüğü on tane evin büyüklüğünü aşar; ama gökyüzünde aldığı yol saatte beş yüz mil..."

Hoperlörlerden pilotun sesi duyuldu, nasıl bir rota izleyeceklerini duyurdu. M4 koridorundan geçerek Bristol'e doğru uçacaklar, sonra Atlantik'i boylu boyunca aşarak dokuz saat ve binlerce mil sonra Barbados'a ulaşacaklardı. Pencere kenarında oturan Alice, aşağıya, Londra'nın soğuk banliyölerine baktı.

"Tanrım, bütün bu şehri, bu korkunç caddeleri, bulutları ve yağmuru geride bıraktığım için nasıl da mutluyum."

"O kadar güzelsin ki seni yemek istiyorum."

"Öğle yemeğine kadar bekleyemez misin?"

"Hayır. Çok güzelsin, gerçekten. Sana bunu yeterince sık söylemediğimi biliyorum, ama inan çok güzelsin. Sen lezzetli mi lezzetli, tatlı mı tatlı, bol sulu, kıpkırmızı, tadına doyum olmaz bir karpuzsun."

"Delirmişsin sen...." diye kahkahalara boğuldu Alice. Sonra da Eric onu kendine çekip öyle bir öptü ki içi geçmiş bir hostesin bile gözleri birden faltaşı gibi açıldı.

Uçuş boyunca uyudular, uyandıklarında uçak denizin üstünden uçuyor, onlara koyu mavi suların yeşil derinliklerini daha yakından gösterebilmek için alçaktan ilerliyordu. Kısa sürede kat edilen binlerce mil, uçak Barbados'a vardığında gösterdi gücünü: Uçağın kapısı açıldığında yolcular, artan sıcaklığı, nemi ve havadaki deniz kokusunu birdenbire bütün ağırlığıyla hissettiler. Sanki büyülü bir yolculuğun sonunda bambaşka bir dünyaya varmışlardı; uzay modülü dev 747 hava alanı binalarının yanına bütün haşmetiyle inmişti; modülün sakin sakin dönüp duran türbin pervanelerine bakıldığında az önce tamamlanmış uzun yolculuktan eser yoktu. Palmiye ağaçlarının arasından bir uçtan bir uca tatlı bir rüzgar esiyor, birkaç bulut kümesi parlak gökyüzünde usul usul yolculuk ediyordu.

"Ne kadar da sıcak!" dedi Alice, uçak pistinde şaşkınlık içinde yürürken. Bir yandan da çıkarabildiği kadarıyla üzerindeki giysileri çıkarmaya uğraşıyordu.

Hava alanında iki ayrı kültür kıyasıya bir çelişki içindeydi: Bir yanda hırslı Batılıların gökyüzünde olabildiğince hızlı hareket edebilmek için inşa ettiği dev tüpler, öte yanda ise görece daha az gelişmiş Batı Hintlilerin inşa ettiği, büyük bir dinginlik ve sakinlikle havada süzülen ağaç dalları vardı. Saatte beş yüz mil hızla uçmuş olan yolcular, onca para ödedikleri ve onca zamandır bekledikleri tatillerinden bir dakikayı bile boşa harcamamak için hızla valizlerini almaya ve tatilin tadını çıkarmaya çalışıyorlardı. Hosteslerin zaman kavramı yolcularınkinden tümüyle farklıydı; bugüne yetişmeyen bir iş pekala ertesi güne bırakılabilirdi.

"Şu Allahın belası yürüyen bant ne zaman çalışmaya başlayacak?" diye öfleyip püfledi Eric.

"Sakin ol" dedi Alice, yerel aksanı taklit ederek. Bir yandan da hava yolunu tanıtan bir broşürü sallayarak serinlemeye çalışıyordu.

Hava alanında onları bir minibüs karşıladı; adının David olduğunu söyleyen şoför onları adanın kuzeybatı yakasındaki otele götürdü. Radyodaki DJ, Noel şarkılarının rap uyarlamalarından örnekler sunuyor ve dinleyenlerine mutlu bir tatil sezonu diliyordu. Mimarisi Britanya sömürgeciliği etkilerini taşıyan başkent Bridgetown'dan da geçtiler.

Caddeleri ve meydanları aşarak ilerledikçe şaşkınlığı daha da artan Alice, "Sadece dokuz saat önce Londra'da olduğumuzu düşünmek ne kadar heyecan verici, değil mi?" diye söylendi. Alışkın olduğu reklam panolarının hiçbiri ortalarda yoktu: Panolardaki ürünlerin hiçbirini tanımıyordu, sebzeler hiç görmediği kadar canlı ve yeşildi, eski arabalar ağır aksak, çukurlara gire çıka ilerliyorlardı. Ortalık tam bir renk cümbüşüydü: bahçeler portakal, pembe ve mor renkli begonviller ve gülhatmilerle doluydu.

Otele varınca arabadan indiler ve otelin lobisine girdiler.

Resepsiyonist, "Crusoe Oteli'ne hoş geldiniz" sözleriyle karşıladı onları; her zamanki işlemler tamamlandıktan sonra ana binanın tam karşısındaki bungalovlarına götürdü. Bungalov, denizdeki bir sörfün yavaşça kumsala yaklaşıp karaya oturmasının tatlı sesini duyabilecekleri kadar yakındı denize.

Mimari, iklim özelliklerini olduğu gibi yansıtıyordu; örneğin hiç düşmeyen hava sıcaklığı yüzünden bungalovlara pencere camı konmamıştı: koskoca iki camsız pencere, dışarıdan temiz hava girmesini sağlıyordu. İçeri ile dışarıyı katı kurallarla birbirinden ayıran Kuzeyli anlayıştan burada eser yoktu; panjura, kilide ya da çift cama da ihtiyacı yoktu buradaki insanların. Güvenilir, güvenen ve şüphe duymayan bir mimariydi bu, Alice bir kez daha Kuzeyli evlerin mezarı andıran özelliklerine karşı derin bir nefret duydu.

Eric ise bungalovun içine girer girmez bir klima aramaya koyuldu, ne de olsa pencereli ve klimalı evlerde yaşamaya alışkındı. Otel resepsiyonunu aradığında bölge civarında bu tür aletlerin kullanımdan kaldırıldığını öğrendi.

Alice üzerindekileri çıkardı, banyoda asılı bulduğu bir bornozu üzerine geçiriverdi ve verandaya çıktı. Ilık havanın teninde gezindiğini hissetti, çok değil, daha birkaç saat önce acımasız İngiliz iklimine karşı korunmak için sarıp sarmalanmış bedeninin bilincine vardı bir kez daha.

"Kumsala inmek ister misin?"

"Hayır, henüz değil, yapmam gereken birkaç şey var" diye yanıtladı Eric yatak odasından seslenerek.

"Tamam o zaman, ben gidiyorum, çok kalmam."

Valizini doğru dürüst açmadan içinden bir mayoyla bir de

havlu çekip çıkardı, sonra da uzun, beyaz kumsalın ve denizin yolunu tuttu. Kumlarda ayak izlerini bırakarak koşar adımlarla denize girdi, ayakları yerden kesildiğinde suyun dibine daldı. Ciğerlerine doldurduğu tertemiz hava, suyun dibinde uzun mu uzun bir yolculuğa çıkarmıştı onu. Koyun bir ucundan öbür ucuna yüzdükten sonra kumsala geri döndü ve havlusunu beyaz kumlara yayarak günün son ışıklarının tadını çıkardı. Bedeni yorgun düşmüştü (o anda Londra normal uykuya yatma zamanını aşmıştı çoktan), birkaç dakika kestirdi, bungalova geri döndü.

Döndüğünde Eric'in suratı beş karıştı.

Gözle görülür bu can sıkıntısının nedenini anlayabilmek için:

"Ne oldu sana?" diye sordu Alice.

"Bu oteldekilerin hepsi geri zekalı. Bilgisayarıma bir türlü bir modem takamadılar."

"Ne modemi? Modemi ne yapacaksın sen?"

"Bilgisayarı niye getirdim sanıyorsun?"

"Mektup yazmak için getirdiğini sanıyordum."

"Mektup da yazacaktım, ama asıl amacım onu prize takıp telefon ücretini aşağı çekmekti. Şimdi de tutmuşlar bana çalışmadığını söylüyorlar."

"Neyse canım, boş ver. Büyütülecek bir şey yok. Bir çözüm bulunur elbet."

"Hiç sanmam. Bir felaket bu. Üstüne üstlük duşun musluğu da doğru dürüst çalışmıyor."

Alice bir iç geçirdi ve yatağın kenarına oturdu. Seyahat ve seyahatin getirdiği değişimlere ayak uydurmak, alışkanlıklarını uzaklarda bırakmak Eric'e göre bir şey değildi. Londra'da onlara bu tatili pazarlayan turizm acentası, oteldeki bilgisayar modeminin telefon prizine uyacağını vaat ediyorsa, bunun böyle olması Tanrı'nın emriydi; eğer böyle olmazsa surat asmak gerekti.

Eric, bir köşede televizyonu diğer köşede bir çift telefonu, güvenilebilir bir resepsiyonu ve iyi bir temizleme sistemi olan otellerde kalmaya alışmıştı; banyodaki başıboş kılları ya da kireçli akan suyu görmeye tahammülü yoktu. Onun tercih ettiği oteller zinciri Transcontinental grubuydu, bütün büyük şehirlerde bu grubun bir şubesi mutlaka bulunurdu. New York'da, Hon Kong'da, Bombay'de ve Cape Town'da da birer halkası bulunan Transcontinentallerin lobisine ayak bastığınızda (konuşulan dili saymazsak eğer) hangi ülkede olduğunuzu anlayamazdınız. Bu otellerde her şey, farkları en alt düzeye indirmek ve konuklarına, dışarıdaki tarihi eserlere ve tapınaklara karşın dokuzu tuşlayarak oda servisinden bir kek ve bir espresso isteyebilecekleri güvencesini vermek için tasarlanmıştı. Bu anlayış, reklam sloganlarında açık seçik dile getirilmişti zaten: *Transcontinental'la dünyanın her köşesinde kendinizi evinizdeymiş gibi hissedeceksiniz.*

Yurtdışına seyahat edenleri iki gruba ayırmak mümkündür.

✈ *Turistler.* Sürprizden nefret eden bir kafa yapısına sahiptirler. Yeniliği severler, görkemli bir piramit ya da serinletici bir deniz hoşlarına gider, ancak tek koşulları gördükleri her şeyin beklentilerine yanıt verecek nitelikte olmasıdır. Şüpheden, belirsizlikten, düşüncesizce söylenmiş sözlerden nefret ederler. Kesin ve anlaşılabilir olan şeyleri sevdiklerinden günün mönüsünü yanı başlarında isterler; egzotik bir Hint yemeğini, egzotik bir duyguyu ya da meyveyi kolay kolay sindiremez, bunun yerine havalimanına varmadan gidecekleri yer hakkında peşin hükümlerde bulunmayı tercih ederler. Proust'un anlatıcısı, modern edebiyattaki en ünlü turist örneğidir: *A la recherche*'te* sayfalar boyunca Venedik'e gitme hayalleri kuran bu kahraman, hayallerini süsleyen şehri, sanattan ve edebiyattan edindiği izlenimler yoluyla kafasında oluşturmuştur. Ancak hayallerini öylesine büyük bir görkemle süslemiştir ki şehre gerçekten gitmeyi sürekli ertelemektedir; çünkü hayalinin gerçekle karşılaşmasından kork-

* Yazar, Proust'un *A la resherche du temps perdu* (Kayıp Zamanın Peşinde) adlı romanından söz ediyor. (ç.n.)

maktadır. Proust'un kahramanı bu haliyle, yabancı bir ülkeyi gezerken *Fodor* ve *Michelin*'in sayfalarından bir adım bile uzaklaşmayan bir turiste benzer.

✈ *Gezginler*. Peşin hükümde bulunmadan gezmeyi alışkanlık haline getirmişlerdir, düşünceleri var olan koşullarla çelişirse daha az hayal kırıklığına uğrarlar. Farkları, bilinmeyene karşı gösterdikleri yaklaşımdan kaynaklanır. Eric, elindeki fişin telefon prizine uymamasından kaynaklanan sürprizden nefret ediyordu; Alice ise kalacağı otelin broşürde yazılandan çok farklı çıkmasını, genelde kalmaya alışkın olduğu otellere benzememesini hiç mi hiç umursamıyordu. Eğer yerel gelenek bunu gerektiriyorsa sabah kahvaltısında mısır gevreği yemeyi bir kenara bırakıp kızarmış balık yiyebilirdi pekala; alışkanlıklarına darbe vurmak mutlu ediyordu onu.

Bütün bunları aşkla bağdaştıracak olursak: O gün Eric'in otel karşısında duyduğu hayal kırıklığına benzer bir hayal kırıklığı yaşadı Alice; aşk topraklarında bir turist olduğunun ayırdına vardı. Tıpkı bir turist gibi hayalini gerçekle buluşturma ve çitlerini aşıp sevgililer ülkesinde nelerle karşılaşabileceğini keşfetme merakından yoksundu. Her şeye sahip olduğuna inandığı adamın çok temel bazı özelliklerden, örneğin iletişim kuracak bir modemden yoksun olduğunu düşünmeye cesareti yoktu çünkü.

OKUMA MESELESİ

Kumsalda otururken şunu düşündü Alice: "Omuzlarıma altı numaralı kremden mi sürmüştüm, dört mü?" Cenneteki ilk güneş banyosuydu bu (Aden* kaybolmuştu ya, olsundu), Alice de yol yorgunu, hafifçe melankolik bir iç çekişle karşıladı onu. Hayat hiç de kolay değildi; cildi güneşten koruyan kremlerin sırasını ayarlamak, güneş ışınlarının açılarına göre şezlongun konumunu saat başı değiştirmek, bir sırt üstü bir yüz üstü uzanmak, "Saçlarım gerçekten sararıyor mu acaba" gibi kaçınılmaz umutların yarattığı gerilimle mücadele etmek ve ne zaman güneşi bir bulut kapatacak olsa önlenemez bir itkiyle saçlarının rengi açıldı mı diye bakmak hiç de kolay işler değildi hani. Deniz hafif bir yel üfürüyordu, otelin girişinde uzun boylu bir zenci, çitleri onarıyordu. Ama yapılacak iş çoktu. Alice walkman'ine uzandı ve bir kaset koydu. Ve şarkı başladı:

> Seni sevmek her zaman doğru değil bebeğim
> Ama seni sevmek, tek ışığım benim.

Alice'le Eric bir başka kıtanın zaman ritmine uyum sağlamakta zorlanmışlar, bu yüzden normalden çok daha erken bir saatte uyanmışlardı. Yanı başındaki ağaçlarda kuşların türlü türlü sesler çıkardığı ve gece yarıları tropik yağmurların palmiye yapraklarıyla kaplı çatısını dövdüğü bir odada kalmaya alışık değillerdi ne de olsa.

Eric'in yüz ifadesi düzelmişti, otelin terasında keyifli bir sabah kahvaltısı ettiler. Güneş tepeye vardığında, koyu birkaç kez boydan boya yüzmüşler, güneşlenmek için çoktan şezlonglarına dönmüşlerdi.

* Tevrat'a göre Yeryüzü Cenneti (ç.n.)

"Bana kitabımı uzatır mısın?" diye sordu Eric.

"Tamam. Nerede kitabın?"

"Çantamın içinde. Havlunun altında. Denis O'Donoghue."

Eric'in okuduğu kitapların yazarlarının adı genellikle Denis O'Donoghue gibi bir şey olurdu, yüzlerce sayfa ve tonlarca kilo ağırlığındaki bu kitapların baş kahramanı kendini pek mühim bir savaşımın içinde bulur, nükleer denizaltılarını yönetir, yabancı ülkelerdeki otellerde aşklar yaşar ve granit kanyonlardan aşağı helikopterle inerdi.

Alice, sohbet ne zaman okuma meselesine gelecek olsa "Süpermen'e entelektüel bir hava vermeye çalışan şu kitaplara neden bu kadar çok zaman ayırıyorsun?" diye sorar Eric'le dalga geçerdi.

Eric'in bu türden sorulara nükteli yanıtlar verdiği hiç görülmemişti, verdiği yanıt aşağı yukarı şöyle bir şey olurdu: "Çünkü bana göre bu kitaplar çok eğlenceli ve çok da hafif, niye herkes o canım zamanını bireyciliğe ve tamamen içebakışa dayalı boktan kitaplara harcıyor sanki?"

"Bu boktan kitaplar" sözü, Alice'in son zamanlarda sıkça okumaya başladığı ve buraya gelirken valizinin tonlarca kilo tutmasına neden olan kitaplara atılan bir taştı aslında. Söz konusu kitapların genellikle parlak bir kapakları ve *İçten Olmayı Öğrenmek, Senin Mutluluğun Benim Mutluluğum Demektir* ve *İyi Bir Aşk Eşittir İyi Bir Yaşam* gibi adları olurdu. Alice'in, özellikle aşkla ilgili konularda dilin kullanımına karşı çıktığını anımsayanlar, şimdi Alice'in bu türden kitapları okumasını garip karşılayacaktır. Ancak Alice'in son zamanlarda sezgisel anlayışa duyduğu inanç öylesine azalmıştı ki –tıpkı eninde sonunda un ve şeker oranlarına bakmak için yemek kitabına başvurmaya karar veren sezgisel bir aşçı gibi– son çareyi bu kitaplara başvurmakta bulmuştu.

İkisi de yanyana şezlonglarına uzanmış, biri *Kendini ve Part-*

nerini Tanımanın Bin Bir Yolu'nu, öteki de *Komando Operasyonu*'nu okuyadursun, bu manzara karşısında ister istemez iki ayrı edebi yaklaşım geliyordu insanın aklına:

🕮 *Kendinden kaçmak için okumak*

Eğer okur, Gizli Servis'in görevlisi olarak Balkanlarda onlarca yılını geçirmediyse, Kruschev yıllarında Moskova'da casusluk etmediyse, nükleer reaktörler konusunda ayrıntılı bilgiye sahip değilse, plastik bir bombayı nasıl etkisiz hale getirebileceğini bilmiyorsa ve Afrika silah ticaretine özel bir ilgi duymuyorsa, *Komando Operasyonu*'nu okurken kendi yaşamının anlamı ve yapısı üzerine derin düşüncelere dalmayacaktır. Kitabımızda buna benzer etkinlikler ayrıntılı bir biçimde tasvir edilmiş olmasına karşın, okurların yaşayacağı türden deneyimlere hemen hiç yer verilmez, yer verilse bile çok üstünkörü bir biçimde tasvir edilir. Okura, bir Uzi hafif mitralyözünü nasıl çalıştırması gerektiği ya da F-16 tipi bir uçakla uçarken cesaretsizlikle nasıl mücadele edeceği gibi konularda bilgiler verilir ama iş, yaşamdaki cesaretsizlikle nasıl mücadele etmek gerektiğine gelince, yazarımız duygusal ve fiziksel zayıflıklardan söz etmekten şiddetle kaçınır. Bunun yerine kahramanımız (tabloyu tamamlayan bir başka tasvir de Mac'le destroyer üzerine bilgi alışverişi yaptığı günden bu yana hiç traş olmamış olmasıdır) "Bernice'yi belinden kavradığı gibi o dolgun ve titreyen dudaklarından" öper ve "sert kalçalarını ani bir hareketle" sıkar.

Komando Operasyonu'nun dünyasında hiç kimse ölümden korkmaz, hiç kimsenin canı sıkılmaz ve kimse belirsizce ve nedensizce hüzünlenmez. Kolombiyalı uyuşturucu kaçakçılarına karşı düzenlenmesi gereken bir operasyon varken, engellenmesi gereken bir kaçırılma olayı orada dururken, hele hele Meclis Binaları'nın altındaki bombanın patlamasına yalnızca yirmi dakika kalmışken hiçkimsenin tırnaklarını yiyecek ya da telefon çalacak mı acaba diye telaşlanacak zamanı yoktur. İşin tuhafı, hiçkimse (T.S. Eliot'un "umutsuz yaşamlar" diye nitelediği gibi) bir banliyö treninden fırlatılan bir bakış yüzünden kendini belirsiz bir tatminsizliğin eşiğinde bulmaz; "Neden hiçbir zaman başıma ilginç bir şeyler gelmiyor?" ya da "Ölene kadar her şey bu teranede sürüp gidecek mi böyle?" ya da daha basit bir ifadeyle "Ne bok var da bütün bunları yaşıyorum ben?" gibi sorulara sürüklemez kendini.

Okurlar, buna benzer sorular sorarak başlarına bela açmaya eğilimlidirler, belki de böyle olması onlar için bir zorunluluktur (Montaigne'in de dediği gibi herkes ölmek zorundadır ve ölüm herkesi bir çeşit filozof olmaya zorlar), ancak *Komando Operasyonu*'nun okurları içebakışın ezası ve cefasından kurtarırlar kendilerini.

Eric çok kitap okuyan biriydi, buna karşın bu etkinliğin merak öğesinden yoksun olduğunu söylersek ona haksızlık etmiş olmayız. Onu kitap okumaya iten neden, bilmediği şeyleri keşfetmek değildi, aksine bilmediği şeylerin içine düşmeyi engelleyebilmekti. Peşinde olduğu şey tutarlılık da değildi, eğer bir şeyden korkuyorsa okumak isteyeceği son şey, korkusunu dile getiren bir kitap olurdu. Afrikalı bir silah kaçakçısının, onu takip eden birinci sınıf bir sahil korumadan kaçarken yaşadığı korkuyu okumak hoşuna gidebilirdi belki, ne de olsa söz konusu olan kendi korkusu değildi.

Komando Operasyonu gibi kitaplar gerilim dolu kitaplardı ancak psikolojik ve kişisel göndermelerin kıyısından bile geçmeyen, güvenli bir gerilimdi bu. Eric, Güneydoğu Asya'daki bir gerilla çarpışmasını okurken heyecanlanabiliyor, ancak daha yakınındaki ve eşit karmaşıklıktaki çelişkileri çözmek için hiçbir heyecan duymuyordu. Kendini sorgulama ve kendini gözlemleme sürecinin hiçbir amaca hizmet etmediğine inanmıştı hep; ona göre bu süreçlerin insanlığın genetik yapısında ayakta kalmış olmalarının tek nedeni, tıpkı dalak ya da apandisit gibi evrimin acizliğine uğramış olmalarıydı.

Alice'in de okuma alışkanlığı konusunda Eric'in izinden gideceğini düşünenler olabilir. Ama hayır, Alice her ne kadar gündüz düşlerine düşkün olursa olsun, aramaya devam ediyordu. Sorunları merakını öldürmemişti.

Düşünülecek sorunları olacak kadar karışmıştı kafası; ancak sorunlarının hiçbirini düşünemeyecek kadar karışmamıştı.

Kendini bulmak için okumak

Kitapların, okurlarına etten kemikten bir konuşmacının yaptığı gibi doğrudan hitap edebildikleri çok seyrek görülmüştür, ancak buna karşın bizimle "konuştuğu" izlenimine kapıldığımız kitaplar da yok değildir. Bu kitaplar bizleri alıp roketlere bindirip kara deliklere seyahate çıkarmazlar; galaksiler arasında seyahat etmenin vereceği hazzı bir kenara bırakıp daha insani ve daha kişisel boyutlardaki durumların ve akıl haritalarının peşine düşerler. İlk öpücük, açlık, soğuk bir sonbahar gününün kasveti, toplumdan uzaklaşma, kıskançlık, can sıkıntısı duygusu: Bütün bunlar, becerikli ve dürüst bir yazarın kaleminde bize kendini tanımanın müthiş heyecanını yaşatır. Yazarın kullandığı sözcükler zihnimizde öyle bir ortam canlandırır ki daha önce bütün bu anlatılanlar başımızdan geçmiştir ancak bütün bunları yaşayan tek insanın biz olduğunu düşünmüşüzdür. Okurla kitap arasındaki ilişki, ortak yanları keşfetmenin verdiği şaşkınlığı yaşayan iki sevgilinin ilişkisine benzer; okur aniden kitabı kapatır ve "Tanrım, bu dünyada tıpkı benim gibi hisseden biri daha varmış!" diye haykırır, "Bu duyguya kapılanın yalnızca kendim olduğunu düşünmüştüm..."

Ve karanlık kırlarda ağır aksak ilerleyen bir tren vagonunda ya da bir gece uçuşunda seyahat etmekte olan okur, bir an için bile olsa kendi yalnızlığından sıyrıldığını hisseder. Yalnız olmadığını, bir bedenle, bütün bir insanlıkla bağlantılı olduğunu fark eder ve yakınındaki diğer yolcuları ani bir hoşgörü ve sempatiyle anlamaya, daha önce yolcu diye es geçtiklerini birdenbire sevmeye başlar; bir an için bile olsa kendisiyle başkaları arasında farklılıktan çok benzerlik bulunduğu hissine kapılarak mutlu ve hoşgörülü olur.

Alice'e gelince, o Karayibler'deki şezlongunda yatarken büyük bir edebiyat yapıtı tüketmek gibi bir sürecin içinde değildi. *Kendini ve Partnerini Tanımanın Bin Bir Yolu* adlı kitapta, klasik ögeler yoktu. Cümleler küttü, doğrudan ve kabaca yapılandırılmış bir söyleyişleri vardı. Kitabın yazarı her fırsatta nesnel bir bakış açısı olduğunu ima ediyor ve okurla dostane, sıkı fıkı bir ilişki kurmayı amaçlıyordu; bu amaçla okura "*Annenizin kucağında otururken bu düşüncelerin aklınızdan geçtiğini anımsıyor musunuz?*" veya "*Beğendiğiniz insanların sizi beğenmediği hissine kapıldınız mı hiç?*" gibi sorular yöneltiyordu. Ancak *Kendini ve Partnerini Tanımanın Bin Bir Yolu* bununla da kalmıyor, ahlaki bir görev bilinciyle hareket ediyordu: Okurunun yaşamını kökünden değiştirecek bir şeyler söylemek ve bunu yaparken klasik felsefenin, büyük ahlak yapıtlarının anlaşılmazlığına düşmemek. Kabalığın doruk noktasında yazar, okuruna, bir araba kullanım klavuzunun doğrudanlığıyla "*Buna benzer bir deneyimi bir kez daha yaşayacak olursanız, partnerinize o anda aklından neler geçtiğini sormayı unutmayın...*" gibi tavsiyelerde bulunuyordu.

Söylemek istediği şeyi doğrudan "söyleyen" edebiyata yöneltilmiş çok haklı eleştiriler vardır. Stendhal, yazarın kendi düşüncelerine romanında doğrudan yer vermesini, bir konser salonunda silahını ateşlemeye benzetir. Konser salonunun/romanın o narin dünyasının dışındayken bile tavsiyelerin üstü kapalı bir biçimde ifade edilmesinin en doğru yol olduğu düşünülür, üstü kapalı ve soyut bir biçimde dile getirilen tavsiyeler Sartre felsefesi, simgeci şiir ya da İskandinav sinemasının niteliğine kavuşur.

Stendhal'in terimleriyle düşünecek olursak, Alice'in okuduğu kitabın yazarı değil konser salonunda silah ateşlemek, bütün salonu makinalı tüfekle tarıyordu; çünkü Alice'in en son okuduğu bölüm, "Potansiyelinizi Keşfetmek" başlığını taşıyordu. "*Birçoğumuz, kendimizi tümüyle ifade etmemize izin vermeyen bir yaşam sürüyoruz. Söylemek ve yapmak istediğimiz şeylerle dolup taşıyoruz, ancak isteklerimizi gerçekleştirme fırsatını bir türlü yakalayamıyoruz....*"

Alice için bir kitabın okunmaya değer olabilmesi için yaşamına bir yön vermesi gerekiyordu. Yani Alice, edebiyat eleştirmeninin gözünde bir okurun işleyebileceği en büyük günahı işlemiş oluyordu: Okuduğu kitaptan bir fayda sağlamaya çalışıyordu. Her şeyden önce okurun kitaptan hiçbir şey beklememesi gerekirdi, kitaplar herhangi bir *amaca* hizmet etmezdi, elektrikli süpürgelerin ve yağ pompalarının bir amacı olduğu kesindi ancak sanatın sanat için var olduğu tartışma götürmez bir gerçek değil miydi (mi?)? Nabokov, kitaplardan bir şeyler öğrenmek (bir şeyler öğrenmek!!) amacıyla kitap okuyanlarla dalga geçer dururdu. Bir insanın havyara duyduğu isteği söndürmeye çalışmak kadar gülünç bir şey olmaz mıydı bu?

Ancak Alice, kitap okumaya haftada yalnızca birkaç saat ayırabiliyor, bu yüzden yalnızca kendi meseleleriyle ilgili kitaplara yöneliyor, kitaptaki durumları ve tasvirleri çok fazla çaba harcamadan kendi maddi ve sosyal koşullarıyla ilişkilendirebilmek istiyordu. Onu "can damarından" vuracak kitapların peşindeydi; bir başkasının yazdığı satırlar, o güne kadar hissettiği ama ifade edemediği duygularının kaynağına ve on ikiden vursun istiyordu. Aradığı şey, kendi deneyimlerinin bir başkasının yazdıklarında daha usta bir dille telaffuz edilmesiydi. Yazarla arasında fiziksel bir benzerlik olması şart değildi (Londra'da yaşıyorum diye Barselona'da geçen bir kitabı bir köşeye atmıyordu ya da kadınım ben diye erkek yazarların kitaplarını okumayı reddetmiyordu), psikolojik bir benzerlik olması yeterliydi. Onu yakalayan bir başkasının öyküsüydü ama anlatımda aydınlanacak olan (ne kadar dolaylı da olsa) kendi öyküsünün ta kendisiydi.

Bu anlamda Alice, Eric'e göre çok daha benmerkezciydi. Eric'in kendine olan ilgisi (buradaki "kendi", "Kendini bil" sözündeki kendi'ydi) sürekli olmadığı için, Kenya'nın balta girmemiş ormanlarında zorlu safarilere sürüklendiği, Amazon'u aşan gemi seyahatlerine katıldığı ya da Kuzey Kutbu'nda balonla uçtuğu zaman, benliğinin dağıldığı ya da kaybolduğu hissine kapılmıyordu Eric. Ancak Alice, bilgisinin sınırlarını bu derece zorlayan durumlara atamıyordu kendini. Filanca kişinin çocukluğunu ve Sunderland'de yetişmesini anlatan "cüretli" ve "güçlü" bir yaşamöyküsü hiç mi hiç ilgisini çekmiyordu; Güneyli zengin bir ailenin on nesil boyunca süren "sarsıcı" ve "kolayca okunan" öyküsü ya da New York'da bir barda eşcinselliğini keşfeden bunalımlı genç adamın "buruk" yaşamöyküsü hiç umurunda değildi.

Alice "kendini bulmak" istiyordu. Bu ifade ona aitti; kafa karışıklığı ve biraz da cehalet yüklü bir ifade olmasına karşın Alice'in okuma tutkusunun nedenini çok iyi özetliyordu. Duygularının kökenine inmek istiyordu, neden sevdiğini ve ne diye nefret ettiğini, neden mutsuz, neden mutlu olduğunu, kadın olmanın ne demek olduğunu, erkek olmanın ne anlama geldiğini, iki kişinin nasıl iletişim kurmaları gerektiğini ve neden hiçbir zaman iletişim kuramadıklarını anlamak istiyordu. Kendi deneyimlerine ışık tutabilecek karakterlerle dolu öykülerin peşindeydi; bu karakterler gündelik kargaşanın içinde aşkı arayan ve genelde şansları yaver giden ve sonunda mutluluğu yakalayan tiplerdi.

"Kendini ve hatta beni bulma aşamasına gelmeden önce, bir pina colada içmeye ne dersin?" diye sordu Eric, şezlongunda doğrulup güneş gözlüklerini ve kaşlarını kaldırarak.

"Harika olur derim" diye yanıtladı Alice. *Kendini ve Partnerini Tanımanın Bin Bir Yolu*'nu bir kenara bıraktı.

"İyi o zaman. Ben bara gidiyorum. Hemen dönerim."

Eric'in sahil boyunca yürüyüşünü ve kaslarının üzerinde hafifçe belirmiş olan güneş yanığını seyretti uzun uzun.

Çok değil, yalnızca bir dakika önce Eric'le ilişkisinin elindeki rehber kitapta anlatılan ideal ilişkiden ne kadar da uzak olduğunu düşünmüşken şimdi, ironik bir biçimde, Eric'in ne kadar da çekici olduğunu geçirdi aklından.

PÜRNEŞECİLİK

Eric şeftali biçiminde iki bardakla döndü, bardaklar krem rengi bir içkiyle doluydu ve iki minik turuncu şemsiyeyle süslenmişti.

"Barmenle sohbet ettik. Çok tatlı bir herifti, adı RJ. Anlaşılan sık sık balığa çıkıyor, dün bir tane iskarmos yakalamış, onu anlattı."

"Sahi mi."

"Bir de galiba sahilde büyük bir yılbaşı partisi verilecekmiş, dans edilecekmiş, şık giyinip gidilecekmiş, falan filan."

"Hım."

"Ne güzel, değil mi?"

"Evet, tabii."

"Mmmm... Ne güzel içki bu böyle, içtiğim en leziz pina colada bu olmalı. Sen de beğendin mi?"

"Evet, güzel. Yalnız biraz fazla tatlı."

"Cidden mi? Yoo, bence hiç de öyle değil."

"Bana göre biraz fazla tatlı."

"Hiç de değil. Bence tam kıvamında."

"Neyse canım...."

Alice bir anda suratını astı ve bu da Eric'in gözünden kaçmadı.

"Ne oldu şimdi?"

"Hiçbir şey. Sadece düşünüyorum."

"Her şey muhteşem. Sahil, otel, her şey."

"Hı hı."

"Burada mutlu olamayan biri budalanın tekidir, sence de değil mi?"

"Aslına bakarsan duruma göre..."

"Bence bu tatil başından sonuna büyük bir mutluluk kaynağı bizim için."

"Henüz bitmedi ama."

"Biliyorum, ama bunu şimdiden söyleyebilirim."

İlk akşam yaşadığı modem krizinden sonra Eric pürneşe bir ruh hali içine girmişti. Ona göre her şey "muhteşem"di, "harika"ydı, "çok keyifli"ydi ve "mükemmel"di. Alice güzeldi, hava daha iyi olamazdı, yemekler lezzetliydi, otel birinci sınıftı, burası tam bir cennetti.

Doğum günleri, şenlikler, partiler ya da düğünler gibi mutluluğun bir önkoşul olduğu özel günlerden önce Alice'i bir telaştır alırdı. Mutlu olma baskısıyla karşı karşıya geldiği durumlarda mutlu olmak zor gelirdi ona, bir şeyin muhteşem olduğunu düşünmeye başlamadan önce çok kötü olduğunu beyan etme şansına da sahip olmak isterdi. Birinin ona mutlu olması gerektiğini söylemesi kadar onu üzen şey yoktu belki de.

Eric ise iyi bir tatil geçiren mutlu bir adam olduğuna inandırmıştı kendini, bu yüzden mutluluk dışında herhangi bir duyguya yer olmadığını düşünüyordu. Başta birtakım tatminsizlikler yaşamış olabilirdi, artık bu türden ayrıntılarla kafasını bulandırmayacak, özünün çizdiği o kendinden hoşnut imgeye ters düşen şeylere prim vermeyecekti.

Alice'in sorunu tek bir noktada odaklanmıyordu, çünkü sorun her ne kadar Eric'le birlikte olmaktan hoşlansa da, birtakım şeylerin kötüye gitme olasılığını kabullenmeye hakkı olduğunu ona söyleyemiyordu Adanın cennetten farksız olduğunu kabul edebilme potansiyeli, adanın rezil bir yer olduğunu düşünebilme fırsatını yakalamasına bağlıydı.

Ancak Alice'in bu fırsatı yakalaması zordu.

O gün öğleden sonra gittikleri akvaryumda yılan balıklarına bakarlarken Alice'teki tatminsizliği sezinleyen Eric,

"Neyin var senin?" diye sordu.

"Hiç. Biraz yorgunum, hepsi bu."

"Ama dün gece tam on iki saat uyuduk."

"Haklısın, şimdi geçer."

Alice, arkadaşı Suzy ile sevgilisi Matt'in buna benzer sorunların üstesinden gelişine hayrandı. Şiddetli ayrılmalar ve tutkulu barışmalarla dolu, fırtınalı bir ilişkileri vardı. En ufak bir öfke kıvılcımıyla birbirlerini ateşli kavgalara sürüklerler, korkunç suçlarla yargılarlardı: "Seni piç kurusu" derdi Suzy, "Bütün gece o hatuna kur yaptın." "Ya sen, sen o herife az mı cilve yaptın, saman altından su yürüten, ikiyüzlü orospu" diye yanıtlardı Matt, sonra da kapıyı çarparak çıkardı.

Alice bu sahnelere ilk tanık olduğunda doğal olarak oldukça telaşlanmıştı, birbirine bu şekilde bağıran iki kişinin sonunun pek de hayra alamet olmadığını düşünmüştü. Ancak çok kısa bir süre sonra Suzy Alice'e dönüp "O, yaşamımda gördüğüm en tatlı, en sevimli melek" deyiverirdi: Daha on dakika önce onu suçların en ağırlarıyla yargılayan kadın o değildi sanki. Çift önce öfkeye boğulurdu sonra da aşka, her ikisinin de gelip geçtiğini kabul etmek onlara hiç de zor gelmezdi.

"Romeo ile Juliet'in ilişkisi bizimkinin yanında pek sessiz sakin kalır" demişti Suzy, "önce birbirimizi yeriz, iki dakika sonra kucaklaşırız. Ama tam bir takımız biz, gerçekten öyleyiz."

Tutkuyla ayrılmaya sonra da barışmaya dayalı olan bu senaryo, o içten içe hissedilen aşkını kaybetme korkusuyla başa çıkabilmenin bir yoluydu belki de, gerçek dram tehlikesinden uzaklaşabilmek için tiyatroculuk oynamaya benziyordu. Tabu bir sözcüğün etkisinden kurtulabilmek için onu her fırsatta dile getirmek gibi bir şeydi bu. Suzy bir ayrılıp bir barışarak bu deneyimi daha aşina ve daha kolay katlanılabilir bir hale getirmiş oluyordu: Böylece ilişki, ilişkinin sonu düşüncesini de bünyesinde barındırıyordu – kalp hastalarının, vücut bozukluklarını mimle taklit etmek ve gülmek yoluyla ölüm korkusundan sıyrılmaları gibi.

Alice, Eric'le buna benzer bir ilişki kurmanın hasretini duyardı. Otelde geçirdikleri ilk gece tartışmışlardı; ancak bu tartışmanın, leziz pina coladaların kol gezdiği ve zamanın iyi geçirilmesi gerektiği bir bağlamda yüksek sesle ifade edilmesi beklenemezdi. Eric'in kendine ve ilişkisine dair nostaljik bir bakış açısı vardı; bu da dürüst bir hafızanın yol açabileceği kaçınılmaz zorlukların önünü kesiyordu.

Öyleyse Eric, *pürneşecilik* diye adlandırabileceğimiz psikolojik olgudan muzdaripti, tatil köyünde bu olguya kurban gitmiş tek kişi o değildi.

Otelin yemek salonundan sorumlu olan Kuzey Amerikalı yemek şirketinin elemanları, en göze çarpan örneklerdendi.

O gece Alice'le Eric restorandaki yerlerini aldıklarında:

"Merhaba çocuklar, bugün nasılsınız?" diye sordu bayan garson, "Adım Jackie, bu gece yemek istediğiniz her şeyi ben sunacağım size."

"Teşekkürler" diye yanıtladı Alice, karşılık olarak kendisinin de adını söylemesi gerekir mi diye tereddüt etti bir an.

"Bugünün spesiyalleri kalamar, levrek ve kocaman bir istakoz."

Jackie'nin yüzünde öyle bir gülümseme vardı ki her bir yemeği açıklarken bir zafer yaşıyor sanırdınız, yüz kaslarının bu mucizevi gücü kaybolacak olsa yüzünde korkunç bir acının ortaya çıkacağı izlenimine kapılırdınız.

Mutluluk içeren bütün duygulanımlar her zaman insanların hoşuna gitmiştir ancak pürneşecilikle mutluluğun bir tutulamayacağını da hatırlatmak gerekir. Mutlu bir ruh, *tercihi bu yönde olduğu için* gülümsemektedir, güneşin batışı ya da sevgilisinin az önce aramış olması onu mutlu etmiştir; oysa pürneşeciler *zaten mutsuz olamayacakları için* mutludurlar; çünkü iyi ile kötünün bir arada var olabileceğini algılama yetisinden fena halde yoksundurlar.

Jackie'nin gülümseyişini ayakta tutan enerji işte tam da bu katı kararlılıktan kaynaklanmaktadır. Aynı şekilde Eric'in yemek boyunca defalarca söylediği (oysa kaldırıp kafasını bir bakacak olsa kız arkadaşının yüz ifadesinden hiç de kendisi gibi olmadığını anlayacaktı) "Ne harika bir istakoz bu!" ya da "Yaşamımdaki en güzel tatil bu!" gibi sözlerin ardında da bu kararlılık yatmaktadır.

Alice'le Eric tatil sırasında Bob ve Daisy adında Miami'li bir çiftle arkadaşlık kurdular. Eric, adamla faks odasında tanıştı, her ikisi de ofisten gelen materyali bir araya getirmeye çalışıyorlardı. Daisy de Bob da avukattı, adaya üçüncü evlilik yıldönümlerini kutlamak için gelmişlerdi (birtakım çevrelerin ölçütlerine göre kutlanmaya değer bir başarıydı bu). Bir yıl önce İngiltere'ye gitmişler ve kendilerini İngilizsever ilan etmişlerdi, Alice'le Eric'in ağzından çıkan her sözü ilgi ve hayranlıkla dinliyorlardı.

Bob, önüne geçilemez bir enerjiyle dolup taşıyordu: Gündüz sahilde basketbol maçları, akşamları ise masa tenisi ve satranç turnuvaları düzenliyor, komşu adalara gezilere ve uzak kayalıklara scuba dalışlarına katılıyordu. Ne onun ne de karısının tek boş günü yoktu, Eric onları oteldeki en eğlenceli çift ilan etmiş ve ileride Amerika'ya gidecek olursa görüşmek isteyeceği insanlar olduklarını söylemişti.

Alice, Bob'un gülümsemesini Jackie'ninkine benzetip dalga geçmeye kalkışınca Eric küplere bindi.

"Neden hep insanlara böylesine şüpheyle yaklaşıyorsun? Neden yalnızca onları sevmeyi ve onlar sana nasıl davranıyorlarsa öyle davranmayı denemiyorsun?"

"Ben onlara kaba davranmadım, yani aslında, şey, tek söylediğim, her zaman çok mutluymuş gibi görünüyorlar. Bugün Daisy'ye nasıl olduğunu sordum, bana 'O kadar iyiyim ki anlatamam...' diye yanıt verdi."

"Seni anlamıyorum, neden bu kadar tatsız olduğunu da bilmiyorum."

Dedikodu, güven duyulan insanlarla gerçekleştirilen bir eylemdir: Kişi, karşı çıkışını anlayabileceğinden emin olduğu insanlarla dedikodu yapar. Kafa kafaya verilerek yapılan bir etkinliktir; iki kişi ana gruptan ayrılır ve dedikodu malzemesini önlerine yayarlar: "Ne garip kadın, değil mi?" "Sence de çok soğuk bir adam değil mi?" "Takma kirpiklerini gördün mü?" "Kafasındaki peruk ne komikti" ya da "Bu kadar parayı nereden bulmuş bu kadın?" Öyleyse, Eric'in, Alice'in yorumlarına ortak olmayı reddetmesi simgesel bir güven sapmasını temsil etmektedir, "Yeni arkadaşlarım Bob ve Daisy'ye sana duyduğumdan daha çok güven duyuyorum. Güvenim artık başkalarına kaymış olduğundan seninle bu konuda dedikodu yapamam"ı ima etmektedir.

Yılbaşı gecesi, sahilde kocaman bir barbekü partisi düzenlendi ve oteldeki konukları eğlendirmek için bir reggae grubu getirildi. Yönetim, gecenin kıyafet balosu şeklinde düzenlenmesine karar vermişti, konuklar rengarenk kıyafetleriyle koca sahil ateşinin çevresinde dolanıp duruyorlardı. Bob'la Daisy karma bir din ve cinsiyet tablosu çizen Hint kostümleri giymişlerdi, her ikisinin de üzerinde Sikh türbanları, yeşil taştan insan figürleri ve sariler vardı, Eric ise bir Hawaii eteği ve gömleği giymişti. Alice bir köşeye oturup ateşin etrafında dansedişlerini seyretti, kol kola girmişler, bacaklarını bir ileri bir geri sallayıp duruyorlar, Fransız usulü kan kan dansı yapıyorlardı.

Alice'in ateş etrafında şarkı söyleyen konuklara katılmamasının nedeni, bu gibi durumlarda bir çeşit Nuremberg kompleksine kapılmasıydı. Böyle durumlarda mutlu mutlu şarkı söyleyen insanlara dalıp gider, "Jingle Bells"le "Deutschland über alles"in arka arkaya söylenişi onu hayrete düşürürdü.

Bob Alice'in yanına geldi; çakırkeyif bir ses tonuyla:

"Haydi şekerim, sen de dans et" dedi.

"Çok naziksin, Bob, ancak henüz canım istemiyor."

"Hadi tatlım, neden?"

"Aslına bakarsan, Londra Balesi'yle yaptığım anlaşmayı ihlal etmiş olurum. Onların izni olmadan kamu önünde dans edemiyorum ne yazık ki."

"Londra Balesi'nde balerinsin, öyle mi?"

"Evet, tabii, bilmiyor muydun?"

"Hiç bilmiyordum."

"Tabii."

"Hah, hah! Benimle dalga geçiyorsun, öyle değil mi?"

"Sen de inandın ama."

"Hah! Siz İngilizler! Çok komik oluyorsunuz."

Pürneşecilerin işe yaramaz insanlar oldukları düşünülmemelidir: Onların hevesi ve bitmek bilmeyen enerjileri sayesinde nice yılbaşı partisi ve başka birçok parti düzenlenmiş, eğlenceler zenginleşmiştir. Pürneşeci mizahın bir özelliği, grubun belli düzeydeki bir ciddiyeti koruyor olmasıdır, Scout hareketinin pürü pak neşesinde ya da okulun hokey takımında bu ciddiyeti gözlemlemek mümkündür.

Alice'in Londra Balesi şakası inandırıcılıktan oldukça uzak olduğu halde Bob'un Alice'in ironi yaptığını akıl etmesi belli bir zaman almıştır. Pürneşeciler birçok şeyi komik bulurlar; ancak hiçbir zaman komik bulmayacakları bir şey varsa o da kendileridir. Meşgul oldukları etkinlikleri büyük bir başarı ve ciddiyet içinde yürütmeye yürekten bağlıdırlar, bu yüzden ironik yönleri törpülenmiştir.

Muza basıp kayan biri karşısında katıla katıla gülerler ancak kendilerinin ya da yaptıkları eylemlerin kusursuz olmadığını ve hatta kimi zaman absürd bir boyuta vardığını beyan etmeye, kendilerini eleştirmeye hiç mi hiç yanaşmazlar.

Her ikisi de pürneşeci olan Eric'le Bob'un mizahtan tümüyle

uzak oldukları düşüncesi, o öğleden sonra bilgisayarlar konusunda yapılan bir tartışma sırasında Alice'in kafasına dank etti. Öğle yemeğinden sonra Eric Bob'a dizüstü bilgisayarını da beraberinde getirdiğini söyledi; Bob da Eric'e kendisinde de bir tane olduğunu ve onsuz seyahat edemediğini anlattı. Sonra her iki adam da saygıdeğer ekipmanlarını birbirlerine gösterebilmek için bungalovlarına gittiler. Bob'un bilgisayarı Eric'inkine göre daha küçüktü; ancak Eric'inkinin ekranı o ana kadar üretilmiş en ince ekrandı, ayrıca hırsızlığı önleyebilmek için bir alarmı bile vardı.

"İşte bu alet benim yaşamımda bir devrim yarattı" dedi Bob, küçük gri kutusuna bakarak. "Bundan on yıl evvel ilk kez bilgisayarlarla haşır neşir olmaya başladığımda bu küçük aletle yapabildiklerim için kocaman bir bilgisayara ihtiyacım vardı. Şimdi şu ufacık çiplerin içine bunca gücü sığdırıyor olmaları hayret verici. Çok kısa bir süre sonra bu aletlerin bile dinozorlar gibi nesli tükenecek. Bütün dünyayı sarsacak bir bilgisayar devriminin eşiğindeyiz."

"Sana katılıyorum" dedi Eric, "Bu sadece başlangıç. Teknoloji, yaşamın her alanını tümüyle değiştirecek. Birkaç yıl içinde herkes fiber-optik kablolar aracılığıyla biribirine bilgiler yollayacak, bilgisayarlar yoluyla haberleşebilecek. Her şey elektronik olacak, ortada ne kağıt kalacak ne de kalem, elektronik üretimden kazanılan paralar dev rakamlara ulaşacak."

Teknolojinin geleceği üzerine yapılan bu saptamalardan sonra derin ve ciddi bir sessizliğin doğması beklenirdi. Lazerlerin, çiplerin ve fiber-optik kabloların etkisiyle yaşamın şimdiki kusurlu yanlarının tamamen ortadan kalkacağından söz ediliyordu. Dünya olağanüstü bir çağa ayak basacak, bundan öncesi insanlık tarihinin soluk bir imgesi olarak kaybolup gidecekti. Ekmek dilimi kalınlığında bir bilgisayara sahip olup da hâlâ yaşamlarının değişmeyeceği düşüncesini taşıyanların, bu büyülü teknolojik Kudüs tablosu karşısında sessizliğe gömülmeleri beklenebilirdi bal gibi.

İyi de Alice'in şüpheciliği çok daha uzun solukluydu, sessiz kalmaya da hiç niyeti yoktu. Bu yüzden Bob'la Eric'e dönüp bu büyük bigisayar devriminden sonra insanların hâlâ birbirlerine aşk mektubu yazıp yazmayacaklarını sordu.

"Salaklaşma" diye yanıt verdi Eric. Bu sorunun ardında yatan (hiç de yerinde ve zamanında olmayan) ironiyi sezmiş ancak kabul etmek istememişti.

"Elbette Alice, elbette yazacaklar" dedi Bob, ironiden haberi bile yoktu tabii. "Ancak bunu bilgisayarlar aracılığıyla yapacaklar. Eğer canın Eric'e mektup yazmak isterse numarasını tuşlayacaksın sonra belki yazmana bile gerek kalmadan, bir aşk mektubu geçireceksin aklından, mesajın Eric'e ulaşmış olacak. Dışsal veri işlemcilerine nöron yerleştirmeyi başarabilirlerse bu da gerçekleşecek."

Barbados'a uçarlarken, Eric onları uçuran Boeing 747'nin teknolojik üstünlüğünden çok etkilenmişti. Hızın nasıl hep aynı seviyede tutulduğundan, uçağın iniş anından, pervanelerden, radarlardan, Rolls-Royce motorlarından ve geri vitesten söz etmiş, konuşmasını uçağın kanadına dikkat çekerek "İşte bu, çok başarılı bir mühendislik örneği" diyerek bitirmişti. Alice'in Londra'dan Barbados'a böylesine büyük bir makinanın içinde yalnızca yarım günde uçuyor olmaktan etkilenmediği söylenemezdi; ancak heyecanı, nerede dur demek gerektiğini biliyordu. Başarılı bir mühendislik örneği her şeyi kökünden değiştirecek değildi. Bu Boeing'in de diğerleri gibi Washington Seattle'da üretildiğini, üretimde çalışan işçilerin de herkes gibi gelişmiş bir maymun türünden geldiklerini, karılarını ve kocalarını aldattıklarını, kimi zaman tepelerinin attığını, kıskandıklarını, rekabete girdiklerini, kendilerini güvensiz hissettiklerini, her gün sıçtıklarını ve günün birinde öleceklerini biliyordu.

İroni, Alice'in teknolojik alanda ve başka alanlarda karşılaştığı mizahsız (ve bu anlamda zalim) 'kendini fazla önemseme' hissine karşı geliştirdiği içgüdüsel bir başkaldırıydı. Ezelden beri varolan ciddiyet balonlarını patlatmaya yarayan bir iğneydi adeta.

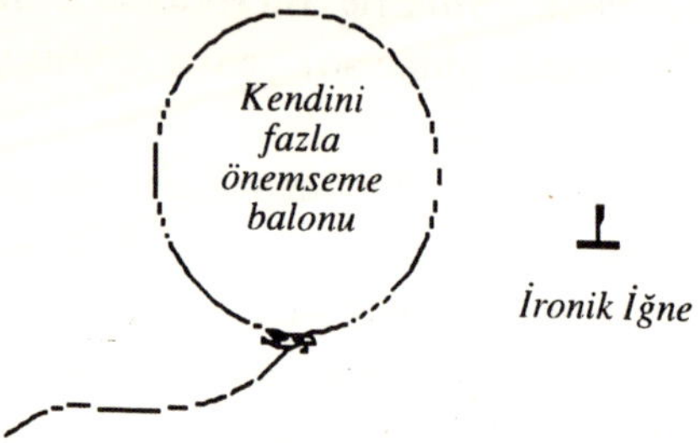

Bir gün önce otelde ikili tenis turnuvası düzenlenmişti; Eric'le Alice de ikili olarak turnuvaya katılmaya karar verdiler. Başlangıçta Alice'in başarılı vuruşları oyunun sonucunu değiştirmeye yetmedi. İyi bir başlangıçtan sonra durumları zayıflamış, turnuvada pek fazla yol alamayacakları az çok belli olmuştu. Eric'in bütün derdi oteldekiler üzerinde iyi bir izlenim bırakmak için çeyrek finale yükselmek olduğundan (çeyrek finalde yarışanlar barda bedava bir içkiyle ödüllendirilecekti) Alice'in her başarısız vuruşundan sonra daha da sinirlendi ve sinirlendiğini belli etti; sonunda Alice "Üzülme, duyduğuma göre Wimbledon'daki bütün iyi tenisçiler burada yenilgiye uğramışlar. Kariyerinin sona erdiği anlamına gelmez bu" demek zorunda kalmıştı.

"Daha dikkatli ol. Bütün servisleri kaçırıyorsun."

"Bu yalnızca bir oyun."

"Yenilgiye uğrayanların lafıdır bu" diye ters ters yanıt verdi Eric, ciddiyetine diyecek yoktu, balonu patlatmaya yanaşmıyordu.

Yılbaşı gecesi sahilde yanan o koca ateşin bir kenarına oturmuş,

Bob'u, Daisy'yi, Eric'i ve diğer konukları izleyen Alice, birdenbire şunun ayırdına vardı: Mizah duygusundan yoksun olmalarına rağmen, kendilerini fazlasıyla ciddiye alan insanların kahkaha atabilme gibi bir özellikleri vardı. Aslında bu insanlar diğerlerinden çok daha yüksek sesle ve şiddetle gülebiliyorlardı; ancak gülüşleri, mizahın en zengin kaynağından, kendi absürdlüklerinin farkındalığından yoksundu.

İşin kötüsü, Alice'in mizahla yaklaşamadığı, kendine yönelik ironiye yer veremediği tek bir şey vardı ve bu da aşkın ta kendisiydi.

DALMAK, ROUSSEAU ÇOK DÜŞÜNMEK

O gece geç saatte bungalovlarına geri döndükten ve seviştikten sonra Alice başını usulca Eric'in omzuna yasladı ve sordu: "Ne düşünüyorsun?"

"Hı?"

"Ne düşünüyorsun?"

"Hiç."

"Hiç mi?"

"Hiçbir şey, cidden."

Rüzgarın yaprakları hafifçe okşadığı duyuluyor, havadaki nem, gecenin bir yağmur fırtınasına gebe olduğunu haber veriyordu. Alice'in gözleri verandayı aşıp uzaklara, denizi ışığıyla boyayan parlak aya doğru kaydı.

"Sence bu ilişki nereye gidiyor?"

"Alice, saat sabahın üçü."

"Eee?"

"E'si, bunu bu saatte tartışacak değiliz. Neden her şeyi böyle karmaşıklaştırıyorsun? Neyi öğrenmek istiyorsun? Sana neden evlenme teklif etmediğimi mi?"

Eric sırtını döndü ve yastığını düzelterek kafasını yeniden yastığa gömdü.

"Neden sevişirken yüzüme bakmıyorsun?"

"Alice, lütfen, bunu yarına bıraksak? Çok yorgunum."

* * *

Ertesi sabah, Alice Eric'e kahvaltıya inmek istemediğini, yalnız gitmesi gerektiğini söyledi. Eric kahvaltıdan sonra tekrar odaya geldiğinde Alice'i hâlâ yatağında yatarken buldu; *Kendini ve*

Partnerini Tanımanın Bin Bir Yolu'nun son sayfalarını okumakla meşguldü.

"Alice, on dakika içinde hazırlanman gerekiyor. Yoksa geç kalacağız. Bob'la Daisy bizi iskelede bekliyor.

"Bugün scuba dalışına gitmek istediğimden pek emin değilim."

"Dün gitmek istediğini söylemiştin."

"Yalan: Sen gitmek istediğimi zannettin çünkü aksini söylemedim."

"Ne yapmam gerekirdi? Düşüncelerini mi okuyacaktım?"

"Hayır ama en azından düşüncelerimi öğrenmeye çalışsan?"

"Bu sabah neden bu kadar saldırgansın? Biraz rahatlamaya çalış."

(Eric sık sık Alice'e rahatlaması gerektiğini söylerdi, özellikle rahatsızlığının asıl nedeni kendisiyse. Sözcük oraya rastlantısal olarak yerleştirilmemişti. Eric "Biraz sakinleşmeye çalış" da diyebilirdi; ancak sakinleşmek sözcüğü, rahatlamanın tersine bir sorumluluk öğesini de içeriyordu. *Sakinleşmesi gereken* bir insanın sinirlenmesi için makul bir sebebi vardı, oysa *rahatlaması gerektiği* söylenen birisi, zararsız olduğu su götürmez bir durum karşısında gereğinden fazla tepki gösteriyordu; bu yüzden de alçak sesle, ağır ağır ve üzerine bastıra bastıra söylenen bir "Rahatlamaya çalış" ifadesiyle karşılaşıyordu tabii.

Eski Yunan sözü "kendini bil"le bu çağın emri olan "rahatla" arasında bir bağ kurulabilir. Eski Yunan'da akılcı ve kendini bilen insan nasıl haset edilen ve örnek alınan insan tipini oluşturuyorsa, Batı'nın yeni psikolojik ideali de rahatlamayı becerebilen insandır. Aradaki fark şudur: Eski Yunan'ın akılcı idealine ulaşmak çaba gerektirir, akılcı yaşam adına bir şeyleri (tutkuları) aşmış olmak gerekir. Ancak çağımızdaki rahatlama emri, televizyonun önünde geçirilecek daha rahat bir akşam adına kişinin kaslarını gevşetme ihtiyacını ima etmektedir. Uyumakla rahatlamak arasında çok büyük bir fark yoktur, rahatlamak pasif bir durumdur, iki eylem arasında verilmiş bir mola bile değildir.)

"Hayır. Defol git. Rahatlamayacağım."

"Niyeymiş? Ne istiyorsun benden?"

"Neden sen şu soruyu sorasın diye her seferinde bir kriz yaratmam gerekiyor, bunu bilmek istiyorum."

"Hangi soruyu?"

"Ne istediğim sorusunu. Bütün bunlar nedir sorusunu. Biz nereye gidiyoruz sorusunu."

Eric pencereden dışarıya, sessizce kayan bir sörfe çevirdi bakışlarını. Masmavi parlak bir gündü, hiç rüzgar yoktu ama tam kıvamında bir serinlik vardı. Bir önceki gece yağan yağmur bütün bitkilere renk getirmişti, kuşlar uzun gagalarını Eric'in adını daha önce hiç duymadığı uzun boyunlu çiçeklerin içine batırıyorlardı.

Alice'in psikolojik zorlamasına karşı birden müthiş bir ilgisizlik duydu. Sorulardan nefret ederdi, Alice'in bir soruyu birden fazla sorması karşısında kendini ağır bir yükün altındaymış gibi hissederdi. Yüzmeye gitmek için sabırsızlandı.

"Neden her zaman konuşmaktan kaçıyorsun?" diye sordu Alice.

"Çünkü çok fazla konuşmak iyi değildir."

"Neden?"

"Değildir de ondan. Neyse, eğer hemen hazırlanmazsan geç kalacağız."

"Hadi söyle, neden?"

"Bu scuba gezisine katılmak istiyor musun, istemiyor musun?"

"Bilmiyorum."

"Bir dakika içinde karar vermek durumundasın."

"Bu durumda, gelmiyorum. Sen yalnız git."

"Tanrım, bazen çok çekilmez oluyorsun" diye çıkıştı Eric,

sonra da banyoya girip bir havlu ve bir şişe güneş sütü aldı. "Senin en büyük derdin ne, biliyor musun? Sen her şeyi karmaşık bir hale getiriyorsun. Çok fazla düşünüyorsun. Kesinlikle. Tamam o zaman, burada kal bugün, ne halin varsa gör, eminim çok iyi zaman geçireceksin. Şu Allahın belası Karayibler'deki en mavi, en güzel suları göremeyeceksin. Ama bu benim sorunum değil."

Eric, son bir çabayla mavi suları öne sürerek Alice'i kıskandırmaya çalıştıktan sonra, hışımla bungalovu terk etti. Tahta verandayı hızla aştı, ağaçların arasından geçen kumlu patikadan aşağı inip iskeleye yaklaştı, bu sırada oradan geçmekte olan bahçıvana el salladı.

"Ne haber?" diye sordu bahçıvan. "Denize girmek için harika bir gün."

"Kesinlikle" diye yanıtladı Eric, orta Atlantalı bir ses tonuyla. Yanıtı, hiç de neşeli olmayan ama öyle olmaya çalışan bir tondaydı.

Eric'in Alice'e sinirlenmesi belki de anlayışla karşılanabilir. Eric'in tek istediği scuba dalışına gitmek ve yüzmekti, kaygısız bir tatilin peşindeydi, kaygısız bir tatil geçirmekte ısrar ediyordu; ancak (zavallı Charles Bovary gibi) burnundan soluyan bir kadın vardı karşısında. Hal böyle olunca ona çok fazla düşündüğünü söyledi.

Genellikle acıların ve sorunların düşünceleri kışkırttığı söylenir. Örneğin, başparmağımı masaya çarpmadan önce ondan haberdar değilimdir; çarpma olayından sonra başparmağımın varlığı aklıma gelir. Başparmağımı ya da başka bir şeyi düşünmem için o şeyin bir sorunsallık ya da acı içermesi gerekir.

Bu psikolojik sav aşağıdaki modelle ifade edilebilir:

Yol açmak
Problem/Acı → *Düşünce*

Bu savın karşıtı pek olmazmış gibi görünebilir; fakat çok yaygın bir karşı sava göre düşünce, acıya ya da soruna karşı gösterilmiş bir tepki değildir; aksine, acının ve sorunun nedeni ve kökenidir. Bu modele göre denklemimiz tam tersi yönde kurulur:

Yol açmak
Düşünce → *Problem/Acı*

Daha iyi anlaşılabilmesi için, ilk sava *entelektüel* sav, ikincisine de *doğalcı* sav adları verilebilir.

Hamlet, sorunları olduğu için mi o kadar çok düşünüyordu? Yoksa çok fazla düşündüğü için mi sorunları vardı?

Entelektüeller, Hamlet'in düşüncelerinin, sorun yaratan düşüncelerden çok, sorun kaynaklı düşünceler olduğunu savunurlar. Bu savın derinden derine bağlı olduğu inanca göre, insanın bir sorunun üstesinden gelebilmesinin en iyi yolu, o sorun üzerine kafa yormaktan geçer –Chamfort'un "*La pensée console de tout*" (düşünce her derde devadır) sözünde de aynı inanç vardır.

Doğalcılarsa tam aksini iddia ederler. Onlara göre düşünce, uğraştığı sorunu çözebilmek bir yana, o sorundan önce gelmiştir, hatta sorunun ortaya çıkışına neden olan salgın bir hastalıktır. Düşünce, psikolojik bir hastalık hastalığına benzer; Hamlet'in acaba bir acım var mı diye düşünmesi, acının ta kendisidir. Doğalcı yaklaşım, Hamlet'e mümkün olduğunca az düşünmesini öğütler, böylece her şey o eski anındalığına ve basitliğine kavuşur. Akılcılığın yok ettiği rahatlama artık geri dönmüştür.

Doğalcılık, o uzun ve muzaffer tarihi boyunca, insanların akılcı müdahalesi olmaksızın kendiliğinden gelişen şeylerin, medeniyetin burnunu sokup kirlettiği şeylere oranla çok daha üstün olduğunu savunmuş durmuştur. İsveç Alplerindeki vahşi bir çağlayan, Jardin de Luxembourg'un katı klasisizminden üstündür, sağduyulu ve yanık tenli bir çiftçi bize koca koca felsefe kitaplarının öğretebildiğinden çok daha fazla şey öğretecektir, vahşi doğada gübre olmaksızın yetişen bir havuç, ticari bir havuçtan çok daha lezzetlidir, düşüncenin dizginlerinden sıyrılmış gürül gürül gürleyen bir duygu, çözümlenmeye maruz kalmış düşünceden daha zengin ve daha derindir.

Rousseau, bu doğalcı bakış açısının belki de en eski ve en saygı görmüş sözcüsüdür; kendisi medeniyetin lüks tüketim, sanat, bilim, modern hükümetler ve düşünce gibi ürünlerine saldırmıştır. Bütün yapıtları on iki cildi aşan biri olarak, paradoksal bir biçimde, kitapların insanlara o güne kadar bihaber oldukları acılar verdiğini ileri sürmüştür: "İnsan, yalnızca içgüdüleri yardımıyla bile doğada ayakta kalabilir, bunun için gerekli bütün donanıma sahiptir; toplum yaşamını destekleyebilmek içinse zekayı birazcık geliştirmek yeterlidir." Gösterdiğimiz ilk tepkinin en iyi tepki olduğunu, sosyal yaşamın ve zekanın bizi anındalık erdeminden uzaklaştırdığını söylemiştir. Bir filozofun gözü önünde işlenen bir cinayeti de örnek olarak verir; filozof, "zavallı kurbanla özdeşleşmeyi engelleyebilmek için kendi içinde tartışmak zorunda kalmıştır." Bu zavallı akademisyenin aksine, Rousseau havalı bir edayla "Dürüst adam çırılçıplak güreşir" savını dile getirir.

Belki çırılçıplak güreşmiyordu (hatta yalnızca masa tenisi maçlarına katılıyordu) ama bu iki modelden birini seçmesi gerekse, Eric yapısı gereği çok büyük ihtimalle doğalcılığa yakın bir yerlerde olurdu. Bu, onun doğayı sevdiği anlamına gelmiyordu; Eric'in kırlara gittiği az rastlanan şeydi, gitse bile gördükleri onu derinden etkilemezdi, basit yaşama tapınmaktan çok, telekominikasyon ve en son teknolojiyle yapılmış teçhizata hayrandı; doğanın ellerine teslim edilmiş bir arazide gübresiz yetiştirilen sebzelerden yeme düşüncesi hiç de ona göre değildi. Eric'in doğalcılıkla arasındaki bağ duygusal doğalcılıkta, yani en iyi duyguların dizginlenmemiş duygular olduğu görüşünde odaklanıyordu. Ancak yine de Eric'i tinsel bir komünle bağlantılı bir mistikmiş gibi çizmek ve karşısına da Alice'in işlenmemiş kendine-yardım felesefesini koymak çok yanlış olur. Eric, Chopin ya da Schubert konserlerinde diğer sessiz ve saygıdeğer seyircilerle birlikte arkasına yaslanıp kendi iç sesini dinleyenlerden değildi. Onun duygusal doğalcılığa olan bağlılığı, kara tahtaya sürtülen tırnakların çıkardığı sese benzeyen olumsuz duyguları açıklayışındaki (bu duygularla başa çıkışındaki değil, onları açıklayışındaki) yöntemle sınırlıydı yalnızca.

Alice'in (scuba dalışının olduğu sabah) tırnaklarını kara tahtaya sürttüğünü ve bu duygusal deneyimi yaşatmakta ısrarcı olduğunu fark eden Eric'in tepkisi, yardım etmek değil de teşhis koymak oldu; doğalcı bir suçlama içeren teşhisi, Alice'in beynini gereğinden fazla yorduğu yolundaydı. Eric, Alice'in sıkıntısının *per se** onun kötü talihinden kaynaklanmadığını, yalnızca çok fazla düşünmenin geçici ve dışsal bir sonucu olduğunu ileri sürdü. Uyuşturucunun etkisiyle hareket eden biri olur olmaz eylemlerinden ne kadar sorumlu tutulabilirse Alice ve Eric de bu sorunlardan o kadar sorumlu tutulabilirdi. Bu açıklayıcı manevra tıpkı Rousseau'nun insanlığın ürettiği hiçbir kötülüğün doğal olmadığını, yalnızca medeniyetin, paranın, ticaretin ve tarihin bir ürünü olduğunu söylemesi gibi bir şeydi.

Eric'in duygusal doğalcılığı, daha dar bir anlamda *sağduyuculuk* olarak da açıklanabilir. Sağduyuculuk; bilgeliğin özünün basitlik, doğruluğun gözle görülür ve bu yüzden de çözümleme dışı olduğunu ileri süren indirgemeci görüşler kümesine duyulan bağlılıktır. Sağduyucular, küreğe kürek deme kisvesi altında bü-

* Kendiliğinden (ç.n.)

tün bahçe araç gereçlerine kürek demektedirler çünkü farklılıklara yer vermek çok büyük çaba gerektirir; sağduyuculukta açık seçiklik kisvesi altında indirgemecilik hakimdir.

Bir sağduyucuya insanların neden savaştıklarını, neden aşık olduklarını, neden aşklarından vazgeçtiklerini, her gün neden bunca karmaşık işle uğraştıklarını sorun; alacağınız yanıt "Çünkü doğal olan budur" olacaktır. Sağduyuculuk bazı alanları "düşünce dışı" diye yaftalamıştır, bunun nedeni o alanların *karmaşıklığı* değil, aşırı basit ve katiyetle açık seçik olmalarıdır. Eric Alice'le konuşmak istemediyse bu, aralarındaki ilişkinin çok karmaşık değil de tam aksine nefes tüketmeye değmeyecek kadar basit olduğu düşüncesinden kaynaklanır.

Öyleyse Eric'in insan psikolojisine yaklaşımı şöyle bir seyir izlemekteydi: Eğer bir insan açlıktan ölmek üzere değilse, evsiz kalmamışsa ya da kangren değilse, sorununun büyütülecek bir tarafı yoktu ve analitik açıdan değersiz nitelikte bir sorundu. Bu yaklaşım, Barbados'a geldikleri ilk gün bu tür kitapları, neden "bireyciliğe ve içebakışa dayalı boktan kitaplar" yaftasını yapıştırdığını çok iyi açıklıyordu. Tatilde olmanın verdiği rahatlıkla bu tuhaf tabiri kullanan Eric, Alice'in okuduğu kitapları okura çok basit bir dille hitap ettikleri ya da büyüklük tasladıkları için değil, okuru büyük bir hazza yöneltmeye çalıştıkları için yargılamıştı. Hazların affedilemez bir çeşidi olan bireyci hazdı bu.

Peki neden içebakış bireyci oluyordu da scuba dalışına gitmek ya da pina colada içmek bireyci olmuyordu? Çünkü içebakış kişinin kendiyle narsistik bir haz yaşamasını ima ediyordu, yani bir çeşit mastürbasyondu bu (cinsel birleşmenin daima gölgesinde kalmış kuzeni mastürbasyon) ve bünyesinde kişinin kendini dinden uzaklaştırmasına dayalı tarihsel birtakım yan anlamları da barındırıyordu (Augustine dünyayı ikiye bölmüş, iki farklı aşkın iki ayrı şehir yarattığını öne sürmüştü; ilki dünya şehriydi ve orada Tanrıya duyulan aşk değil, kişinin kendine duyduğu aşk vardı, ikincisiyse ilahi şehirdi ve orada da kişinin kendine duyduğu aşk değil de Tanrı aşkı yaşardı –Pascal de daha sonra bu temanın izinden giderek narsisizmden arındırılmış "*le moi est haïssable*"* sözünü söylemişti).

Kişinin kendiyle ilgili kafa yorması Eric'e göre dondurma yemekten bile beter bir eylemdi çünkü kişinin ayna önünde hissettiği, kendini beğenmişliğin izlerini taşıyordu. Bu karşı çıkış, pek mühim bir önermeye dayanıyordu elbette: Kişinin aynada gördüğü imgeye şu ya da bu şekilde hayran kalacağı önermesiydi bu. Kişi, kendisinin mükemmel olduğunu düşünürse, işte o zaman içebakış haz almaya dayalı bir etkinliğe, kişinin iç geçirip "Ne kadar da zekiyim! Hem zeki, hem nazik, hem de müthiş düşünceliyim! Peki ya şu nüktedanlığa ne demeli? Tanrım, ben bir harikayım!" diyerek hoş zaman geçirdiği bir eyleme dönüşür. Eric'e göre Alice için içebakış; çok daha farklı ve çok daha az haz veren bir oyundu.

Alice'in de doğalcı bakış açısına heves ettiği söylenebilirdi. Kırlara gitmeyi pek severdi, dalmaya gitmeye bayılırdı, hormonsuz gıda maddeleri almaya özen gösterirdi, balina avıyla mücadele eden derneklere bağış yapardı ve haberlerde bakir alanlara atık döküldüğünü duyacak olsa öfkeden deliye dönerdi. Ancak bu noktada Alice'in sezgisel anlayışa duyduğu bağlılığı ve dil yoksulluğuna duyduğu tepkiyi (Burada senin yanında olduğum için çok mutluyum....) anımsamakta fayda var. Alice, her şeyi hiç gereği olmadığı halde karmaşıklaştırmaya çok da meraklı değildi; ancak basitleştirmede, açık seçiklik kisvesi altında indirgemecilik hakim olabiliyordu.

Eric bir gün önce öğle yemeğinde Alice'e, kısa süre önce tartıştığı Josh adlı arkadaşından söz ediyordu. Eric durumu şöyle açıklamıştı: "Bu, ona sinirlenip sinirlenmeme meselesi değil. Ona sinirlenmeyebilirdim, çünkü beni sinirlendirecek bir şey

* Ben dediğin şu nefret edilesi şey (ç.n.)

yaptığını söyleyemem. Ancak davranışları sinirime dokundu, aslında hissettiklerimden onu sorumlu tutup tutamayacağımdan da pek emin değilim, çünkü bana bilerek bunları hissettirdiği de kesin değil, çünkü sinirlendiğimi bilmiyor bile."

"Kısacası tepen atmış senin."

"Evet" diye yanıtladı Eric, bir başkasının onun hislerine böylesine net bir ifadeyle tercüman olması karşısında hayrete düşmüştü.

Bir de başka türlü bir basitleştirme vardı; o da Alice'in Eric'e çok fazla düşünmemenin neden iyi bir şey olduğunu sorduğunda basitçe "Çünkü." diye yanıt verişindeki indirgemecilikti.

Eric'le arasındaki ilişki sorunsuz bir ilişki olsaydı, Alice nereye gittiklerini soran, konuşmak istemediği için Eric'i eleştiren ve pek ender yakalayabildikleri scuba dalışı gezisini kaçıran son insan olurdu. Ancak bu sorular akıllarda belirmişti bir kez, Alice'in tek çaresi Eric'in sinirini bozmak, sabah dalışını iptal etmek ve böylece bilinci boyunca kıvrıla kıvrıla gezinen çok renkli, garip ve tehlikeli balıkların peşine düşmekti artık.

ERGENLİK

Daisy ve Bob, barmen RJ'in küçük teknesinin bağlı olduğu iskelede Eric'i bekliyorlardı. RJ onları karşı kayalığa götürecekti; orada dalacaklar, kayalara ve balıklara hayran kalacaklardı. Yanlarına havlular, fotoğraf makineleri, bolca yiyecek içecek ve bir kasa da bira almışlardı.

"Merhaba Eric! Alice gelmiyor mu?" diye neşe içinde selamladı Bob.

"Eee, şey, hayır. Kadınlar bazen nasıl olurlar, bilirsin" diye yanıtladı Eric.

"Hem de nasıl" diyerek göz kırptı Bob. Kadınların kendiliklerinden doğal bir zorluk taşıdığını öne süren ve yüzyıllardır eskimek bilmeyen o ünlü mite gönderme yapmış oldular böylece. Bu mit, yüzyıllardır erkeklerin nice büyük sorumluluktan kaçmalarına imkan tanımıştır.

Tekne hız kazanıp Batı'ya yöneldi, üç yolcu kıç tarafında tahta bir sedirin üzerine oturup pervanenin mavi suları yararak çizdiği yolu seyre daldılar.

"Çok hoş bir kız" dedi Daisy. Bir yandan da hasır şapkasını rüzgarın şerrinden korumaya çalışıyordu.

"Ya, cidden harika bir kız" diye aynını başka bir ifadeyle tekrarladı Bob.

Bir sessizlik oldu, dedikoduyu başlatmadan önce yaşanan tereddüt yaşandı. Alice kıyıda kalmayı tercih ederek bu grubu reddetmiş oluyordu, bu yüzden şu ya da bu şekilde cezalandırılması gerekirdi.

"Ne kadar zamandır berabersiniz?" diye sordu Daisy.

"Sanırım bir yıl oldu."

"Harika" dedi Bob, böyle demesi için ortada gözle görünür bir neden yokken.

"Bence bütün ilişkiler çok zor olabiliyor" diye felsefi bir değerlendirmede bulundu Daisy. Buradaki soyutlama dikkate değerdi. "İlişkiler zaman ve çaba gerektiriyor."

"Tabii bir de olgun olmak gerekiyor."

"Alice kaç yaşında demiştin?"

"Yirmi dört."

"Sen kaç yaşındasın?"

"Otuz bir yaşındayım. Yani, aslına bakarsanız, otuz iki sayılırım, Şubat'ta otuz iki olacağım."

"Öyle mi, aslında Bob'la ben de pek genç sayılmayız" dedi Daisy, "ikimizin yaşını toplayınca yetmişi aşar, öyle değil mi, Bobby?"

"Tabii ya."

"Neyse canım, yine de çok tatlı bir kız" dedi Daisy. Bilinçsizce söylediği "yine de" sözüyle hiç de kibar olmadığını açık etmiş oldu.

Alice'in kendisinden yedi yaş küçük olduğu gerçeği bugüne kadar Eric'i hiç rahatsız etmemişti; aslında, genç kadınlarla birlikte olma düşüncesi daima hoşuna gitmişti, hatta ofisteki arkadaşları arasında sübyancı diye ün salmıştı. Eric'in genç kadınlara ilgi duymasının nedeni, vücutlarının kendi deyimiyle "bir içim su" olması değildi sadece. Eric, yaşı gereği edindiği deneyimleri kendinden genç kadınlara karşı kazanılmış birtakım başarılar gibi gösterebiliyordu. Otuz bir yaşındaki biri, daha genç adamların şaşkınlıklarıyla uğraşmaya alışmış yirmi dörtlük bir bayana oldukça etkileyici gelebiliyordu.

Eric'in etrafındakileri kavrayabilme yeteneğine herkes hayrandı. Birçok ülkeye seyahat etmiş olması ve insanlarla sürekli ilişkisi sayesinde toplantılarda, yemek salonlarında, otellerde ve ofislerde büyük bir rahatlıkla hareket ediyor, diğerleri üzerinde otorite sağlıyordu. Çevresine yaydığı bu olgun hava, kronolojik rastlantıların sonucundan başka bir şey değildi.

Yaş ve ırk farklılıkları kimi zaman insanları diğerlerinden üstün bir konuma getirir: Almanya'da yaşayan bir el işçisi Tayland'da, ülkesinin ekonomisi ve döviz kuru sayesinde bir milyoner gibi hissetmeye ve davranmaya başlar. Ağır aksak hareket eden bir İngiliz, Kuzey Amerika'da küçük bir kasabaya yerleşir, egzotik aksanı sayesinde ciddi ve ehemmiyetli bir insan izlenimini verir.

"Bazen sanki ergenlikteymiş gibi davranıyor" diye durumu özetledi Eric; sohbetin tadı kaçmaya başlamıştı. "Bilirsiniz işte, arada bir bunalıma giriyor, kendini dinlemeye başlıyor, o zaman da ben ne yapacağımı bilemiyorum."

"Bu kesinlikle yaşla ilgili bir şey" diyerek Eric'in görüşüne katıldı Daisy. "Alice, yaşamının zor bir döneminden geçiyor: Kariyerinde yeni yeni yükselmeye başladı, bütün seçenekleri gözden geçirmek istiyor, bütün bunlar herkes için oldukça zordur. Onun yaşındayken nasıldım, hatırlıyorum da, Tanrım, tam bir kâbustum. Sürekli fikir değiştiriyordum, ne istediğimi kesinlikle bilmiyordum, erkek arkadaşlarıma dünyayı zindan ediyordum. Hii, Bob, iyi ki o zamanlar beni tanımıyordun. Yoksa sen de Eric'in yaşadıklarını yaşıyor olacaktın."

Alice'in sorunlarının özel bir kronolojik aşamadan kaynaklandığı sonucuna varıldı, Eric de buna karşı çıkmadı. Vurgunun soruna değil de aşamaya kaydırıldığını görmek onu mutlu bile etti, bu durumda bütün o tartışmalar ve öfkeli suskunluklar kendi suçu değil de olayların doğal akışından kaynaklanmış gibi görünüyordu. Yanlış bir şey yapmış olamazdı, çünkü Eric'in davranışı her ne olursa olsun, Alice, yaşı gereği yine böyle zorluk çıkaracaktı. Alice'in şikayetleri, yaşının bir sonucuydu. O, istediği kadar "Birbirimizi doğru dürüst anlayamıyoruz" desindi, aslında bu sözün ardındaki mesaj bambaşkaydı; Alice "Yaşamımın öyle bir aşamasından geçiyorum ki sevgilime birbirimizi iyi anlamadığımızı söylemek geliyor içimden"i kastediyordu aslında.

Ergenlik suçlamaları, boyutları ne olursa olsun, insanlığın çektiği acıların karmaşıklığını bir anda ortadan kaldırıveriyordu. Eğer ergenlik suçlamasını edebiyat yapıtlarına uyarlayacak olsaydık, dünya üzerindeki bütün edebiyat eleştirmenleri işlerinden olurdu. Hamlet'in, Raskolnikov'un ve Genç Werther'in sırrı neydi? Ergenlik bunalımları tabii. Peki ya Don Quixote veya Humbert Humbert? Onda ne var canım, yanıt: Orta yaş bunalımları. Öyleyse zavallı Anna Karenina'yı nasıl açıklamalıydı? Yanıt gayet basitti: regl öncesi sendromu, bir de fazla salgılanan hormonlar.

KADIN DÜŞMANLIĞI

Biri tutup da Eric'i kadın düşmanlığıyla suçlayacak olsa, Eric şaşkına döner, bu suçlamayı son derece uygunsuz bulurdu. Kadınlardan nefret etmenin toplumda hiç hoş karşılanmayacağını bilmesi bir yana, kadınların iyi özelliklerini onaylayan bir tavrı olmuştu hep. İş yerinde, ateşli bir söylemle kadın erkek eşitliğini savunurdu ve her fırsatta şirket yönetiminde artık kadınların da yer aldığını anımsatırdı. Kadınların artan verimliliğine övgüler yağdırır, arada bir sekreterine "Beş adam bir araya gelse senin yaptığın işi yapamaz" diye iltifat ederdi. Birçok kadın arkadaşı vardı, Eric onların biricik maskotu ve sırdaşıydı, kadınlara hayrandı hayran olmasına ya, daha üstün konumda olduğunu bilmek onun için çok önemliydi. Çok köklü ve yaygın bir inanç olan kadınların erkeklerden daha aşağı bir konumda oldukları inancına karşı çıkarak kadınlara lütfediyordu Eric (ironik bir biçimde, iş yerinde kadınları daha üst mevkilere atamaya can atıyordu, kadınlarla erkeklerin eşit olduğuna aslında inanmadığını bundan daha iyi kanıtlayan bir şey olamazdı).

Eric'in erkek üstünlüğüne olan bağlılığı çelişkili görünebilir, özellikle Alice'in daima güçlü olmasını istediği düşünülürse. Alice'in başarılı ve bağımsız olması onu mutlu ediyorsa, neden üstün olma ihtiyacı duyuyordu? Bunu daha iyi anlayabilmek için gücün ve zayıflığın tanımını daha derinden yapmamız gerekir, çünkü Alice'in güçlü olabildiği iki ayrı yol varken Eric bu yollardan yalnızca bir tanesinde kendini daha rahat hissetmektedir.

Bu yollardan ilkine *otonom güç* adını verebiliriz. Otonom güç, Alice'in yaşamında ağır basan yönleri denetleyebildiği ve iyi bir ruh halinde olduğu zamanlar sergilediği kendine güvenli ve çevresindekilerden bir şey talep etmeyen davranış şekliydi. Böyle zamanlarda evde oturup öfke dolu bir sessizlik içinde kitap okumaktansa (hem mecazi hem de gerçek anlamda) scuba dalışı gezilerine katılabilmekteydi, onunla ilişki kuran herkesi büyülemekteydi. Eric, Alice'in İngiltere'nin önde gelen iş kadınlarından biri olacağını söyleyerek kasım kasım kasılırdı. Bir partinin ortasında göz göze geldiklerinde ona sevgiyle göz kırpan, sıkıcı bir yemeğin ortasında şımarıkça dilini çıkaran ve her seferinde ona olan derin aşkını bir kez daha hatırladığı bir Alice'ti bu.

Bir de *Olimpik güç* adını verebileceğimiz bir güç vardı; Edouard Manet'nin ilk kez 1865'te Paris galerisinde sergilenen o efsanevi tablosundan alıyordu adını. *Olimpia*, ilk sergilendiğinde sanat dünyasında öfke dolu tartışmalara yol açmış, sanat eleştirmenlerinden ahlaksız ve terbiyesiz damgasını yemişti. Manet'nin, resmettiği modele kaba ve uygunsuz bir poz verdirdiği, bu pozla geleneksel resim geleneklerini tiye aldığı ve onları karikatürize ettiği ileri sürülmüştü. Ancak eleştirmenleri asıl telaşa düşüren, tablonun biçimsel aykırılığından çok Victorine Meurent adlı modelin yüzündeki ifadeydi. Bu tabloyla (erkek) resim tarihinde yeni bir sayfa açılmıştı; *Olimpia*'dan önce kadının çıplak resmedildiği tablolarda model, baştan çıkaran ve kontrol altına alınabilir bir konumdaydı. Klasik bir bahçede ya da yatak odasında çırılçıplak resmedilen kadın, yüzünde on beş yaşındaki bir kızın sıkılgan, masum ve de kışkırtıcı ifadesini taşıyor, bir erkeğin gelip seksi başlatmasını bekliyordu. Resme bakan kişi Büyük Sanat üzerine derin düşüncelere dalma kisvesi altında güzeller güzeli periyi büyük bir iştahla seyrediyor, Freud-öncesi dönemin saf niyetlerini taşıdığını sanarak ağzının suyu akıyordu. Manet'nin gençken bir eskizini çıkardığı Titian'ın resmi *Urbino Venüsü*'nde de aynı resim geleneği hakimdi; buradaki kadın da diğerleri gibi yumuşak, masum, bir o kadar da baştan çıkarıcıydı; bu güzeller güzeli peri, resme bakan kişi istediği anda birleşmeye hazır ve nazırdı. Resmi izleyen kişi onu bakışlarıyla soyabiliyor, kadının dileklerinin neler olabileceğini düşünmeksizin dilediğince istismar edebiliyordu.

Olimpia bu resim geleneğine aykırıydı: buradaki model utangaç bir menekşe değildi artık, kendine güvenli ve ne istediğini bilen bir kadındı. Birisi bir şeyi başlatacaksa bu, resme bakan erkek değil de modelin ta kendisi olurdu, hatta kadının gözlerindeki ya da ağzındaki ifade, işin içine boyutla ya da performansla ilgili (kadın için komik ama erkek için mahvedici olan) bir iki şaka bile ekleyebileceğini getiriyordu akla.

Eric'in gözünde Alice, bazen tıpkı Victorine Meurent'in tehditkar ifadesine benzer bir güç sergiliyordu; ama Alice'in tehdidi cinsel değil de duygusal bir tehditti. Eric'i korkutan şey, Alice'in kimi zaman "Bu ilişkiden beklediğin nedir senin?" ya da "Neden sevişirken yüzüme bakmıyorsun?" gibi sorular sorarak ona hiçbir çıkış yolu bırakmamasıydı.

Eric, kadınların gereğinden fazla duygusal olgunlukta olmalarından korkuyordu, daha doğrusu Alice'in fazlasıyla olgun davranması ödünü patlatıyordu. Onun bitmez tükenmez sorularından, "oturup bir şeyleri konuşma" hevesinden ve ona ısrarla ne hissettiğini, neden filanca durumda filanca şekilde hareket ettiğini sormasından nefret ediyordu. Alice, Eric'in ısrarla elinde tutmak istediği bir şeyi elinden almaya çalışıyordu; onu seyreden erkeklerle seksi başlatan, bu tavrıyla erkeklerin baştan çıkarmayı kendi kontrolünde tutma alışkanlığını kıran *Olimpia*'ya benziyordu tıpkı. Hal böyle olunca Eric Alice'in ısrarcı, talepkar ve (bunu hiçbir zaman kendisine itiraf etmese de) korkutucu olduğunu düşünmeye başlıyordu. Tek istediği kabuğuna çekilmek, sorulardan kaçmak ve eğer mümkünse odayı terk etmek oluyordu. Bunun yerine konuyu değiştiriyor, müziğin sesini yükseltiyor ya da birdenbire bir yerlere telefon etme ihtiyacı duyuyordu. Aklının köşesinde bir yerlerde, Alice'in kendisinden daha olgun ve akıllı olduğu, bir gün korktuğunun başına gelebileceği, Alice'in birden bilincinin parlayacağı ve onu çıplak bir kral olarak görebileceği düşüncesi yatıyordu.

Her erkeğin bir kadın sevgilisi olmadan önce bir annesi olur. Bu anlamda her erkek, daha eşit şartlarda (ve aslında çok daha ağzı bozuk) bir ilişki kurmadan önce, annenin yardıma muhtaç bir çocuk karşısında nasıl bir güç sergileyebileceğine tanık olmuştur. Eric'in annesi güçlü bir kadındı ve Eric çocukken ondan biraz korkardı. Kadın, hayatı boyunca dur durak bilmeden çalışmış, dört erkek evlat yetiştirmiş, pantolonların paçalarını dikmiş, küçük hastalıkların çaresine bakmış, reçeller ve kekler hazırlamıştı. Sürekli koşturur, sürekli soluk soluğa kalırdı, evlatlarım kazaklarını giyip atkılarını taktılar mı, ilaçlarını içtiler mi ya da ödevlerini yaptılar mı diye evhamlanırdı.

Bu durum Eric'te müthiş bir bağımsızlık tutkusu yaratmıştı, şimdi takım elbiseler giymesine, kol düğmeleri takmasına, taksilere binmesine ve kredi kartları taşımasına karşın kadınlara olan yaklaşımı, yıllar önce okulun önünde onu öpmeye ve paltosunun düğmesini iliklemeye çalışan annesini ittiği günlerin izlerini taşıyordu.

Eric yedi yaşındayken bir kış günü ağabeyleriyle beraber Thames'te küçük bir dereciğin kenarında kartopu oynamak istemişti. Annesi, küçük oğlunun sağlığı için evhamlanmış, "Ufaklık"a (ailede ona böyle hitap ederlerdi) daha yeni gripten kurtulduğunu, bu yüzden evde kalıp dinlenmesi gerektiğini söylemişti. Fakat annesinin bütün gün evde olmamasını fırsat bilen Eric, ağabeylerine takılıp gitmişti. Gittiğine hiç pişman olmamış, ağabeylerinden aşağı kalmamıştı. Kartopu fırlatma konusunda onlar kadar ustaydı, kendini tam bir erkek gibi hissetmişti, ailenin "Ufaklık"ı değildi artık, bir şampiyondu. Tam derenin üzerinde oynamaya, kartoplarını bir banktan ötekine fırlatmaya başlamışlardı ki Eric'in ayaklarının altındaki buz çatlamış, donmuş suyun içine düşmüştü, gerçi yalnızca kalçasına kadar ıslanmıştı, ama canı fena halde yanmış ve eve gidene kadar ağlamıştı. Ağabeyleri onu yatağa yatırmışlar, Eric'in uyanır uyanmaz gördüğü ilk şey, olanca öfkesi, geniş omuzları ve ablak suratıyla annesi olmuştu. Yüzünde her zamanki sert gülümseyişi, ıslak bir bezle Eric'in alnını siliyor, sonra ağlamaklı ve monoton bir ses tonuyla soruyordu: "Neden anneciğini dinlemedin, Ufaklık?"

Eric'in kadın düşmanlığının temelinde, hemşireliğe ve bütün gücü elinde bulunduran bir anneye karşı duyulan korku vardı. Fakat onu bu imgenin etkisinden kurtaran, rahatça özdeşleşebileceği bir imge daha vardı, annesine bağırıp çağıran ve annesinin de garip bir biçimde hizaya geldiği ve denetimi elden bıraktığı babasının imgesiydi bu. Annenin babaya bu şekilde boyun eğmesi Eric'i hep hayrete düşürmüştü; babası rahatlıkla kıymalı patatesi beğenmediğini söyleyebiliyor, evin leş gibi olduğunu iddia ediyor, hiç olmayacak nedenlerden anneye suçlamalar yağdırıyordu, o ana kadar güçlü kadın tablosu çizen anne, bütün bu suçlamaları hiç şikayet etmeden dinliyordu.

Eric, kafasında yer eden bu erkek egemen modele dayanarak, bağımsız ve güçlü bir kadını denetim altına almayı ve kırılganlaştırmayı becerebiliyordu. Niyeti ve beraber olduğu kadın sayısı ne olursa olsun, Eric'in tarihinde karşı cinse yaklaşımını özetleyen iki ayrı uç vardı: bir yanda ablak suratlı annesi, öte yandaysa küplere binmiş bir babanın karşısında süt dökmüş kediye dönen bir kadın; üstelik yine aynı kadın.

Eric scuba dalışından döndüğünde, girişimde bulunma sırasının Alice'e gelmiş olduğunu hissetti. Artık öfkeye gömülmüş ergen rolü Alice'in değildi, şimdi kendini savunması gereken, olgun davranamayan, durumu çocukça scuba öyküleri anlatarak kurtarmaya çalışan, Eric'in ta kendisiydi.

"Harika balıklar gördük, hepsini kaçırdın" dedi Eric, küvette mayosunu sıkarken.

"Eminim öyledir" dedi Alice. Bir dirhem bile pişmanlık duymadığı her halinden belliydi.

"Sen ne yaptın bugün?"

"İki Kanadalı genç beni su kayağına götürdüler."

"Nasıldı, güzel miydi?"

"Evet, harikaydı."

"Fazla güneşte kalmış olmayasın? Bugün hava fena sıcaktı."

"Yoo, gayet iyiydim. Hem Brad bana tişörtünü ödünç verdi."

"Eh, iyi o zaman. Su kayağına gitmen iyi olmuş, tatilin başından beri bunu yapmak istiyordun, öyle değil mi?"

"Yarın yine Brad ve Danny'yle açılacağız. Biraz daha uzaklaşıp Bridgetown'a gitmek istiyorlarmış."

"Harika bir fikir."

"Evet, herhalde çok iyi vakit geçiririz."

BENİ BENDEN UZLAKLAŞTIRAN TATİL

"Alice! Tanrım! Hoşgeldin! Ne haber?"

"İyiyim, seni gördüğüme sevindim."

"Tanrım, nasıl da yanmışsın – kaltak seni."

"Biliyorum, bütün gün iş yerinde herkes pis pis baktı."

Alice tatilden sonraki ilk iş gününün bitiminde Suzy'ye uğramıştı (Suzy o sırada erkek arkadaşının evindeydi); iki arkadaş sanki yıllardır birbirlerini görmemişler gibi uzun uzun sarıldılar. Oysa Alice'in uçağı Heathrow'dan hareket edeli yalnızca on gün olmuştu.

"Çok kıskandım. Çok iyi görünüyorsun."

"Sen de iyi görünüyorsun, Suzy."

"Hiç de değil: O kadar beyazım ki ışıkta parıl parıl parlıyorum, aslında beyaz bile değilim, yeşile döndüm, ayrıca uzun süredir şuradan şuraya kımıldamadım. Neyse, asıl haberler sende. Ada nasıldı? Peki ya otel?"

"Çok iyiydi, Barbados çok güzel bir yerdi, hiç penceresi olmayan bir bungalovda kaldık, her şey ayağımızın altındaydı, denize de çok yakındık, bir de otelde yapacak tonlarca şey vardı, su kayağı, sörf..."

"Tüylerim diken diken oldu –bütün bunlar kulağıma çok seksi geliyor."

"Ya, herhalde öyledir."

"Peki tropik meyveler yiyip gece yarılarına kadar reggae dansı yaptınız mı?"

"Ha, oldu öyle bir şeyler."

"Romeo aklı başında davrandı mı?"

"Eh işte. Şöyle böyle."

"Havalar nasıldı?"

"Genelde sıcaktı, bazen geceleri yağmur yağıyordu, gündüzleri de bazen bulutlu oluyordu ama genelde mükemmeldi."

"Alice, senin adına gerçekten çok mutlu oldum! Gel sana bir kez daha sarılayım."

Suzy, Alice için tatil öyküsünü baştan sona bütün ayrıntılarıyla anlatabileceği ilk kapıydı. İş yerindekilere tatilinin bir özetini geçmişti ama duygularının çeşitliliğini ve çelişkisinin boyutlarını keşfedebileceği yerin Suzy'nin yanı olduğunu biliyordu.

Gözlemleri ona bir olayın ilk anlatımının çok önemli olduğunu öğretmişti; asıl mesele olayın nasıl yaşandığı değil, nasıl bir düzenlemeyle anlatıldığıydı sanki. Anlatım anına kadar Alice öyküyü yalnızca yaşamıştı, öyküyü oluşturan anılar hiçbir düzen olmadan havada uçuşup durmuşlardı.

Suzy, Alice'in bir hafta önce otelin posta kutusuna atıverdiği kartpostalı göstererek,

"Bak, gönderdiğin kartpostalı Matt'in panosuna astım" dedi. Yüksek palmiye ağaçları ve gür bitkilerle kaplı sapsarı kumları görüntüleyen bir karttı bu. Deniz turkuaz, gökyüzü parlak maviydi.

"Ben de Matt'le buna benzer bir yere gitmek isterdim: Ama şu anda buna para ayırmamız çok zor. Şu denizin ve gökyüzünün rengine bak. İnsanın böyle bir yerde mutsuz olması imkansız."

Alice, arkadaşının algılarıyla özdeşleşiverdi birden, tatilden neler beklemiş olduğunu anımsadı, şu anki çelişik duyguları daha da açıklanamaz bir hale geldi. Suzy'nin bu tatili herkesin rüyası olarak algılama arzusu onu çok etkiledi, bu yüzden karmaşık bir anlatı planı yavaş yavaş yerini (dinleyicinin beklentilerinin ağırlığı altında ezilerek) basit bir Ütopik Karayibler Gezisi anlatısına bıraktı.

Seyahat, coğrafi değil de psikolojik bir çaba olarak yorumlanabilir: Dışsal yolculuk, arzulanan bir içsel yolculuğun metaforudur. Nepal'de yürüyüş, Karayibler'de scuba, Kayalık Dağlar'da kayak, Avusturalya'da sörf – bütün bunlar egzotik ve heyecan verici olabilir, ancak daha derin güdülerin ardındaki bahanelerdir yalnızca. Kişinin asıl istediği, bu etkinliklere katılan "ben"in, tatilin başında otelde yer ayırtan "ben"den tümüyle farklı olmasıdır.

Seyahat acentaları; uçuş saatleri, otel odaları ve sigorta gibi önemsiz konularla uğraşıyoruz havası verirler, ancak bütün bu önemsiz gibi görünen şeylerin ardında, kişinin bir tatil satın alarak mucizevi şekilde kendini de geride bırakacağı yanılsamasına dayalı bir ticaret vardır. Buradaki ana düşünce "ben"in tatile çıkması değil, tatilin "ben"i tamamen değiştirecek olmasıdır.

Alice'in Londra'dayken hayalini kurduğu tatildeki benliği, kendisiyle yaşamasını zorlaştıran bütün özelliklerden sıyrılmış bir benlikti, kendine güvensizlikten, yorgunluktan ve sıkıntıdan kurtulmuş biriydi. Hava sıcaklığı yirmi beş dereceyi bulacak, oradaki sebze ve meyveler, günlük yaşam Londra'dakine hiç mi hiç benzemeyecek, Alice de hiçbir çaba harcamaksızın bu sahnenin gerektirdiği role bürünecekti. Rousseau'nun Soylu Vahşi'sindeki roldü bu; Batı medeniyetinin sorunlarından etkilenmiyor, Alice'in psikolojik tarihinin ve nevrozlarının ağırlığı altında ezilmiyordu. Ancak bungalovun olanca masalsılığına, meyvelerin tatlılığına, kumun ılıklığı ve yumuşaklığına karşın kayda değer bir değişim yaşanmadı. Bütün bunlar harikaydı harika olmasına ama Alice'in içsel dekorasyonundaki ya da coğrafyasındaki karmaşanın yanında önemsiz ayrıntılardı yalnızca.

Alice tatilde yaşadıklarının beklentileriyle neden hiç uyuşmadığını, adanın ve otelin bütün iyi özelliklerine karşın neden kafasının bu kadar çok karıştığını merak ediyorsa eğer, belki de bunun nedeni güneş kremlerini, klavuz kitaplarını, bikinilerini ve güneş gözlüğünü valizine yerleştirirken çok önemli bir şeyi geride bırakmayı unutmuş olmasıydı: Kendini geride bırakmayı unutmuştu Alice.

Alice bir beklenti anında Londra'da oturmuş, oteli kafasında canlandırmaya çalışmıştı; geleceğe yönelik bu canlandırmaya kendini dahil etmemiş, yalnızca sahilden, palmiye ağaçlarından ve ılık rüzgarlardan oluşan bir denklem hayal etmişti..

Sonra da gerçeklik gelmiş çatmış, Alice Barbados'un yaşam şeklini benimsemiş, ancak asıl paçayı kurtarmak istediği şeyden uzaklaşamamıştı: güzel ve sıcak bir günde Batı Hindistan'a ayak basmış ancak geride bırakmak istediği tek şeyi de oraya kadar yanında taşımıştı (gri bir gökyüzü kimin umrunda zaten?) –bu şey Alice'in ta kendisiydi.

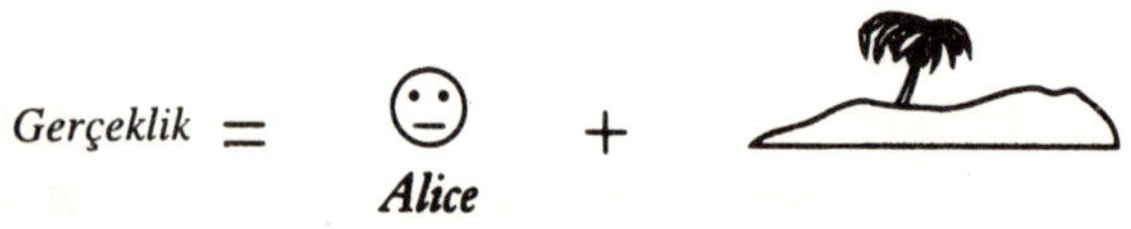

Montaigne *Yalnızlık* adlı denemesinde "Sokrates'e birisi için, 'seyahat onu hiç değiştirmedi' demişler, o da: 'Çok doğal, çünkü kendisini de beraberinde götürmüştür' demiş" diye anlatır. Aynı denemede Horatius'tan bir alıntı yer alır:

> Niçin başka güneş başka toprak ararsın?
> Yurdundan kaçmakla kendinden kaçar mısın?

İnsanlar "kendilerinden kaçmaktan" bahsederken çok önemli bir şeyi gözden kaçırırlar, asıl kaçmak istedikleri sorunlarıdır, kendileri değil. Buradaki "kendi", bir yığın başa bela ve başıboş zorluğa ev sahipliği yapmaktadır. Bu zorlukların "kendi"nden başka bir şeyde odaklanması düşünülemez bile; öyle olsaydı tatile çıkan kişi "işinden", "havadan" ya da "kocasından" kaçmak istediğini telaffuz ederdi. Buradaki "kendi" sözcüğünün kullanımı belli belirsiz bir varoluşsal yorgunluğu, hep aynı bedende var olmanın ağırlığını ve akıl bir kez işlemeye görsün hep aynı düşünceler kafesiyle karşılaşmanın hüsranını yansıtmaktadır.

Alice, seyrettiği görüntü değişse de seyreden gözün hep aynı kalacağını unutmuştu. Geleceğe, işin içine kendini katmaksızın bakmıştı; gerçekten o geleceği yaşamanın vereceği acıyı hesaplamaksızın gelecekten çıkar sağlamaya çalışmıştı. Geriye dönüp baktığında, “İmgelemim nasıl da zayıfmış” diye düşünüyordu. Şu anki sıkıntılarından, Londra'da olmanın ve işe gidip geliyor olmanın verdiği sorunları çıkartınca şunun farkına varmıştı: Cennetin bir köşesine, güzeller güzeli bir adaya bile gitse geceleri onu uykusuz bırakan bir şeyler oluyordu. Alice tıpkı kostümler ve dekorlar zenginleştirilirse tiratlarının daha iyi olacağını hayal eden kötü bir oyuncu gibi, bütün umutlarını havaya ve doğal güzelliklerin iyimser etkisine bağlamıştı.

Hayal kırıklığı sürecinin nasıl gerçekleştiğini fark edebilirdi. Londra'dan ayrılmadan kısa bir süre önce bir magazinin sayfalarını karıştırırken "Kumsal Güzelleri" başlıklı bir bölüm görmüştü. Uzun boylu sarışın bir model, beş tam sayfa boyunca bir sahilde yürüyor, sarı bir mayonun üzerine geçirilmiş beyaz bir keten elbise taşıyordu. Alice beyaz keten elbiseler ya da sarı mayolar giymeye çok meraklı değildi, ayrıca kendini buna pek de layık görmüyordu, ama ne olduysa oldu, gördüğü fotoğraflar onu canevinden vurdu, mağazanın ve tasarımcının adını bir zarfın arkasına not ediverdi.

Ancak Barbados'a gelip tam da magazindeki fotoğraflara benzeyen sahile ayak basınca, elbisenin o anki sahneye bir hayli büyük geldiğinin farkına vardı. Alice elbise için yeterince uzun değildi, elbise kumda hemencecik kirleniyordu, alınabilecek en uygunsuz kıyafetti, gün için fazla şık, gece için fazla kumsalvariydi. "Ne diye bu döküntüye para verdim?" diye söylendi Alice, sonra da elbiseyi gardırobunun (trajik bir biçimde fazlaca geniş olan) giyilmeyen giysiler bölümüne fırlattı kafasında. Bu bölümdeki giysiler güvensizliğin ve kendinden nefretin had safhada olduğu bir anda satın alınmış, daha berrak ve gündelik bir ışıkta bakıldığında (para harcama güdüsü etkisini az da olsa yitirdiğinde) tümüyle kullanışsız oldukları ortaya çıkmış giysilerdi.

Alice keten bir elbise alarak ya da Karayibler'de tatile giderek, klasik tüketim tuzağına düşmüş oluyordu. Eğer insan ihtiyacı olmadığı şeylere para veriyorsa, bilinç altındaki amaç yalnızca bir ürüne sahip olmaktan ibaret değildir, bu sahiplik sayesinde dönüşüme uğrayabilmektir. Alabilmek için tamı tamına seksen alın teri pound döktüğü elbiseden ve mayodan beklediği şey, kendini beğenmiş ve yeteneksiz bir tasarımcının kestiği ve bir moda dergisinin sergilediği zavallı iki çift kumaş parçasına sahip olmak değildir; asıl onları giyen kişinin varlığını ele geçirmektir. Belki gülünç gelecektir ama Alice'in asıl istediği modelin üzerindeki elbiselerden çok modelin ta kendisidir.

Peki ya bunun yerine ne olmuştu? Alice elbiseyi valizinden çıkarıp giymiş ve elbisenin içindeki bedenin, fotoğraflardaki muhteşem tenli taşbebeğin bedeni olmadığını; eğri büğrü ve kısacık bacakları, hiç de cazip olmayan kalçaları, egzersiz yüzü görmemiş karnı ve bodur kalmış göğüsleriyle kendi benekli bedeni olduğunu fark etmişti. Ne büyük bir aldatmacaydı bu! Elindeki bütün parayı harcayabilirdi, yeter ki o güne kadar bir türlü satın alamadığı şeye sahip olsundu: *kendisi olmayan birini* satın alabilsindi. Yaman bir çelişkiydi bu, kim çıkıp da bir mağazada tezgahtara uygun beden var mı diye sorarken aslında başka bir benlik satın alma niyetinde olduğunu itiraf edebilirdi? Ya da seyahat acentasında sır vermez bir suratla yer ayırtırken aslında

"Neresi olursa olsun, yeter ki beni benden uzaklaştırsın" diyebilirdi?

Ütopya sözcüğü "varolmayan yer" anlamına gelmektedir. Alice için bu varolamayış başka nedenlere dayanıyordu. Alice'e göre Ütopya'lar *per se* vardılar (Robinson Crusoe Oteli *gerçekten* masalsı bir oteldi ancak Alice hiçbir zaman bu Ütopya'nın içinde tam anlamıyla var olamıyordu. Bunun sosyal ya da finansal bir nedeni yoktu, bu aslında gayet basit bir paradokstu, Alice'in bir şeyden keyif alabilmesi için o denkleme kendini de dahil etmesi gerekiyordu, bu da keyif alınan şeyin tadını kaçırıyordu.

"Olası bütün cennetler yitirdiklerimizdir" demişti nostaljik Proust: Daha az huysuz yazarlar gelecekten beklenebilecek cennetlere çevirmişlerdir yüzlerini. Ancak ister geçmişe ister geleceğe dönük olsun (ister bir tatil broşürüne bakarak, ister henüz bitmiş bir tatilden kalma kartpostala bakarak hasret çekilsin) her iki senaryonun can alıcı noktası aynıydı, insanın bu cenneti yaşayabilmesi için işin içinde kendisinin olmaması gerekiyordu.

Alice sonraki haftalarda tenindeki bronzluğun yavaş yavaş solmasını izlerken şu eski gerçeği bir kez daha anımsadı: Yeni bir sevgiliyle evlenmek için karısından ayrılan adam, eninde sonunda yeni karısını da bir başka yeni sevgili için boşayacaktı – Karayib adalarına uçan bir kişi, kaçınılmaz olan denize ve güneşe karşın varolan hayal kırıklıklarını dindirebilmek için bir başka akıl cennetine ihtiyaç duyacaktı.

TAŞRASEVERLİK

Alice'in geçmişi, dünya üzerindeki herhangi bir milliyete dayanmamaktaydı. Alice uzun yıllardır Londra'da yaşıyordu; ancak annesi Fransa'da doğmuştu, anneannesi ve dedesi İtalyandı, babası Chicago'da doğmuş bir Amerikalıydı ama babaannesiyle dedesi Rusya'dan gelmişlerdi. Hasretini duyacağı bir toprak parçası olmadığı gibi, beş neslin gömülü olduğu ve belki de ona genlerinden haber verecek bir aile mezarlığı bile yoktu.

Babası uluslararası bir şirkette çalıştığı için Alice'in çocukluğu dünyanın dört bir yanını gezmekle, birkaç yılda bir okul değiştirmekle, İngilizce, Fransızca ve İspanyolca öğrenmekle geçmişti. Evleri sık sık diplomatlar, akademisyenler, iş adamları, ressamlar, mimarlar ve muhasebeciler gibi çok çeşitli meslek gruplarından insanları ağırlardı. Alice gittikleri yerlerin hiçbirine tam olarak bağlanamadan genç kız oluverdi, anıları karmakarışık bir coğrafi kronolojinin içinde kayboldu. İlkbahara Barselona'daki evlerinde tanık oldu, sonbaharın kokusu deyince aklına gelen ilk yer Neuilly'ydi, Long Island sahillerinin kum tepelerini tanıyor, Norveç fiyortlarının buzlarını daha dünmüş gibi anımsıyordu. Peri masallarını, canavarları, kötü kalpli cadıları farklı farklı dillerde yazılmış çocuk kitaplarından öğrenmişti, Babar ve Grimm, Potter, Zipe ve Zape bunlardan sadece birkaçıydı.

Alice'in bağlılık duygusu neye uğradığını şaşırmıştı: Bazen ona sanki milliyet insanın kanına işlemiş bir şeymiş gibi "Kendini hangi milliyetten hissediyorsun?" diye sorulurdu. Ancak Alice'in duygularını tek bir ülkeyle sınırlandırması imkansızdı: Kendini tek bir milliyete ait hissedemeyecek kadar çok ev, okul, şeker ve ülke tanımıştı çünkü. Arkadaşlıkları acımasızca alt üst edilmişti: Beş yaşındayken en iyi arkadaşı Sophie'den, yedi yaşındayken en yakın dostu Maria'dan, sekiz yaşındayken de ilk sevgilisi Thomas'tan ayrılmak zorunda kalmıştı.

Kimileri de "Köklerin nedir?" diye sorardı. Kökleri olmak ne demekti? Belli bir toprak parçasına bağlı olduğunu hissetmekti, belli bir iklimle, birtakım kültürel ürünlerle ve bir ırkın "milli kimlik" adını verdiği ideal bir mantıkla özdeşleşmek demekti. Alice'in özdeşleştiği tek şey çeşitlilikti: Londra'ya baktığı zaman, şehrin binalarının, caddelerinin ve şehirdeki yaşam biçiminin göreceliğini görebiliyordu, çünkü türlü türlü şehirlerin ve ülkelerin varlığından haberdardı. San Francisco'daki bir Yahudi mahkemesiyle Sevilla'daki bir kudas ayinini karşılaştırabilirdi; Paris'teki ekmeğin Chicago'daki ekmekten farkını söyleyebilir, New York'taki günbatımını Londra'dakinden neyin farklı kıldığını anlatabilirdi; birçok ülkede yobaz insanların önyargılı olduklarının bilincindeydi.

Eric ise yirminci yüzyılda mümkün olabilecek en köklü aile geleneğine sahipti. Ailesi beş nesildir Londra'da yaşıyordu, bundan öncekiler Hampshire'da bir köyden, bir çiftlik evinden gelmişlerdi Londra'ya. Ailesi Eric'in çocukluğundan beri oturdukları evden hiç ayrılmamıştı. Notting Hill'le Holland Park arasındaki mahallelerinde herkes onları tanırdı: Esnaf hâlâ Eric'i görünce selam verir, annesi sütçünün ve kasabın adlarını bilirdi, esnafla müşteri arasında neredeyse feodal bir ilişki vardı. Eric'in etrafı çocukluktan beri tanıdığı arkadaşlarla çevriliydi: ofisteki bir arkadaşını ta yuvadan beri tanıyordu, ilk gençlik çağından beri hemen hemen aynı arkadaşlarla görüşüyordu, etrafındaki gerçekliğin sürekliliği, kimliğini sorgulamasına fırsat tanımıyordu.

Bir akşam Eric ülkeler konusunu açtığında Alice,

"Kendimi hangi ülkeye ait hissettiğimi bilmiyorum" dedi, "Sen nereli hissediyorsun?"

"Ben galiba İngiliz gibi hissediyorum. Yani, aslında başka türlü hissetmem beklenemez zaten."

"İyi de, İngiliz olmak senin için ne anlama geliyor?"

"Bilmem. Normal bir şey bu. İzlenimler ve duygularla ilgili bir şey. Örneğin geçen hafta Heathrow'dan dönerken şehrin manzarasını görmek yüreğimi kabarttı. İşte benim ülkem, diye düşündüm. Galiba hem taşranın hem de şehirdeki binaların çok büyük etkisi var. Ya da ne bileyim, yurt dışına çıkarsın, İngiliz biriyle ya da İngiliz bir şeyle karşılaşırsın, yüreğin kabarır. Barbados'ta lobide *Financial Times* bulduğumda ya da BBC bültenini dinlediğimde de aynı duyguyu yaşadım."

İnsan hiçbir ilişkiye yalnız başına giremez, çocukluktan ve gençlikten kalma kültürel valizini, ilişkiler ve gelenekler ağını ve belki de taşra adını verebileceğimiz bir şeyi de beraberinde getirir. Taşra sözcüğüyle yalnızca milli özelliklerden değil, sınıf, yöre ve ailenin bıraktığı bilinçaltı kalıntılardan söz edilmektedir. Taşra, insanın normal bir şeymiş gibi algıladığı bilinçaltı öğeler bütünüdür: Büyük bir caddenin ya da posta kutusunun normal görüntüsü, normal bir akşam haberleri bülteni, normal bir vergi iadesi formu doldurma biçimi, bir arkadaşı selamlamanın, ekmeği yağlamanın, evi temiz tutmanın, ev eşyası seçmenin, arabadaki kasetleri düzenlemenin, bulaşık yıkamanın, tatile gitmenin, telefon konuşmasını bitirmenin ve bir cumartesi günü ne yapacağını planlamanın normal hali gibi.

"Neden sinemaya hep öğleden sonraları gitmek istiyorsun?" diye sordu Eric. Şubat ayında bir hafta sonuydu, Alice öğleden sonra iki seansına, Eric akşam dokuz seansına gitmek istemişti.

"Öğleden sonra sinemaya gitmek istemenin nesi varmış?" diye cevapladı. Alice'in babasıyla kurduğu ilişki büyük ölçüde cumartesi öğleden sonraları sinemaya gitmelere dayanıyordu, bu yüzden cumartesi öğleden sonraları Alice'in bilinçaltında babasıyla ve onunla birlikteyken gittiği filmlerle bağlantılıydı.

"Bilmem, bence çok garip" diye yanıtladı Eric. Eric'in ailesi, annesinin deyişiyle "hareketli resimlere" gitme konusuna yoğun bir şüpheyle yaklaşırlardı, Eric için hafta sonları geleneksel olarak rugbi, futbol ve kriket seyrederek ya da oynayarak geçirilen zamanlardı.

"Niye garip olsunmuş? Bence öğleden sonraları gitmek daha mantıklı, hem daha tenha olur hem de daha ucuz" dedi Alice. Erkek arkadaşın miras aldığı alışkanlıklarla babadan miras alınmış zevkler çatışmıştı.

"Bence filmden çıktığın zaman günışığını görmek hiç hoş değil" diye karşılık verdi Eric. "Bir filmden çıktığın zaman karanlıkla buluşmak istersin, parlak güneşle değil, sonra da uyumak istersin, yemekle ya da başka işlerle uğraşmak değil."

Bir ilişki, ister istemez iki ayrı taşranın buluşması anlamına gelir. Alice'in karmakarışık geçmişi, tek bir ülkeyle açıklanamayacak olsa da (tanıyanlar onun için "çok bir İngiliz", "çok bir Amerikalı" ya da "çok bir orta sınıf" diyemeyecek olsalar bile) bir taşrası vardı işte.

Bu ilişkide ilginç olan, Eric'in aralarındaki tüm farklılıkların yükünü Alice'in omuzlarına yükleyişi, onun da bu durumu aşama aşama fark edişiydi. Eric'e göre normalliğin sınırları onun taşrasında çizilmişti; sinemaya gidiş, yemek, renkler ve alışkanlıklar konusunda garip damgasını yemesi gereken bir anlayış varsa bu kendininki değil, kesinlikle Alice'inkiydi.

Kısacası, iki taşranın zaruri çatışmasında Alice, Eric'in fazlaca taşracı bir anlayış içinde olduğunu fark etmişti; yani Eric'e göre kendisinin bağlı olduğu gelenekler, bir başka taşranın eşit değerdeki meşruiyetini gölgeler nitelikteydi. Eric kendi konumunun göreceliğini kabul etmeye yanaşmıyor, kendi değerlerini tektanrılı evrenin merkezi olarak tanımlıyordu.

Alice, bir salı sabahı gazeteyi karıştırırken, "Bu hafta sonu Islington'daki sergi salonunda antika fuarı varmış" dedi. "Harika! Dünyanın dört bir yanından antika satıcıları gelecekmiş, eğer bu kuponu götürürsek yüzde on indirim de yapacaklarmış. Öğle ye-

meğinden sonra oraya uğrayabiliriz, değil mi?"
"Bence hiç de harika değil."
"Bence mükemmel."
"Benim bu hafta sonu yığınla işim olacak."
"O zaman ben de yalnız giderim."
Sonuçta karar alındı ve sofraya bir sessizlik çöktü.
Bir dakika sonra Eric,
"Neden antika fuarına gitmek istedin?"
"Ne varmış antika fuarında?"
"Bilmem, çok şey... şey..."
"Ne?"
"Eski püskü, döküntü şeyler işte. Antika eşyalarla ancak babaanneler ilgilenir."
"Senin babaannen ilgileniyor olabilir, benimkini De Stijl'den aşağısı kurtarmazdı."
"Gerçekten mi? Benimki milyonlar versen Stijl'i telaffuz edemezdi. O söylediğin antika fuarlarında koyu kahverengi köhne eşyalardan başka bir şey bulamazsın, güya Chippendale'ın asistanının yaptığı bir masadan köşeyi dönen düzenbazların sattığı ikinci sınıf pılı pırtı... Kazıklanmak üzeresin, eğer cidden mobilya alman gerekiyorsa modern bir yere git bence, çağdaş bir tasarımcı bul, belki biraz daha fazla para ödersin ama kaliteli eşyaların olur."
"Bu hiç de benim zevkime göre değil."
"O zaman zevkini değiştir."
"Ben kendi zevkimden çok memnunum."
"Köhne bir zevk olsa bile mi?"
"Tanrı aşkına, Eric, bu hafta sonu keyif alacağım bir şey yapacak olmam neden seni mutlu etmiyor?"
Eric bu sorunun yanıtını itiraf etmeye yanaşmadı, ama aslında yanıt, Alice'in yaşayacağı mutluluğun kaynağının kendisiyle ilgisiz ve bağımsız olmasıydı, bu da Eric'in onu içten içe kıskan-

masına neden oluyordu.

Alice son zamanlarda Eric'in taşracı kıskançlığının farkına varmaya başlamıştı. Eric onun taşrasını küçümsüyor ve bir çeşit yabancı düşmanlığı besliyordu. Alice'in anlayışı, başkalarının zevkleri ve beklentilerini daha geniş bir duyarlılıkla karşılama yönündeydi çünkü bu beklentiler kişiliğini oluşturmuştu.

"Birlikte olduğum insana göre değişirim" diye itiraf edivermişti bir kez. Toplum içinde çok farklı davrandığı rahatça gözlemlenebilirdi, tepkilerini, söylemek istediğine göre değil, başkalarının duymak istediklerine göre düzenlerdi. Annesi onu nitelikli ve becerikli olduğu için severdi, Alice de annesine nerelere davet edildiğini anlatarak bu imgeyi daha da güçlendirirdi. Eric onun araba lastiğini değiştirişindeki ya da iş yerinde bir toplantıyı yönetişindeki ustalığa hayrandı; Alice arkadaşı Lucy'ye başarılarından söz etmenin hiç iyi bir fikir olmadığını bilir, bu yüzden de onun yanında biraz sıkıntılıymış tavrı takınmaya ve incitmemeye özen gösterirdi. Alice'in aksanı, varlıklı arkadaşı Lavinia'nın yanındayken batı Londra aksanına kayar, ressam arkadaşı Gordon'un yanındayken Lewisham'e inerdi.

Alice'in konuşması başkalarının özelliklerine göre şekil alırdı: Onların beğenmedikleri ya da hayran oldukları şeyleri kaydeder ve bunlara uyum sağlamaya çabalardı. Heyecanlı bir anda konuşmayı kendi akışına bırakmaktansa hızı kesmeyi tercih ediyordu, sabit durmamalıydı, etkileyici olmalıydı.

Eskiden olsa Alice, Eric'le çatışan taşra özelliklerini açığa çıkarmaktan kaçınırdı. Karşı çıkışlarını kendine saklar, Eric'in mobilya ve politika konusundaki minimalist zevkine uyum sağlardı; Eric'e başka kravatlar alması gerektiğini ya da şehir içinde arabasını daha yavaş sürmesini söylemeye yanaşmazdı. Kendi heveslerini dile getirmek konusunda isteksizdi. Londra'da yürüyüş, tarihi yerlere yapılan geziler ya da tehlike altındaki Amazon kabilelerini korumak için yapılan eylemler gibi konularda tercihinin ne olduğunu söylemezdi. Eric'e vejetaryen musakkası yedirmekten, James Taylor albümleri dinletmekten ya da önsevişmeyi daha farklı yürütmesi gerektiğini önermekten şiddetle kaçınırdı. Oysa tatilden dönüşte Alice, 'Bu taşra hoşgörüsüzlüğü benim bu ilişkide çizdiğim karakteri etkilemiyor mu acaba?' 'Acaba kendimi ne ölçüde ifade edebiliyorum?' gibi sorulara daldı.

İlişkide bir karakter çizmek ne anlama gelir? Bir akşam yemeğine gidin; müstehcen fıkralar anlatan, kahkahasıyla masayı çınlatan, peçeteyle ilüzyon numarası yapan ve yemeğin sonunda sarhoş olup ev sahibini baştan çıkaran kişi, sofraya "karakterini" en kalın hatlarla çizebilmiş kişidir. Önce sağındaki konukla bir çift laf eden, sonra solundaki diğer konukla iki çift laf eden, sonra da özürlerini bildirerek sofrayı terk eden bir kişinin karakter olduğu söylenemez. İnsan olduğu tartışılmaz ya, yine de karakter olduğu söylenemez.

Karakter, farklılık ve çeşitlilik temelinde oluşur. Kişinin karakter olabilmesi için bir diğerinden farklı özellikler sergilemesi gerekir: Çiğ kurtçuk yemekten hoşlandığınızı ya da kulaklarınızdan şarkı söyleyebildiğinizi yüksek sesle duyurun, bakın nasıl ilgi çekici olacaksınız. Siz artık herkes gibi değilsiniz, herkesten farklısınız. Edebiyat dünyası kadınlar ve erkeklerle doludur, ama içlerinde pek azı "karakter" olabilmeyi başarmışlardır. Don Quixote bir "karakterdir", Joseph K. ise değildir: İlki bir kokteyl partisinde kolayca göze çarpan bir kişiliktir; ötekiyse aynı partide kapının eşiğinde amaçsızca fıstık kemirip, suratında telaşlı bir ifade, sıradan zavallı bir katip görüntüsü çiziyordur.

Alice'in annesi "tam bir karakterdi"; arkadaşları onun sonu gelmeyen dedikodularına, elit bir ortamda herkesin ağzını açık bırakan fıkralarına ve güldüğü zaman burnundan çıkan o matrak sese bayılırlardı. Üzerindeki uzun pembe elbiseler ve ağır parfümler sayesinde her yerde göze çarpan bir kişilikti – kısacası

Alice'nin annesi "tam bir karakterdi."

Alice ise karakter özelliklerini ulu orta sergileyemezdi, bu yüzden tuhaf davranışlarını anlamlandırmak çok zordu. Belirgin olmayan ve göstermekten kaçındığı özelliklerinden biri de antika sevgisiydi: Ve bu sevgi sonunda Eric'in ona kırılmasına yol açtı. Eric nesnel olarak Alice'in mutlu olmasını isterdi elbette; ancak içten içe istediği şey, Alice'in bu antika hevesini karakteristik özellikler listesine eklemek ve sonra da unutup gitmekti, bu özelliği Alice'in karakteriyle bir görmemekti.

Alice Suzy'ye antika fuarına gitmek istediğini ancak Eric'in bu plana ısrarla karşı çıktığını anlatınca Suzy,

"Seninle gelmek istemiyorsa bu kimin umurunda?" dedi.

"Ben de gitmeyi gerçekten isteyip istemediğimden çok emin değilim" dedi Alice.

"Evet, istiyorsun. Elbette istiyorsun, sen kendin söyledin."

"Öyle mi dedim?"

"Tabii. Yoksa neden şikayet edesin?"

"Galiba haklısın."

"Elbette haklıyım. Ha, bak, aklıma ne geldi. Matt'in bir arkadaşı var, adı Philip. Klasik müzik albümlerinin kaydında ses teknisyeni olarak çalışıyor. Çok hoş biri, hem antikaya da bayılıyor. Onunla gidebilirsin. Böylece yalnız gitmemiş olursun. Ben ayarlamaya çalışayım şu işi."

KİM OLMAMA İZİN VERİYORSUN?

Philip o hafta sonuna doğru Alice'i aradı; Cumartesi günü Viktorya İstasyonu'nda buluşmaya karar verdiler.

"Birbirimizi nasıl tanıyacağız?" diye sordu Alice. "Neye benziyorsun sen?"

"Hım, eğer keyfim yerindeyse tıpatıp Robert de Niro'ya benzerim. Ne bileyim ben! Ne soru ama! Ben seni nasıl tanıyacağım?"

"Ben boş ve kahverengi bir zarfın içinde geleceğim."

"Ne hoş."

Buluşma günü, daha ayrıntılı tasvirler yapıldıktan sonra, birbirlerini kolayca buldular, Philip'in açık yeşil Mini'sine atlayıp Londra'nın kuzey yakasının yolunu tuttular. Antika fuarı Islington'da kocaman bir sergi salonundaydı; tam Eric'in kehanette bulunduğu gibi koyu kahverengi köhne eşyalarla doluydu.

"Ne arıyorum, biliyor musun, mutfak masası" dedi Philip, üst salondaki eşyalara bakarken.

"Sence bulabilecek misin?"

"Bu nasıl sence? Yok yok, iyi değil. Bilmem, belki. Bazen şans eseri çok güzel şeyler bulabiliyorsun, o zaman bu iş çok eğlenceli olmaya başlıyor. Bir keresinde tül perdeyle kuşatılmış bir yatak bulmuştum, hem de çok ucuzdu, hemen almıştım."

"Tül perdeyle kuşatılmış yatakta mı uyuyorsun?"

"Tamam, utanç verici olduğunu kabul ediyorum, ama ne yapayım."

"Bence utanç verici değil, hatta çok romantik. Aaa, şu sehpaya bak, yatağımın yanında çok tatlı durur" dedi Alice, çello biçiminde küçük şirin bir sehpayı göstererek.

"Yalnızca yirmi pound" diye seslendi standdaki görevli.

"Hım, fiyatı iyiymiş."

"Al o zaman."

"Alsam mı?"

"Elbette al. Eğer sevdiysen, ne duruyorsun?"

Ve bir buçuk saat sonra, Philip'in koltuğunun altında (uygun bir mutfak masası olmasa da) bir çello sehpası, sergi salonunun kalabalığından ayrılıp High Street'in güneşine çıktıklarında henüz öğle olmuştu, bu yüzden Philip çelloyu Mini'ye bırakıp yakındaki bir balık restoranına gitmeyi önerdi.

"Deniz ne kadar güzel, değil mi? Ne bileyim, şu koca şey, sanki dinginliğe kavuşturuyor her şeyi" dedi Alice. Bakışları, masalarının bitişiğindeki duvarı olduğu gibi kaplayan bir deniz resminin içinde kaybolup gitmişti.

"Neyi dinginliğe kavuşturuyor?"

"Bilmem, her şeyi, bütün sorunlarımızı ve kaygılarımızı. Geceleri uykumuzu kaçıran, gündüzleri bizi telaşa düşüren şeyleri."

"Geceleri uykun mu kaçar senin?"

"Yani, aslında sürekli değil, ama herkes gibi kaygılarım var işte. Senin yok mu? Bazen el frenini unutup yaşarım. Ne demek istediğimi anladın mı, arabayı sürerken çok yavaş gittiğini fark edersin, sonra da bir bakmışşsın el frenini indirmeyi unutmuşsun, işte benim sık sık başıma gelir bu. Neyse canım, zırvalıyorum işte."

"Hiç de değil" dedi Philip, Alice de belli belirsiz gülümsedi. Tuzluğu aldı, eline biraz tuz döktü, sonra da ekmek tabağının içine küçük küçük serpti. Sessizlik oldu, her ikisi de denize döndürdüler bakışlarını.

"Geçenlerde çok ilginç bir balık türü öğrendim" diye sürdürdü konuşmasını Alice, "Bu balık denizin derinliklerinde yaşarmış ve kendi türünden balıklara rastladığı pek endermiş. Eğer rastlarsa, iki balık sevişirlermiş, sonra dişi balık erkeği yiyip bitirirmiş."

"Aşka son vermek için bundan zalim yol duymamıştım. Eminim az rastlanan bir türdür bu."

"Ne garip, değil mi?" dedi Alice. "Hep aklıma gelir bu, koca bir okyanusta iki balık, sevişiyorlar, sonra biri ötekini yiyor."

"Dil balığı?" diye sordu garson.

"Benim," diye yanıtladı Alice.

Philip'le Alice bir süre sonra koyu bir sohbetin derinliklerinde buldular kendilerini; dipteki kayaya ulaşmadan önce insanın karşısına çıkan bütün geleneksel katmanları yerle bir ederek.

Alice bu sohbette en çok konuşanın kendisi olduğunu fark etti. İşin en ilginç yanı buydu çünkü Alice her zaman soruları soran ve yanıt alamayan taraf olmuştu, bu sayede bazı çevrelerde adı "röportajcı"ya çıkmıştı. Zayıflık kendini açık etmeyle, güç de kendini kendine saklamayla açıklanabilirse eğer, röportajcı her zaman güçlü olandır. Güç, soruları Makyavelist nedenlerle sormayı gerektirir, ancak Alice içindekileri açığa vurma korkusu yüzünden böyle davranıyordu. Onun da iç dünyasını başkalarıyla paylaşmaya ihtiyacı vardı, ancak çevresindeki insanlara kendine ait ayrıntıları dayatmaktan korkuyordu. Çevresindekiler de ondaki dinleme eğilimini hemen seziyorlar, onu gerçek bir arkadaş gibi görmektense, ona ucuza kapattıkları bir terapist gözüyle bakmaya başlıyorlardı.

Ama Philip'in yanında konuşma isteğiyle doldu çünkü onda ilginç bir merak ve insanı özgürce konuşmaya heveslendiren bir dürüstlük hissetti. Uzun sohbetleri süresince çocukluğundan bile bahsettiler, Alice daha önce bu konuları bu kadar içtenlikle (ve bu kadar hızlı bir biçimde) kimseyle paylaşmamıştı.

"Parlak bir zekaya sahipti" diyerek babasını andı Alice, "Herkes ona hayrandı, bir yandan da deli olduğu konusunda herkes hemfikirdi. Dünyanın her yerini gezmekle meşguldü, uzun yıllar bir mağazalar zinciri için çalıştı, sonra da mağaza pencereleri üreten bir işletme satın aldı. Babamı çocukken pek az görmüşümdür, ne zaman görecek olsam da paniğe kapılırdım çünkü üzerinde iyi bir izlenim bırakmak için paralardım kendimi. Anımsıyorum da, sekiz yaşındaydım, doğum gününü kutlayacaktık. Herkes debdebeli armağanlar alıyordu, ben de çok güzel bir şey almak istemiştim ama beş kuruş param yoktu. Koskoca kutular alıp hepsini güzelce paketlemiştim, babama çok güzel paketlenmiş ama bomboş kutular armağan edecektim. Çok heyecanlanmıştım, bir de baktım elli tane kutu yapmışım. Ama bu kutuları babama hiçbir zaman veremedim, Kanada'ya seyahate gitmek zorunda kaldı ve doğum günü için eve dönemedi. Annem çok fazla yer kapladıklarını söyleyerek hepsini çöpe attı."

"Seni kıskanmış olmalı."

"Aslında evet, bir yönüyle öyle. Annem, babamla aramda engeller yaratırdı hep. Ama hiçbir zaman kıskançlığını yapıcı yönde kullanmadı. Yani demek istediğim, babamın beni görmesini engellerdi, beni anlamak için hiç gayret göstermedi. Bu anlamda çok yıkıcıydı. İnsanları ayırmak isterdi, fakat ayırdığı insanlarla başbaşa kalınca da onların değerini bilmezdi."

"Annen çocukları sever miydi?"

"Aslında babam çocuk sahibi olmayı hiç istemezmiş, annemin zorlamasıyla olmuş. Annem de öyle çocuk meraklısı biri değildi, ama babamı bu yolla kazanacağını sandı, ancak bu pek işe yaramadı, o da hırsını hep bizden çıkardı. Bizim, onun bu saçma düşüncesi yüzünden dünyaya geldiğimizi düşündü durdu, en ufak bir yanlışı kendi yanlışıymış gibi algıladı. Ben çok yavaş bir çocuktum, on iki yaşıma kadar iki lafı bir araya getiremezdim, çok utangaçtım, annemse bu duruma çok sinirlenirdi çünkü babam çok zeki bir adamdı, çocuklar aptal olurlarsa aileye "kötü genleri" onun getirdiğini düşünürler diye korkardı."

"Peki evli olduğu için mutlu mu?"

"Babamla mı?"

"Başkaları da mı vardı?"

"Üçüncü kocasıyla evli."

"O zaman evet, babanla mutlu muydu?"

"Hayır, hiç sanmıyorum. Avner'i tercih edip bizi terk ettiğinde hiç üzülmemiştim, çünkü hiçbir zaman tam bir aile olduğumuzu düşünmedim. Mutfak masasının etrafında oturup 'Mutlu aile tablosu' çizen bir aile olmadık hiçbir zaman. Annem çok soğuk ve sert mizaçlı bir kadındı. Çok gençken babasını kaybetmiş, ailenin en büyük çocuğuymuş, anladığım kadarıyla aileyi o idare etmek zorunda kalmış. Babası öldüğünde yalnızca on iki yaşındaymış, erkenden olgunlaşmak zorunda kalmış. Bu yüzden de bir yönü hep sert bir anne, diğer yönü de on iki yaşındaki korkak ama korkusunu belli etmemeye çalışan bir kız çocuğu olarak kaldı."

"Baban neden evlenmişti onunla?"

"Galiba annem babam için bir güvenceydi. Evlendiklerinde babam işe daha yeni başlıyormuş. İkisi de New York'da yaşıyormuş, annem o zamanlar bir TV şirketinde çalışıyormuş ve işinde çok başarılıymış. Bir partide tanışmışlar, üç hafta içinde de evlenmişler, aslında evlenmeleri tam bir delilikmiş; ancak bu, bir güvence arayışında olduklarını ve can simidi misali birbirlerine sarıldıklarını gösteriyor. Evliliklerinin kocaman bir hata olduğunu anlamaları yıllar aldı."

"Kusura bakma ama, bütün bunlar seni çileden çıkarmadı mı?"

"Elbette çıkardı, ama ailesinin çok mutlu olduğunu söyleyenlere hep şüpheyle bakmışımdır. Bir ailenin tam anlamıyla mutlu olması imkansızdır bence, hem benim ailem en azından mutsuz olduğunu ulu orta sergilemekten kaçınmıyordu. Bizim evimizde beş dakika geçirip de bir şeylerin yanlış gittiğini anlamamak imkansızdı. Bizim ev hiçbir zaman insanların birbirlerine "canım cicim" diye hitap ettikleri ama aslında dişlerini sıktıkları ve akıllarından cinayet planları geçirdikleri evlerden biri olmadı. Bu türden evler bana şu fıkrayı hatırlatır, hani adamın biri psikoloğuna 'Dr. Speigeleier, geçen gün çok ilginç bir biçimde dilim sürçtü. Annemle oturmuş çay içiyorduk, anneme tam 'Anneciğim, lütfen şekeri uzatır mısın?' demeye niyetlendim, ağzımdan şu sözcükler çıktı: 'Anne, sen Allahın belası sürtük karının birisin ve hayatımı mahvettin.'"

Yamekten sonra High Street boyunca yürüdüler, sonra da birkaç kitabevine uğradılar. Yağmur çiselemeye başladı, arabaya geri döndüler ve eve doğru yola çıktılar.

Alice'in Earls Court'taki evinin önünde durdular. Philip, "Çelloyu taşımana yardım etmemi ister misin?" diye sordu.

"Yo, gerek yok. Ben hallederim."

"Nasıl istersen."

"Beni eve bıraktığın için teşekkür ederim. Borcum olsun."

"Tabii. Sen de bana mutfak masasını bulmam için yardım edersin."

"Harika. Mutlaka araşalım."

Alice arabadan indi, bagajdan çellosunu aldı, ufacık bir el sallayıp ön kapıdan içeri girdi ve gözden kayboldu. Sehpayı odasına taşıdı, üzerine küçük bir lambayla çalar saat yerleştirdi, şöyle uzaktan bakıp yatağın yanına nasıl da yakıştığını fark etti ve gülümsedi. Çok uzun ömürlü bir gülümseme değildi bu, Eric'in akşam sehpayı görüp "yirmi pound verip alınabilecek en rüküş eşyayı almışsın" demesiyle dağılıverdi etkisi.

Alice'le Eric'in tatilde çektirdikleri fotoğraflar sonunda tab edilmişti, yemekten sonra salona gidip fotoğraflara baktılar, birinde bungalovlarının önündeki verandadaydılar, tenlerinin renginden tatilin başlarında çekilmiş bir fotoğraf olduğu anlaşılıyordu.

"Şuna baksana. Ne kadar güzel çıkmışsın" dedi Eric. "Harika görünüyorsun."

"Felaket görünüyorum. Hiç kendim gibi çıkmamışım. Çok kötü bir fotoğraf."

Eric, Alice'i bir başkasıyla karıştırmamıştı, fotoğraftaki yüz kesinlikle Alice'e aitti (zalim bir fotoğraf laborantı tarafından üzerinde rötuş yapılmamıştı yani), çirkin bir fotoğraf olduğu söylenemezdi, bu fotoğraf yalnızca görmeye alışkın olmadığı yüz hatlarını vuruyordu Alice'in yüzüne; kendine ait hissetmediği bir yüz halini anımsatıyordu.

Alice'in tepkisi, kabul edilebilir "doğru ben"in yalnızca bir tane olduğunu gösteriyordu. Herhangi bir eski fotoğrafın, hele hele Barbados'un verandasında çekilmiş o fotoğrafın kendisini yansıttığı söylenemezdi. Fotoğraf, Alice'in yüzünün takınabileceği uyarlamalardan birini (ve fiziksel görüntüsünün bir yönünü) yüzeye çıkarmıştı, ancak Alice bu uyarlamayla hiç özdeşleşmiyordu. Böylesi bir gülümsemeden hiç hoşlanmazdı, bu şekilde yanakları kızaran kişilerle arkadaşlık etmezdi, saçlarının bu şekilde rüzgarda dağılmış bir görüntü çizdiği ender rastlanan şeydi – ve Alice, fotoğraf makinesinin sahtekar bir birebirlikle kendisine yüklediği bu özelliklere sahip olmak istemiyordu.

Üstelik bu duyguların hiçbiri fotoğraflarla sınırlı değildi, çünkü Alice'in yalnızca vücudu değil, karakteri de farklı açılardan farklı görünüyordu göze. Işık, bakış ve sevgililer kolayca değiştirebiliyordu onu. Alice, bazı insanların yanında başkalarına kıyasla daha bir "kendi gibi" hissediyordu kendini. Örneğin Suzy'nin yanındayken nasıl anlaşılmak istiyorsa öyle anlaşılan bir Alice'ti. Suzy Alice'in iç dünyasını çok iyi gözlemleyebiliyordu; "Seni çok iyi tanırım, onu arzuluyorsun çünkü ona ulaşamayacağını düşünüyorsun" derdi bazen, bazen de "Kendin yapmak istediğin bir şeyi başkasına yaptırmaya çalışıyorsun..." diyerek tek bir cümleyle özetleyiverirdi durumu. Bir de Gordon vardı, Alice'in alışveriş merakına ve magazin sayfaları arasında kayboluşuna takılmayı çok severdi, bu özelliklerine ince bir alayla yaklaşır, ironik bir ses tonuyla sorardı: "Yaşamınız nasıl gidiyor, Emma B.?" Alice iç geçirirdi, Gordon da daha yüksek sesli bir iç geçirişle taklit ederdi onu.

"Benimle alay etmeyi bırak" diye çıkışırdı Alice.

"Ben sizinle alay etmiyorum, aksine sizin için çok üzüldüm. Duyduğuma göre M&S'te sizin aradığınız taytlardan hiç kalmamış."

"Seni utanmaz seni."

Gordon daha da ağırbaşlı bir havaya girer,

"Yanlış bir şey mi söyledim, sayın hanımefendi?" diye sorardı. Sonra her ikisi de kahkahayı patlatırdı.

Arkadaşları Alice'in zaaflarını tiye alırlardı hep; onların sayesinde gündelik bir nevrotik olmaktan sıyrılmış ve bir çeşit komiğe dönüşmüştü. Örneğin arkadaşlarıyla bir türlü uyuşamadıkları konu, Alice'in buluşmalara her zaman geç gitmesiydi; ancak arkadaşları bu konuda onunla takışmak yerine ona yolladıkları parti davetiyelerinin saatini "Alice saatine" göre ayarlarlar ve partinin normal saatinden bir saat erkenini yazarlardı davetiyeye. Alice'in kendini bulma tutkusunu, Hollywood starı olma ya da Brezilya ormanlarını kurtarma isteğini komik aksanlar takınarak alaya alırlardı.

Alice, Eric'le olan ilişkisinde buna benzer bir sürecin neden işlemediğini merak ederdi hep: Orada gerilimlerden hiç söz edilmezdi, gerilimler hiçbir biçimde mizah içermeyen anlaşmazlıklara dönüşürlerdi.

Alice o gün Philip'in yanında çok güzel bir gün geçirdiği ve onun yanında kendini "kendi gibi" hissettiği için, gece Eric'in yanında da benzer bir ruh halini sürdürmeyi denedi. Philip'in çok tatlı bir nüktedanlığı vardı. Alice'in karakter özelliklerini hemencecik gözlemlemiş ve bu özelliklere zeka yüklü bir ironiyle karşılık vermişti. Alice'in restoranlardaki o ünlü kararsızlığını fark etmiş, ana yemeğin ortasında garsonu çağırarak tatlı mönüsünü şimdiden getirmesini rica etmişti, yemek bitene kadar ancak karar verebilirlerdi ne de olsa.

Alice Philip'ten ayrıldığında ortalığa neşe saçıyordu, Eric'in evine girdiğinde de bu ruh halini bozmadı. Büyük bir rahatlık ve kendine güvenle:

"Ne haber işkolik? İşini bitirebildin mi?" diye sordu.

"Bitti. Ne oldu sana?"

"Hiçbir şey olmadı. Neden?" dedi Alice.

"Bilmem, çok garip davranıyorsun."

"Yoo, ben sadece çok iyiyim."

"Hım."

"Dur sana bir fıkra anlatayım. Bana da Philip anlattı."

"Anlat."

"Bak şimdi, iki Yahudi, bir hamamın girişinde konuşuyorlarmış. Biri ötekine sormuş: "Duş mu aldın?" Öteki de telaşla yanıt vermiş: "Neden? Duşlardan biri mi kayboldu?"

"Hım."

"Anladın mı, 'Duşlardan biri mi kayboldu' diye sormuş."

"Ya, evet, anladım. Pasta yemek istersen buzdolabında biraz var."

"Harika..."

Wittgenstein'ı bu duruma uyarlayacak olursak, dünyamızın sınırlarının, başkalarının bizi anlama sınırları tarafından belirlendiğini söyleyebiliriz. Elimizde olmadan başkalarının algılarının parametreleri içinde var oluruz – başkalarının bizim komikliğimizi anlama sınırları içinde komiklik yaparız; onların zekası bizim zekamızı, cömertliği cömertliğimizi, ironisi ironimizi belirler. Karakter, hem okura hem de yazara ihtiyaç duyan bir dil gibi işler. Shakespeare, yedi yaşındaki çocuğun gözünde saçmalıktan ibarettir, eğer sadece yedi yaşındakiler tarafından okunacak olursa yedi yaşındaki birinin anlama kapasitesi ölçüsünde takdir edilir – Alice'in imkanları, sevgilisinin empatisi ölçüsünde genişleyebilir.

Alice'in oyunbaz ve palyaçovari bir yanı vardı ki bunu takdir eden ve kışkırtan Philip olmuştu. Şimdiyse yaptığı espriler Eric'in kulaklarına çarpıp geri dönüyordu, bu durumda Alice'ten bu ruh halini sürdürmesi beklenemezdi. Alice, hiç istemediği halde, Eric'in algısının dayattığı ruh haline geri döndü.

İlişkiler, başkalarının niteliklerinden çok bu niteliklerin imgelemimizde yarattığı etkiye (bize tatmin edici bir benlik imgesi yansıtma yetilerine) dayanırlar. Eric Alice'e ne hissettiriyordu? Bunu nasıl beceriyordu? Alice bu sürecin nasıl işlediğini tam kestiremiyordu, bütün bunlar kafasında dönüp duran düşüncelerden mi ibaretti yoksa dışsal bir geçerlilikleri var mıydı, bundan da emin değildi, tek bildiği, Eric'in yanındayken kendini değersiz hissettiğiydi. Eric'in yanındaki Alice, bozguna uğramıştı, zeka yoksunuydu, aklını duygusal mevzulara takmıştı ve sinir bozucu bir şekilde başkalarına bağımlıydı.

Eric'in bunları Alice'in yüzüne vurduğu hiç görülmemişti: Bütün bunlar, Alice'in onun yanındayken *kendine dair* hissettikleriydi. Bilim adamları belli bir sonucun nedeninin ne olduğunu saptayabilmek için denetimli deneyler yaparlar; bu deneylerin her birinde yalnızca tek bir etkeni değiştirerek nedenin ne olduğunu bulmaya çalışırlar. Alice üzerinde bu tür bir deney yapılacak olsa, imgelemini etkileyen şeyin Eric olduğunu anlamak işten bile değildi; hem zaten Eric'in yanındayken kendini zavallı gibi hissetmesi başka nasıl açıklanabilirdi? Ama Alice bu bağlantıyı göremiyordu. Kendine yönelik duyguları soğuk ve rutubetli bir hal aldığında bile Eric'e yönelik duyguları sıcacık oluyordu (hatta dini bir tutkuyla buharlaşıyordu). Eric, onun Ericimgesini etkilemezden çok uzun zaman önce benlik-imgesini etkilemişti.

A, B'ye baktığı zaman, B ister istemez A'nın bakışının taşıdığı değerlendirmelerden etkilenir. Eğer A, B'nin güzeller güzeli, yumuşak tenli küçük bir melek olduğunu düşünüyorsa B de güzeller güzeli, yumuşak tenli küçük bir melek olduğunun düşünülmesinden etkilenecektir. Eğer A, B'nin kendini zeki sanan ama ikiyle ikiyi toplamaktan aciz bir gerizekalı olduğunu düşünüyorsa, B de beklentiler yüzünden bütün yetilerinin ortadan kalktığını hissedecek, en sonunda iki iki daha yaklaşık altı eder diye bitirecektir sözü.

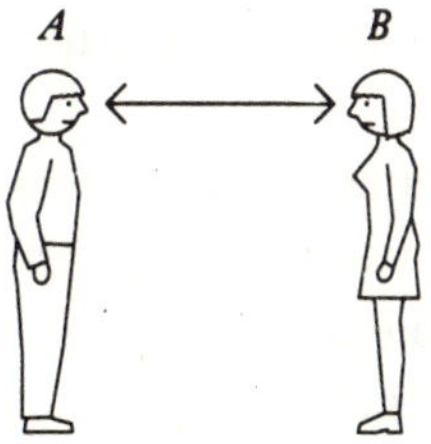

Alice'i hayrete düşüren, bu sürecin işleyişindeki üstü kapalılık oldu. Ne de olsa, A'nın B'ye "Sen aslında kendini zeki sanan bir gerizekalısın" dediği pek az görülmüştü. Değerlendirme, sözsel olarak bir taraftan diğerine geçmiyordu hiçbir zaman, bu yüzden de B "Bütün bunlar kafamın içinde dönüp duran düşüncelerden mi ibaret yoksa?..." diye kendi kendine soruyordu.

İletişimde cesur beyanatlara yer yoktur: Bir kimsenin bir başkasına olan duygularını dil aracılığıyla ifade ettiği ender rastlanan şeydir. Öyleyse bir mesaj, dile dökülmediği halde, nasıl karşı tarafa iletilir?

Bir gün Alice, arkadaşları Claire ve Miles'ı çekiştirmiş, Claire'in anne, Miles'ın da çocuk gibi davrandığını söylemişti. Miles'ı liseden beri tanıyan Eric bu değerlendirmeye hararetle karşı çıkmış, "Saçma. Her zaman olduğu gibi çok derin tespitlerde bulunuyorsun" demişti.

"Kabul et, söylediğim doğru, aralarında çok garip bir ilişki var. Miles sürekli bir şeylerden şikayet ediyor, Claire de gelip işleri yoluna koyuyor ve onu sakinleştiriyor. Üstelik ikisi de bu rolleri oynamaktan hoşnut görünüyorlar."

"Dedim ya, saçma. İkisi de harika insanlar."

"Bunun konumuzla ilgisi yok."

"Ee, neymiş o zaman konumuzla ilgili olan?"

"Demek istediğim şu: İlişkilerinde tutturdukları denge...."

"Her şeyi karmaşık bir hale getirmeye bayılıyorsun, öyle değil mi?"

"Hiç de değil. Ben sadece bir şey ileri sürdüm. Neyse canım, kime ne? Boşver."

Eric sözlerle ifade etmemiş de olsa konuşma, Alice'in değerlendirmelerine garip yaftasının yapıştırılmasıyla sonuçlandı. Eric'e göre Alice arkadaşlarının duygusal yaşamlarıyla ilgili birtakım şekillerin ve gölgelerin varolduğu sanrısına kapılıyordu. Hiçbir zaman eleştirisini bu sözlerle ifade etmedi. Ama Alice'in düşüncelerini saygısızca horgörmek için eline geçen her fırsatı değerlendirdi, sessiz ama içten içe yıkıcı bir üslupla yaptı bunu.

Bir gün Alice Eric'e o hafta sonu odasındaki kitapları yerleştirmeyi planladığını söyledi. Eric "Demek bu hafta sonunu odanızdaki birinci baskı kitapları yerleştirerek geçireceksiniz?" diyerek dalga geçti. Buradaki sorunun ardında, Alice'in çok iyi eğitim aldığı ya da kitap kurdu olduğu gibi bir anlam yoktu. Aksine, onu gösteriş düşkünlüğüyle suçlamak demekti; cildi bile olmayan birinci baskı kitaplar alıp raflarına dizip (içeriklerinden bihaber oldukları halde) hava atan insanlara benzetmek demekti.

Alice'in bu saldırıyı (ve daha nice saldırıları) çözümleyecek zamanı yoktu tabii. Sevgilisinin ona saldırıda bulunduğunu görmeye yanaşmadı ve ölçülü bir biçimde "Bende hiç birinci baskı kitap olmadığını biliyorsun, öyleyse benimle alay etmekten vazgeç. Ben kitapları seviyorum, eğer bununla ilgili bir sorunun varsa oturup konuşalım" demedi hiçbir zaman. Bunun yerine, yüreğine hüzün çökmüş bir halde eve dönmeyi tercih etti, kim için hüzünlendiğini, kimin onu hüzünlendirdiğini anlayamadı.

Bu sinsi beyanatların yanı sıra, Eric'in yanındayken benliğini sınırlayan bir şey daha vardı: Eric'in sohbet etmekten en çok hoşlandığı konular. Örneğin BMW'nin son model motorunun muhteşemliğinden ve performansından konuşmaya başladı mı, Alice sohbetten bir anda uzaklaştığını ve bir daha da geri dönemeyeceğini hissediyordu. Eric Alice'in öykü anlatmasını yasaklamıyordu, ancak öyle konular seçiyordu ki Alice de konuşmaya başlasa, sağır kulaklara hitap edecekmiş gibi bir tablo çıkıyordu ortaya.

Sonuçta Alice, başkalarının yanındayken nasıl daha ilginç olabileceğini unuttu ve kendisinin hiç de ilginç olmadığı yargısına vardı. Eric'le yemek masasında sessiz sedasız otururken "Şimdi karşımda bana daha uygun bir arkadaş olsa neler neler konuşmak isterdim" diye düşünmektense, *söyleyecek bir şeyleri olduğu gerçeğini tamamen unuttu.* Bu da aslında başkalarının bizim *söyleyebileceklerimizi* şekillendirmediklerini, söylemeye can attığımız şeylere ve *söylemek isteyebildiklerimize* şekil verdiklerini kanıtlıyordu.

Bir hafta sonra Alice'le Philip yeniden buluşup öğle yemeğine çıktılar. O hafta Alice'in büro arkadaşı Xandra, Haziran'da evleneceğini açıklamıştı; evlilikten açıldı konu.

"Bence birçok insan yalnız kalmaktan korktuğu için evleniyor" diye bir yargıda bulundu Alice; Philip de bu düşünceyi aldı, diyalog dağarcığına götürdü, zenginleştirdi, sonra da Alice'e geri yolladı.

Kadın: Bence birçok insan yalnız kalmaktan korktuğu için evleniyor.

↓

Adam: Arkadaşım Jill bana bunun böyle olduğunu itiraf etti: Kendiyle başbaşa kalamadığını, bulduğu insan mükemmel olmasa bile evlenmek istediğini söyledi. Ya sen? Sen yalnız kalmayı becerebiliyor musun?

↓

Kadın: Tabii. Aslına bakarsan, insanlarla buluşmadan önce uzun saatler boyunca yalnız kalmadıysam onlarla olmaya katlanamıyorum. En üretken olduğum zamanlar, yalnız olduğum zamanlardır.

↓

Adam: Bence yalnız olmakla tek başına olmak arasında dağlar kadar fark var.

↓

Kadın: Doğru. Bazen tek başıma kalırım, ama birçok insanla birlikte olduğumu hissederim, onlar kafamın içindedir: Neler söylediklerini, beraber yaptığımız şeyleri düşünürüm – işte böyle zamanlarda kendimi yalnız hissetmem.

↓

Adam: Eğer yalnızken mutluysan, bunu tercih ediyorsun demektir. Olur da canın sohbet etmek isterse arayabileceğin birçok insan olduğunu biliyorsundur.

↓

Kadın: Ne garip. Ben üniversitedeyken insanları görmek için paralardım kendimi, çok sosyal biriydim, ama içten içe aslında oraya ait olmadığımı hissederdim. Sürekli üniversitenin barına giderdim, çünkü dışlanmaktan çok korkardım.

↓

Adam: Peki şimdi ne değişti?

↓

Kadın: Birçok şey. Birincisi, çalışmaya başladım. Sosyalleştiğim zamanlar kısaldı, arkadaşlarımın sayısı bir elin parmaklarını geçmemeye başladı. Büyük grupların içinde yer almıyorum artık. Klanın neler düşündüğünü kafaya takmıyorum. Dünyanın büyük bir yer olduğunu fark ettim, bir de cumartesi gecelerini nerede geçirdiğinin çok da önemli olmadığını.

13.31, Dean Street Restoranı, Londra W1.

↓

Adam: İnsanlar yine çok genç yaşta evlenmeye başladılar. Bugünkü gazetede okudum.

↓

Kadın: Sence insanlar yalnızlıktan daha mı çok korkuyorlar artık?

↓

Adam: Yo, değil. Bence neden ekonomik. Ne zaman ülke ekonomisi kötüye gitse evlilikler artar. Çünkü insanlar aynı evi paylaşınca daha az para harcamış oluyorlar.

↓

Kadın: Ekonominin ilişkileri bu denli etkilemesi çok garip.

↓

Adam: Asya ülkelerinde insanlar daha geç evleniyorlar artık, çünkü gayrı safi milli hasıla yükseliyor. Bu arada, sana söyledim mi anımsamıyorum, bugün garajdan aradılar. Sorun nakil cihazından kaynaklanmış.

↓

Kadın: Öyle mi? Harika.

20.07, Onslow Square, Londra SW7.

Sohbet potansiyelinin yapısı, kişinin beraber olduğu insana göre dallanıp budaklanan bir ağaca benzetilebilir. Alice, Philip'le buluştuğu günün akşamı Eric'le yemeğe çıktı; arkadaşı daha o sabah evlilik beyanatında bulunduğu için, yine bu konuya odaklanan bir sohbet başlattı.

İki sohbet ağacını karşılaştırabilmek için Alice'le Philip'in sohbetini sol sütuna, Alice'le Eric'in sohbetini de sağ sütuna yerleştirelim.

Önemsiz bir örnekmiş gibi görünse de, bu ağaç iki ayrı Alice olduğunu göstermektedir. Philip'in evlilik, birliktelik ve yalnızlık konusundaki kavrayışının çabukluğu, Alice'i öyle düşünceleri telaffuz etmeye itmişti ki Eric'in tepkileri bu düşüncelerin ifade edilmesine izin vermezdi. Eric Alice'in kendini garip hissetmesine yol açarken, Philip zengin hissetmesini sağlıyordu. Alice aklında onlarca kişi olduğu halde kendini yalnız hissetmenin ne demek olduğunu anlatmaya başladığında Eric onu susturmazdı; ancak bu yola giden sohbetin önünü keserdi, Alice'in önermesinde gizli olan sohbet potansiyelini fark edemezdi.

Şimdi Alice hangisini tercih edecekti? Öğle yemeğini mi yoksa akşamı mı?

RUH

Philip, Onslow Square'deki akşam yemeğine davet edilmemişti (akşamını, Baker Street'teki bir restoranda bir grup Alman sicil memurunun sıkıcı sohbeti eşliğinde geçirmişti); ancak öğle yemeği mi akşam yemeği mi sorusuna ne yanıt vereceği belliydi. Bu düşünce bütün gün ve bütün bir ertesi gün boyunca Alice'in yakasını bırakmamıştı. Çok masum bir düşünceydi bu; bilinci, ufak fırça darbeleriyle Alice'in masada karşısında oturan hayalini anımsatıyordu ona. Sık sık gülümseyen, hemen ardından da ciddi ve hatta melankolik bir surete bürünen hayalini.

Philip'in bazı akşamlar barda buluştuğu ve mutluluğun, işin ve aşkın temel bileşenlerini tartıştığı Peter adında bir arkadaşı vardı. O hafta buluştuklarında söz ister istemez Alice'ten açıldı.

"Beni onunla Matt'in ev arkadaşı Suzy tanıştırdı. Birbirlerini yıllardır tanıyorlarmış. Alice pazarlama işinde çalışıyor galiba. Ertesi gün Islington'daki antika fuarına gittik. Harika bir kız."

"Ne gibi?"

"Bilmem. Nasıl anlatacağımı bilemiyorum."

"Güzel mi?"

"Yo, çok güzel olduğu söylenemez ama kendine has bir çekiciliği var."

"Seni güldürdü mü?"

"Evet, beni bayağı güldürdü, ama bunu stand-up komedyen edasıyla yapmadı."

"O zaman genel anlamıyla dinamik, çekici, hoş bir kız, öyle mi?"

"Çok garip, onda neyin hoşuma gittiğini bilmiyorum. Düşünüyorum da, onda bir derinlik var galiba, sözcüklere dökülemez bir şey bu. Yani bu kızda ruh var, ne demek istediğimi anladın mı?"

"Ruh mu?" diye sordu Peter. Hiçbir şey anlamamıştı.

Fransız Aydınlanmasının ünlü filizoflarından La Mettrie'nin (1709-1751) *Makina İnsan* adlı kitabı 1748'de yayımlandığında aydınlar tarafından öfkeyle karşılanmıştı; çünkü bu kitapta La Mettrie (yaşadığı çağ ruhani bir çağ olmasına karşın) keskin bir dille insanların makinalardan ibaret olduklarını; bir dizi çarktan, kapaktan, girintiden, borudan ve atomdan başka bir şey olmadıklarını; böylesinin kertenkelede, amipte ve deniz kronometrelerinde de zaten bulunduğunu ileri sürüyordu.

"İnsan bir makinadır ve koskoca evrende farklı kiplerde görünen tek bir töz vardır" demişti La Mettrie, bu töz elbette alçakgönüllü maddenin ta kendisiydi. Bu iddia, Platon'dan beri hüküm süren ve insanın maddeyle ruhun bileşiminden oluştuğunu ileri süren dualizmin altını oyuyordu. Hangi bölümün daha önemli olduğu apaçık ortadaydı; insanlara yaşam ve itibar kazandıran şey ruhtu, ruhun yokluğunda insanlar yalnızca birer makinaydılar, iş toplantısında ölümcül bir kalp krizi geçirirlerse gidecekleri tek yer ölümün ve sonsuzluğun kucağı olurdu.

Öyleyse neydi bu ruh? 1969'da aya ayak basmak için gönderilen roketin en tepesindeki uzay gemisiydi. Uzay gemisi, koskoca Apollo 11'in üç parçasından yalnızca bir tanesiydi: Bütün parçalarıyla birlikte uzay aracı tamı tamına yüz on bir metre uzunluğundaydı. Astronotlar sekiz günlük görevlerini bitirdikten sonra dünyaya dönerken uzay aracının ucundaki uzay gemisinde seyahat etmişlerdi; bu araç, uzunluğu yalnızca üç metre olan ufacık bir koniydi. Apollo'nun geri kalanı, astronotları aya ateşlemeye yaramıştı, kritik önem arzeden parça, aya ilk kez ayak basan astronotları dünyaya geri taşıyan bu küçük modüldü.

Ruh kuramcıları da tıpkı bu örnekte olduğu gibi insanların ruhsal olarak gereksiz ve büyük vücutlardan oluştuklarını, asıl değerli olanın küçük ama sonsuzluğa uzanan ruhları olduğunu ileri sürdüler. Vücut, rokete eşdeğerdi, ruhun orada burada dolaşmasını sağlardı, susamlı ekmek yemek ya da duble çizburger tüketmekten başka bir derdi yoktu. Vücudun (yüz on iki metre uzunlukta olduğu pek enderdi ama) etkileyici bir varlık olduğu tartışma götürmezdi; ancak son kertede insanın dünya üzerindeki seyahatinde gereksizdi. Onlarca yıl süren bir seyahatten-yaşamdan arda kalan, o küçük ruh-uzay gemisiydi, en güçlü mikroskopla bile görülemezdi ya, olsundu.

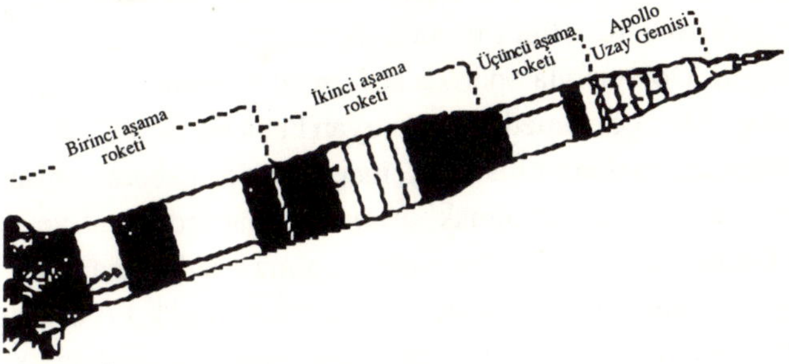

Birçok filozofun fikir birliğine vardıkları nokta, insanların sonsuz ruhlardan ve roket-vücutlardan oluştuğuydu, ancak bu değerli uzay gemisinin içinde neyin ya da kimin oturduğu konusuna pek bir açıklık getirememişlerdi. Uzay gemisindeki şey doğal olarak insanın en önemli parçası olmalıydı, ancak tam olarak neydi bu parça?

Platon, felsefe sahnesine çıkıp akıl yürütmenin kritik bir önem arzettiğini öne sürdü, dolayısıyla ruhun *akılcı* bir uzay gemisi olduğunu savundu. Augustine için Tanrı çok daha önemliydi; o da ruhun/uzay gemisinin Tanrı'ya ait olduğunu, emelinin ilahi olduğunu ileri sürdü. Bu iddia gökbilimcilerin ve laiklerin gözünde yüzyıllar boyu popülerliğini korudu. Fakat Aydınlanma'yla birlikte Tanrı inancı sönmeye başlayınca, ruha biçilen teolojik rol de değişime uğradı. Eğer insanın en önemli parçası ruhsa ve eğer Tanrı eskisi kadar önemli değilse, o zaman ruh şimdi neye adayacaktı kendini?

Ruhun/uzay gemisinin ayrı bir önem taşıdığı, istisnasız herkes tarafından paylaşılan bir görüş değildi tabii; bilimadamları ve La Mettrie gibi aşırı uçlardaki filozoflar, konuyu maddesel bir eksene oturttular. Ruh-gemisini doldurma düşüncesi artık daha mistik filozofların ve gözü yaşlı şairlerin eline kalmıştı, bir süre sonra da duygu kavramıyla birlikte anılmaya başladı.

Ruh, insanın otomatik olarak sahip olduğu bir birim olmaktan çıkmıştı artık; insanın az ya da çok miktarda sahip olduğu bir şeye dönüşmüştü – tıpkı insanın az hissetmesi ya da çok hissetmesi gibi. Dolayısıyla operada sesli sesli burnunu silen ya da geğiren, şiiri hiç çekinmeden aşağılayan kaba bir insan "ruhsuz" diye anılmaya başladı; ruhsuzluk, inceliklerden habersiz insanların kaderi oldu. "Ruhsuz olmak" insanın sanat, edebiyat ve müzik gibi konularda duyarlılıktan yoksun olması anlamına gelir oldu. Bu yüzdendir ki oyun yazarı John Dryden (1631-1700) Shakespeare'i "bütün modernlerin, hatta eski şairlerin arasında en büyük ve en kapsamlı ruhu olan yazar" diye niteledi. Keats'e göre ruh kendi kendini besleyebilen bir şeydi (burada duble çizburger söz konusu değildi); bu görüş hem kendisi hem de yayıncısı için uygun bir şekilde "Şiir büyük ve alçakgönüllü olmalı, kişinin ruhuna girebilmeli..." sözleriyle ifade edildi.

İşin cinsellik boyutuna gelince; bir insanı ruhu için sevmek, vücudu/roketi için sevmekten çok daha değerliymiş gibi algılanmaya başlandı – oysa her ikisi de yatak odasındaki derin iç çekişlerle noktalanıyordu. Marilyn Monroe (1926-1962) film endüstrisinin ahlaki iflasını gözler önüne serebilmek için, "Hollywood tek bir öpücük için binlerce dolar verir insana, ama ruhu karşılığında elli sent bile vermez" diyerek Aydınlanma-sonrası bir ruh yaklaşımı sergilemişti.

Öyleyse Philip Peter'a, Alice'in ruhu olduğunu söylerken, Alice'in fazlaca ve derinden hissettiği gibi cazip bir sezginin ışığında konuşuyordu. İyi de Philip Alice'le yalnızca birkaç kez buluşmuştu, bu buluşmalarda da Alice, Ravel çalmamıştı ya da birlikte Wordsworth'ün *Prelüd*'ünü okumamışlardı, öyleyse Philip böyle bir yargıya nasıl varabiliyordu?

His, öznel bir deneyimdir; ancak ruh, bazı kimselere göre gözlemlenebilir bir şeydir. Buna göre ruh, insanın yüz hatlarına kendini kazır, davranışlarına damgasını vurur. Richardson'un Clarissa'sında (1747) *Clarissa*'nın gözlerinin ruh dolu olduğundan söz edilir; şairler de yüzyıllardır gözleri, ruhun pencereleri diye adlandırmışlardır. Fakat Richardson'ın 'ruh dolu göz' dediği nasıl bir şeydir?

Ruh dolu gözlerle bakan insan tasvirleri, Batı resim tarihinden az çok silinmiştir (yüzler artık ya gülümsemekte, ya donuk donuk bakmakta ya da somurtmaktadır) ancak Avrupa resim tarihindeki modernizm öncesi bazı Meryem Ana tablolarında ruh dolu ifadelerin başlıca örneklerine rastlanabilir. Londra'da National Gallery'yi bir dolaşın, gözünüze çarpacak örneklerden biri Van der Weyden'in *Magdelana Kitap Okurken* adlı tablosu olacaktır. 1430'larda yapılmış olan bu tablo, Maria Magdalena'yı okuduğu kitaptan garip bir biçimde uzaklaşmış, ruh dolu insanın cehenneminde kaybolmuş bir halde resmetmektedir; Magdalena'nın yüzünde tarifsiz ve dokunulmaz bir acı vardır. Akla gelen bir başka örnek de Botticelli'nin *Bakire ve Çocuk* adlı tablosudur. Buradaki Meryem sanki bir Bach aryasının ruh haline bürünmüştür ya da gözlerinde Pergolesi'nin *Stabat Mater*'inin girişindeki havayı taşımaktadır.

"Hey Philip, ne oluyor şimdi? Kahrolası Bakire Meryem'i yatağına atmaya mı çalışıyorsun?"

"Salaklık etme" dedi Philip, "Ben onun Bakire Meryem olduğunu söylemedim. Sadece Bakire Meryem tablolarını anımsatan bir ifadesi olduğunu söyledim."

"Anlamıyorum."

"Hiçbir şey anlamadın mı?"

"Galiba hayır. Sen Batı dünyasındaki en güzel kadını terkettiğinden beri, itiraf etmeliyim, her şey koca bir muammaya dönüştü."

Peter, Philip'in eski kız arkadaşı Catherine'e gönderme yapıyordu. Philip kızla birkaç ay çıkmış, sonra da ilişkiye son vermişti. Catherine uzun boylu ve sarışındı, eşine ender rastlanan bir yüze ve vücuda sahipti. Geçmişte para kazanmak için birkaç dergide fotomodellik yapmıştı; insan soyunun güzelliğinin neredeyse ideal bir örneği olduğu konusunda herkes hemfikirdi. Yalnızca bebek yüzlü olmakla da kalmıyordu. Daha yirmi yedisindeyken dört başı mamur bir doktor olmuştu, üniversite boyunca sınıflarını hep en yüksek notlarla geçmişti, daha ikinci sınıftayken son sınıftaki akademisyenlere araştırma ödevlerinde yardımcı olurdu. Karakteri kelimenin tam anlamıyla kusursuzdu: Haset nedir bilmezdi, eski arkadaşlara karşı vefalıydı, onu akşam yemeğine çağıranlara teşekkür etmek için büyülü mektuplar yazardı. Öyleyse ne olmuştu da Philip bu kızın ruhsuz olduğu düşüncesine kapılmıştı?

Bunun nedeni belki de Catherine'in La Mettriyen bir duyarsızlığa ve *birebirliğe* sahip olmasıydı; belki uzun yıllar tıp eğitimi görmüş olmasının, olayları yaşam ve ölüm gerçeklerinden ayrı tutamamasının ve gerçeklerden kopuk bir dil oluşturmamasının bir sonucuydu bu. Catherine bir yana, Alice'in dili oldukça şiirseldi: Belki kafiyeli dizeler halinde konuşmuyordu ancak genellikle düzyazıda olmayan ve yalnızca şiirde görülen bir ses uyumu içeriyordu sözleri.

Alice çocukken yaşadığı ve normalde düzyazıyla ifade edilecek bir balık tutma öyküsünü alıyor, şiirsel bir hale getiriyordu. Balığa çıkma öyküsü, oltalardan ve Norveç sahilindeki kulübeden ibaret değilmiş de, daha yoğun bir şeyler taşıyormuş gibi görünüyordu. Alice, birebirliğiyle Philip'in dikkatini yormuyordu; kendine özgü havasıyla ulaşılması zor bir acı taşıdığı izlenimini uyandıyor, dengeli gizemiyle Philip'in tutkularını ateşliyordu.

Birkaç gün önce Alice ve Philip bu kez Alice'in bir müşterisiyle birlikte öğle yemeğine çıkmışlardı. Adam yemek boyunca işini anlatmıştı (Hollanda'dan egzoz ithal ediyoruz, yeni konvertisörleri takıp Avrupa Birliği'ne ihraç ediyoruz, vb.) ve Alice de kafa sallayıp "Anlıyorum"lar ve "Ne ilginç"lerle desteklemişti konuşmayı. Bütün bu konuşma boyunca Philip Alice'in başka bir gezegende yaşadığı izlenimine kapılmıştı; uygun bir Apollo bulur bulmaz kendisi de bu gezegene gidebilmek isterdi.

Bütün bunlar çok masum görünmesine karşın, Philip'in Alice için duyduğu tutkunun kapkaranlık bir yönü de vardı.

Romantik dönem boyunca ruhun *hisle* bağdaştırıldığından bahsetmiştik; ancak şunu söylemekte yarar var ki çok kısa bir süre sonra his, zevkleri ya da mutlulukları değil de *acıları* hissetmekle özdeşleştirilir oldu. Bir şeyleri derinden yaşamak; mutlu olmak, duşta ıslık çalmak ya da bahçede şarkı söylemek anlamına gelmiyordu: Ruhu olan insan acılara duyarlı insan demekti artık.

Öyleyse Ray Charles'la ortaya çıkan ve Aretha Franklin'le doruğa ulaşan "soul"* müziğin siyahların başı çektiği bir hareket olması tesadüf değil. Blues'un ilk ortaya çıkışından bu yana siyah müzisyenlerin beyazlara oranla daha duygusal oldukları söylenir: Yüzlerce yıl baskı altında yaşadıkları, köle gemileri ve pamuk tarlalarında tutsak kaldıkları için duygularını ve acılarını şımarık beyazlara oranla çok daha iyi ifade edebildikleri düşünülür.

Siyahların sömürülmesiyle soul müzik arasındaki bağlantı, çok daha eski ve çok daha geniş bir Romantik iddiaya dayanır: Bu iddiaya göre sanatçı (yani hisseden kişi) acı çekmiş bir yara-

* "Soul" sözcüğü İngilizcede "ruh" anlamına gelir. (ç.n.)

tıcıdır; sanatçının eser verebilmesi için yolunun uzun arayışlar ve acılardan geçmesi şarttır. Amerikalı filozof George Santayana (1863-1952), ruhun ancak ve ancak acıyla yüzleştiği zaman gelişebileceğini öne sürmüştür: "Ruhun da bir bekareti vardır, meyve verebilmesi için biraz kanaması gerekir." Cyril Connolly, Baudelaire'in ya da Rimbaud'nun yerinde olmak istediğini söylemiş, bu yazarların büyük acılar çektiklerini ve (acılarla kahramanca baş etmek şöyle dursun) sanatsal üretimlerini bu acılara borçlu olduklarını öne sürmüştür. Sanatçıların acılara karşın değil, acılar *sayesinde* yarattıkları iddiası oldukça yaygındır.

Öyleyse Philip'in ruh aşkının içinde birazcık hüzün aşkı (en klasik ve en lirik afrodizyak olan hüzün aşkı) gizli değil miydi?

Peki ama hüznü çekici kılan şey neydi? Bir masada arkadaşlarıyla oturmuş kahkahalar atan bir kadının ilgiye ihtiyacı olduğu düşünülemezdi; oysa bir restoranda oturmuş, önündeki bir fincan kahveye gözlerini dikmiş düşünceli düşünceli oturan bir kadın, baştan çıkarıcı bir erkeğin kendi acılarını açabileceği ve paylaşabileceği bir dert ortağı olabilirdi. Restoranın bir başka köşesinde tek başına oturan adam, 'Acı çektiği için benim acılarımı da anlayacaktır' diye düşünebilirdi.

Mutluluk başından savar, hüzün kendi içine çeker. İhtiyaç duyulmaya ihtiyaç duyan bir aşık, mutsuz bir yüz ifadesini mutlu bir ifadeye tercih edecektir, bu yolla bağımsızlığı ve mutluluktan kaynaklanan duyarsızlığı (acılara karşı kayıtsızlığı) önleyeceğini umut eder. Mutsuzluk peşinde koşmak, kendine yeten ifadelerin yaratacağı rekabet duygusundan kaçış anlamına gelir.

"Şimdi anladım" dedi Peter, "Bir kaçış fantezisi bu. Erkek arkadaşının elinde acı çeken bir kadın söz konusu ve beyaz atınla gidip onu kurtarmak istiyorsun. Sen de başkalarının mutsuzluklarıyla mutlu olan o hasta insanlardansın. Böyle çiftler görmüştüm daha önce. Kadın mutsuzdur, adam da bundan zevk duyar. Sonunda ne olur biliyor musun? Her şey çok fena olur, kadın mutsuzdan da mutsuz olur, çünkü erkeği onu öyle görmekten hoşlanıyordur."

"Peter, buna benzer çiftleri ben de tanıdım ama inan bana mesele bu değil. Ben Alice'i kurtarmak istemiyorum, aklımdan geçen son şey bu, eminim kurtarılmak istediğini duyacak olsa hayrete düşer. İnanılmaz bağımsız biri o. Onu kurtarmaya kalkışacak kişinin kafasını kopartır, sonra da der ki "Bak, ben bunu kendim hallederim, teşekkür ederim." Bir daha söyleyeyim sana, çok garip olduğunu biliyorum ama ondan hoşlanmamın tek nedeni şey, belki çok gülünç ama, çok güzel görünüyor. Yani ruh dolu bir yüzü var, onlarca kadın gördüm ama onun kadar içten ve ilginç bir kadın tanımadım."

"Bence bir Van der Weyden tablosundan kopup gelmiş bir kadını baştan çıkarmaya çalışacaksan çok dikkatli olmalısın."

"Hey, dur bakalım orada. Harika bir kadın olduğunu söylemiş olabilirim, ama söyleyeceğim son şey onu *baştan çıkarmaya* çalışacağım olur."

"Ne demek şimdi bu? Yarım saattir bu kızın ne muhteşem olduğundan söz eden sen değil misin? Şimdi de niyetinin sadece arkadaşça olduğunu mu söylüyorsun? Buna inanmıyorum."

"Onun bir erkek arkadaşı var. Bu gibi durumlarda ne hissettiğimi bilirsin. Bir başkasıyla olan ilişkisini bitirmemiş bir kadınla ilişkiye girmekten nefret ederim. Her şey birbirine girer, buna ayıracak zamanım yok benim, hayat çok kısa. Alice zeki, ilginç ve ruh dolu bir arkadaş benim için, niyetim de bunun böylece sürüp gitmesi."

HER ŞEY BİR YERE KADAR

İnsan, yaşamının büyük bir kısmında herhangi bir değer sistemine sahip olmaksızın kafası karışık bir halde gezinebilir; ahlaki ikilemlerin yokluğu, kişiyi seçim yapma sorumluluğundan uzaklaştırabilir. Kişinin gerçek edebi beğenisi nedir? Bu beğeni, az tirajlı gazetelerin edebiyat sayfaları yoluyla kişiye yüklenen kültürden suçtan ne derece bağımsızdır? Issız bir adaya taşınmak üzere bavulumuzu hazırlamadan önce herhangi bir yargıda bulunmaya hakkımız var mıdır? İnsan hangisine daha çok saygı duyar, güce mi dürüstlüğe mi? Bu ikisinden birini seçmeye zorlanmazsa eğer (her ne kadar Faust bizi koltuklarımızda kıvrandırsa da) hangisini seçeceğini bilmek ister mi acaba? Ya da isteyebilir mi?

Keskin seçimlerden kaçınmışızdır hep. Çünkü keskin seçimler, davranışlarımızı olayların doğal akışına bırakmamızı engeller; bunun yerine bir düzine birbiriyle alakasız ve insanın gururunu okşayan ilişkileri tercih ederiz. Entelektüel edebiyatın önde gelen hayranlarından biri ıssız bir adada yalnız kalırsa ve en sevdiği romanın hava alanlarında satın alınan o ucuz romanlardan biri olduğunu anlarsa neler olur? Peki ya insan kendini müthiş saygıdeğer biri olarak görüyorsa ve günün birinde on milyon doların gerçekliği nasıl da kolayca yumuşattığını fark ederse?

Alice, Philip'le ilgili olarak ne hissediyordu? *Ha o mu, hoş bir çocuk. Cana yakın bir tip, klasik müzik albümlerinin kayıtlarında ses teknisyeni olarak çalışıyor. Geçen hafta Berlin'de Midori'yle beraberdi, galiba Bach kaydetmişler. Çay istemediğinden emin misin? Geçen gün onunla birlikte antika fuarına gittik, çıkışta çok hoş sohbet ettik. Neden sordun? Yani, sormanın özel bir nedeni var mı, yoksa?*

Ancak, Freudyen anlayışa göre kendini görmezden gelmenin

ve çözümlenmemiş çelişkilerin oluşturduğu o geniş mi geniş alanın yanı başında kendini tanımayı ve çözümlemeyi hedefleyen bir dinamik vardır. Bu bağlamda, rüyalar ve dil sürçmeleri, kendini ifade etme yolundaki karmaşık ancak son kertede oldukça mantıklı çabalardır. Katı disiplin sahibi bir insan olduğuna yürekten inanan bir general, gece rüyasında o akşamüstü beraber bilardo oynadığı sarışın teğmeni becerdiğini görür; böylece eşcinsel yönüyle yüzleşir. En yakın arkadaşının karısını gizli gizli düşünmekten kendini alamayan bir adam, bir gün arkadaşına işinin nasıl gittiğini soracak olur: Ancak "*E*şin nasıl, Bill? Yani şey, *i*şin nasıl, Bill?" deyince arkadaşının karısına ilgi duyduğu bir anda ortaya dökülür.

Philip'le tanıştığından beri Alice'in, rüyalarında bu türden aykırılıklara rastlandığı söylenemezdi. Örneğin bir gece bindiği uçağın dağa çarptığını görmüştü. Bir başka gece, beş yaşında olduğunu ve La Rochelle'e tatile gidiyor olmanın heyecanını yaşadığını görmüştü. Bir de şu okul piyesiyle ilgili rüya vardı; Alice *Troyalı Helen* adlı oyun esnasında sahnede konuşmaya başladığında ağzından sabun köpükleri çıkıyordu. Her zamanki gibi kaygılarla fantezileri harmanlayan rüyalardı bunlar, uyandığında Eric'e anlatamayacağı türden bir şey içermiyorlardı. Göze çarpacak bir biçimde unutkanlığı ya da dilinin sürçtüğü filan da yoktu; rakip firmadaki sevimsiz bir muhasebecinin adını unutmuştu ama Shrivangajuri de unutulmayacak bir ad değildi hani. Bir keresinde iş arkadaşı Lucy'ye yanlışlıkla Suzy dedi; ancak bu durumda da iki sözcüğün dilbilimsel benzerliği yapılacak herhangi bir psikolojik açıklamanın önünü kesiyordu. Alice'in arzusu kendini, klasik belli etmelerden çok daha farklı bir biçimde belli etti; bu olgunun adı *telesekreter sürçmesi* olarak bilinmekteydi.

Freud 1939'da Londra'da öldüğünde telefon henüz yaygınlaşmamış ilkel bir araçtı. Aramaları doğrudan yapmak imkansızdı, araya bir operatörün girmesi şarttı, hatların saatler öncesinden ayırtılması gerekiyordu, yurtdışı aramaları ise çok pahalıydı. Dahası, biri evde yokken arayacak olursanız, eğer evde bir hizmetçi yoksa mesaj bırakmak gibi bir şansınız olmazdı. Sesi kaydetmenin en yaygın yolu balmumu baskı olduğu için telefonu bir kayıt cihazına bağlamak diye bir şey sözkonusu değildi. 1970'lere gelinip, dolduğu halde kayıt yapabilen kasetler yaygınlaşana kadar eğer aradığınız kişi öğle yemeği için dışarı çıktıysa onunla konuşabilmek için dönmesini beklemek zorundaydınız. Ancak kasetin icat edilmesinden sonra birkaç elektronik şirket öncülüğünde *telesekreter makinaları* üretilmeye başlandı. Telefona bağlanabilen bu makina bir arama geldiğinde devreye giriyor, görünüş olarak sesli bir posta kutusunu andırıyordu. Telefonla telesekreterin bir araya gelmesi ve aynı cihazın her iki işlevi de görmesi 1980'lere rastlıyordu; bundan önce telesekreterler, içinde iki kaset bulunan küçük dikdörtgen biçiminde kutulardı. Kasetlerden biri gelen mesajı, öteki de dinletilen mesajı kaydediyordu, makinanın üzerinde (oynat, başa sar ve kaydet'i gösteren) kontrol düğmelerinin yanısıra makina sahibinin yokluğunda kaç adet mesaj geldiğini gösteren bir LED'li gösterge* bulunuyordu.

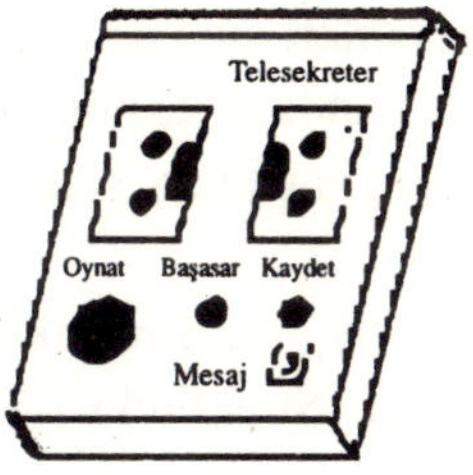

Ancak kronolojik bir talihsizlik sonucu Freud bu makinanın taşıdığı büyük psikolojik önemi araştırmaya fırsat bulamamıştı; oysa bu alet kişinin bilinçaltına doğrudan inen bir yol niteliğindeydi (tıpkı rüyalar gibi). Makinanın yapısından dolayı, kişi ken-

*Telesekreterin üzerindeki göstergeye verilen ad. (ç.n.)

disine ulaştırılan haberin ne olduğunu öğrenmezden önce birinin kendisine haber ulaştırdığını öğrenmiş oluyordu (çünkü LED'li gösterge bırakılan mesaj sayısını gösteriyordu). Öyleyse aletin tasarımından dolayı kişi, önce birinin aradığını görüp heyecanlanıyor, arayan kişinin kimliğini öğrenene kadar bu heyecanını erteliyordu: Bu erteleme fantezinin ortaya çıkışını kolaylaştırıyor ve kışkırtıyordu. Böylece kişinin kim tarafından aranmak istediği ortaya çıkmış oluyordu. Makina sahibi, belli bir insanın aramasını ümit ettiğini kendine bile itiraf edemez, bu ümidinin gerçekleşmeyeceğinden korkup bunu kendine saklamak istemiş olabilirdi. Ancak arkadaşlarla çıktığı bir akşam yemeğinden eve dönen makina sahibi, makinanın üzerindeki parlak ve umut verici 4 rakamını gördüğü zaman *telesekreter sürçmesi* devreye giriyor ve araması umut edilen kişinin kimliği hemencecik ortaya çıkıyordu: Telesekreterin sahibi (bir yandan eli ayağına dolanarak telesekretere doğru koşarken) tutkuyla beklediği insanın en sonunda telefon ettiği düşüncesinin büyük bir hızla aklından geçişini engelleyemiyordu.

Alice'in LED'li göstergedeki sayıları görüp bunları Philip'in aradığına dair bir veri olarak yorumlayışını işte bu bağlamda inceleyeceğiz; bu ortodoks dilek-yanılsaması, Laplanche ve Pontalis tarafından "kişinin bir anda dileğinin gerçek olduğu yanılsamasına kapılmasından kaynaklanan psikolojik durum"* olarak tanımlanmıştır.

Bu dileğin gerçekleşmesi tümden imkansız da değildi aslında: Philip gerçekten Dean Street'teki öğle yemeğinden sonra Alice'in telefon numarasını almış, haftaya arayacağını söylemiş, 'Beraber bir filme ya da Kraliyet Akademisi'ndeki sergiyi görmeye gideriz' demişti. Bu yüzden de Alice eve dönüp de telesekreterinin üzerindeki 3 rakamını görünce ister istemez bunlardan

*J. Laplanche, J.Pontalis, *The Language of Psychoanalysis* (Psikanalizin Dili), Karnac Books, 1988.

birinin Philip olduğunu hayal etmişti; ancak birkaç saniye sonra mesajlardan birinin annesinden, öbürünün tamirciden sonuncusunun da banka müdüründen gelmiş olduğunu öğrendi. Ve yine Alice, bir sonraki gün de arayan beş kişiden hiçbirinin Philip olmadığını görünce aynı düşünceye kapılmaktan ve hayal kırıklığına uğramaktan kendini alamadı (gerçi Alice'in derinden derine Eric'e aşık olduğu, etrafında yeterince arkadaşı ve yoğun bir iş programı olduğu, hele hele Philip'i daha birkaç gün önce gördüğü düşünülürse, bu hayal kırıklığının ne derece etkin olması beklenebilirdi?).

Bir hafta sonra Eric evinde içkili bir parti vermeye karar verdi, davetliler listesine birkaç ad daha eklemesini rica etti Alice'ten. Alice partide giymek üzere çok hoş bir siyah elbise satın aldı, parti akşamı gelip çattığında alışılmışın dışında bir neşeye büründü, bir belgeselin giriş parçasını ıslıkla çalarak ve Eric'in banyo aynasının önünde makyaj yaparak parti için hazırlanmaya koyuldu.

Partinin ortalarına doğru mutfaktaki telefon çaldı, Alice telefonu açmaya gitti. Arayan Philip'ti, geç kaldığı için özür diledi ve partiye gelmesinin imkansız olduğunu anlattı. Cambridge'de King's College'de üzerinde çalıştığı bir kayıt, çok fazla iş açmıştı başına, yetişmesi mümkün değildi. Ayrıca ertesi gün üç haftalık bir proje için Köln'e uçması gerekiyordu, bu yüzden sinema ve Kraliyet Akademisi planlarını da ertelemeleri gerekiyordu, döner dönmez arayacaktı Alice'i.

Alice, telefonu kapayıp birkaç dakika önce ayrıldığı konukların yanına geri döndüğünde, konu İngiltere'deki iş yerleri etrafında dönüyordu. Uzun boylu, sakallı bir gazeteci almıştı sözü:

"Bana kalırsa İngilizlerin iş dünyasında güvenilir olmadıkları düşüncesi çok yanlış ve modası geçmiş bir düşünce; hani neredeyse bütün İngilizlerin Eton'a gittiklerini ve afili bir aksanla konuştuklarını söylemek kadar modası geçmiş bir şey. İngiltere, Avrupa'daki en üretken ülkelerden biri, ayrıca grev sayısı diğer ülkelere kıyasla oldukça az. İngiltere'nin oldukça gelişmiş ve işlek bir iletişim sistemi var. İngiliz firmalarının doğru yerde, doğru zamanda ve doğru sayıda olmaktan yana herhangi bir sorunları yok."

Diğer konuklar bu sözlere katılmak ya da karşı çıkmak şöyle dursun, sıkıntıdan patlıyorlardı. Sohbet, yere yığılmak üzereydi.

"Saçma!" diye atıldı Alice, "İngiltere'nin her yerinden üretimsizlik akıyor. Nereye giderseniz gidin, tamamlanmamış sözleşmelere, vaatlerin peşinden koşmuş ve hayal kırıklığına uğramış insanlara rastlıyorsunuz. Daha dün gazetede bir İngiliz şirketinin sözleşmedeki tarihi yirmi dört saat sarkıttığını bu yüzden de bir Amerikan firmasıyla tam yedi yüz elli bin pound'luk bir anlaşmayı kaybettiğini okudum."

Alice'in İngiliz üretkenliği konusunda tutkulu bir saldırıya geçişi konukların hepsini hayrete düşürdü; herkes bu meseleyi, tartışmaya ve düşünmeye değmeyecek kadar önemsiz görüyordu. Konuklardan birkaçı, az çok cin fikirli olanları, ev sahibesinin bu konuda biraz fazla heyecanlandığının ve bu yüzden de nezaketini yitirdiğinin farkına varmışlardı. Hemen konuyu bir başka tarafa yönlendirdiler, sohbetin geldiği son nokta Cornwall'deki mavi yolculuklar oldu.

Alice, Philip'e çok kızmıştı –ama hayır, Philip umrunda bile değilken neden kızgın olsundu? Aslında Alice'in yalnızca birazcık siniri bozulmuştu, İngiltere'de bir şeyler her gün ona üretkenliğin yerlerde süründüğünü gösterirken gazetecinin biri çıkmış ona İngiliz üretkenliğinden bahsediyordu. Bu konuya böylesine yoğun bir ilgi duyduğunu yeni fark ediyordu Alice, ama gözlüklü konuk saldırgan bir tutum sergilemişti, onunla tartışmaya girmekten daha doğal ne olabilirdi?

Alice'in kafasındaki tutkular bir anlaşmaya varmışlardı sanki. Bir yanda Philip'in gelmeyişinden ötürü alevlenen kızgınlık kendini ifade etmeye yer arıyordu; öte yanda bir sansür mekanizması, Alice'in Philip'e karşı hissettiklerinin önünü kesmeye çalışıyor, ifadeyi imkansız kılıyordu. Sonunda bir anlaşmaya varıldı: Aklın bir yanı ötekine "Senin öfkelenmene izin verebilirim, ancak neden öfkelendiğinin ayırdına varmayacaksın" dedi, "Yani öfkenin asıl nedenini görmezden geleceksin." Asıl derdi tek bir İngiliz'in verimsizliğiyken ve aslında derinden derine bir başkasına aşıkken konuyu genelleyip İngiliz verimsizliği üzerine tartışmak ne kadar da kolaydı.

Eric, Alice'in hararetli hararetli tartıştığını gördü, yavaşça yanına geldi, kolunu Alice'in beline dolayıp partiden hoşnut olup olmadığını sordu.

"Tabii. Harika. Çok ilginç insanlar var burada."

"Az önce telefon eden kimdi?"

"Telefon eden mi?"

"Hıı. Kimdi o?"

"Ha, o mu? Aman canım, arayan Philip'ti, önemli bir şey değil. Gelemeyecekmiş, onu söylemek için aramış."

"Tüh. Onunla tanışmayı dört gözle bekliyordum. Canın bir hayli sıkılmış olmalı."

"Canım mı sıkılmış? Nedenmiş o?"

"Bilmem, onu davet eden sendin ne de olsa."

"Umrumda değil. Bu onun sorunu, benim değil. İnsanların verdikleri sözü tutmamalarına biraz sinirleniyorum, hepsi bu."

Konu kapandı. Alice'in yaşadığı karın ağrısı, utanç verici ve duygusal bir ağrıdan çok bilimsel bir ağrıymış gibi zamanla yitirdi etkisini.

Kendini kandıran kişinin en temel özelliği, bir arada var olamayacak iki görüşün birbiriyle bağdaşacağına inanmasıdır. Felsefi terimlerle ifade edecek olursak, kişi belli bir davranış kipinde hareket eder (x kipi) çünkü derinlerde bir yerlerde x'in tam tersinin doğru olduğuna inanmaktadır (x, x-değil sayesinde var olur). Buna verilebilecek en klasik örnek zayıf olduğuna inanmak isteyen ve zayıf olduğuna inanarak kendini kandıran şişman adamdır. Şişman adam bu inanca sahip olabilmek için aynaya bakmadan önce göbeğini içeri çeker. Böylece ayna, adamın bira göbeğinin gerçek boyutlarını göstermez; ancak adamın kendini kandırmasının yolu, göbeğin varlığının ve ölçülerinin bilincinde olmasından geçer. Adam, şişman olduğunun bilincinde olmasaydı, aynada kendini zayıf göstererek kendini kandıramazdı (bu rahatsız edici gerçeği gizleyebilmek için olanca nefesini içine çekemezdi).

Alice'in bira göbeği yoktu belki ama o da buna benzer bir hileye sığınmıştı. Philip'in yokluğuna sinirlenmediğini söyleyebilmesinin yolu, bu duruma derin ve sindirilemez bir öfke duyduğunun bilincinde olmasından geçiyordu. Philip'in gelmemesine normalden az öfkelenmişti; çünkü belli bir düzeyde bu öfkenin normalin çok üstünde olduğunun ve gayet uygunsuz bir öfke olduğunun bilincindeydi (x düşüncesi, x-değil düşüncesi sayesinde var olabiliyordu).

Peki insan, doğru olmayan bir gerçeği nasıl oluyor da önce üretiyor sonra da sineye çekiyordu? Alice'in durumunda yanıt, o zayıf ama efsanevi "bir yere kadar" sözcüğüydü. Alice Eric'i seviyor muydu? Elbette seviyordu –yalnızca "bir yere kadar." Philip'e karşı ne hissediyordu? Oldukça sıcak şeyler –ama bir yere kadar. Peki ya bütün bunlardan haberdar mıydı? Belki –bir yere kadar.

Alice'in aklı, üç ayrı kat arasında gidip gelen bir asansöre benzetilebilirdi; asansör iki ayrı katta aynı anda var olamıyordu hiçbir zaman. Her bir zeminde birbirinden alakasız olaylar gerçekleşiyordu, asansörün ne zaman hangi kata uğrayacağı belli olmuyordu, uğrama sırasının mantıklı bir sürekliliği yoktu.

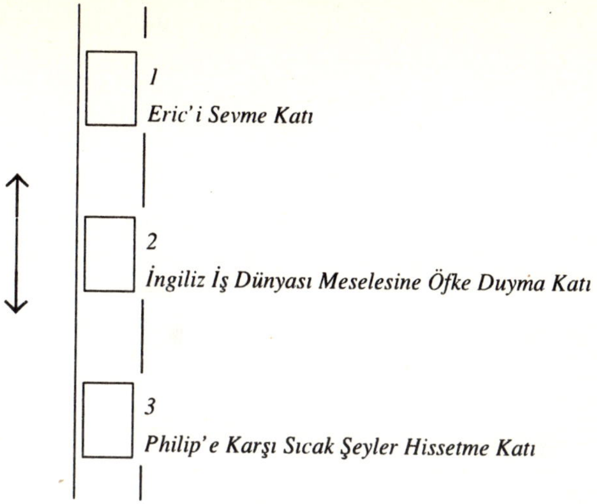

Öyleyse partinin olduğu akşam, paradokslarla dolu bir akşamdı: Alice bir yere kadar Philip'in gelmeyişini hiç umursamıyordu ve yine bir yere kadar bunu o kadar umursuyordu ki kendine bile itiraf edemiyordu; yine aynı akşam Alice Eric'i normalden daha az seviyor ama gecesinde onunla normalden çok daha ateşli bir biçimde sevişiyordu; sanki onunla bu kadar ateşli sevişirse ona olan duygularını yitirdiğini fark etmeyeceğine inanıyordu, fakat bu yitirişi bir yere kadar bal gibi biliyordu ki bu kadar ateşli sevişebiliyordu.

Ne yazık ki her katta başka başka insanlar barınıyordu....

SORULAR

Philip, Alice'i çekici bulduğunu hiçbir zaman inkar etmemişti; ta başından beri sessizce ama ısrarla söylediği şey, bir başkasıyla ilişkisi olan bir kadınla ilişkiye girmek istemediği olmuştu.

Philip birkaç hafta sonra Almanya'dan döndü, Alice'le öğle yemeği için düzenli olarak buluşmaya başladılar. İkisinin de ofislerinin Soho'da oluşu, buluşmalarına coğrafi bir bahane kazandırıyordu.

"Hafta sonun nasıl geçti?" diye sordu Philip bir gün yine yemek yerlerken.

"Bilmem, geçti işte. Seninki nasıl geçti? Sonunda Cornwall'e gidebildin mi yoksa yine burada mı kaldın?"

"Önce ben sordum."

"Herhangi bir hafta sonuydu işte, özel bir şey yoktu... Sipariş verdik mi biz? Bugün canım fena halde avokado çekiyor, bütün gün avokado diye kıvrandım durdum."

"Bilerek mi yapıyorsun bunu?"

"Neyi?"

"Konuyu değiştiriyorsun."

"Yo, hiç değil. Aslına bakarsan, hafta sonum pek de parlak değildi demek istemiyorum. Eric yine 'konuşma benimle, canım konuşmak istemiyor' gibisinden bir tavır içindeydi demek de gelmiyor içimden. Bu da büyük talihsizlikti çünkü benden Suzy'yle tatile çıkmamamı, onunla Londra'da kalmamı rica etmişti. Eric bu ruh haline girdiğinde beni hor görür. Sanki yanlış bir şey yapmışım gibi. Fakat ona sorunun ne olduğunu soracak olsam, sorumu elinin tersiyle iter ve onu rahatsız etmememi söyler. Dün bir pastaneye gittim, Eric'in peynirli pastayı ne çok sevdiğini bildiğimden ona bir dilim peynirli pasta alıp evine uğrayayım dedim. Yanı başına masanın üzerine bıraktım dilimi; ancak

Eric başını bile kaldırmadı, bir süre sonra masaya döndüğümde pastaya dokunulmamış ve Eric çekip gitmişti. Neyse, böylesine sefil ve böylesine sıkıcı meseleler senin ilgini çekmez harhalde. Açlıktan öldüm. Sipariş verebilir miyiz?"

Kültürümüz bizlere karşılıksız aşka (her ne kadar sefil ve acıklı da olsa) gözümüz gibi bakmamız gerektiğini öğretir. Toplum, profesyonel alanlardaki başarısızlığa göz yummaz, ancak duygusal alanda başarısızlık ve keder büyük hoşgörüyle karşılanır. Edebiyattaki bütün o hayali kırık kahramanların (Bovary, Genç Werther gibi) okurları böylesine hayran bırakmasının başlıca nedeni, bu kahramanların isteksiz, yetersiz ya da zalim birine karşı karşılıksız bir sevgi beslemeleridir. Öyleyse Philip Alice'e acımakla yıllardır varolan, yıllardır bilinen ve bütün toplumların izlediği bir yolu izlemekteydi. Zavallı, kederli bir kadının öyküsüydü bu, kadının derin bir sevgiyle sevdiği adam, kendisine gösterilen sevgiye karşılık vermekten acizdi. Eric melun şeytanın ta kendisiydi, Alice ise ona peynirli pasta taşıyan bir melekti. Gözlerinin tartışma götürmez güzelliği ve yüzünün tartışma götürür derinliği (ve ruhla dolu oluşu) sayesinde Philip bu bahtsız meleğe sempati duymakta hiçbir zorluk çekmedi.

"Seni ezmesine izin verme: Yapacağın en kötü şey bu olur. Eğer önüne paspas gibi serilirsen sana olan saygısını tamamen yitirir."

"Ne yapmalıyım öyleyse?"

"O sert davranıyorsa sen de sert davranmalısın. Eğer o kötü bir ruh halindeyse sen daha da kötü bir ruh halinde ol, edilgen bir biçimde onun düzelmesini bekleme. Böyle davranıyor çünkü böyle davranarak senden kaçabileceğini biliyor."

İşte buna benzer tavsiye oturumları düzenliyorlardı: Alice mahzun mahzun Eric'in yaptığı bir şeyi anlatıyor, Philip de bu derde bir çare bulmaya çalışıyordu.

Bu oturumlar çok masummuş gibi görünüyordu fakat oldukça karmaşık sorular içeriyordu. Alice sevgilisi hakkında veryansın ederek ne yapmaya çalışıyordu? Eğer bu kadar dertliyse o zaman Eric'le olan ilişkisinde bir şeyler yolunda gitmiyor demekti, eğer bir şeyler yolunda gitmiyorsa, Alice bir şeylerin yolunda gideceği bir aşık arıyor olabilirdi. Bu durumda Philip'in rolü neydi? Neden Philip keder dolu öyküleri dinleyen bir arkadaş/terapist olarak görevlendirilmişti? Philip iyi bir dinleyici olduğundan mı? Yoksa hastamız bir şeyleri dostluğun ötesine taşımak istediği için mi? Alice'in Eric'i şikayet edişinin nedeni, Philip'in ilgisini karşılıksız bırakmayacağını ima etmek için miydi? Yoksa bütün bu öğle yemeği tartışmaları, Alice için temelde iyi giden bir ilişkideki ufak tefek kırgınlıkları dile getirmek için birer fırsat mıydı?

Bir mayın tarlasındaydı Philip. Attığı her adıma dikkat etmesi gerekiyordu.

"Eric benim zevklerim konusunda hep olumsuz bir tavır takınır. Yani demek istediğim, ben bir film seçerim, ona 'Gidelim mi?' diye sorarım, o da hep reddeder çünkü filmi ben seçmişimdir."

"Hımm."

"Ne düşünüyorsun?"

"Belki de Bergman filmlerini sevmiyordur."

"Yok yok, mesele o kadar basit değil. Bence onun Bergman filmlerine bu kadar laf etmesi ilişkimizdeki bir gerçeği ortaya koyuyor."

"Hangi gerçeği?"

"O bana saygı duymuyor."

"Bütün bunları konuşamıyor musunuz siz?"

"Nasıl yani?"

"Yani, aranızdaki bütün o gerilimleri söze dökmek yerine içinize mi atıyorsunuz?"

"Hayır, neden sordun?"

"Bilmem, bana öyleymiş gibi geldi."

"Cidden mi?"

"Evet."

Bir sessizlik oldu. Garson, mozarellalı ve domatesli salatayı getirdi.

"Tamam, Eric'le birtakım şeyler yolunda gitmiyor olabilir" dedi Alice saçlarını geriye atarak, "ama temelde ikimiz de birbirimizi sevdiğimizi biliyoruz, aramızda gizli bir anlaşma var sanki. O bana daha önce hiçbir erkeğin yaşatmadığı şeyleri yaşattı, bu yüzden ona saygı duyuyorum."

Alice saatlerdir tam zıddını iddia etmişken, neden şimdi Philip'in sorduğu en can alıcı soru karşısında ilişkisini savunmaya geçiyordu? Neden üstüne varıldığı ya da yara aldığı zaman aniden aşk-ı müdafaya kalkışıyordu Alice?

Bu çetrefil soruların yanıtları bir yana, varolmaları bile önemli bir yan etki taşıyordu: Bütün bu sorular, Philip'in, başkasıyla ilişki içinde olan bir kadınla ilişkiye girmeme isteğini yerle bir ediyordu. Philip, 'ilişkiye girmek karmaşayı daha da arttırır' gibi akılcı bir yaklaşımla Alice'in parlak cazibesine karşı koymaya çalışıyordu; oysa kararsızlık ve yasaklama, farkında olmadan daha da ağırlaştırıyordu durumu.

SUÇU BAŞKASINA ATMAK

Eric iş için birkaç günlüğüne Atina'ya gitmişti, Alice de Philip'i arayıp arkadaşlarının zaten gitmiş olduğu bir filme birlikte gitmeyi teklif etti.

Alice tam evden çıkarken Suzy'ye:

"Neden sürekli beni arıyor, anlamıyorum" dedi.

"Neden aramasın?"

"Bilmem. Umarım yanlış anlamıyordur."

"Neyi?"

"Yani, anlarsın ya, biz yalnızca arkadaşız."

"Yanlış anlarsa ne olmuş? 'Anlarsın ya, yalnızca arkadaşız' diye düşünmemesinin ne gibi bir sakıncası var?"

"Öff, saçmalama."

Sinema Philip'in evine iki adım ötedeydi, film bittikten sonra Alice, oraya kadar gelmişken Philip'in evine de uğrayıp içeriye bir göz atabileceğini söyledi.

Oturma odasındaki büyük yeşil divanda, bir haftaiçi akşam sohbetinin boyutlarını aşan bir konuşmaya daldılar. Politikadan, aşçılıktan, anne babalardan, hastalıktan ve sağlıktan konuştular, dünyanın en uzun nehrinin hangisi olduğunu sorup, kocaman bir atlasın üzerine yayılıp, (dizleri birbirine değer bir vaziyette) doğru cevabı bulmak için harıl harıl araştırmaya başladılar. Alice,

"Ben diyorum ki Mississippi" dedi.

"Hiç de bile. Amazon. Herkes bilir bunu."

"Amazon en geniş nehir olabilir, ama en uzunu değil."

"Arkaya baksana. Orada hepsi yazar."

"Tamam. İşte bu sayfa. Nüfuslar, göller, dağ yükseklikleri, okyanuslar, denizler.... işte, nehirler. Çok garip. İkimiz de yanılmışız."

"Yoksa Yangtze miymiş?"

"Hayır. Nil'miş."

"Tanrım, tabii ya, Nil. Nasıl da unuttum. Bundan kolay ne var."

"Neredeyse hiçbir şey."

"Uzunluğu ne kadarmış?"

"Bin altı yüz doksan kilometre. Amazon'dan yüz yirmi kilometre daha uzunmuş."

"O zaman neredeyse kazanmışım."

"Bu oyunda neredeyse kazanma diye bir şey olmaz: Tam yüz yirmi kilometre ıskaladınız, dostum."

Nehir araştırmaları bitmişti; Alice hafifçe öksürerek boğazını temizledi, büyük bir hareketle saatine baktı, bir iç geçirdi ve aşağıdaki cümle çıktı ağzından:

"Yorgunum."

Bu cümlenin anlamsal içeriği normal olarak, dinleyenlerin kafasında birtakım sorular doğurur. "Yorgunum" cümlesinin karşılığı birçok dilde biyolojik bir anlam ifade eder, bu cümleyi dile getiren, yumuşak bir battaniyenin altına girip birkaç saat bilincin dizginlerini elden bırakmayı istemektedir.

Ancak cümlenin geçtiği ortam ve söyleyen kişinin durumu düşünüldüğünde, "Yorgunum" öylesine güçlü bir çokanlamlılık potansiyeli içerir ki dildeki en karmaşık anlatım yapıları bile bu cümlenin eline su dökemez.

Alice aşağıdakilerden birini ifade etmeye çalışıyor olabilir:

1) Belki de Alice bu cümleyle sabırsızlığını ifade etmeye çalışıyor, lafı "Bak Philip, her şeyin farkındayım, anlamıyor musun? Bütün bir akşam burada oturup dünyanın en uzun nehirlerinden söz etmek hoşuma mı gidiyor sanıyorsun? Bir şeyler yap. Aramızda yarın sabah saat dokuzda işinin başında olması gerekenler var" demeye getiriyordur.

2) Belki de, Alice divanda Philip'in yanı başında otursa da, az evvel dizini dizine değdirmiş de olsa aralarındaki ilişkinin bundan öteye geçmesini istemiyordur.

3) Belki de ayrılma vaktinin geldiğini gündeme getiriyordur, ayrılmak istediğinden değil de Philip'in ona dur, hemen gitme demesini beklediğinden etmiştir bu sözü.

4) Bir de son olarak, belki de Alice gerçekten yorgundur (bu şartlarda inanılması en güç seçenektir bu).

Philip bu karmaşık cümlelerden birini seçmekle bir süre cebelleştikten sonra sonunda (1) ile (3)ü bir araya getiren bir yorumda karar kıldı. Bu karar, Philip'in sağ elini Alice'in avuç içine götürüşünü oldukça iyi açıklıyordu, sağ eli yavaşça avuç içinin çizgileri üzerinde gezindi. Bu karar, Philip'in bir saniye sonra vücudunun üst kısmını hafifçe dikleştirmesini de çok iyi açıklıyordu, Philip'in ağzı yavaşça Alice'in ağzına iniş yaptı, diliyle Alice'in dudaklarının hatlarını yaladı ve Philip, Alice'teki teslimiyetin ve hatta hevesle karşılık verişin tadını çıkardı.

"Bak, Philip, bu imkansız, bu tam bir delilik" diyerek karşı koydu birkaç dakika sonra Alice. Oysa geçirilen dakikaların uzunluğu bunun hiç de delilik olmadığını ortaya koyuyordu.

Bir de sanki yeni bir habermiş gibi ekledi: "Benden böyle bir şey yapmamı bekleyemezsin. Ben bir başkasıyla beraberim."

Suçu Başkasına Atmak adında bir salon oyunu vardır. Bu oyunu oynayabilmeniz için iki kişi, bir tabu ya da risk, bir suç, bir de suçlama olasılığı bulmanız yeterlidir. Oyuncular, uygun bir ortam yaratmaya ve zevk aldıkları bir şey yapmış olmanın ceremesini karşılarındaki oyuncuya çektirmeye çalışırlar.

Bir eylemin gerçekleşmesi için dört aşamanın gerektiğini düşünelim, fakat eylemin eylem olarak adlandırılabilmesi için dördüncü adım hayati önem taşısın. Birinci oyuncu ilk üç adımı atmıştır, fakat eylemden sorumlu olan kişi, (yani bu hareketiyle bütün suçu üzerine alan kişi) dördüncü adımın eyleyicisidir. Öyleyse becerikli bir oyuncu ilk üç adımı atacaktır, sonra da arkasına yaslanıp karşısındaki oyuncunun son adımı atışını seyredecektir; böylece birinci oyuncu tutkuların çözülüşünün sorumluluğundan kolayca sıyrılmış olur.

Alice'in gerçekten yorgun olmadığını, ancak Eric'le beraber olduğu için Philip'i öpmenin üzerine koskoca bir yük bindirdiğini düşünelim. Bir öpüşmeye ortak olmaktan, sonra da 'bu öpücük onun başının altından çıktı' deyip sıyrılmaktan kolay ne vardı? Dahası, yasak bölgeye giren dudaklar onun dudakları değildi; o, divanın üzerinde oturmaktan ve iç çekip yorgun olduğunu söylemekten başka ne yapmıştı ki?

Philip yapısı gereği kendisine ait olmayan yükleri taşımaya karşıydı, bu yüzden de Alice'e:

"Yapma lütfen. Masum numarası yapıp her şeyi rezil etme. Bunun olmasını haftalardır istiyorduk. Tamam, büyük bir sorun, bunu kabul ederim, ama bu sorun yalnızca benim sorunum değil. İkimizin sorunu" dedi.

Bu açıklamadan sonra Alice'i tekrar kendisine doğru çekti.

"Philip, mesele bu değil. Özür dilerim. Bu gece olanların olmaması gerekiyordu, nasıl izin verdim bilmiyorum. Eric'e karşı sorumluluklarım var, bunları unutamam."

"Sanki seni hiç yarı yolda bırakmamış gibi konuşuyorsun."

"Bırakıp bırakmadığından emin değilim."

"Bu yüzden mi haftalardır onu bana şikayet edip duruyorsun?"

"Haksızlık ediyorsun."

"Asıl sen bana ne ediyorsun?"

"Anlamıyorsun. Ben Eric'i seviyorum."

"Affedersin. Benim edindiğim izlenim bunun doğru olmadığını gösteriyor, bu senin hatan değil, tabii. Sana bir şey söyleyeyim mi Alice, kafa karışıklığını ve iki yüzlülüğünü bir başkasına saklarsan sana minnettar olacağım."

"Tamam o zaman. Verdiğim rahatsızlıktan ötürü özür dilerim."

Bu sözler söylendikten sonra öpüşme-sahibi çiftimiz buz gibi ayrıldı. Alice, o ünlü anlatının (taraflardan birinin romantizm yaşamak uğruna arkadaşlığı bozduğu ve kısa vadeli bir tavır takındığı anlatısının) altına gömdü içindeki o koca çelişkiyi.

ÖZEL DİLLER

Philip'le yaşadığı fiyasko, bu fiyaskoya asıl neden olan adama karşı hissettiği duyguları anımsattı Alice'e.

Eric Atina'dan döndüğünde, Alice onu şüphe uyandıracak kadar coşkulu bir kucaklamayla karşıladı. Neyse ki Eric'in, kendisini coşkulu kucaklaşmalar için uygun bir nesne olarak görmek gibi son derece naif (ya da belki kendini beğenmiş) bir karakter özelliği vardı.

Alice çaba göstermeye karar verdi; gün içinde (banyoda, işe giderken, uykuya dalmadan önce) karşısına hayali bir Eric oturtup yaptığı konuşmalar, bu kararın göstergeleriydi. Bu konuşmalar, ilişkilerinde ters giden ne varsa bir bir sayıp döktüğü konuşmalardı; Alice'in planı, yeni bir sayfa açmak ve ilişkilerini modern, açık ve iletişimle yüklü mükemmel bir ilişkiye dönüştürmekti. Beyanat şu cümleyle başlayacaktı: "Sana karşı dürüst olmak istiyorum." Sonra Alice gayet olgun bir tavırla ilişkilerindeki gerilim noktalarına dikkati çekecek, eleştirilerini sevgi sözcükleriyle dengeleyecek, sonra da o bildik "Bunu söylememin tek nedeni..." edebiyatına geçecekti.

Konuşmayı hafta içi bir gün iş dönüşü yapmaya karar verdi. Eric eve girecekti, çantasını bir kenara koyacak, mutfağa gidip bir bardak su alacaktı. Sonra salona gelip koltuğa Alice'in yanına oturacak, Alice de alçak ama güvenli bir ses tonuyla konuşmaya başlayacaktı: "Eric, konuşmamız gerekiyor..." Belagat yeteneğinin üstünlüğü karşısında Eric'in nasıl da şaşkına döneceğini gözünde canlandırabiliyordu; duygularını bu kadar net ifade edişi karşısında Eric'in etkilenmemesi mümkün değildi. Bir duruşma avukatı gibi davayı bütün ayrıntılarıyla gözler önüne serecek; konuşması bittiğinde, mahkemedeki bütün gözler hayranlık dolu bakışlarla kendisine bakıyor olacaktı.

Wittgenstein'a göre özel bir dil yaratmak mümkün değildir çünkü dil, tanımı gereği, paylaşılan bir iletişim etkinliğidir. Bu yüzden de dilin, toplum koşulları dışında varolması düşünülemez.

Wittgenstein'ın düşünceleri bir yana, Alice zamanla bu konuşmaların özel dil olarak tanımlanabilecek bir ortam içinde yapıldığını anlamak durumunda kaldı. Bu dil bünyesinde neleri barındırıyordu? Homurtuların ve hırıltıların oluşturduğu tümüyle anlaşılmaz bir sistem değildi bu; daha çok, anlatımı ve anlaşılması zor mesajlar içeren sözcük gruplarından oluşuyordu.

Nesnel gerçekliğe gelince, Eric tahmin edildiği gibi işten eve döndü, mutfağa gidip bir bardak su aldı, sonra televizyonu açtı, Güney Afrika'daki ayaklanmaları ve Kuzey İrlanda'daki cinayetleri seyre daldı. Alice de bu kadar önemli bir mesajı iletebilmek için ertesi akşamın daha uygun olduğunu söyledi kendi kendine.

Alice en sonunda konuşmaya başladığında, dili önceden planladığı akıcılıkta giremedi söze. Oysa beyninin, ağzına akıcı bir dil emri vereceğini sanıyordu. Dili sanki düğümlenmişti, gereğinden fazla ciddiydi, zavallıydı, o hayalini kurduğu avukat ağzından uzaktı. Eric de hayalini kurduğu o anlayışlı dinleyici değildi. Alice, Eric'in kendisini sabırla dinleyeceğini, anlayacağını ve üzerinde düşünülmüş bir yanıt vereceğini sanmıştı. Oysa daha konuşmaya başladığı ilk saniyeden itibaren Alice'in bilinçaltında acı ama gerçek bir duygu uyanmış, bu konuşmanın hiçbir yarar sağlamayacağını hissetmiş, bu da Alice'in isteksizce konuşmasına neden olmuştu.

ADAM: Arabamın lastiklerine bir baktırmam gerekiyor.
KADIN: Eric, seninle konuşmamız gerekiyor.
ADAM: Sorun nedir?
KADIN: Sanırım biliyorsun.
ADAM: Araba lastikleri mi?

Aralarındaki diyalog, Harold Pinter'ın ya da Tom Stoppard'ın oyunlarındaki absürd repliklere benzetilebilirdi; bu oyunlarda karakterler çapraz-amaçlarla konuşmaya mahkum olmuşlardı. Bir karakterin sorduğu bir soruya diğer karakter yeni ve alakasız bir soru sorarak yanıt verirdi; ya da karakterlerden biri, bir diğer karakterin on dakika önce terk ettiği bir konuyu yeniden açarak başlardı söze (ancak bu uyumsuzluk hiçkimsenin umurunda olmazdı, her karakter kendi tekbenci dünyasında kaybolup gitmiş, etrafındaki kişilerin varlığını soru sormaksızın kabul etmişti).

Şikayetlerin ardında, şikayet edilen kişinin hata yaptığını anlayacağına dair iyimser bir umut gizlidir. Bir kişinin şikayet etmesi, karşısındakiyle diyalog kurabileceğine inandığını gösterir; şikayet eden, incinmiştir ama karşısındakinin (geçmişe dönüp bir bakıp) yaptığı ayıbı anlayabileceğini düşünmektedir.

Alice'in şikayet sanatına sunduğu katkı, mesihçi ve otistik aşamalardan oluşmaktadır.

[i] Mesihçi aşama

Bu aşamada Alice, çelişkilerin, olanca büyüklüklerine karşın, diyalog yoluyla çözüme kavuşturulabileceğine inanmıştır. Anlaşmazlıklar, tarafların birbirlerinin görüşlerini anlamadaki başarısızlığından kaynaklanmıştır; ancak her iki tarafın da görüşleri masaya yatırıldığında ve sakin sakin tartışıldığında, kişi istese de istemese de bir anlaşmaya varılacaktır.

Alice'le Suzy aynı evi paylaşmaya başladıklarında Suzy'nin bir huyu Alice'i çileden çıkarıyordu: Suzy bıçağıyla ekmeğine tereyağı sürüyor, sonra da aynı bıçağı bal kavanozunun içine daldırıyordu; bıçak balın içinde küçük yağ parçacıkları bırakıyordu. Alice bu duruma çok sinirleniyordu ama bunu Suzy'ye nasıl anlatmak gerekirdi, bu daha da içinden çıkılmaz bir durumdu. Suzy, ev arkadaşının bu yağ parçacıkları karşısında ciddi bir iç sıkıntısı yaşadığını ve için için öfkelendiğini nasıl anlayacaktı?

Sonunda Alice konuyu masaya yatırmaya hazırlandı, "Biliyorum, bu sana biraz gülünç gelecek..." diyerek tereddütlü ama başarılı bir giriş yaptı, sözlerini "Belki bal ve reçel için ayrı bir bıçak, tereyağı için de ayrı bir bıçak kullanmamız daha iyi olur..." diyerek bitirdi.

"Aa. Tabii. İyi fikir" diye yanıtladı Suzy, Alice'in bu öneriyi dile getirebilmek için üstesinden geldiği olağanüstü iç çelişkilerden habersizdi.

Alice'in annesiyle olan ilişkisi, yağlı ekmeğin bala daldırılmasına benzer olaylarla doluydu (metaforik anlamda tabii). Ancak Alice'in annesiyle kurmaya çalıştığı mesihçi iletişim çabalarından hiçbiri iyi sonuç vermemişti. Fakat Alice son zamanlarda annesini pek seyrek görebiliyordu, bu yüzden de kafasındaki anne imgesi daha nostaljik bir hal almıştı artık. Annesi en son Londra'ya Alice'i ziyarete geleceğini haber vermiş, kızıyla kurduğu ilişkideki ikiyüzlülüğü bir kenara koymaya ve onunla çocukluğunda yaşadıklarına dair dürüst bir biçimde konuşmaya karar vermişti.

[ii] Otistik aşamalar

Alice'le annesi Wansworth'de bir restoranda akşam yemeği yediler. Salata eşliğinde şundan bundan söz ettikten sonra sıra ana yemeğe gelince Alice geçmişte yaşananlara kırdı sohbetin dümenini.

"Baban ve ben hep çok meşguldük. Sizi sevmiyor değildik. Sadece sizi sevdiğimizi gösterecek zamanımız yoktu" diye bir açıklamada bulundu anne.

"İyi de bu zaman sorunu muydu?"

"Haklısın. Davranışımın iler tutar yanı yok. Geriye dönüp baktığımda bencilce davranmış olduğumu düşünüyorum. Ama o zamanlar çok gençtik, yaşamdan çok şey bekliyorduk, çocuk sahibi olmak, para ve kariyer peşinde koşmak çok çaba gerektiriyordu. Geriye dönüp baktığımda hiç değmezmiş diye düşünüyorum. Kırışmış, budanmış, yaşlı bir ağacım ben."

"Öyle deme anne. Hiç de değil."

"Öyle şekerim, öyle. Kırışmış ve budanmış bir ağaç. Hiçbir doktor ya da yüz kremi yardım edemez bana artık."

"Ama tanıdığım en güzel kadınlardan birisin."

"Çok naziksin tatlım, ama benim yaşımdakiler için iltifat fayda etmiyor. Aynaya bakıyorum ve her şeyin bittiğini görebiliyorum. Nerede kalmıştık biz? Hah, tamam, çocukluğundan söz ediyorduk. Diyordum ki artık anladım, yaşamımdaki en önemli şey çocuklarımmış aslında, geri kalan her şey boşmuş. Biz su istememiş miydik? Soda getirmişler?"

"Boşver, soda içerim ben."

"Benim mideme dokunuyor."

"O zaman su isteyelim."

"Yok, tatlım, gerek yok. Küçük yudumlarla içerim."

Alice eve dönerken, annesinin aralarındaki o gizli gerilimin farkına vardığını düşündü. Ona göre annesinin değer yargıları değişime uğramış, çocuklarının aslında ne kadar değerli olduğunu fark etmişti. Eskiden olsa bir golf oyununu bile çocuklarının üstünde tutardı, oysa şimdi o eski davranış biçimini terk etmişti.

Neden bu konuşmadan hemen sonra Alice'in kulağına, annesinin bir arkadaşına kendisi için "bir bunalım geçiriyor" dediği çalındı? "Zavallı kız ciddi bir bunalımın eşiğinde" demişti annesi, "Yirmili yaşlardaki bir insan, on yıl önce yaşadığı olayları her duyduğunda hüngür hüngür ağlıyorsa bir psikoloğun yardımına ihtiyaç duyuyor demektir. Onu rahatlatmak için elimden geleni yaptım, ama yine de pek hassastı zavallım. Pek duyarlıydı."

İşte bu ve bunun gibi deneyimlerdi Alice'i otistik bir ruh haline sürükleyen. Alice böyle zamanlarda insanların birbirlerini asla ve asla anlayamayacaklarını düşünüyordu. Alice konuşmalarını istediği kadar belagatla, akılcılıkla, yalvar yakarla ve ikna yüklü ifadelerle de süslese, onu anlamıyordu insanlar. Alice annesiyle günlerce konuşabilirdi, annesi yaşam ve empati belirtileri göstererek onu cesaretlendirirdi; ama eninde sonunda aynı anneydi işte: Eskisinden daha da kördü, yaş bir ağaçken nasıl benmerkezciyse, kırışmış ve budanmış bir ağaçken de bir o kadar ben-merkezciydi.

Öyleyse Alice'in Eric'e karşı hissettikleri mesihçi aşamaya mı, otistik aşamaya mı giriyordu? Alice ta başından beri otizmden çok mesihçiliğe eğilimliydi; aslına bakarsanız bu durum çok zor diyalog kullanabilen ve Eric'in onu anlayacağına dair boğucu (belki de kimilerine göre neredeyse mistik) umutlar taşıyan bir insan için fazlaca iyimserdi, böyle bir insanın otizme dönmesi an meselesiydi.

Geçenlerde beraber sinemaya gitmişlerdi, filmdeki adam partnerini ve arkadaşlarını hor görüyor, sonra da aslında sorumluluklardan kaçmak için böyle davrandığını fark ederek iyi bir adam olmaya karar veriyordu. Filmdeki mesaj kör göze parmak bir üslup içinde seyirciye yansıtılıyordu; Alice karanlıkta Eric'in yüzüne baktı onun da aynı bağı, kendisinin o anda sanatla yaşam arasında kurmuş olduğu bağı kurduğunu umut etti. Ancak sinemadan çıktıklarında umut edilen özdeşleşmenin gerçekleşmediği ortadaydı. Eric filmden çıktığında kendiyle yüzleşmenin kaçınılmaz şaşkınlığını yaşamamıştı, aksine, kendinden ve kendi konumundan kilometrelerce ötedeki bir adamın hatalarını seyretmiş olmanın müthiş huzurunu duymuştu içinde.

Alice, Eric'in hatalarının farkındaydı, ama o, bu hataları kendi benlik-imgesiyle bağdaştırmadıktan sonra, etkisini tümden ve haince yitiriyordu bütün bunlar. Bir atı suya (ya da sinemaya) getirip ona su içirecek gücü bulamamanın, onu zorlayıp zorlayıp su içirememenin yarattığı o eski tanıdık ikilemin ta kendisiydi bu.

Alice'in gözlemlediği şu özelliği bu durumun geçerliliğini kanıtlıyordu: Eric'e göre bir insan sorun yaşıyorsa bundan kendisi ve kendi yetersizliği sorumluydu, o insanı çevreleyen dış faktörler sorumlu tutulamazdı. Alice bunun neden böyle olduğu konusunda düzinelerce kuram geliştirmişti.

"Sen kendine karşı çok sert olduğun için başkalarına da öylesin" demişti bir gün, Eric'in bir çalışanını işten atması üzerine.

"Bunun sertlikle bir ilgisi yok Alice. Aslında neyle ilgisi var biliyor musun, ben işletmenin temel ilkelerini hafife alan ve birer şakaymış gibi algılayan insanlarla bir arada çalışmak istemiyorum. Biliyorum, bu konuyu biraz daha genişletip benim karakterime, senin karakterine ve sonunda bu ülkenin geleceği ne olacak'a getirmek istiyorsun, ama üzgünüm, bu konu sandığın kadar karmaşık değil, sandığın kadar ilginç hiç değil."

Alice onun psikolojik görünümünü bütün ayrıntılarıyla gözler önüne serebilirdi; ancak ondan gözler önüne serdiği şeyleri görüp kendini değiştirmesini beklerse, sahip olduğu epistemik avantaj hiçbir işe yaramazdı. Alice'in gözlemleri Eric'i kendiyle yüzleştirmekten uzaktı, acınacak bir haldeydi, bir insana DNA yapısını göstermek kadar başarısızdı. Bir insana DNA yapısı gösterilemezdi, bilimadamları genlerin o kişiye ait olduğunu kanıtlayabilirlerdi; ancak kişi kendi genlerini öznel bir dokunuşla *hissedemediği* için, genlere bakıp bakıp "Bu çift-helislerin benimle uzaktan yakından ilgisi olamaz" diyebilirdi sadece.

Alice de Eric'in karakteri konusunda analiz yapadursundu; aslında bu analizleriyle helikopterin üstünden aşağıdaki bir labirente kuşbakışı bakan birine benziyordu. Sorunun şemasını görüyordu, oysa yerdeki adam göremezdi bunu.

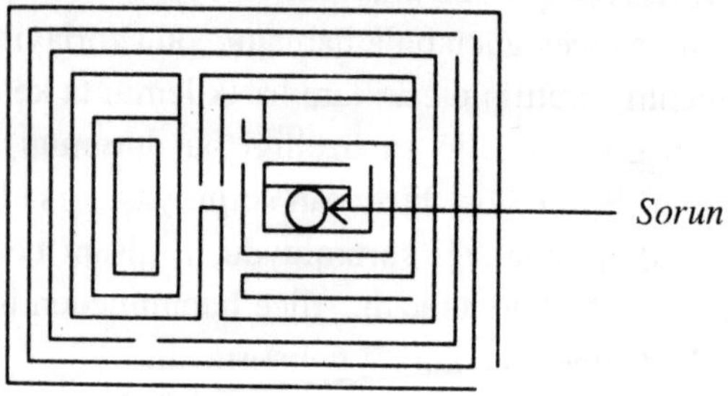

Ancak Alice'in labirent için bulduğu çözümler (geçerli de olsa) etkisiz kalıyordu. Eric onlarca yıl sonra bir gün küvette uzanmış yatarken eski bir kız arkadaşının kendisiyle ilgili doğru gözlemler yapmış olduğunu fark ederdi belki; ancak Alice şu aşamada helikopteri aşağı indirip, Eric'e psikolojik karmaşasının tam kalbindeki sorunu gösteremez, sonra da Eric'ten "Evet ya, haklısın" demesini bekleyemezdi. Eric bu yolculuğu yapmamıştı, bu bilgiyi psikolojik durumunun geri kalan bölümlerine bağlayan adımları görmekten acizdi, bu yüzden de acımasızca "Psikologçuluk oyununu kendine saklarsan pek minnettar olacağım" derdi sadece.

YANLIŞ OKUMALAR

Eğer sorunlu birine aşık olduysanız (duyarsız, sevgi yerine kıskançlık gösteren, hemcinsine daha çok ilgi duyan veya başkasıyla evli olan birine örneğin) verebileceğiniz en olası tepki, aşık olduğunuz insanın gerçekte bu sorunu yaşamadığını öne sürmektir. Tabii, bu sorunun varlığını yadsımıyorsunuzdur; yalnızca bu sorun, aşığınızın karakterinin temel özelliği değildir, orada tamamen tesadüfen bulunmaktadır. Kolayca söküp atılabilecek bir şeytan tırnağı, zamanla üstesinden gelinecek bir engel gibidir.

Telefonlarınızı yanıtsız bırakan, "erişilemeyen", sizinle güzel ve değerli şeyleri paylaşmayan birine aşık olduğunuzu düşünelim. Ne fark eder canım. Aşık olduğunuz kişinin karakteri, geneliyle ele alındığında bütün bu özellikler önemsiz ayrıntılardır yalnızca. Karakterin geneli derken, o insanın gözlerindeki duyarlılıktır burada kastedilen, bir gün kalabalık bir caddede yürürken sizin elinizi aniden nasıl tuttuğudur, onu sinemada ağlarken gördüğünüz andır, empati kurarak dinlediğimiz çocukluk travmalarıdır.

Alice, Eric'in karakterini özgün ve belki de yanlış bir bakış açısıyla okumuştu hep; bazı karakter özelliklerini, bu özellikler diğerlerine kıyasla çok daha az önemsiz olsalar da, Eric'in özü olarak değerlendirmişti. O, bir iki kere espri yapmışsa Alice onun çok etkileyici ama kendini çok fazla açığa çıkarmayan esprili bir özü olduğuna inanırdı. Tıpkı bir aysberg misali.

Ama şimdi Alice'in kafasında yepyeni bir soru belirdi: Eric'in bu esprili, duyarlı ve nazik özünün önüne geçen engeller, gerçekten birer engel miydi acaba? Bütün bu engellerin "gizli kalmış altın gibi özü" değil de "gerçek benliği, madalyonun öteki yüzü" ana başlığı altında yer alması gerekmiyor muydu?

Bakışımız, bildiklerimizden ve isteklerimizden etkilenir, hatta kimilerine göre onlar tarafından şekillendirilir. Gözümüzün önündeki şeylere tam anlamıyla güvenemeyiz, bizi yönlendiren kafamızda zaten varolan imgelerdir. Gözümüzün önündekine yalnızca kısa bakışlar fırlatmakla yetiniriz. Alice'in evden işe gidişini ele alalım: Alice avucunun içi gibi biliyordu bu yolculuğu, ofisindeki masasına vardığında Londra'yı boydan boya geçtiğini hayal meyal anımsıyordu. İhtiyacı olan tek şey, istasyon platformlarının temel şekline fırlatılmış donuk bir bakıştı, sonra gerisi geliyordu: Kaç metro durağından geçeceklerini, yürüyen merdivenlerin hangi yöne hareket ettiğini ve kalabalıkların hangi tünelleri tercih ettiğini biliyordu. Fakat araçların rengine, Londra'nın göğünü arşınlayan bulutların şekline ya da etrafındaki giysilerin dokumalarına dikkat etmeye hiç niyeti yoktu. Bütün bunlar ilgi çekiciydi belki, hiç şüphesiz şiirseldi, ama Alice'in iş istikametinde yaptığı yolculuğun tasarımı için fazlasıyla lükstü.

Alice tembel bir metro yolcusuydu; algılarındaki yoksulluk, alışkanlıklara olan düşkünlüğünden kaynaklanıyordu. Görmeye alışık olduğu şeyleri görüyordu sadece, bir bakışın masumiyetini kıran şeyleri değil.

Görsel oyunlar, aşina olunan ya da otorite sahibi bir cümlede bir sözcük eksikse ya da tekrar ediliyorsa okurun doğru bir metin beklentisiyle nasıl da o hatayı görmezden geldiğini ortaya koyar. Günlük bir gazeteden alınmış ve Ortadoğu üzerine yazılmış güncel bir makaleyi ele alalım:

> Dışişleri bakanı, bir anlaşmaya varılabilmesi için her iki tarafın da konuşmaya hazır olması gerektiğini söyledi. Bölgede akan kanın durdurulabilmesi için dış baskının yeterli olmayacağınıda da sözlerine ekledi.

Okur, özellikle gazetede çıkmış metinlerde sözcüklerin tekrar edildiğini görmeye alışık değildir, bu yüzden son satırdaki tekrarı görmezden gelir. Ne okumak istediğini bildiği için (okumak istediği, doğru yazılmış bir cümledir) önyargılarına uymayan bu görsel bilgiyi es geçer.

Gözlem, iki türlü bilgi girişinin çatışması veya bir araya getirilmesiyle oluşur:

1) Bir şeyin gerçekte nasıl göründüğü.
2) Bir şeyin görünüşüne dair bilgilerimiz ve *isteklerimiz*.

İdeal olan, ikisini makul bir biçimde bir araya getirmek yani var olanı ve beklentiyi birleştirmektir. Yanılsama (iç isteklerin hayaline kapılıp dış gerçekliğin varlığını reddetme), ikinci maddeye aşırı derecede odaklandığımız zaman baş gösterir. Öyleyse iki tane "da"nın varlığını görmezden gelen okur (bir başka bağlamda aynı görmezden gelişe düşen Alice gibi) küçük ama uzak bir fanteziye kapılmaktan sorumlu tutulabilir.

Mayıs ayında bir gün Alice'le Eric bir partiye davet edilmişlerdi. Partiye ayrı ayrı geldiler, Eric iş yerinden, Alice ise evden geldi. Masanın iki ucuna oturmak zorunda kaldılar; Alice ev sahibinin yanına, Eric de buz gibi bir avukatla köpüklü bir halkla ilişkiler müdiresinin ortasına oturdu. Alice, sohbetin durgunlaştığı bir anda masanın öteki ucundaki Eric'e kaydırdı bakışlarını, Eric bir öykü anlatıyordu:

"Hong Kong'a yaklaştığımızda, yağmur mevsiminde sık sık rastlanan o ani sellerden birinin içinde bulduk kendimizi. Uçak titremeye başladı. İnişin biraz sallantılı olacağı duyuruldu; tekerlekler yere çarptığı anda sular püskürdü. Pencerelerin dışında göz gözü görmüyordu. Sonra uçağın hızı yavaş yavaş kesilmeye başladı, biz tam her şeyin yoluna girdiğini düşünmüştük ki henüz hiçbir şeyin bitmediğini anladık. Uçak pistten çıkmış ve tam denizin önünde durmuş, ön tekerlek olduğu gibi kuma gömülmüştü."

"Çok korkmuş olmalısın."

"Şanslıymışız. Ucuz atlattık."

Gözümüz sürekli etrafımızdaki insanların üzerindedir ancak insanlarla ilgili yeni izlenimler edindiğimiz pek seyrektir; burada "yeni izlenimler" derken kastedilen, önyargıların tasdiklenmesi değil yeni bir bakışın üretilmesidir. Karşımızdakinin resmini yeniden yarattığımız aşamalar parmakla sayılacak kadar azdır –ilk karşılaşmada, uzun bir ayrılıktan sonra, öfke dolu bir tartışmanın ortasında, bir hastalıktan sonra– bu ve buna benzer durumlarda fotografik alışkanlığın tembelliği kırılmaya uğrar.

İşte Alice de bir kırılma yaşıyordu şimdi. Bir ya da birkaç cümlelik bir uzamda Eric aniden Alice'in gözüne inanılmaz bir şekilde *sıradan* göründü. Tavırları artık Alice için kendisinden büyük bir görkemi simgelemiyordu; konuşması özel bir saygıya ya da dikkate değermiş gibi gelmiyordu. Ev sahibi Eric'in kadehine biraz daha şarap doldururken ve Eric de uzanıp bir parça daha elma alırken, Alice birdenbire kendini *'O da herkes gibi bir insan işte'* diye düşünürken buldu (sanki bu olağanüstü bir gözlemmiş gibi). George Bernard Shaw'un "Aşk, insanın bir başka insanla arasındaki farkı abarttığı hevesli bir süreçten başka bir şey değildir" özdeyişini doğrulayan bir düşünceydi bu.

KİM ÇABA GÖSTERİYOR?

Alice'in Eric'e ilgisi aniden kesilmişti, Eric bu durumu görmezden gelemezdi. Alice'in Philip'le sık sık yemeğe çıktığını aklının bir köşesine not etmişti zaten, ancak bu sık sık yemeğe çıkmalar aniden bittiğinde bile Alice mavi boncuk dağıtmaya devam ediyordu. Önceleri partilere gitmekten pek hoşlanmayan Alice şimdi bu parti senin şu parti benim gezer olmuştu. Üstelik Eric'i de yanında götürmüyordu; partinin ertesi günü, hiç de arkadaş gözüyle bakmadığı adamlardan telefonlar alıyordu.

Alice eskiden kendini Eric'e adamışken şimdi ondan birdenbire uzaklaşmıştı, bu durum doğal olarak Onun kıskançlık duymasına ve kıskançlığını ifade etmesine yol açabilirdi. Eric (bazı adamların yaptığı gibi) "Bu gece niye o bas gitaristin yanından bir dakika olsun ayrılmadın?" ya da "Sürekli arayan bu Luke da kim?" gibi sorular sorabilirdi Alice'e.

Fakat Eric'in lügatında kıskançlık, incelikten ve gururdan yoksun olanların sığındığı kaba bir duyguydu. Çocuklar ve gençler kıskançlık duyabilirdi, bu dünyada edindiği konuma güvenen yetişkin bir adama yakışmazdı kıskançlık.

Eric'in Alice'i hiçbir biçimde kıskanmayışı hayranlık uyandırabilir, en azından Alice ilişki paranoyalarının doğurduğu grotesk sahnelerle uğraşmak zorunda kalmıyor, diye düşünülebilir. Ancak bu kıskançlık yoksunluğu ciddi bir hakaret olarak da değerlendirilebilir, belki de Eric aşkını ifade etmekten ve savunmaktan kaçıyordur, çünkü kıskançlık duyabilmesi için Eric'in şu iki şeyi itiraf etmesi gerekir:

İlk olarak: bir başka insana karşı yoğun bir ilgi duyduğunu,
İkinci olarak: (gurur bu noktada devreye girmektedir) bu başka insanın artık ona eskisi kadar ilgi duymadığını.

Alice kıskançlık yoksunluğundan hiç hoşlanmıyordu çünkü ona göre bu, yukarıdaki birinci maddeyi itiraf etmeyi engelleyen inatçı bir yeteneksizliğin göstergesiydi. Birinci maddenin itiraf edilmeyişi, ironik bir biçimde ikinci maddenin senaryosunun yolunu açıyordu.

Ancak Eric'in tavrı zaman içinde değişime uğradı. Alice eskiden sık sık Eric'in evine giderdi; Eric'in rahatı bozulmazdı, bozulan Alice'in rahatı olurdu. Esrarlı (ve elbette söze dökülmeyen) bir ramak kalma politikası oyunu sonucunda çantasını toplamak ve Earl's Court'tan ayrılmak zorunda kalan hep Alice olurdu. Bu oyunda her iki taraf da karşısındaki oyuncuyu çaba sarfetmeye zorlardı. Amaç, istemeye istemeye evden dışarı çıkan taraf olmamaktı. Telefonda oynarlardı bu oyunu:

KADIN: Bu gece ne yapıyorsun?
ADAM: Hiç, evdeyim. Ya sen?
KADIN: Bilmem. Bir şeyler yapmak ister misin?
ADAM: Tamam.
KADIN: Buraya gelmek ister misin? Ya da ben mi oraya geleyim?
ADAM: Ben çok yorgunum.
KADIN: Ya, öyle mi?
ADAM: Ya. Çok yorucu bir gündü.
KADIN: Aslında ben de çok yorgunum.
ADAM: Hım.
KADIN: Eee?
ADAM: Ne?
KADIN: Tamam o zaman, ben sana geleyim mi?
ADAM: Olur. Harika bir fikir.

Konuşmanın ortalarında bir yerlerde Alice bir adım atmazsa Eric'in kılını bile kıpırdatmayacağını fark ederdi. Eric'in geceyi birlikte geçirmeye duyduğu istek, Alice'inkinden daha zayıftı. Eric geceyi yalnız geçirmeye razı olabilirdi, Alice ise kolay kolay razı olamazdı, bu yüzden de çabayı kendisinin göstermesi gerekti. Aslında hemen yelkenleri suya indirmese, Eric'e "Bir kerecik olsun sen çıkıp gelsen ne olur sanki?" diyebilse, Eric o saniye evinden çıkıp geliverirdi. Ama Alice ramak kalma politikası oyununu ustalıkla oynayabilecek bir konumda değildi işte: Reddedilmeyi göğüsleyemeyecek, bu riske atılamayacak kadar bağlıydı Eric'e.

Ama şimdi Alice'in ilgisi zayıflamaya başlamıştı, bu yüzden de Eric'in tepkileriyle kumar oynayacak kadar özgür hissediyordu kendini. Evden çıkma konusu açıldığında artık Alice, gitmek için can atmıyordu; bu yolculuğa çıkmak zorunda kalan taraf Eric'ti. Konuşmaları, aşağı yukarı şöyle bir seyir izlemeye başladı:

ADAM: Bu gece ne yapıyorsun?
KADIN: Gordon'la veya Suzy'le dışarı çıkacağız. Neden?
ADAM: Buraya gelmek ister misin?
KADIN: Kusura bakma Eric. Şu anda çok yorgunum.
ADAM: Ama seni Perşembe'den beri görmedim.
KADIN: Eee.
ADAM: Ee'si, çok uzun bir süre bu.
KADIN: Öyle mi?
ADAM: Tabii öyle.
Sessizlik
ADAM: Sana gelsem, ne dersin?
KADIN: Ne mi derim?
ADAM: Yani, olur mu?
KADIN: Tabii, neden olmasın. Ama saat on birden önce gelme, o saate kadar barda olacağım.

Ramak kalma politikası oyunu, bazı Amerikan filmlerinde gördüğümüz, iki arabanın dar bir yolda birbirlerine doğru hızla yaklaştıkları ve direksiyonu ilk kıranın yarışı kaybettiği oyuna benzetilebilir. Bu oyunda direksiyonu ilk kıran sürücü kendini yolun yanındaki çimlik alanda bulur. Oyunda amaç, karşıdaki oyuncunun direksiyonu kıracağı anı tahmin etmek ve o an gelene kadar direnmektir; fakat her iki araba da sonuna kadar direnirse sürücülerin ikisi de yaşamını kaybeder.

Alice'le Eric'in bu oyunda yaşamlarını tehlikeye attıkları söylenemezdi ama onların oyununda da benzer kurallar söz konusuydu: Partnerlerin, kimin Londra boyunca yolculuk edip ötekinin evine gideceğini çok iyi tartmaları gerekiyordu, oyunun püf noktası, karşıdaki oyuncunun evden çıkmaya ne derece hevesli olduğunu iyi kestirebilmekti. Direksiyonu kırıp arabayı çimliğe sürüklemek; çarpışmayı önlemek için bir çaba göstermek, evden çıkmak, gururdan vazgeçmek, kısacası çiftin iyiliği için kendi bencilce arzularını geride bırakmak anlamına geliyordu. Bencilce arzularından sıyrılan ve kendini çimlikte bulan genellikle Alice oluyordu çünkü onun korkusu daha büyüktü. Eric aşkı ölüme atmaktan korkmuyor gibi görünüyor, bu yüzden de inadından vazgeçmiyordu.

Ancak şimdi telefonlara yanıt vermek, sinemada en kötü koltuğa oturmak, alışverişe çıkmak ya da kapıya bakmak gibi meseleler gündeme geldiğinde Eric Alice'in en az kendisi kadar pervasız davranabildiğini fark ediyordu. Önceleri arabayı korkusuzca Alice'in üzerine sürebilmesinin nedeni, aşkı ölüme terk etmeye cesaret edebilen tek kişinin kendisi olduğunu bilmesiydi. Oysa şimdi Alice de oyunu aynı Eric gibi oynamaya kalkışıyordu; bu durumda kamikaze teknikleri Eric için çok ağır bir risk taşıyordu, ne de olsa Eric kız arkadaşından değil de çaba sarf etmekten kurtulmaya çalışıyordu.

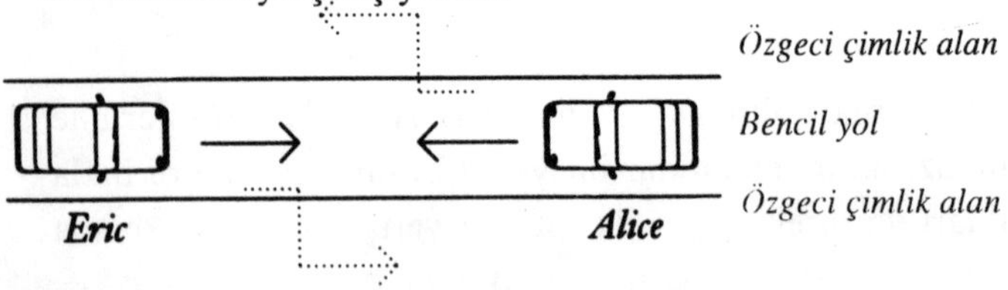

İlişkilerin derinlerde bir yerde zalim bir kendini dengeleme isteği taşıdığı söylenebilir. Bunu eşitlik terimleriyle inceleyecek olursak, iki kişiyi bir arada tutmak için partnerlerden her birinin 40 birim çaba (burada x ile gösterilecektir) göstermeleri gerekir.

Alice 20x + *Eric 20x* = *40x'lik bir ilişki*

40x'lik bir ilişki tıkırında giden bir ilişki demektir, burada zalimce olan şey, bu 40x'lik toplamın eşit bir biçimde ödenmeyişidir. Her iki tarafın da 20x çaba gösterdiği pek az rastlanan şeydir, bu eşit dağılıma ancak çok duyarlı ilişkilerde rastlanabilir. Genellikle taraflardan biri ötekine göre daha çok çaba gösterir. Peki nasıl ve neden? Daha az ödeyen taraf neye göre belirlenir? Ötekinin ne derece ilgi gösterdiğine dayanarak belirlenir, oldukça şüpheci bir anlayıştır bu. Partnerlerden her biri içgüdüsel olarak karşı tarafı tartar ve şu soruyu sorar: "Gösterebileceğim minimum çaba nedir? Karşımdaki reddedinceye ve biz aşkımızı kaybedinceye kadar, onu benden daha çok ödemeye nasıl zorlayabilirim?"

Birliktelikleri boyunca Eric borcunu ödemekten sürekli kaçındı çünkü o ödemediği zaman Alice'in çıkarıp ödeyeceğini çok iyi biliyordu. Eric 10 birim ödeyecek olsa Alice geri kalan 30'u getirmiş bir halde çıkagelirdi. Onun canı Alice'in evine gitmek istemezse Alice çıkagelirdi. Büyük bir tartışma sonrasında, 'İlişkimiz acaba çıkmaza sürüklenir mi?' diye kaygılanmazdı Eric, nasıl olsa Alice buzları eritirdi.

Ancak Eric, Alice'i nereye kadar zorlayabileceğini iyi hesaplayamadı. Alice'in 40x'lik katılımı yavaş yavaş düşmeye başladı, aradaki açığı Eric'in kapaması gerekiyordu artık. Önceleri ufak çapta birimlerle katıldı bu eşitliğe Eric, fakat sonradan baktı ki amansız enflasyon acıma nedir bilmiyor, o zaman ilişkinin bütün bir ağırlığını o narin omuzlarına yüklemek zorunda kaldı.

Alice ne yapıp etmiş, sonunda artık Eric'le ilgilenmediğini ortaya koymuştu, Eric eğer ilişkilerini 39 birimlik bir çabayla desteklemezse kaçınılmaz bir şekilde çarpışacaklarının ve ayrılacaklarının farkına vardı.

ROMANTİK YAPBOZLAR

"Birini değiştirme" düşüncesi, garip ve melankolik bir duygu bırakıyordu insanın üzerinde, sanki bir gömlek ya da palto değiştiriyormuşsun gibi. Birinden ayrılmak, bir adım geride kalan partneri geçme riskini göze almak anlamına geliyordu ve bunu başarabilecek bir duygusal olgunluğa ulaşmak demekti. Alice değiştikçe, aşktan beklediği yanıtlar da değişiyor, zaman, ilişkinin en başında imzalanan anlaşmanın şartlarını yeniden düzenlemeyi gerektirecek olasılıklar taşıyordu önüne. Yetilerinin geçirdiği değişim sayesinde, eskiden hayran kaldığı bir unsur şimdi romantik bir dinozor rolü oynuyordu.

Alice, kendi yetersizliğini örtbas edebilmek için aşık oluyordu; başkalarında aradığı özellikler, kendisinde olmayan ama saygı duyduğu ve özendiği özelliklerdi. Duygusal ihtiyaçları, başkasının taşıdığı bir parça olmazsa tamamlanamayacak yapboza benziyordu. Ancak bu parçanın boyutları, Alice'in benlik-gelişiminde hangi aşamada olduğuna göre değişiyordu, on beş yaşındayken boşluğa tamı tamına oturan bir parça, otuz yaşına geldiğinde o boşluğa uymayacaktı. Yapbozdaki boşluğun dış hatları sürekli bir değişim halindeydi, yapbozu tamamlamaya çalışan, Alice'teki gelişimi yakından izlemezse elindeki parçayı zorla uydurmaya çalışması nafile bir çaba olurdu.

Yaş	*Yapbozdaki Boşluk*	*Erkeğin getirdiği çözüm*
8	Beraber ağaçlara tırmanabileceği, kibrit çakabileceği, onu okuldaki en popüler çeteyle tanıştıracak birini bulma tutkusu.	Thomas adında, deri ceketli ve ralli bisikletli bir oğlan. Evlenip on iki çocuk sahibi olmayı planlamışlardı. Thomas bir keresinde bahçede işerken Alice'in ona bakmasına izin vermişti.

Yaş	*Yapbozdaki Boşluk*	*Erkeğin getirdiği çözüm*
13-16	Seksin ve öpüşmenin nasıl bir şey olduğunu öğrenme tutkusu: Her ikisini de yaşayacak olmanın yarattığı korku.	Onu gizli saklı sıkıştıran ve orasını burasını elleyen şişman oğlanlar silsilesi. Yine aynı oğlanlardan gelen içten ve imla hatalarıyla dolu (Alice bunları düzeltmeden edemezdi) aşk mektupları.
16	Vajina	Bekaretini bozmayı başaran ilk adam: Alice'lerin bir aile dostunun oğlu. 24 yaşında, Yale mezunu ve hiç de nazik olmayan bir adamdı. Beş dakikada boşaldı, Alice, beklendiği gibi, umutsuzca aşık oldu ve adam bütün aşk mektuplarını yanıtsız bıraktı.
18	Zihin açıcı haplar içme ve karanlık bodrumlarda karanlık müzikler dinleme tutkusu.	20 yaşında Hermann Hesse okuru bir genç. Otlar ve haplarla dolu küçük bir evde yaşadığı için arkadaşları arasında "Her derde deva doktor" diye anılıyordu. Alice'e Hintli bir bereket tanrıçasının ismini vermişti, fakat kendisi iktidarsızdı.
19	Seks hayatını geliştirme isteği ve bu süreçte (Marks'ın tarihsel olarak lanetlenmiş burjuva sınıfının kalıntısı olan) anne babasını hayrete düşürme arzusu.	Trevor adında Jamaikalı bir saksafoncu. İki yüz kadınla seviştiğini iddia etmekteydi ve Notting Hill'de "iş icabı" bulunuyordu. Alice'i coşkunluğa götürdü, sonra geri getirdi – böylece Marks'ın tarihsel olarak lanetlenmiş burjuva sınıfının kalıntısı olan anne babayı öyle bir sinirlendirdi ki, onu peşine polis taktırmakla tehdit ettiler.
20-23	Üstün baba figürleri bulabilmek için başlatılan entelektüel bir arayış.	Üniversiteden, sakallı bir biyoloji profesörü: Darvin evrimi üzerine seminerler veren bu adam orgazm sırasında fosil isimleri haykırıyordu.
24	Londra'da derdine bir türlü deva bulamayan bir bekleyiş. Kendi güvensizliklerini örtbas edecek, özgüven sahibi, varlıklı ve yakışıklı bir sevgili bulma tutkusu.	Eric.

Romantik Yapbozun Evrimi

Alice, yaşamının bu döneminde Eric'e bağlanmıştı çünkü o anda eksik olan yapboz parçasını tamamlar nitelikteydi. Alice ile Eric'in ilişkisi farklı yönleri hedefleyen fakat bir noktada kesişen iki ayrı yola benzetilebilirdi. Yalnızca kısa bir süreliğine (ve birçok açıdan oldukça keyifli bir biçimde) bir araya gelen yollardı bunlar.

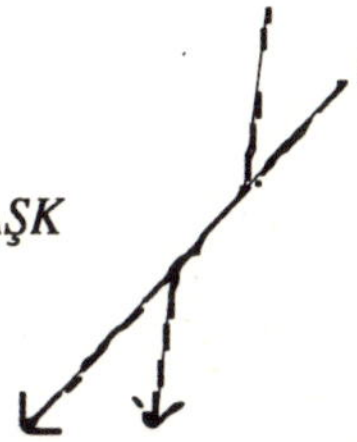

Acı, iki kişi arasındaki farklılıkların fark edilmesiyle ortaya çıkıyordu; iki kişi yaşamlarının uygun bir aşamasında biraraya geliyor sonra da zamanla aslında farklı yönlere doğru yolculuk ettiklerinin ayırdına varıyorlardı –yalnızca bir aşamadaki uygunluk, çok daha uzun ve farklı yönlere giden iki ayrı yolun kesiştiği rastlantısal bir birliktelikten ibaretti.

Eric'in Alice'e sunabildiği şeyler çekiciliğini yitirmişti artık. Londra'nın restoranları üzerine ayrıntılı bir bilgi, şık bir ev, sosyal merdivende oturaklı bir konum, bütün bunlar daha kolay erişilebilir ve daha az gerekli şeyler haline gelmişti. Alice işinde başarılıydı artık, sevgilisinin kariyer sahibi biri olmasından çok onu güldürebilmesi ve onu nezaketiyle şaşırtabilmesi önem kazanmıştı. Sakallı biyolog Alice'in belli bir süre için beyinsel etkinliğe yabancılaşmasına neden olmuştu; fakat Eric'in psikolojik hafifliği de başka bir biçimde ama yine aynı ölçüde yormuştu onu. Alice şimdi öyle bir sevgili arzuluyordu ki onun yanında akıl ne korkutucu ve yersiz bir şey, ne de entelektüel açıdan daha az cinfikirli olanları aşağılayabileceğin bir araç olsundu. Alice'in kendine olan saygısı öyle bir noktaya ulaşmıştı ki dinî aşkın gerektirdiği kendini küçük düşürmeleri kaldıramayacaktı artık.

Yaş	*Yapbozdaki Boşluk*	*Erkeğin getirdiği çözüm*
25	Kılıbıklığa kaçmadan nazik olabilen, ağırbaşlılığını yitirmeden komiklik yapabilen, etrafa 'Ben başarılıyım' sinyalleri vermediği halde işteki konumu dolayısıyla takdir edilen biri. Büyüklük taslamadan zekasını konuşturan biri. Alice arabayı park ederken defalarca ve defalarca arabanın vitesini değiştirmek zorunda kalsa da ona bağırmayacak bir aziz.	

BEYANATLAR

Az sonra sevgilisini kaybetme duygusuyla yüzleşen Eric, ilk kez konuştu. Salonda oturuyorlardı, cumartesi günü öğle vaktiydi, Alice "her şeyi konuşmak ve sona erdirmek" için gelmişti, havada kahve ve ölüm kokusu vardı.

"Çok kalmayacağım" dedi Alice, "Saat ikide arkadaşlarla buluşacağım."

"Birşeyler yemek ister misin?"

"Dinle. İşi daha fazla uzatmanın bir anlamı yok. Bitti artık."

Yanıt almak ya da almamak Alice'in umurunda değildi, ortaya bir sav değil bir sonuç atıyordu, bu yüzden de bu cümleleri kendinden emin bir ses tonuyla söylemişti, buna kendisi bile şaşırmıştı.

"Bu ilişki için çaba gösteren taraf hep ben oldum. Kendini suçu hisset diye söylemiyorum. Sadece şunu anlamanı umut ediyorum: Olan biten hiçbir şey kaçınılmaz değildi, ama sen her şeyi kaçınılmaz kıldın. Seni anlayabilmek, seni neyin rahatsız ettiğini, benim hakkımda, bizim hakkımızda neler düşündüğünü çözebilmek için kafa patlattığım o uzun saatlerime yanıyorum. İçimde kocaman bir öfke uyanıyor, ağlayacak gibi oluyorum. Kahrolası vaktimi bu saçma sapan şeylere harcamışım. Ama ben yeterince gözyaşı döktüm. Gözyaşlarımı arkada bırakmak istiyorum. Arkadaş kalalım diyebilmeyi isterdim –fakat bir keresinde eski kız arkadaşlarımla hiç görüşmem dediğini hatırlıyorum, bunun tam bir vakit kaybı olduğunu söylemiştin. Bu da canımı acıtmıştı o zaman, neden bilmiyorum, ama bunun çok zalimce olduğu fikri saplanmıştı beynime. Neyse, yeterince konuştum, artık gitsem iyi olur. Anahtarı masanın üstüne bıraktım."

İşte tam o sırada söze karıştı Eric. Koca bir baloncuk yavaşça odanın ortasına doğru kaydı, kısa bir süre için de olsa öğle güneşinin parlak ışınlarıyla buluştu, kaçınılmaz olarak patladı ve sonunda birkaç su damlası halinde yere düşmeye mahkum oldu.

"Ama Alice, ben seni seviyorum."

"Eric, yapma lütfen. İkimiz için de durumu zorlaştırma."

"Hayır, bak, ben ciddiyim. Gerçekten. Bana bir şans daha veremez misin?"

"Ta başından beri ben ne yapıyorum sence Eric? Sana kahrolası koca bir şans vermekten başka? Ya sen, her seferinde ne yaptın? Sana verdiğim şansı bir tokat gibi yüzüme vurdun."

"Bütün bunları daha sakin bir ortamda konuşmaya ne dersin? Bir yerde otururuz, bir şeyler atıştırırız, daha rahatlatıcı bir atmosferde her şeyi baştan konuşuruz."

"Rahatlatıcı atmosferleri boşver. Ben yeterince sakinim, her şeyi de başından sonuna söyledim."

"Anlamıyorum."

"Senin sorunun tam da bu zaten."

"Ama böyle olması gerekmez. İki yetişkin gibi davranırsak meselenin üstesinden gelebiliriz, çünkü ben sürdürmek istiyorum –çünkü seni seviyorum Alice.

Bu cümlenin etrafını nice umutlar sarmıştır. Kişi bir krizin ortasındayken seni seviyorum cümlesini büyük bir güvenle paketinden çıkarır ve mucizevi bir etki yaratacağına, bu sözü sarf ettiği anda eleştirel gücün bir anda ortadan kalkacağına ve karşısındakinin pürneşe bir gülümseyişe teslim olacağına inanır.

Rica etsem, yaşamımı neden çekilmez kıldığını, kredi kartımı suiistimal ettiğini, banyomu kokuttuğunu, mutfağımı kirlettiğini, beynimle pinpon oynadığını öğrenebilir miyim? Ay, tamam, anladım. Beni sevdiğinden. Tamam, şimdi anladım, öyleyse bir sorun yok, devam et lütfen, bu arada işini bitirmeden önce evi yakmayı ve öbür yanağıma da yumruk atmayı unutma sakın.

Alice'in annesi de tutkuyla seviyordu onu. Çok kötü bir şey

yaptıktan sonra "Ama şekerim, seni ne kadar çok sevdiğimi biliyorsun" nakaratını eklemeyi unutmazdı. Kızını severdi, yeni kocasıyla yeni bir yaşama adım atabilmek adına Alice'i okulundan uzaklaştırmasının, birkaç gerçek ilişkisinin önünü kesmek için elinden geleni ardına koymamasının, onun özgüveninin ve özsaygısının altını oymasının başka bir açıklaması olamazdı, elbette bütün bu davranışlar biraz karmaşık ama kesinlikle içten bir sevginin ürünleriydi.

Şimdi de Eric onu sevdiğini söylüyordu. Daha bir ay öncesinin Alice'i, böyle bir beyanat karşısında sevinçten havalara uçardı, ama şimdi Eric söylenebilecek en şüpheci kişiye söylüyordu bu sözleri. Bu şüpheci kişiyi *çok fazla umut beslemiş ve çok uzun süre beklemiş olan taraf* sözleriyle tanımlamak mümkündü. Eric bundan böyle gecelerini yalnız geçireceğini ve kötü anlarında bu ruh halini üzerine kusabileceği birini bulamayacağını anlamış ve bu yüzden bu beyanatta bulunmuş olmasındı?

Alice son kararını vermiş olabilirdi, ama yine de kafasını karıştıran ve acı veren bir karar oldu bu. Merdivenlerden hızla aşağı inerken yanaklarından gözyaşları süzülmeye başladı, arabaya ulaştığında ise durdurulamaz bir biçimde ağlamaya başladı. Eve sürdü arabayı (arkadaşlarıyla buluşacağı yalandı) ve eve vardığında bitkinlik içinde yatağa yığıldı. Bir yitirmişlik duygusuyla kaskatı kesildi içi, kafasının içinde Eric'le yaşadığı güzel anlar acılı adımlarla resm-i geçit yaptılar. Her şey ona Eric'i hatırlatıyor ve acı veriyordu.

Fakat Alice özlediğinin gerçekten Eric olduğuna inanmıyordu artık. Bir yitirmişlik duygusuyla sarsılmıştı ama bu duyguyu uyandıranın aşk-nesnesinin kendisi olmadığını fark etmişti. Aşkı üreten şey bir Eric imgesi olmuştu fakat daha sonra Eric'in kendisi bu imgeye yetersiz gelmişti. Alice, güçlü beklentilerin sınırları aşıldığında asla var olamayacak bir durum için nostalji duyma paradoksunu yaşıyordu. Birini özlediği kesindi (gözyaşları bunu kanıtlıyordu) ancak maziye dönüp baktığında yaşadığı yitirmişlik duygusunu Eric'le bağdaştıramıyordu.

Bir duygunun uyanışından sorumlu olan kişinin daha sonra o duyguya yetersiz kaldığını düşünmek çok garipti. Eric aşk tutkusunu uyandırmış, ama o tutkunun gerisinde kalmıştı, hatta bu tutku Eric'in yerine geçmişti. Alice bu aşkı Eric'in yanında hissetmiş olabilirdi fakat acaba gerçekten Eric'e karşı mı hissetmişti? Hissettikleri hiçbir zaman yerine getirilmemiş sözler gibi değil miydi? Eric uyandırdığı duygulara yanıt veremeyecek kadar yoksuldu, bu hasreti dindiremeyecek kadar yetersizdi. Eric, anlamını bilmediği halde zekice bir şey söyleyen, bu yüzden de ona yüklenen değerden sorumlu tutulamayacak bir salak gibiydi.

Bu durum aşağıdaki göz yanılsamasına benzetilebilirdi. Buradaki üçgen onu çevreleyen şekiller sayesinde varoluyor, dıştaki nesneler içeride bir serap oluşmasına yol açıyordu: Eric de Alice'in umutlarıyla çevrelenmiş bir seraptan ibaretti.

Kişinin gerçekte sahip olduklarıyla, karşısındakine 'sahip olduğunu düşündürdüğü şeyler' arasında ipince bir ayrım vardı. Kişinin karşıladığı ihtiyaçla gerçekte nasıl biri olduğu arasındaki o ince ayrım.

"Bir yönüm hâlâ ona derinden bağlı" dedi Alice Suzy'ye o günün akşamüstü. "Ama asıl özlediğim o değil, bunun da farkındayım. Delilik bu."

"Özlediğin şey aşk" diye iç geçirdi ev arkadaşı.

DAVETLER

Alice ayrılık sonrası yalnızlığını, yaban ülkelerden evine dönen ve basit, en gündelik rutinlerden keyif alan bir gezgin gibi yaşadı. Artık geceleri bütün yatağı kaplayarak uyuyabiliyor, uzun süredir görmediği arkadaşlarıyla görüşebiliyordu. Okunmamış kitaplar yığınına el atmış, İtalyanca öğrenmek için akşam kurslarına yazılmıştı.

Eric'ten ayrıldıktan birkaç hafta sonra üniversiteden bir grup arkadaşı için küçük bir yemekli parti vermeyi planladı, parti akşamı işten sonra yemeklik malzeme almak için markete uğradı. Tekerlekli sepetini sebze meyve bölümüne doğru sürüyordu ki tanıdık bir yüze rastladı.

"Tanrım, Philip, ne haber?"

"İyilik, senden?"

"Ne arıyorsun burada?"

"Şöyle güzel bir kavun arıyorum."

"Niye bu kadar çok düşünüyorsun?"

"Yeterince olgunlar mı emin olamadım. Renkleri çok komik."

"Yoo, bence komik değil, gayet iyi görünüyorlar."

"Öyle mi dersin? Biraz solgun değil mi sence?"

"Hayır, hepsi harika, bir kokla, anlarsın."

"Sana güveniyorum, alacağım" dedi ve gülümsedi Philip. "Neyse, seni görmek ne güzel. Çok uzun zaman oldu görüşmeyeli. Nasıl gidiyor?"

"İyi, iyi. Ya senin, senin nasıl gidiyor?"

"Fena değil işte, şöyle böyle."

Bir süre amaçsızca sohbet ettiler (aslında o kadar da amaçsız değildi çünkü Alice Eric'ten ayrıldığını laf arasında söylemeyi ihmal etmedi) sonra da kahvaltılıklar bölümünde yollarını ayırdılar.

Birlikte yaşadıkları son gecenin utanç verici bir sonla noktalanmış olmasına karşın Philip'in hiçbir kızgınlık ifadesi taşımaması, Alice'in kendi davranışını hatırlamasına ve kendini suçlu hissetmesine yol açtı. Her şey Alice'in parmaklarının arasından kayıp gitmişti, artık hiçbir şey geri getirilemezdi. Aylar sonra bir markette karşılaşmaları bile aralarının tekrar düzelmesine vesile olamazdı. Elinde alış veriş poşetleriyle eve doğru yürürken, iyi ve nazik bir dostu kaybetmiş olmanın üzüntüsünü ve çaresizliğini hissetti bir kez daha.

Birkaç gün sonra Philip'in ona bir kartpostal yollayacağı, kartpostalın bir yüzünde kavun resmi, öteki yüzünde de bir yemek daveti olacağı, bu davet karşısında hem büyük bir mutluluk hem de büyük bir korku duyacağı kırk yıl düşünse aklına gelmezdi Alice'in.

KENDİNİ KURBAN ETME

Philip buluşma saatinden önce restorana geldi. Gower Street'teki bu küçük İtalyan restoranının en cazip masasına kuruldu. Restoran, bir cuma akşamı yemeğe çıkmış çiftlerle dolup taşıyordu.

Garson geldi ve (tamamen heteroseksüel bir varsayımla) '*Bayan gelmeden önce* bir şeyler içmek ister miydiniz' diye sordu; Philip bir iki yudum su içmeyi tercih edebilirdi ama bunun yerine yalnızca şarap listesine bir göz atmak istediğini söyledi.

Buluşma saatini on dakika geçe, Philip saatine bir bakış fırlattı, trafiğin yoğun olduğunu düşündü ve o akşam metrodaki bazı hatlarda sinyal sorunu yaşandığını anımsadı.

On dakika daha geçti, Philip'in aklından bu iki düşünce tekrar geçti çünkü Alice hâlâ gelmemişti. Garsonlar Philip'in etrafında akbabavari bir tavırla dönüyorlardı artık, Bayan gelmeden önce belki mönünün tamamına bakmak isteyebilirsiniz, gibi öneriler sunuyorlardı.

Bir on dakika daha geride kalmıştı, artık ileri sürülebilecek hiçbir açıklama kalmamıştı. Trafiklerin en yoğununa, metroların en hatalısına da rastgelmiş olsa Alice çoktan restorana ulaşmış olmalıydı. Şimdi düşünülen mazeretler daha yaratıcıydı: Belki buluşma tarihi kararlaştırılırken bir yanlış anlama olmuştu? Belki Alice bu cuma değil de haftaya cuma buluşacaklarını sanmıştı? Belki aynı adlı restorandan bir başka yerde daha vardı? Akşam yemeği dendiğinden emin miydi, sakın öğle yemeği anlaşılmış olmasındı? Londra denmiş miydi, sakın ha Roma diye sözleşilmiş olmasındı?

Ancak bütün bu sorular felsefi açıdan yanıtlanamaz sorular alanına giriyordu, Philip de birkaç dakika bu soruları sakız gibi çiğnedikten sonra (olanca kahramanlığıyla) aşkta ve savaşta her şey caizdir dedi ve kalkıp gitmeye karar verdi.

Olayların gelişimini yakından takip eden ve iki kişilik bir akşam yemeği faturasının kazancına bel bağlamış olan garsonlar doğal olarak derinden sarsılmış görünüyorlardı. Öte yandan, tutku nesnesi tarafından reddedilmiş olmanın verdiği duyguya karşın Philip'in midesi büyük bir metanetle iştah sinyalleri göndermeye devam ediyordu. Sonunda Philip, koskoca bir masada acınası bir durumda tek başına oturmasına ve önünde kızarmış ekmek ve artık erimiş tereyağı ruloları dışında hiçbir şey ve hiçkimse olmamasına karşın, üstelik diğer çiftlerin bakışlarının sık sık onun üzerine kaymasına ve kendi zavallılıklarını dindirmek için "En azından onun gibi değiliz" demelerine karşın, tuvalet penceresinden kaçmaktansa burada kalmaya ve tek kişilik bir yemek sipariş etmeye karar verdi.

Philip'in cesareti garsonlarda hayranlık uyandırmış olmalıydı ki başlangıç yemeğinin getirilişinden çok kısa bir süre sonra başgarson masasına geldi ve aralıklarla sürecek bir sohbet başlattı. Sohbetin konusu kalbin çektiği acılardı: Başgarson da az acı çekmemişti, restoranda müşterilerin paltolarını almakla ve masalarına oturtup rahat ettirmekle görevli olan kadın, başgarsonumuzu her şeyinden etmiş ve kalbine kocaman bir acı oturtmuştu.

Philip'in içindeki öfke ancak eve vardığında hissettirmeye başladı kendini. Restoranda yaşadıklarını düşünerek:

"Orospu" diye fısıldadı kendi kendine. Ancak kapıda birinin onu beklemekte olduğunu görünce öfkesini dizginledi.

"Bak Philip, çok özür dilerim, gerçekten. Beni bekledin mi?"

"Yo. Ben sık sık böyle giyinir tek başıma yemeğe çıkarım."

"Özür dilerim, gelmeye çalıştım, ama..."

"Metroda bir sorun mu çıktı?"

"Hayır."

"Milan'da Verde restoranında mı buluşacağımızı sanıyordun?"

"Hayır. Mesaj bırakmaya çalıştım."

"Mesaj bırakmak çok zor bir iştir, öyle değil mi?"

"Çok meşguldüm."

"Tabii."

"Bugün bir satış toplantısı daha yapıldı, bu yüzden..."

"Saçmalamayı kesecek misin sen?"

"Ne saçmalaması? Tamam, özür dilerim, gelmeyi çok isterdim, ama aynı zamanda...."

Philip sessizliği bozmaya çalışmadı.

"Bir şeyler söyle Philip. Bana kızgın olduğunu biliyorum. Orada öyle durma, bağır, istersen bas bas bağır, bir şey yap."

"Sana bağırmayacağım, yalnızca bana ne zaman dürüst davranmaya başlayacağını soracağım."

"Ne konuda?"

"Her konuda, neden bana böyle davrandığın konusunda. Nasıl bir oyun bu, Alice?"

"Oyun filan yok ortada. Oyun oynamaktan nefret ederim."

"Özür dilerim, unutmuşum. Oyun oynamayı sevmeyen biri için biraz fazla iyi oynuyorsun ama."

"Özür dilerim. Artık kendimi tanıyamıyorum. Bana kızmakta haklısın."

Philip cebinden anahtarını çıkardı ve ön kapıyı açtı.

"Uyumam gerek."

"Bak, her şeyi böylece bırakıp gitmekten nefret ederim. Beş dakikalığına içeri gelebilir miyim?"

"Neden?"

"Lütfen."

"Neden?"

"Philip, lütfen."

"Tamam, ama yalnızca beş dakika."

Dar merdivenleri konuşmadan tırmanıp salona ulaştılar.

"Ben çay yapacağım. İster misin?" diye sert bir ses tonuyla

sordu Philip.

"Hayır, sağol."

"Alice gelip mutfağın girişinde durdu, su kaynadı, ikisi de su ısıtıcısından çıkan buhara dikti gözlerini sessizce.

Alice'in benlik-imgesinin başlıca özelliklerinden biri, duygusal açıdan cömert bir insan olduğuna, sevdiği adam için her şeyi riske atabileceğine inanmasıydı. Başkaları olgunluk ve kendini koruma adına kendilerini feda etmekten korkardı, oysa Alice'e göre aşk, kendini kurban edebileceği bir arenaydı.

Öyleyse Alice'in ona uygun olmayan ya da onunla içten bir diyaloğa girmeye yanaşmayanlara karşı nasıl bir bağlılık duyduğu ve bu bağlılığı ne ölçüde sınırlandırdığı dikkate değer bir konu. Alice hep bir başkasına tamamiyle teslim olmanın hasretini çekmişti, ama partner seçimi her seferinde bu olasılığın önüne geçmişti. Birlikte olduğu adamların duygusal körlüğünden yakınır, arkadaşlarının önünde ağlar ve daha özel arkadaşlarına nasıl bir zulümle karşı karşıya bulunduğuna veryansın ederdi, ama daha uygun sevgili adaylarına bir fırsat tanımaya da inatla direnirdi. Arkadaşları, Alice'in şikayet nesnelerine karşı derin bir bağlılık duyduğuna inanmaya başlamışlardı artık, bu öyle bir bağlılıktı ki ne zaman bir alternatif sevgili sunmaya kalkışsalar onun tek yaptığı, alay etmek olurdu.

Her ne kadar sinir bozucu olsalar da bu tepki yoksunu karakterlerin varlığına ihtiyaç vardı çünkü onlar sıkça ifade edilen ama sorunlu tutkuları engelleme görevi görüyorlardı. Onlar klasik bir anlaşmayı hayata geçiriyorlardı ve bu sayede Alice, kabul edilme riski taşımaksızın aşkını ifade edebiliyordu; onlar Alice'i anlaşılmanın verdiği neşeden ve daha da önemlisi telaştan kurtarmış oluyorlardı.

Alice'in kendini kurban etme saplantısı bazı çevrelerde sempatiyle karşılanıyordu ancak onun durumunu daha farklı ve çok daha septik bir okumayla yorumlamak da mümkün. Hiçbir karşılık beklemeksizin sevmek acaba gerçekten çok özgeci bir tavır mıydı? Kabul etmeyeceklerini bile bile insanlara hediye vermek cömertlik miydi gerçekten?

Alice, Eric için her şeyini feda etmeye hazır değil miydi? Günbegün ondan şikayet etmiyor muydu, ne yaparsa yapsın yetmediğini, ne verirse versin geri çevrildiğini söylemiyor muydu? Ama Alice'in onu seçme nedeni tam da bu değil miydi, Eric'in ona *hiçbir gereği olmadığı halde* bir şeyler verebilecek bir insan olduğunu düşünme tatminini yaşatması değil miydi?

Bütün bunlar Philip'i bir soruna dönüştürüyordu çünkü Philip duygusal dürüstlükten yanaydı. Bu dürüstlük öteden beri Alice'in dikkatini çekmişti, Alice onunla ne tip bir ilişki yaşayabileceğini az çok kestirebiliyordu. Bu ilişkinin dinî bir yönü yoktu, bu adam hem almaktan hem vermekten hoşlanan biriydi. Bu iyi bir özellikti belki ama yalnızca güçsüz sevgi alışverişinin (kavramsal değil de) pratik zorluklara neden olmayacağını düşünen bir insan için.

"Her şeyi berbat ettim" diye fısıldadı Alice.

"Ne dedin?"

"Hiçbir şey."

"Bir şey söyledin."

"Hayır söylemedim."

"Evet söyledin."

"Önemli değildi."

"Neymiş o önemli olmayan?"

"Yani, şey işte, her şeyi berbat ettim."

Bir sessizlik daha oldu. Sonra Philip konuştu, ama sözleri su ısıtıcısının doruk noktasına ulaşmasıyla yutuldu gitti: "İkimiz de aptalız."

"Ne dedin?"

"Dedim ki ikimiz de aptalız."

"Burada aptal olan biri varsa o da benim."

İki özeleştirel aptal birbirlerine bakıp gülümsedi.

"Seninle bir daha konuşmayacağıma dair kendi kendime söz vermiştim ama galiba sözümü tutamadım" dedi Philip.

"Neden?"

"İstersen konuşmam, ne dersin?"

"Hayır, elbette bunu istemem. Başından beri sana az çektirmedim. O akşam salonda olanlar, bu akşam olanlar, hepsi. İşin kötüsü neden böyle davrandığımı bilmiyorum."

"Yani şimdi, bütün bu olanlar beni senden soğutuyor mu zannediyorsun?"

"Galiba evet."

"Hiç de değil. Çabaların işe yaramıyor. Ben sana kızamıyorum. Her şeyin çok farklı olacağını tasarlamıştım, şimdi gelmiş burada seninle hiçbir şey olmamış gibi sohbet ediyorum."

Philip'e göre Alice'in yüzü öylesine güzel, öylesine meleksiydi ki uzun süre küs kalamıyordu. Ona kötü davransa, bunun uzun vadede daha hayırlı olacağını biliyordu, yine de kumar oynuyor ve dürüst davranıyordu. Alice'i arzuluyorsa onunla ilişkiye geçmesi gerekirdi, arzu nesnesini yok saymak ve onunla ilgilenmiyormuş gibi yapmak nesneye zarar vermekten başka bir işe yaramazdı.

"Sadist ve mazoşistle ilgili olan fıkrayı anlatmış mıydım sana?"

"Bir daha anlat."

"Mazoşist sadiste 'Vur bana' demiş. Sadist de yanıt vermiş: 'Hayır.' Ben de sana hayır diyeceğim."

"Ah."

Gülümsediler.

"Beni neden seviyorsun anlamıyorum."

"İşte tam da bu soruyu sorduğun için."

"Hadi canım sen de."

Alice ellerini kazağının kol ağızlarına gizledi, sonra da elleriyle yüzünü kapadı. Philip bir an için seyretti onu, sonra uzanıp kolunu tuttu, elini eline aldı, yumruk olmuş parmaklarını açtı tek tek. Parmaklarını usulca kol ağzından içeri soktu, bileklerini okşadı, damarlarının çizdiği yolu izledi.

Alice yüzünü kaldırdı ve hüzünle, utançla, sıcacık, Philip'e baktı.

"Budala nevrotik geri zekalının tekiyim ben. Çok garip biri olduğumu düşünüyor olmalısın."

Philip, yüzüne düşmüş ufak bir saç tutamını geriye attı.

"Yoo, hayır."

"Hadi canım, düşünüyorsun işte."

"Tamam, belki düşünüyorumdur, ama garip olmak normal bir şey, hem böylesi çok daha ilginç."

"Seni öpebilir miyim?" diye sordu Alice.

"Karşılığında benim de seni öpmeme izin verirsen, evet."

Alain de Botton

Aşk Üzerine

Türkçesi: Ahu Antmen, 5 baskı

◊

Proust Yaşamınızı Nasıl Değiştirebilir

Türkçesi: Banu Tellioğlu, 2. baskı

◊

Öp ve Anlat

Türkçesi: Çiğdem Akpınar, 2. baskı

◊

Seyahat Sanatı

Türkçesi: Ahu Sıla Bayer, 2. baskı

◊

Felsefenin Tesellisi

Türkçesi: Banu Tellioğlu, (hazırlanıyor)